Julie Wassmer
Pearl Nolan und der tote Fischer

Julie Wassmer

PEARL NOLAN
UND DER TOTE FISCHER

Ein Krimi von der englischen Küste

Aus dem Englischen von Sepp Leeb

List

Die englische Originalausgabe erschien 2015 unter dem Titel
The Whitstable Pearl Mystery bei Constable & Robinson,
London.

Das Zitat auf Seite 258 stammt von Geoffrey Chaucer,
Troilus und Criseyde, in der Übersetzung von
Wolfgang Obst und Florian Schleburg, Insel Verlag,
Frankfurt am Main und Leipzig 2000, S. 68.

List ist ein Verlag
der Ullstein Buchverlage GmbH

ISBN: 978-3-471-35138-3

Gesetzt aus Electra LH
Satz: Pinkuin Satz und Datentechnik, Berlin
Druck und Bindearbeiten: CPI books GmbH, Leck
Printed in Germany

»Die armen Britannier. Eines muss man ihnen aber trotzdem zugutehalten – sie haben eine Auster hervorgebracht …«

Gaius Sallustius Crispus an Julius Caesar. 55 v. Chr.

KAPITEL EINS

Pearl Nolan stellte eine eisgefüllte Platte mit pazifischen Felsenaustern vor ein Trio skeptischer Gesichter und wischte sich die nassen Hände an ihrer Schürze ab. Ihre Gäste waren eine Familie – die Eltern, wie Pearl, Ende dreißig, obwohl sie hoffte, nicht so ausgelaugt auszusehen. Möglicherweise lag das an der pampigen pubertären Tochter: Ihr knappes Top und das Nasenpiercing signalisierten unverhohlene Auflehnung gegen einen stinklangweiligen Urlaub mit Mama und Papa.

Schon nach wenigen Worten hatte Pearl ihren Gateshead-Akzent richtig eingeordnet. Aber selbst wenn ihre Gäste stumm geblieben wären, hätte sie gemerkt, dass sie Landsleute waren – Briten hatten nicht das nassforsche Auftreten amerikanischer Touristen oder die distinguiert zurückhaltende Art der Franzosen. Deutsche und Skandinavier, entweder auf Rad- oder Wandertour, schienen es immer eilig zu haben und nahmen sich kaum Zeit fürs Essen. Dagegen waren die Briten in der Regel deutlich zurückhaltender und blieben zuerst unsicher auf dem Gehsteig stehen, um die Speisekarte zu studieren, bevor sie sich ins »Pearl's« wagten, um dort die berühmteste Delikatesse Whitstables zu probieren – Austern. Die Familie aus Gateshead blieb jedoch unerschütterlich unbeeindruckt und blickte starr vor Abscheu auf ihre Muscheln herab, bis die Tochter einen Kommentar abgab, dem sogar ihre Eltern beigepflichtet haben dürften: »Die sehen ja aus wie Rotz.«

Pearl hatte durchaus Verständnis für die betreten zusammenzuckenden Eltern; auch sie versuchte sich in letzter Zeit damit abzufinden, dass ihr Kind flügge und erwachsen wurde. Aber wenigstens hatte Charlie inzwischen diese pubertäre

Aufmüpfigkeit abgelegt. Als Pearl sich dem Tisch näherte, um ihren Gästen die üblichen Zutaten zu erläutern, die Zitronenschnitze und die Mignonette-Soße, die den »Rotz« genießbarer machten, ertönte hinter ihr eine Stimme: »Da hat die junge Dame nicht ganz unrecht.« Alle Köpfe drehten sich in Richtung Küchentür, aus der gerade Pearls Mutter Dolly kam. Mit einer Wachstuchschürze, auf der ein farbenprächtiger schiefer Turm von Pisa prangte, näherte sie sich ihnen, um schließlich, wie um des theatralischen Effekts willen, mit einer Austernschale in der Hand stehen zu bleiben. »Aber nicht selten kann das Äußere auch täuschen.« Mit einem geübten Schlenker des Handgelenks kippte sie den Inhalt der Muschel in ihren Mund, biss abrupt laut knirschend zu und schluckte. »Köööstlich.«

Die Familie saß da und schaute ihr zu, alle mit weit offenem Mund, sichtlich fasziniert und wahrscheinlich auch ein wenig angeekelt von dem Schauspiel, dessen Zeuge sie gerade geworden waren. Pearl dagegen sah den Zeitpunkt für gekommen, den Auftritt ihrer Mutter zu beenden. Mit einem freundlichen, an ihre Gäste gerichteten »Lassen Sie es sich schmecken« steuerte sie Dolly mit festem Griff in Richtung Küche zurück.

In der Tür drehten sich die beiden Frauen kurz um und beobachteten, wie »Papa« seinen ganzen Mut zusammennahm und eine Auster von der Platte pflückte. Als er sie hastig hinunterschluckte, gestand Dolly, um Spucke ringend: »Wie ich dieses Glibberzeug hasse.« Und Pearl gab ihre gewohnte Antwort: »Wem sagst du das?«

Ein Klingelton mit der Melodie eines seelenlosen »Für Elise« rief Pearl in die Küche, wo sie unter Stoffbeuteln mit frischen Shrimps und Muscheln nach ihrem Handy suchte. Dolly, die ihr gefolgt war, blickte in der Gewissheit, der Versuchung widerstehen zu können, auf einen Stapel frischer Krabben-Sandwiches hinab, die sie gerade gemacht hatte. Dank einer Diät, bei der sie nur Flüssigkeiten zu sich genommen hatte, wog sie inzwischen genauso viel wie ihre Tochter – dreiundsechzig Kilo, um genau zu sein. Um an diesen Punkt zu kommen, war allerdings ein Monat mit abscheulichen Milchshakes nötig gewesen. Sechzig Jahre alt zu werden hätte sich als höchst unerfreulich erweisen können, wenn sie nicht die Gelegenheit beim Schopf ergriffen hätte, sich selbst über das Alter zu erheben und ihren Triumph über die Sterblichkeit mit ein paar kühnen magentaroten Strähnen und neumodischer Unterwäsche in Gestalt eines weit über die Taille reichenden Elastanschlüpfers zu feiern, der aus den Fugen geratenem Gewebe wie durch ein Wunder wieder Form verlieh. Als Dolly ihre mit ihrem Handy beschäftigte Tochter beobachtete, wurde ihr wieder einmal bewusst, wie wenig Ähnlichkeit sie mit ihrem einzigen Kind hatte. Pearl stand am Fenster, durch das die Sommersonne auf sie fiel wie ein Spotlight und den Kontrast zwischen ihrem fliederfarbenen Vintage-Kleid und der gesunden Bräune ihres Gesichts und ihrer Arme und Beine noch besser zur Geltung brachte. Meistens band sie ihr langes, dunkles Haar hoch, und bis auf den kleinen flachen Silberanhänger an ihrem bloßen Hals trug sie in der Regel auch keinen Schmuck, vor allem keine Ringe, die bei der Küchenarbeit zwischen den Gerätschaften verlorengehen könnten. Oft musste das Restaurant als Entschuldigung für Pearls unprätentiösen Kleidungsstil herhalten, aber Dolly spürte, dass die schlichte Garderobe ihrer Tochter, die größtenteils auf Zweckmäßigkeit und Bequemlichkeit ausgerichtet war, Ausdruck ihrer Ablehnung der extravaganten Art war, mit der sie selbst sich kleidete. Die Wahrheit lag vermutlich irgendwo dazwischen, denn egal, was Pearl anhatte und wie sie sich zurechtmachte, sie sah immer umwerfend aus. Mit ihrem zigeunerschwarzen Haar und den mondsteingrauen Augen hatte Pearl den »Black Irish«-Look der Abkommen der spanischen Matrosen, die nach der vernichtenden Niederlage ihrer Armada an den Küsten Westirlands dem Tod entronnen waren und unter rebellischen

Clanführern wie Sorley Boy McDonnell und Hugh O'Neill gedient hatten. Obwohl Dolly aus Whitstable stammte, hatte ihr verstorbener Mann Tommy, seit jeher eine rebellische Natur, seine Wurzeln nach Galway zurückverfolgen können. Und so hatte Pearl die beherzte Art ihrer Mutter und den dunklen Teint und das gute Aussehen ihres Vaters geerbt. Groß und schlank wie sie war, stand nicht zu befürchten, dass sie in absehbarer Zeit einen Traumfigurschlüpfer brauchen würde.

Inzwischen hatte Pearl ihr Handy gefunden und sagte, nachdem sie dem Anrufer kurz zugehört hatte: »Nein, das Büro ist geöffnet, ich musste nur kurz weg.« Sie sah auf die Uhr und nahm ihre Schürze ab, bevor sie hinzufügte: »Wenn Sie sich noch zwei Minuten gedulden würden, ich bin sofort da.« Sie beendete das Gespräch und erklärte angesichts Dollys fragend hochgezogener Augenbrauen: »Sieht so aus, als hätte ich endlich einen Kunden.«

Dolly runzelte die Stirn. »Du meinst wohl eher einen Klienten? Deine Kunden bekommen Meeresfrüchte ...«

»Serviert von meiner Lieblingsbedienung.« Mit einem Lächeln griff Pearl nach ihrer Leinenumhängetasche.

Dollys Miene verfinsterte sich schlagartig. »Sag bloß, du ...«

»Ich sehe zu, dass ich so schnell wie möglich wieder zurück bin.« Damit ging Pearl rasch zur Tür und steckte ihr Handy in die Tasche.

»Heute ist aber mein freier Tag«, zischte Dolly. »Ich habe mich lediglich bereit erklärt, ein paar Sandwiches zu machen ...«

»Die niemand so gut macht wie du.« Pearls bezauberndes Lächeln ließ keine Spur nach, als sie eins der Dreiecke von der Platte nahm und hineinbiss. Dolly sah sie erwartungsvoll an. Im Gegensatz zu ihrer Tochter war sie immer eine nachlässige Köchin mit der Sorte Geringschätzung gegenüber Zutaten gewesen, die sie einmal in einer *truite aux almondes* statt Mandeln

Erdnüsse hatte verwenden lassen. Als sie jetzt beobachtete, wie Pearl die leicht säuerliche Zitronenmayonnaise kostete, die eine Lage frischer Krabben umhüllte, wartete sie auf ein weiteres Lob – das jedoch ausblieb. Pearl nutzte die Gelegenheit vielmehr, um rasch in den Gastraum zu entfliehen, wohin ihr Dolly auf den Fersen folgte.»Pearl, bitte. Ich muss fürs Festival unser Fenster dekorieren und in der Pension Verschiedenes umgestalten …«

»Ich weiß, aber ich komme ja wieder. Ehrenwort. Bis dahin, denk einfach dran …« Sie nahm eine Auster von der Theke und drückte sie ihrer Mutter in die Hand.»Köööstlich.«

Drei Schritte, und Pearl war weg. Dolly blieb nichts anderes übrig, als mit offenem Mund auf die zufallende Eingangstür des Restaurants zu starren. Es dauerte nicht lang, und die Tür ging wieder auf, aber herein kam nur eine Gruppe Touristen in Wanderkleidung, mit Rucksäcken und roten Gesichtern. Dolly blickte auf den blassen Schleim in der Muschel in ihrer Hand und knipste wie auf Kommando ihr strahlendstes Lächeln an.

Sobald Pearl den Fuß auf die Straße setzte, schlug ihr die Hitze entgegen und erinnerte sie daran, wie sie das letzte Mal im Urlaub aus dem Flieger gestiegen war, obwohl das schon einige Zeit her war. Da sie in Whitstable mit seinem Kiesstrand, seinem Hafen und seiner bunten Mischung aus Einheimischen und Urlaubern lebte, überlegte sich Pearl seit jeher sehr genau, ob sie für einen Sommerurlaub irgendwo anders Geld ausgeben sollte. Vor ein paar Jahren hatte sie eine Reise nach Sorrent gebucht, wo vierzehn Tage lang buchstäblich jeden Tag schlechtes Wetter geherrscht hatte. Nachdem sie außerdem festgestellt hatte, dass sie eine unwiderstehliche Anziehungskraft auf Mücken ausübte, war sie übel zerstochen und mit einer scheußlichen Erkältung nach Hause gekommen, um sich sagen lassen zu müssen, dass das Wetter an der Küste von Nordkent perfekt gewesen war. Seitdem war sie zu Hause geblieben, nicht zuletzt auch deshalb, weil sie das Restaurant im Sommer nicht allein lassen wollte, vor allem nicht mit Dolly, die immer schon eine sehr hippiemäßige Einstellung zur Arbeit gehabt hatte. Zu verreisen, wenn die Saison zu Ende ging, bedeutete normalerweise, gerade dann irgendwo in Europa zu landen, wenn sich andere Gastronomen nichts mehr wünschten, als sich endlich ihren jährlichen Urlaub gönnen zu können – in Whitstable. Das idyllische Fischerstädtchen war nicht nur zunehmend beliebter, sondern auch weltoffener geworden, als es jemals gewesen war, und das »Pearl's« profitierte in jeder Hinsicht von dieser Entwicklung, die mit einer landesweit rückläufigen Rate von Balkonienurlaubern einherging.

Nach jahrelangem Kampf ums Überleben konnte Whitstable inzwischen von einer fast ganzjährigen Saison zehren. Nicht einmal der kälteste Winter seit dreißig Jahren hatte die ersten Urlauber davon abhalten können, schon im Februar zu kommen, um die Valentinstagsferien in einer der zahlreichen Bed & Breakfast-Pensionen der Stadt zu verbringen. Besonderer Beliebtheit erfreute sich Dolly's Attic, eine originelle kleine Ferienwohnung, die sich über dem Laden befand, in dem Pearls Mutter ihre Shabby-Chic-Keramiken verkaufte. Schon seit Jahren servierte Pearl ihre Austern auf Dollys originellen Platten, die inzwischen von den Touristen genauso schnell weggekauft wurden wie die Austern selbst. Der enorme Aufschwung, den sowohl Whitstable als auch seine Geschäftsleute zurzeit erlebten, hatte aber auch seinen Preis. Der Charakter des einst so beschaulichen Städtchens hatte sich spürbar verändert. An den meisten Sommertagen musste sich Pearl auf den Straßen durch eine Flut von Touristen kämpfen, die zu den Souvenirläden und Cafés in der Harbour Street strömten, und da war auch dieser Tag keine Ausnahme. Die Urlauber hatten jede Menge Zeit, sie schauten und bummelten und sahen sich in den zahlreichen neuen Boutiquen und Kunstgalerien um. Dagegen legten die Einheimischen, die ihre Kinder irgendwo hinbringen oder Einkäufe erledigen mussten, ein wesentlich flotteres Tempo vor, wenn sie sich in einem eleganten Slalom zwischen den Touristen hindurchschlängelten, bei denen es sich an diesem Tag hauptsächlich um DFLs zu handeln schien, wie Urlauber »Down From London« hier landläufig hießen. Pearl gab es auf, gegen die Menschenmassen anzukämpfen, und bog in Richtung Squeeze Gut Alley ab.

Die Touristen benutzten nur selten das Netz uralter Gassen, von denen die meisten angelegt worden waren, um den Zugang zum wichtigsten Teil der Stadt zu ermöglichen – zum Meer. Noch wenige Jahrhunderte zuvor hatten sie auch als Fluchtwege für Schmuggler gedient, aber mittlerweile benutzten sie die Einheimischen vor allem als Abkürzungen auf ihrem Weg durch die Stadt. Die Squeeze Gut war, wie der Name bereits andeutete, ein schmaler Durchgang zwischen den Häusern eines Straßenabschnitts, der als Island Wall bekannt war. Der besondere Reiz dieser am Meer gelegenen Häuser mit ihren schlichten idyllischen Schindelfassaden lag in den Gärten auf ihrer Rückseite, die nur eine niedrige Ufermauer und eine schmale betonierte Promenade vom Strand trennten. Hier, auf der »Prom«, strömte ganz Whitstable zusammen, um zu bummeln und zu flanieren, angelockt von einem Meerblick unter derart klarem Polarlicht, dass sein Himmel und seine Sonnenuntergänge von Turner als »einige der zauberhaftesten Europas« beschrieben worden waren.

Als Pearl weitereilte, stob auf der Promenade eine Schar lärmender französischer Teenager auseinander und gab den Blick auf einen kleinen, gedrungenen Mann frei, der vor ihrem Cottage stand. In seinem Anzug litt er sichtlich unter der Hitze und wedelte nervös mit einem Panamahut vor seinem Gesicht herum, während er sich mit der anderen Hand den Schweiß von der Stirn wischte. Als Pearl näher kam, konnte sie ihn wie einen altersschwachen Hund hecheln hören.

»Mr. Stroud?«

Auf Pearls Ruf hin drehte sich der angespannt und leicht gereizt wirkende Mann sofort um. Aus der Ferne hatte er wegen seiner Korpulenz den Anschein erweckt, als befände er sich schon in fortgeschrittenem Alter, doch als Pearl sich ihm näherte, stellte sie fest, dass er vermutlich erst Anfang vierzig war. Ohne ein Wort der Begrüßung reichte er ihr lediglich seine verschwitzte Hand, die Pearl an einen Seestern erinnerte. Sie öffnete die hölzerne Gartentür des Seaspray Cottage und ging dem Besucher zu einem kleinen Schuppen voraus, den sie seit neuestem ihr Büro nannte. Dank eines kleinen Anbaus und einiger zusätzlicher Fenster wurde die ehemalige Strandhütte ihrer neuen Bestimmung jedoch bestens gerecht. Als sich Pearl an dem sperrigen Schloss zu schaffen machte, merkte sie, dass Stroud hinter ihr zunehmend ungeduldiger wurde und mit seinen verschwitzten Stummelfingern nervös am Türstock trommelte. Endlich bekam sie die Tür auf.

Sie deutete auf einen Holzstuhl und wünschte sofort, ihrem Besucher eine angenehmere Sitzgelegenheit anbieten zu können. »Machen Sie es sich bequem«, forderte sie ihn lächelnd auf, obwohl ihr längst klar war, dass er dazu nicht in der Lage wäre. In dem kleinen Raum mit der niedrigen Holzbalkendecke war es drückend heiß, und ihr angehender Klient schien zu vergehen vor Hitze. Bei dem Versuch, sich zu setzen, rutschte Stroud mit seiner Leibesfülle auf dem Stuhl herum wie ein Zirkuselefant auf einem winzigen Hocker. Als Pearl zum Fenster ging und es öffnete, stahl sich ein warmes Lüftchen in das Zimmer. Sie wandte sich ihrem Besucher zu und fragte: »Was kann ich für Sie tun?«

Stroud, der sich die ganze Zeit mit seinem Panamahut Luft zugefächelt hatte, hörte mit einem Mal damit auf, als bräuchte er sämtliche Energiereserven für das nun Kommende. Mit schroffem nordenglischem Dialekt stieß er hervor: »Vielleicht können Sie mir ja schon mal sagen, wann er zurückkommt?«

»Wann wer zurückkommt?«

»Mr. Pearl.« Er blickte sich rasch im Zimmer um. »Wo ist er? Noch beim Mittagessen?«

Pearl blickte auf den Packen frisch gedruckter Visitenkarten auf ihrem Schreibtisch hinab. Sie hatte Charlie mit dem Entwurf beauftragt, und er hatte seine Sache gut gemacht, sah man einmal davon ab, dass er für die mit »Inhaber« beginnende Zeile eine extrem helle Schrift gewählt hatte. Sie schaute auf und erklärte ihrem Besucher: »›Mr. Pearl‹ ist eigentlich Miss Nolan.«

Daraufhin ging Strouds Mund auf, als wartete er darauf, mit einer passenden Antwort gefüllt zu werden.

»Pearl Nolan«, fügte sie hinzu. »Das ist mein Büro.«

Stroud wandte den Blick ab, als er das zu verarbeiten versuchte. Nur zu offensichtlich blickte er auf keinen erfreulichen Tag zurück, und dieses Treffen schien die Sache nicht besser zu machen. Sein Mund ging wieder zu, und er traf eine rasche Entscheidung.

»Das wird nichts.«

»Wie bitte?«

»Der Auftrag, den ich erledigt haben möchte.« Er warf einen kurzen Blick in Richtung Tür, als spielte er mit dem Gedanken an sofortige Flucht.

»Erzählen Sie mir doch erst mal, was das für ein ›Auftrag‹ ist«, sagte Pearl rasch.

Nach kurzem Zögern zog Stroud ein zerknülltes Taschentuch aus seiner Brusttasche. »Jemand schuldet mir Geld«, seufzte er und begann, sich den Schweiß von der Stirn zu tupfen. »Ein Darlehen, das überfällig ist. Ich will das endlich vom Tisch haben.«

»Das heißt, Sie brauchen einen Schuldeneintreiber …«

»Nein«, unterbrach Stroud sie gereizt. »Was ich brauche, sind Informationen.«

Als er den Blick auf Pearl heftete, erinnerten sie seine braunen Knopfaugen an die von Ernie und Bert. Pearls Schweigen lieferte Stroud das Stichwort, weiteren Unmut loszuwerden. »Fünf Jahre ist das jetzt schon her, und das Darlehen sollte längst Rendite abwerfen, aber bisher: einfach nichts. Nicht einen Penny.« Er trommelte mit einem Stummelfinger auf die Schreibtischplatte. »Nicht einmal eine Geste des guten Willens.« Ein verständnisvolles Nicken seitens Pearls schien ihn vorübergehend zu besänftigen. Als sie ihm eine Packung Papiertaschentücher hinhielt, nahm er sich eines und schüttelte es auf, bevor er sich mit einem kurzen Trompetenstoß die Nase putzte. »Rein rechtlich gesehen, könnte ich natürlich Druck machen, aber ich möchte diesen Kerl nicht kopfscheu machen, jedenfalls nicht, solange ich nicht weiß, ob er zahlen kann.«

»Und das ist, was ich für Sie herausfinden soll?« Pearl suchte Strouds Blick, worauf dieser die Augen noch fester zusammenkniff.

»Ich möchte mir über verschiedene Dinge Klarheit verschaffen, ein paar Nachforschungen anstellen lassen. Ich muss wissen, ob er mich hinhält.«

Als wäre eine schwere Last von seinen Schultern gefallen, holte Stroud tief Luft und hielt sein Gesicht in den schwachen Luftzug, der vom Fenster kam. Doch das Klingeln des Telefons machte seinem kurzen Moment der Erleichterung ein jähes Ende. Nach einem kurzen Blick auf die Anruferkennung setzte Pearl ein entschuldigendes Lächeln auf und nahm ab. Aus der Leitung gellte Dollys Stimme.

»Die Zitronen sind aus!«

»Im Kühlschrank.«

»Fehlanzeige.«

»Dann sieh in der Speisekammer nach.«

Stroud rutschte unbehaglich auf seiner unzureichenden Sitzgelegenheit herum, während Pearl angespannt in den Hörer zischte: »Hat das nicht bis später Zeit? Ich habe gerade zu tun.« Dolly überhörte den dezenten Hinweis und fuhr unerbittlich fort: »Ich auch. Ich habe für morgen vier Reservierungen entgegengenommen.«

»Ist doch super.«

»Nicht, wenn sie uns ausgehen.«

»Die Zitronen?«

»Die Austern.«

Pearl seufzte. »Mach dir deswegen mal keine Sorgen. Ich habe genügend bestellt.«

Stroud sah auf die Uhr. Er wirkte zunehmend ungeduldiger.

»Pazifische und irische auch.«

Das ließ Stroud aufblicken, und bevor Dolly etwas erwidern konnte, legte Pearl auf, hielt aber die Hand weiterhin fest auf das Telefon, als wollte sie ihre Mutter zum Schweigen bringen. »Entschuldigen Sie bitte die Unterbrechung.« Sie wandte sich wieder Stroud zu und setzte ein gequältes Lächeln auf. »Morgen beginnt das Oyster Festival.«

Stroud schaute mit unverhohlenem Argwohn auf das Telefon. »Und inwiefern betrifft Sie das?«

Pearl überlegte kurz und entschied, Stroud, wenn sie ihn schon nicht als Klienten halten konnte, zumindest als Gast zu gewinnen. »Ich habe ein Seafood-Restaurant«, erklärte sie. »Gleich hier um die Ecke, in der High Street.« Stroud sagte nichts, aber wegen seines Stirnrunzelns fühlte sich Pearl zu einer Rechtfertigung bemüßigt. »Darunter hat meine Arbeit hier aber nicht zu leiden. Normalerweise jedenfalls nicht.« Stroud musterte sie weiter, weshalb Pearl beschloss, reinen Tisch zu machen. »Das Detektivbüro ist zwar neu, aber ich stamme aus dem Ort und bin eine erfahrene Ermittlerin. Ich war früher bei der Polizei, und wenn Sie Referenzen wollen, werden meine letzten Klienten für mich bürgen.« Pearl entschied sich dagegen, damit herauszurücken, dass Mr. und Mrs. Phillip Caffery bisher ihre einzigen Klienten waren und dass die tausend Pfund Belohnung, die sie für das Aufspüren ihres über alles geliebten Wheaten Terriers erhalten hatte, das Grundkapital gewesen waren, um ihrem Detektivbüro einen professionelleren Anstrich zu geben. Das Geld hatte sie für die Umgestaltung ihres Büros sowie für Werbemaßnahmen und den Kauf spezieller Software verwendet, und es hatte sie in der Überzeugung bestärkt, dass der Umstand, dass sie »gut mit Menschen konnte«, sich auch außerhalb der vier Wände ihres Restaurants nutzbringend einsetzen ließ. Pearl hatte den Caffery-Fall genau zum richtigen Zeitpunkt bekommen, und wenn sie auch nicht sonderlich abergläubisch war, verschloss sie dennoch nicht die Augen vor den kleinen Synchronizitäten des Lebens, und ganz besonders dann nicht, wenn sie von ihnen in eine Richtung geschubst wurde, die sie ohnehin hatte einschlagen wollen. Pearl war fest davon überzeugt, dass in irgendeinem Paralleluniversum eine Doppelgängerin von ihr als Detective Chief Superintendent Karriere machte. Eigentlich hätte das Pearl selbst sein sollen, wäre da nicht der unglückliche Umstand gewesen, dass sie bereits mit neunzehn Jahren schwanger geworden war. Das hatte ihre Aufstiegschancen bei der Polizei zunichtegemacht, auch wenn sie felsenfest davon überzeugt war, dass es kein Fehler gewesen war, Charlie zu bekommen.

»Dann kennen Sie sich also mit Austern aus?«

Pearl lächelte. »Ich kann eine gute von einer schlechten unterscheiden und weiß, wie man sie am besten serviert.«

Darüber dachte Stroud eine Weile nach, um schließlich seine Meinung zu ändern. »Dann können Sie mir ja vielleicht doch helfen.« Er steckte sein Taschentuch ein und warf einen kurzen

Blick zum Fenster. »Wussten Sie, dass jemand die Bänke auf eigene Faust abgefischt hat?«

»Jemand?«

Stroud erwiderte ihren Blick ungerührt. »Ein Fischer, ein gewisser Vincent Rowe. Er kam vor einiger Zeit zu mir und erzählte mir von seinem Plan, die freien Gewässer östlich von der Tankerton-Sandbank abzufischen ...« Er verstummte, schien kurz nicht weiterzuwissen.

»Hinter der Street«, kam ihm Pearl zu Hilfe.

Stroud nickte kurz, bevor er fortfuhr. »Er meinte, er könnte dort einheimische Austern anbauen und so schneller als mit irgendeiner anderen Investition Profit machen. Eigentlich müsste ich längst etwas von meinem Geld zurückbekommen, aber bisher habe ich noch keinen Penny gesehen, und wenn er nicht zahlen kann, möchte ich wissen, warum.«

»Warum fragen Sie das nicht einfach ihn selbst?« Pearl war sich der komplizierten Vergabe der Fischereirechte im Watt nur zu deutlich bewusst. Ihr Vater hatte nämlich sein ganzes Leben lang Austern gefischt, ein vergeudetes Leben lang, wie mancher gesagt hätte, denn im Grunde seines Herzens war Tommy Nolan ein Poet gewesen. Als junger Mann hatte er mit seinen musikalisch untermalten Versen in den Hafenkneipen der Stadt die Runde gemacht, mit schwermütigen, bildgewaltigen Zeilen über das Leben, die Liebe und das Fischen von Austern. Doch dann hatte er Dolly geheiratet, die Letztere nicht mochte.

»Ständig kommt er mir mit irgendwelchen Ausflüchten«, fuhr Stroud fort. »Aber ich lasse mich nicht gern an der Nase herumführen.« Er stopfte sein Taschentuch tief in eine Hosentasche und fummelte aus einer anderen eine schicke Lederbrieftasche. »Ich zahle Ihnen schon mal einen Vorschuss, und Sie hören sich ein bisschen um, wie es um seine finanzielle Situation bestellt ist, und sagen mir dann, wie viel Geld er hat. Wenn er mich hinhält, möchte ich das wissen.«

Pearl schaute aus dem Fenster. Wie gern wäre sie jetzt an der Stelle des asiatischen Drachens gewesen, der gerade draußen vorbeischwebte. Doch Strouds Stimme sägte sich erbarmungslos durch ihre Gedanken. »Und? Wie sieht es aus?«

Pearl wandte den Blick vom Fenster ab und sah die dicke Brieftasche offen in Strouds verschwitzter Handfläche liegen. Das Angebot war verlockend, nicht nur wegen des Geldes, sondern auch wegen der Möglichkeit, einen Bona-fide-Klienten zufriedenzustellen. Ihre neugegründete Agentur hatte nämlich noch eine mühsame Anlaufphase vor sich, wenn Pearl ihren langgehegten Traum verwirklichen wollte. Deshalb dachte sie gut über das Angebot nach, bevor sie schließlich antwortete: »Ich glaube, Sie haben völlig recht, Mr. Stroud. Ich bin tatsächlich nicht die Richtige für diese Aufgabe.«

Stroud wirkte nicht sonderlich überrascht. Eher schien es ihn mit stiller Genugtuung zu erfüllen, dass ihn sein erster Eindruck nicht getrogen hatte. Er klappte seine Brieftasche zu und atmete geräuschvoll aus, bevor er sich unbeholfen von seinem Stuhl erhob. Dabei verlor er seinen Panamahut, der auf dem Boden landete und unter Pearls Schreibtisch rollte. Dieser kleine Zwischenfall schien für Stroud das Fass zum Überlaufen zu bringen, und als er sich bückte, um ihn aufzuheben, lief sein Gesicht so rot an, dass Pearl sicherheitshalber einschritt. Als sie nach dem Hut griff und ihn ihrem Besucher reichte, stellte sie fest, dass es sich um ein hochwertiges Modell handelte, auf dessen edles Seidenetikett eine Kathedrale und der Herstellername *Portells* gestickt waren. Stroud nahm seine Kopfbedeckung ohne ein Wort des Dankes entgegen, setzte sie auf und wandte sich zum Gehen. An der Tür blieb er kurz stehen und brummte sarkastisch: »Sie waren wirklich eine große Hilfe.«

Als die Tür hinter ihm zuging, ertappte sich Pearl dabei, wie sie dem Klienten, der ihr gerade entgangen war, durch das offene Fenster nachschaute. Er schlängelte sich an einer Gruppe älterer Touristen vorbei, die auf der Promenade stehen geblieben waren, um ihren Garten zu bewundern, und entfernte sich in Richtung Stadt. Pearl holte tief Atem, um den schalen Geruch, den er zurückgelassen hatte, durch frische Luft zu ersetzen. Dann fischte sie ihr Handy aus ihrer Tasche, wählte eine gespeicherte Nummer und hatte nach kurzem Klingeln eine Mailbox dran. Um den Angerufenen nicht unnötig zu beunruhigen, begann sie nach dem Pfeifton in beiläufigem und ruhigem Ton zu sprechen. »Ich bin's, Vinnie. Ruf mich bitte an, sobald es bei dir passt, ja?«

Pearl beendete das Gespräch und ließ in der festen Überzeugung, das Richtige getan zu haben, den von ihrem Fenster eingerahmten Meerblick auf sich wirken.

KAPITEL ZWEI ✫

»Du hast was getan?«

»Ihn abgewimmelt.«

Dolly, die gerade die Tür des Restaurants abschloss, hielt abrupt inne. »Was wollte er überhaupt von dir? Dass du seiner Frau nachspionierst?«

Pearl zögerte und fragte sich, was für eine Frau einen Mann wie Stroud heiraten könnte. »Etwas in der Art.«

Mehr fügte sie dem nicht hinzu, denn sie wusste nur zu gut, was ihre Mutter von ihrem Detektivbüro hielt. Als Pearl vor mehr als zwanzig Jahren beschlossen hatte, zur Polizei zu gehen, war das für Dolly ein schwerer Schock gewesen. Vor allem hatte sie um die Sicherheit ihrer Tochter gefürchtet, aber sie war auch nicht gerade eine Freundin der Polizei. Zeit ihres Lebens eine überzeugte Alternative, war es einfach zu viel für ihre blühende Phantasie gewesen, sich vorzustellen, wie Pearl, mit einem Schlagstock bewaffnet, gegen unschuldige Demonstranten vorging. Dolly machte sich heftige Vorwürfe, ihre Tochter als Kind zu viel *Cagney & Lacey* schauen gelassen zu haben, obwohl Pearls Entscheidung nicht von der amerikanischen Fernsehserie beeinflusst worden war. Ein Psychologe hätte Pearls Ordnungsliebe und ihr Bedürfnis, Lösungen zu finden und Ungereimtheiten aufzuklären, vielleicht als Gegenreaktion auf eine Kindheit gedeutet, die größtenteils sorgenfrei und ohne Einschränkungen verlaufen war. Es ließ sich jedenfalls nicht leugnen, dass Pearl innerhalb des streng umrissenen Rahmens, den ihr die polizeiliche Grundausbildung geboten hatte, regelrecht aufgeblüht war. Allerdings hatte sich in ihrer Probezeit auch gezeigt, dass sie nicht nur jemand war, der gut mit

Menschen konnte, sondern sie instinktiv auch sehr gut durchschaute. Vor allem diese Eigenschaft war es gewesen, die sie als potentielle Kandidatin für strafrechtliche Ermittlungen empfohlen hatte, bis ein positiv ausgefallener Schwangerschaftstest zu ihrem Ausscheiden bei der Polizei geführt hatte, sehr zur stillen Freude ihrer Mutter, die ihre Tochter lieber als alleinerziehende Mutter denn als »Lakaiin des Staates« sah.

»Manchmal ist es besser, Träume Träume bleiben zu lassen«, hatte Dolly damals mit demselben Blick gesagt, mit dem sie jetzt Pearl die Schlüssel des Restaurants in die Hand drückte. »Ich versuche dir doch schon die ganze Zeit klarzumachen, dass du damit nur alle möglichen Spinner anlockst.«

»Damit dürftest du dich ja am besten auskennen«, konterte Pearl lächelnd, da sie nur zu gut wusste, dass auch ihre Mutter noch so manche Träume hegte.

Anlässlich eines Wettbewerbs, bei dem jedes Jahr die schönste Auslage prämiert wurde, hatte Dolly das Fenster des Restaurants neu gestaltet. An diesem wichtigen Ereignis nahmen fast alle Geschäfte und Lokale der Stadt teil. Während jedoch die meisten auf altbewährte Dekorationen zurückgriffen, hielt Dolly nichts von den ewig gleichen Fischernetzen und mit Austernschalen gefüllten Schatztruhen. Sie hatte ein Faible für Ausgefalleneres. Diesmal ließ sie blaue Taftwellen über eine Handvoll verstreuter Perlen wogen.

»Und?«, fragte sie zaghaft.

»Sehr schön«, antwortete Pearl wahrheitsgemäß.

»Aber nicht sehr kulinarisch«, bemängelte Dolly, die nicht wirklich zufrieden war mit ihrem Werk. »Irgendetwas fehlt noch, sonst halten sie es noch für die Auslage eines Juweliers.«

»Ein paar Fische vielleicht?«

»Viel zu naheliegend. Aber etwas mehr Bezug zu Meer und Wasser könnte nicht schaden.«

Während sie weiter das Fenster betrachtete, neigte sich Pearl zu ihr. »Musst du nicht zu einer Probe?«

Dolly sah sie verständnislos an.

»Dein Bauchtanzkurs?«, half Pearl ihrer Mutter auf die Sprünge.

Dolly machte große Augen. »Flamenco! Wieso hast du mich nicht schon früher daran erinnert? Juana Parientes Kurs fängt heute Abend an.«

»Juana …?«

»Der neue Kurs, für den ich mich angemeldet habe. Die Lehrerin aus Granada. Ich komme noch zu spät zur Einführung«, erklärte sie und machte sich hastig auf den Weg die High Street hinauf.

»Warte noch!«, rief ihr Pearl hinterher, aber ihre Mutter machte nur eine abweisende Handbewegung, bevor sie in die Bonner Alley bog und verschwand. Pearl blieb nichts anderes zu tun, als auf die Schlüssel in ihrer Hand zu blicken und dann hinauf zu ihrem Namen über dem Fenster des Restaurants, was ihr nur wieder einmal bestätigte, dass Träume manchmal tatsächlich wahr werden konnten.

»Pearl's Oyster Bar« war nichts Großartiges – die schicken Restaurants lagen alle unten am Strand –, aber das kleine Lokal in der High Street hatte eindeutig Charme, und was das Wichtigste war, es gab hier das beste Seafood der Stadt. Außer Austern hatte das »Pearl's« noch eine ganze Reihe anderer interessanter Gerichte auf der Karte: Oktopus in leichtem Chili-Tempurateig, gebratene und in Brotkrumen gewendete Jakobsmuscheln oder marinierte Thunfisch-, Makrelen- und Wildlachs-Sashimi. Hier wurde kein großspuriges kulinarisches Statement abgegeben, sondern ein klares Bekenntnis zu einfachen Gerichten mit hochwertigen Zutaten. Alle Gerichte auf der Speisekarte waren im Laufe der Zeit perfektioniert worden, aber dank ihrer Einfachheit konnten sie auch jederzeit in Pearls Abwesenheit zubereitet werden. Das brachte zwei Vorteile mit sich: Zum einen war Pearl nicht an das Restaurant gefesselt, zum anderen war im Gegensatz zu anderen Restaurants in Whitstable, deren Güte mit dem jeweiligen Küchenchef oft erheblich schwankte, auf die Qualität des Essens immer Verlass.

An den Wänden hingen Charlies Zeichnungen, und trotz Dollys Gemeckere war das Restaurant ein Familienbetrieb geblieben, mit dem sich Pearl die ganze Kindheit ihres Sohnes hindurch über Wasser gehalten hatte, während sie gleichzeitig unvermindert am öffentlichen Leben der Stadt teilgenommen hatte, wie sich das für jemanden, der »gut mit Menschen konnte«, auch gehörte. Das einzige Problem dabei war, dass das Restaurant Pearl nicht mehr ausfüllte. Schon seit einiger Zeit stand ihr der Sinn nach einer neuen Herausforderung. Alte Ambitionen hatten sich wieder zu regen begonnen, und Pearl spürte, dass sie diese Träume, wenn nicht jetzt, dann nie mehr verwirklichen würde. Seit Charlie an der Kent University studierte, hatte sich eine gewisse Leere in ihrem Innern breitgemacht, nicht quälend, aber dennoch störend. Der Campus in Canterbury war zwar nur fünfzehn Minuten Fahrt entfernt, aber er hätte genauso gut am anderen Ende der Welt liegen können. Pearl wurde nämlich zunehmend deutlicher bewusst, was Dolly ihr schon immer vorgehalten hatte: dass sie ihr eigenes Leben für ihren Sohn hintangestellt und viele sich bietende Gelegenheiten, auch amouröser Natur, nicht ergriffen hatte. Den Wunsch, einen Partner fürs Leben zu finden, hatte Pearl keineswegs aufgegeben, und es hatte im Laufe der Jahre immer wieder gefunkt, aber nie mit derselben Intensität wie bei ihrer ersten großen Liebe, Charlies Vater. Mehrere Blind Dates, Verkupplungsversuche von Freunden und sogar ein paar Ausflüge ins Internet hatten zu wenig mehr geführt als einer Reihe von langweiligen Abenden, an denen sie sich hauptsächlich gefragt hatte, wann sie sich endlich verabschieden könnte, ohne allzu unhöflich zu erscheinen. Oft hatte Charlie – beziehungsweise Kinderkrankheiten, Zahnschmerzen oder Trotzanfälle – als Ausrede herhalten müssen, aber das ging nun nicht mehr. Denn Charlie war jetzt erwachsen und stand auf eigenen Beinen. Nach zehn Monaten in Canterbury, wo er Kunstgeschichte studierte, legte er ein erstaunliches Maß an Selbständigkeit an den Tag, auch wenn Pearl zu spüren glaubte, dass er sich immer noch freute, wenn sie mit einer Wagenladung Lebensmittel und frisch gewaschener Wäsche auf dem Campus auftauchte – außer vielleicht bei ihrem letzten unangekündigten Besuch, als sie ihn beim Lernen mit einem »Freund« ertappt hatte.

Tiziana, aus der Toskana, hatte bernsteinfarbene Augen und honigfarbene Haut und sprach mit ihren makellos weißen Zähnen besser Englisch als Pearl. Wenn sie lächelte, was sie immer tat, wenn sie Charlie ansah, verschlug es Pearl jedes Mal von neuem den Atem, nicht zuletzt wegen der Wirkung, die es auf ihren Sohn hatte. Charlie hatte auch davor schon Freundinnen gehabt, aber irgendwie schienen sie bloß eine untergeordnete Rolle für ihn zu spielen, wie Komparsinnen, die hinter der Bühne warteten, während er mit Pearl darüber redete, was er gerade vorhatte oder wann er zurückkäme. Tiziana dagegen dominierte die Bühne geradezu, wie es sich, fand Pearl, für eine Studentin der darstellenden Künste auch gehörte. Mit ihrem bernsteinfarbenen, zu einem wallenden Chaos nach hinten gebundenen Haar zeigte »Tizzy« selbst dann Starqualitäten, wenn sie über die Kochplatte gebeugt stand und unter Charlies hungrigen Blicken – nach ihr wohlgemerkt – in Salbeibutter geschwenkte Tortellini probierte.

Auf Pearl hatte die erste Begegnung mit Tiziana nicht zuletzt deshalb einen so nachhaltigen Eindruck gemacht, weil das Mädchen so nett zu ihr gewesen war. Wäre sie nur eine kalte Personifizierung von Schönheit gewesen, »nur Fassade, aber keine Substanz«, wie Dolly es vielleicht ausgedrückt hätte, hätte Pearl etwas gehabt, was sie an ihr aussetzen konnte, aber stattdessen war das Mädchen nett und sympathisch gewesen und hatte ihr sogar ein Mitbringsel aus ihrer Heimat geschenkt, eine Wachstuchschürze mit dem schiefen Turm von Pisa darauf. Das Geschenk hatte Pearl angenommen, aber die Einladung zum Abendessen hatte sie abgelehnt und gleichzeitig erstaunt zur Kenntnis genommen, wie Charlie seiner Freundin mit dem Geschirr und dem Wein zur Hand ging. Zu Hause hatte er das nie getan. Ein paar Minuten später hatte Pearl erst einmal eine Weile in ihrem Auto gesessen, bevor sie losfuhr. Sie konnte immer noch nicht richtig fassen, was sie gerade gesehen hatte: ihr Sohn, vollkommen hingerissen von einer anderen Frau. Sie konnte sich des Eindrucks nicht erwehren, dass ihr noch mehr solcher emotionaler Purzelbäume bevorstanden, und hoffte, dabei jedes Mal auf den Füßen zu landen.

Pearl freute sich für ihren Sohn, wie auch nicht? Trotzdem hatte sie irgendetwas davon abgehalten, die Schürze zu tragen, und sie hatte auch nichts einzuwenden gehabt, als Dolly sie sich unter den Nagel riss. Wenn dieses »Irgendetwas« schleichende Eifersucht war, schien es noch einen weiteren Grund zu geben, mehr Energie in das Detektivbüro zu stecken, das sie zwei Wochen zuvor eröffnet hatte, ohne auch nur einen Moment damit zu rechnen, dass ihr erster Klient sie vor ein solches Problem stellen könnte. Pearl nahm es dorthin mit, wohin sie alle ihre Probleme mitnahm – zum Strand hinunter. Oft genügte es schon, den Wechsel von Ebbe und Flut zu beobachten, um eine Lösung oder zumindest die Hoffnung auf eine solche angespült zu bekommen, aber als Pearl nun den Blick über den Horizont wandern ließ, hatte sie das Gefühl, dass es in diesem Fall nicht so sein würde.

Vinnie hatte nicht auf Pearls Anruf reagiert, obwohl sein Boot, die *Native*, draußen auf dem Meer zu sehen war. Das veranlasste Pearl, in Richtung Street loszugehen, zu dem schmalen Kiesstreifen, der fast einen Kilometer weit ins Meer hinausragte und bei einsetzender Ebbe rasch sichtbar wurde. Als sie über einen der niedrigen Wellenbrecher kletterte, sah sie ein junges Paar auf dem Rumpf ihres umgedrehten Holzboots sitzen. Die beiden Teenager, die Händchen haltend die Gesichter in die letzten Strahlen der Abendsonne hielten, wirkten so still und reglos wie eine Fotografie. Plötzlich trug der Wind den Text eines alten Shakespeare's-Sister-Songs zu Pearl herüber, der sie an einen mehr als zwanzig Jahre zurückliegenden Sommerabend am selben Strandabschnitt erinnerte. »*You'd better hope and pray you make it back to your own world.*« (Hoffe und bete lieber, dass du es in deine Welt zurückschaffst.) Marcella Detroits Sopran ertönte noch ein paar Momente länger, bis das Radio leiser gestellt wurde. Ein Kiesel unter Pearls Schuh verrutschte, und das »Foto« erwachte zum Leben. Die Hände des Pärchens lösten sich voneinander, als sie Pearl vor sich stehen sahen. Die zwei Jugendlichen erhoben sich brav und machten sich auf die Suche nach einer anderen Sitzgelegenheit, während Pearl das kleine Boot aufrichtete und zum Wasser hinunterzog.

Weil die Ebbe eingesetzt hatte, war der Außenbordmotor nicht nötig. Pearl bräuchte keine fünfzehn Minuten zu Vinnies Boot hinaus, und die kühle Luft war angenehm, als sie losruderte. Im Osten drehten sich gemächlich die bleichen Propeller des Windparks, die neuen Nachbarn des Red Sands Fort, das seit dem Zweiten Weltkrieg acht Meilen vor der Küste lag. Die aus sieben Stahltürmen bestehende Anlage hatte früher der Flugabwehr gedient und Waffen, Munition und über zweihundert Soldaten beherbergt, die feindliche Flugzeuge daran hindern sollten, nach London zu gelangen. In den 60er Jahren hatten sich dort verschiedene Piratensender eingenistet, deren DJs aus den trostlosen Türmen, in denen einst Soldaten ihr Leben riskiert hatten, Mersey-Beat-Singles durch den Äther schickten. Inzwischen rostete die Anlage auf ihren alten Stahlstreben verlassen vor sich hin, und nur noch eine einsame Glockenboje machte die Seeleute, die in ihre Nähe kamen, auf sie aufmerksam.

Tagsüber war das Meer fast blau gewesen, aber im schwindenden Abendlicht nahm das Wasser des ausgedehnten Mündungsbereichs wieder seinen gewohnten Zinnton an. Auf die Ruder gestützt, ließ sich Pearl eine Weile treiben und betrachtete die Küste. Am Strand gingen die ersten Lichter an, und vor dem Hotel Continental herrschte reger Betrieb; vor seiner Art-déco-Fassade fuhren Autos vor, auf dem Parkplatz verloschen Scheinwerfer. Die Möwen, die am Himmel in Richtung Küste flogen, stießen immer wieder aufs Meer hinab. Am nächsten Tag begann das Oyster Festival. In den zwei Wochen, die sowohl der Traditionspflege wie auch der zeitgenössischen Kultur gewidmet waren, lockte es Besucher aus London und von noch weiter her nach Whitstable. Im Moment war jedoch alles noch ruhig und beschaulich.

Pearl griff wieder nach den Riemen und ruderte weiter zur *Native* hinaus. Sie sah, dass der 40-Fuß-Kutter noch vor Anker lag, aber wegen der einsetzenden Ebbe würde er jeden Moment an Land zurückkehren. Pearl, die so oft mit ihrem Vater fischen gewesen war, kannte den Ablauf: wie das schwere Schleppnetz, das vom Heck ausgeworfen und über den Meeresgrund gezogen wurde, zum Schluss mit dem Fang hochgeholt und von unerwünschten Eindringlingen befreit wurde. Obwohl auch Krabben in der Lage waren, die Schalen junger Austern aufzubrechen, waren die schlimmsten Feinde der Austernfischer die Seesterne, die sich mit unschuldigen Babyfingern an einer Austernschale festklammerten und ihr alles Leben aussaugten. Als Kind hatte Pearl ihrem Vater geholfen, sie von ihrer Beute abzulösen, und als sie bei der Erinnerung daran plötzlich an Strouds Händedruck denken musste, legte sie sich beim Rudern stärker ins Zeug.

Als sie sich der *Native* näherte, war auf Deck niemand zu sehen, aber aus der kleinen Kajüte hinter dem Ruderhaus kamen gedämpfte Stimmen. Doch erst als sie längsseits anlegte und ihr Boot an der Steuerbordklampe der *Native* festmachte, merkte sie, dass sie aus einem Radio kamen. Ihre eigene Stimme verlor sich im Dämmerlicht, als sie gegen den Rumpf klopfte und rief: »Vinnie. Ich bin's – Pearl.« Die einzige Antwort kam von den Sprechern des Hörspiels, das in Vinnies Kajüte lief. Pearl kletterte an Bord.

Im Heck der *Native* zeugten Körbe voller Austern von einem erfolgreichen Fang, doch als sich Pearl der Kajüte näherte, kam ihr das Radio so ohrenbetäubend laut vor, dass kaum vorstellbar war, dass Vinnie bei diesem Lärm ein Nickerchen machte. An der Wand des Ruderhauses hing ein Christophorus, auf der Kochplatte der winzigen Kombüse rutschte, ungehindert von irgendwelchen Schlingerleisten, ein Topf hin und her. Auf dem Tisch in der Kajüte lagen Gezeitentabellen und Taschenbücher, aber von Vinnie fehlte jede Spur. Das Boot schien verlassen worden zu sein – wie die *Mary Celeste*.

Plötzlich ertönte aus dem Radio Konservengelächter. Pearls Herz begann schneller zu schlagen, als sie wieder auf Deck zurückkehrte. Ihr kamen erste Bedenken. Der Himmel verdunkelte sich, aber weil von Vinnie nichts zu sehen war, fragte sie sich, ob er aus irgendeinem Grund in ein anderes Boot umgestiegen war. Möglicherweise hatte jemand Hilfe benötigt, vielleicht ein anderer Fischer oder ein Tagesausflügler. In der Ferne zog das laute Röhren eines Jetski vorbei. Er hinterließ nichts als seine Heckwelle und ein leichtes Ruckeln an der Ankerkette unter dem Boot. Pearl fasste einen Entschluss. Sie würde einen Funkspruch an Land absetzen und die *Native* selbst in den Hafen bringen, bevor die Ebbe ihren Tiefststand erreichte. Sie ging ins Ruderhaus und ließ Vinnies Dieselmotor an. Die *Native* erwachte wieder zum Leben.

Als Pearl darauf rasch zum Bug ging, um den Anker zu lichten, sah sie, dass die Luke des Laderaums offen war; neben mehreren aufgerollten Tauen stapelten sich darin nur ein paar stinkende Fischbehälter. Hand über Hand zog sie mit aller Kraft an der Ankerleine, bis sie sich immer schwerer bewegen ließ. Daraufhin befestigte Pearl die Leine an einer Klampe und beugte sich über die Reling, um zu schauen, wie weit sie den Anker bereits gelichtet hatte.

Im schwindenden Licht war unter Wasser nichts zu erkennen, aber plötzlich schien etwas Bleiches an die Oberfläche zu steigen. Ein kleines Meeresgeschöpf trudelte, vom grünen Steuerbordpositionslicht der *Native* erfasst, aus einer dunklen Höhlung. Dicht über Pearl kreischte eine Möwe, und als sie sich an der Reling bereits wieder aufrichten wollte, erschrak sie plötzlich heftig, nicht wegen des heiseren Möwenschreis, sondern weil sie merkte, dass das Tier im Wasser ein winziger Seestern war, der aus der klaffenden Öffnung eines Munds kam.

Es war Vinnie, der mit weit aufgerissenen Augen zu Pearl heraufstarrte. Sein Oberkörper stand aufrecht wie bei einem an die Oberfläche steigenden Taucher, nur seine kräftigen bloßen Arme schlenkerten im Sog des ablaufenden Wassers, und um sein Fußgelenk war ein Stück der Ankerkette geschlungen.

KAPITEL DREI ✦

Es war kurz nach 22 Uhr, als der Anruf einging. Detective Chief Inspector Mike McGuire, der gerade erfahren hatte, dass das Auto, auf das er bei einer Onlinewette gesetzt hatte, in der letzten Schikane eines Autorennens verunglückt war, ging über den öffentlichen Parkplatz an Canterburys Pound Lane. Das Rennen war zwar nur virtuell gewesen, aber McGuires Einsatz sehr real, und seine Miene war nicht nur wegen der Höhe seines Verlusts so gequält, sondern auch wegen seiner drückenden neuen Schuhe. Er hatte sie bereits am Wochenende gekauft, aber heute war der erste Tag, an dem er sie trug – bequeme Halbschuhe, in die er am Morgen noch mühelos hineingekommen war, die sich aber im Laufe des langen heißen Tages mehr und mehr als eine Form von mittelalterlicher Folter entpuppt hatten.

McGuire hatte sie in Größe 10 gekauft, aber in letzter Zeit schien sein Schuhwerk auf unerklärliche Weise zu schrumpfen. Entweder das, oder seine Füße wurden größer, auch wenn er schon neununddreißig Jahre alt war. Vielleicht orientierten sie sich an seiner Taille, die im vergangenen Jahr ebenfalls etwas zugelegt hatte, was er auf den Umzug nach Canterbury zurückführte. In London war er aktiver gewesen und hatte jede Woche zweimal Squash gespielt, aber damit war jetzt Schluss, da er nun meist an den Schreibtisch gefesselt war – und seine Arbeitstage mehr und mehr der Tyrannei des Verwaltungskrams unterworfen waren. McGuire bereute seine Versetzung nach Canterbury bereits und begann all dem nachzutrauern, was er am Dienst in London so gehasst hatte: den ständigen Adrenalinschub pausenloser Aktivität, den Leistungsdruck, ausgelöst durch zu viele

Dinge, die in zu wenig Zeit erledigt werden mussten, der Hektik auf den Straßen, dem Stress des täglichen Überlebenskampfs. Am meisten vermisste er allerdings die Anonymität des Großstadtlebens. Im Vergleich dazu erschien ihm Canterbury provinziell und kleinkariert. Ironischerweise war es die Gefahr, die ihm fehlte. Und Donna. Aber aufgrund der Art, wie sie ihm genommen worden war, waren die beiden jetzt unauflöslich miteinander verbunden. Ihr Verschwinden aus seinem Leben hatte alles auf den Kopf gestellt und nicht nur seine Ambitionen verkümmern lassen, sondern seinem Leben eine Weile auch jeden Sinn geraubt. Ein dummer Zufall hatte sie das Leben gekostet: Zwei mit Drogen vollgepumpte Jugendliche, die mit einem gestohlenen Auto durch die Straßen von Peckham gerast waren, hatten sie wie ein Ziel in einem Computerspiel aufs Korn genommen und überfahren. Von diesem Augenblick an hatte sich McGuires Weltsicht so drastisch verändert, dass nichts als Chaos zurückgeblieben war. Wochenlang hatte er sich in Wut und Trauer gesuhlt und sich mit dem nächtlichen Allheilmittel Bourbon zu betäuben versucht, aber der Schmerz hatte nicht nachgelassen. Nur die Rückkehr in den Polizeidienst hatte sich als eine brauchbare Stütze erwiesen, an die er sich klammern konnte: Das Mittelmaß der Routine verdrängte das überwältigende Verlustgefühl, das ihn so lange gelähmt hatte. Ein Jahr nach dem schrecklichen Unfall war er wieder in der Lage, jede Nacht zu schlafen und am nächsten Morgen aufzuwachen, als hätte sein Herz keinen Schaden genommen. Aber nur er wusste, dass ihm ironischerweise ausgerechnet der Dienst beim CID, der ihn so oft mit dem Tod in Berührung brachte, einen Grund gab, weiterzuleben.

Als McGuire sein Auto erreichte, hörte er sich aufmerksam die Einzelheiten des Vorfalls in Whitstable an, bevor er sich mit einem knappen »Bin schon unterwegs« abmeldete. Er steckte das Handy in seine Tasche, und als er wenige Augenblicke später aufs Gaspedal trat, erinnerten ihn seine zu engen Schuhe auf schmerzhafte, aber zugleich auch tröstliche Weise daran, dass er am Leben war.

Bei dem Telefonat hatte McGuire erfahren, dass der »Tatort« gesichert worden war: Das Fischerboot lag inzwischen im Hafen von Whitstable, und ein Notarzt hatte bestätigt, dass keine Lebenszeichen mehr festzustellen waren. Von einem Verkehrsunfall, der sich in der Nähe ereignet hatte, war bereits ein Wagen der Spurensicherung zum Hafen unterwegs, und McGuire war froh, dass sein Erscheinen nicht erforderlich war. Whitstable wäre keine zwanzig Minuten Fahrt entfernt gewesen, und die Straße dorthin, die durch das fast zwanzig Meter hohe Westtor in der Stadtmauer führte, war früher ein Saumpfad gewesen, auf dem die Fischerfrauen nach Canterbury gekommen waren. Jetzt führte sie, an den Feldern und Bungalows des Dorfes Blean vorbei, geradewegs zum Kamm des Borstal Hill hinauf, von dem man einen unverstellten Blick auf das graue Sims der Themsemündung und der Küste hatte. McGuire hielt nicht viel von Whitstable – oder sonst einer Kleinstadt. Die alte Polizeiwache war längst in ein Wohnhaus umgewandelt worden, und inzwischen gab es bloß einen »Polizei-Shop« in der High Street, der sich von den anderen Geschäften lediglich durch die davor hängende blaue Laterne unterschied – und durch die Öffnungszeiten von 10 bis 15 Uhr, nur werktags versteht sich. Das bestätigte McGuire wieder einmal, dass das Küstenstädtchen ein langweiliges Nest für Touristen und die Sorte spießiger Einheimischer war, die nichts lieber taten, als ihre Nase in die Angelegenheiten ihrer Nachbarn zu stecken. Er konnte sich die Szene am Hafen gut vorstellen – das Polizei-Absperrband, das mit den Wimpeln, auf denen die Fischer reduzierte Seezungen anpriesen, um die Wette flatterte.

Als McGuire in seiner Dienststelle in Canterbury eintraf,

parkte er auf dem für ihn reservierten Parkplatz und ging direkt zum Zellentrakt hinauf, hinter dessen schwerer Eingangstür ihm das Gesicht einer jungen Frau entgegenblickte, die sich gerade einen eingetunkten Keks in den Mund schieben wollte. WPC Jane Quinn war zweiundzwanzig Jahre alt, sah aber aus wie ein Teenager. Manchmal, wenn sie es mit jugendlichen Ausreißern zu tun hatten, war das durchaus von Nutzen, aber in den meisten anderen Fällen erwies es sich als wenig förderlich. Beim Anblick McGuires sprang sie erschrocken auf und ließ den Keks in ihre Tasse fallen, so dass etwas Kaffee auf das Revers ihrer Uniform spritzte. Während sie den Fleck vergeblich abzutupfen versuchte, wandte McGuire angesichts ihres unprofessionellen Verhaltens betreten den Blick ab.

»Was haben Sie für mich?«

»Pearl Nolan, Sir.« Sie reichte ihm eine Akte. »Die Inspektoren Shetcliffe und Barnes haben sie bereits vernommen, und der DS vor Ort hat am Tatort ein erstes Protokoll aufgenommen.«

McGuire deutete mit dem Kopf auf die geschlossene Tür vor ihm. »Wie geht es ihr?«

»Den Umständen entsprechend ganz okay. Wir haben bereits alle Formalitäten geklärt, aber sie will keinen Anwalt.«

McGuires Blick wanderte zu der Tasse in Quinns Hand. »Könnten Sie mir vielleicht auch einen Kaffee besorgen?«

Die junge Polizistin entfernte sich rasch, und McGuire blickte auf die Akte in seiner Hand. Um seine Füße zu entlasten, setzte er sich, nahm zwei Tonbandkassetten aus dem Ordner und legte eine davon in ein Aufnahmegerät ein.

Im Vernehmungszimmer auf der anderen Seite der Tür schob Pearl gerade einen angeschlagenen Becher von sich. Der Kaffee darin war kalt, und die stickige Luft im Zimmer roch trotz des RAUCHEN-VERBOTEN-Schilds an der Wand nach abgestandenem Rauch. Im Zug einer Vernehmungspause, die ihr, wie sie wusste, zustand, hatte man sie eine Weile allein gelassen. Nach ihrem Eintreffen auf der Wache hatten die Mühlen der Justiz mit beeindruckender Schnelligkeit zu mahlen begonnen: Sie war eingeliefert und auf ihre Rechte hingewiesen worden, dann hatte man sie fotografiert, ihr eine DNA-Probe und Fingerabdrücke abgenommen und sie schließlich aufgefordert, zwecks einer forensischen Untersuchung ihre Kleider abzulegen. Obwohl sie sicher war, bald von der Liste der Verdächtigen gestrichen zu werden, verstärkte es ihr Gefühl von Verletzlichkeit, dass sie bei der Schilderung der tragischen Ereignisse des Abends einen kratzenden weißen Jogginganzug tragen musste. Vierzig Minuten waren vergangen, seit sie um 22:14 Uhr ihre Aussage unterschrieben hatte. Zunehmend rastloser und ungeduldiger spielte sie mit dem Gedanken, sich zu beschweren. Sie stand auf und ging zur Tür, als diese plötzlich von der anderen Seite geöffnet wurde. Vor ihr erschien ein neuer Polizist, der mit einem förmlichen Lächeln auf sie zukam und sich mit DCI McGuire vorstellte.

Pearl sah ihn verdutzt an, nicht nur wegen seiner beeindruckenden Statur, sondern auch weil er so wenig von einem Polizeiinspektor an sich hatte. Er trug Jeans, ein legeres, am Hals offenes Leinenhemd und ein leichtes Sommersakko, das er abstreifte und über die Lehne des zweiten Stuhls im Zimmer warf. Sein blondes Haar war an den Seiten kurz geschnitten, aber oben relativ lang – ziemlich modisch, wie Pearl fand. Wahrscheinlich hätte sie ihn für einen skandinavischen Touristen gehalten, wenn er als Gast in ihr Restaurant gekommen wäre. Sie nahm wieder Platz, und McGuire setzte sich ihr gegenüber an den kleinen Tisch, der in der Mitte des Zimmers stand. Quinn kam mit einem Becher herein und stellte ihn vorsichtig ab. Die junge Polizistin lächelte, aber Pearl schüttelte den Kopf. »Ich glaube, für heute Abend habe ich wirklich genug.«

McGuire spürte, dass Pearl damit nicht nur den Kaffee meinte. Die dunklen Ringe unter ihren müden grauen Augen ließen keinen Zweifel an ihrer Erschöpfung, aber zugleich spürte er eine nervöse Energie in ihr, die nicht von Koffein befeuert wurde, sondern von dem, was sie an diesem Abend erlebt hatte.

»Ich muss Ihnen noch ein paar Fragen stellen«, begann er. »Aber es wird nicht lange dauern.«

Quinn startete das Aufnahmegerät und gab das Datum, die Uhrzeit und die Namen der anwesenden Polizisten an. McGuire blickte auf das hinter einem Plastikfenster ablaufende Band der Tonbandkassette. »Das muss ja ein toller Abend für Sie gewesen zu sein«, begann er nach kurzem Zögern.

Pearl fand seine Wortwahl nicht sehr glücklich, weil sie den Eindruck erweckte, als wäre der schreckliche Zwischenfall eine Art Party gewesen. Sie sagte jedoch nichts, sondern beobachtete nur, wie McGuire einen Kugelschreiber vom Tisch nahm. Als er damit zu spielen begann, fiel ihr auf, dass er keinen Ehering trug. Seine nächste Frage riss Pearl abrupt in die raue Wirklichkeit zurück.

»Wenn ich das recht verstanden habe, kannten Sie den Verstorbenen?«

»Ich kannte Vinnie«, korrigierte ihn Pearl, der es immer noch schwerfiel, sich Vinnie tot vorzustellen, obwohl es sie einige Anstrengung gekostet hatte, seinen leblosen Körper zu bergen. Da sie das aus eigener Kraft gar nicht geschafft hätte, hatte sie die Leiche mit der Winde der *Native* an Bord gehievt. Dabei hatte sie gesehen, wie aus den nässetriefenden Kleidern des Fischers kleine Krabben ins Meer fielen. Sie schloss die Augen, aber das Bild blieb.

»Und es war bei Sonnenuntergang, als Sie zu seinem Boot hinausgefahren sind?«

»Kurz danach.«

»Darf ich fragen, warum?«

Pearl öffnete die Augen. Die Abstraktheit von McGuires Frage hatte fast metaphysische Züge. Da er das spürte, stellte er die Frage noch einmal einfacher. »Warum sind Sie zu Mr. Rowes Boot hinausgefahren?«

Pearl griff nach dem Becher vor ihr und nahm einen Schluck bitteren Kaffee. »Ich hatte ihm auf die Mailbox gesprochen, dass er mich anrufen sollte, aber das hat er nicht getan. Dann habe ich später vom Strand aus die *Native* gesehen und bin …« Sie verstummte abrupt, als sie sah, wie McGuire, anscheinend von seinen Füßen abgelenkt, unter den Tisch schaute.

»Das habe ich doch alles schon den anderen Ermittlern erzählt. Müssen wir das wirklich noch mal durchkauen?«

McGuire hielt ihrem Blick stand. »Ich möchte nur noch ein paar Fragen klären, die sich aufgrund Ihrer Aussage ergeben haben, mehr nicht.«

Pearls Blick wanderte zu der Akte, die auf dem Tisch lag, und fragte sich, welche Schlüsse die Polizei inzwischen aus der Sache gezogen hatte. »War es ein Unfall?«

McGuire sagte nichts, sondern drehte nur weiter den Kugelschreiber zwischen seinen Fingern.

»Man hört ja immer wieder Geschichten von Seeleuten, die nicht aufgepasst haben«, fuhr Pearl fort, »die zum Beispiel in die Schlinge einer Ankerkette getreten sind, bevor sie über Bord geworfen wurde, aber …« Sie brach mitten im Satz ab. »Aber war es wirklich das, was heute Abend passiert ist?«

McGuire legte den Kugelschreiber auf den Tisch, lehnte sich zurück und legte die Finger vor seiner Brust aneinander. »Was glauben Sie denn?«

Pearl dachte kurz über die Frage nach, dann zuckte sie mit den Achseln. »Keine Ahnung. Ehrlich gesagt, verstehe ich nicht mal, warum Sie mich immer noch festhalten.« Sie sah McGuire fragend an. »Gelte ich als Zeugin oder als Verdächtige?« Sie wusste, dass bei Mordermittlungen mit Vorliebe diejenigen festgenommen wurden, die die Leiche gefunden oder das Opfer zuletzt lebend gesehen hatten. Bei Pearl traf beides zu, aber ihr war auch bewusst, dass ein Ermittler einen Zeugen oft sicherheitshalber festnehmen musste, bevor er ihn endgültig aus dem Kreis der Verdächtigen ausschließen konnte.

»Sie sind zur Vernehmung in Gewahrsam genommen worden«, sagte McGuire schließlich.

»Man hat mich verhaftet.«

»Und auf Ihre Rechte hingewiesen.«

»Aber keiner Straftat beschuldigt.«

McGuire sah sie forschend an. Trotz allem, was sie hinter sich hatte, war sie erstaunlich gefasst. »Wollen Sie immer noch keinen Anwalt?«

Pearl dachte über die Frage nach und schüttelte schließlich den Kopf. WPC Quinn beugte sich zum Aufnahmegerät vor. »Unter Berücksichtigung der Tatsache, dass es sich hier um eine Tonbandaufnahme …«

»Nein«, unterbrach Pearl sie entschieden. »Ich will keinen Anwalt. Unter Berücksichtigung der Tatsache, dass es sich hier um eine Tonbandaufnahme handelt: Ich habe zufällig eine Leiche gefunden.« Sie sah McGuire unverwandt an. »Das ist alles, was ich zu sagen habe.«

Der Minutenzeiger der Wanduhr sprang weiter. McGuire wich Pearls Blick nicht aus. Sein Schweigen ging ihr allmählich auf die Nerven. Wollte er sich ihr gegenüber nur aufspielen, oder führte er irgendetwas im Schilde? Doch als er schließlich wieder zu sprechen begann, tat er das in einem freundlichen, verständnisvollen Ton, der Pearl überraschte. »Mir ist sehr wohl bewusst, was Sie heute Abend durchgemacht haben, und ich weiß deshalb zu schätzen, dass Sie sich trotzdem die Mühe gemacht haben, uns zu erzählen, was passiert ist. Wir könnten das auch ein andermal tun, aber aus Erfahrung weiß ich, dass man eine Zeugenaussage am besten zu Protokoll nehmen sollte, solange die Ereignisse noch frisch im Gedächtnis sind.«

Aus seinen Zügen wich etwas von ihrer Härte, als er die Entscheidung ihr überließ. Pearl ließ sich Zeit – und holte tief Luft.

»Ich bin zu Vinnie rausgerudert, um mit ihm zu reden.«

»Worüber?«

»Über Austern. Er war mein Lieferant.«

McGuire griff nach dem Kugelschreiber und machte sich eine Notiz. Mit einem Blick auf die Uhr stellte Pearl fest, dass es fast elf Uhr war, und sie musste an Dolly denken, die inzwischen wahrscheinlich mitgeteilt bekommen hatte, was passiert war. Pearl wusste genau, wie ihre Mutter reagieren würde, hoffte aber, dass sie trotz aller Aufregung daran dachte, ihr frische Sachen mitzubringen.

»Aber Sie sind nicht mehr dazu gekommen, mit ihm zu reden?«, hakte McGuire nach.

»Natürlich nicht. Er war ja schon tot.« Pearl beobachtete, wie McGuire wieder mit dem Kugelschreiber zu spielen begann und ihn unablässig über seine Fingerrücken wandern ließ.

»Und da sind Sie sich absolut sicher?«, fragte er.

Pearl hielt seinem Blick stand. »Mit der Ankerkette ums Fußgelenk hatte er wohl kaum eine Chance.«

McGuire legte den Kugelschreiber beiseite und versuchte herauszufinden, ob das kurze Aufflackern von Ärger auf einen Schock, Trauer oder simple Gereiztheit wegen seiner Fragestellung zurückzuführen war. Seltsamerweise gewann er den Eindruck, dass sie von dem, was sie erlebt hatte, als Zeugin eher gestärkt als niedergeschmettert war, und obwohl er wusste, dass bei einem Verhör mehr Druck auszuüben manchmal dazu führte, dass der Vernommene mit der Sprache herausrückte, war er nicht sicher, wie Pearl reagieren würde. Deshalb entschied er sich, die Sache anders anzupacken.

»Warum haben Sie nicht die Küstenwache verständigt?«

Das war eine berechtigte Frage, denn auf Kanal 16 hätte Pearl sofort die Dover Coastguard benachrichtigen können. Stattdessen hatte sie sich für eine andere Möglichkeit entschieden. »Ich habe die örtliche Harbour Control angefunkt«, erklärte sie. »Aber dort hat sich niemand gemeldet.«

»Warum haben Sie es dann nicht bei der Küstenwache probiert?«

»Weil ich bereits beschlossen hatte, das Boot in den Hafen zu bringen. Die Ebbe hatte nämlich schon eingesetzt. Wenn ich nicht sofort losgefahren wäre, wären wir auf Grund gelaufen ...«

»Wir?«

»Ich und Vinnie.« Sie sah McGuire an. »Ich weiß, was Sie jetzt denken: Das Rettungsboot hätte zu uns rauskommen können – Zugmaschine und Anhänger über den Schlick? Aber ich wollte ihn nicht noch länger da draußen lassen.«

»Er war bereits tot.«

»Gerade deshalb!«

Aus McGuires Blick ging hervor, dass er das nicht begriff. Um sich wieder zu beruhigen, holte Pearl tief Luft. »Whitstable ist keine große Stadt«, setzte sie schließlich zu einer Erklärung an. »Ich kenne Vinnies Familie schon von klein auf, aber ... Selbst wenn es ein Fremder gewesen wäre, hätte ich seine Leiche an Land geschafft.«

Sie wich McGuires Blick nicht aus, als er mit dem Kugelschreiber leicht, aber beständig auf den Tisch tippte. »Warum?«

Pearl merkte, dass ihr nicht nur seine Frage sauer aufstieß: McGuires Selbstsicherheit und Ungeduld, sogar seine nagelneuen Schuhe gaben ihn als Großstädter zu erkennen. In gewisser Weise war auch er nur ein Tourist. »Sie wissen nicht viel über das Meer, oder?«, sagte sie deshalb. »Wie lang es dauert, bis sich Fische und Krabben über eine Leiche hermachen?«

Endlich hörte McGuire mit dem Geklopfe auf und legte den Kugelschreiber weg. Er merkte, dass sie ihn provozieren, seine Autorität in Frage stellen wollte. Und ihm war klar, dass er darauf anspringen und seine Macht herauskehren und sie über Nacht festhalten konnte, um am nächsten Morgen mit der Vernehmung fortzufahren. Aus Erfahrung wusste er jedoch, dass er besser beraten wäre, den neuen Tag dafür zu nutzen, mit den Angehörigen des Verstorbenen zu sprechen. Bis dahin hoffte er, die genaue Todesursache und den Zeitpunkt zu wissen. Allerdings mussten sie sich in der Rechtsmedizin beeilen, denn das Meerwasser beschleunigte den Verwesungsprozess. Er traf eine Entscheidung und klappte den Ordner auf dem Tisch vor ihm zu. »Ich werde veranlassen, dass Sie jemand nach Hause fährt.«

Dieser plötzliche Wechsel im Ton machte Pearl bewusst, dass sie überreagiert hatte. Sie überlegte kurz, ob sie McGuire von Strouds Besuch erzählen sollte, entschied sich dann aber genauso schnell anders. Der Minutenzeiger der Wanduhr hatte die volle Stunde erreicht und erinnerte sie daran, dass sie am Vorabend des Oyster Festivals nicht unbedingt in einer Zelle eingesperrt sein wollte, während die Polizei nach einem Fremden suchte. WPC Quinn markierte das Ende der Aufnahme. »Vernehmung um dreiundzwanzig Uhr eins beendet.«

McGuire stand auf, aber bevor er etwas sagen konnte, wurden draußen Stimmen laut. Die Tür flog auf, und Dolly, die ein Polizist vergeblich zurückzuhalten versuchte, stürmte herein. »Sorry, Sir, aber sie ist einfach hereingeplatzt …«

McGuire hob die Hand und musterte Dolly, die völlig reglos vor Pearl stehen geblieben war und den weißen Overall anstarrte, den ihre Tochter trug.

»Um Himmels willen. Was soll das? Sind wir hier etwa in Guantanamo?« Sie wandte sich mit vorwurfsvoller Miene McGuire zu. »Falls Sie irgendetwas getan haben sollten, was gegen die Rechte meiner Tochter verstößt …«

»Es steht Ihrer Tochter frei zu gehen.« McGuire sah Pearl an, und Dollys Blick folgte rasch dem seinen. Sie packte Pearl am Arm und ging mit ihr in Richtung Tür, doch bevor sie sie erreichten, ertönte McGuires Stimme. »Wir müssen noch mal miteinander reden.«

Als Pearl sich darauf an der Tür umdrehte, sah sie, wie McGuire ihr eine kleine Karte mit seinem Namen und seinen Kontaktdaten hinhielt. »Rufen Sie mich einfach an, wenn Ihnen noch etwas einfällt.«

Pearl zögerte, bevor sie die Visitenkarte an sich nahm. Als dabei ihre Finger kurz die des Ermittlers streiften und sie ihn ansah, war sie nicht sicher, ob es Argwohn war, was sie in seinen zusammengekniffenen blauen Augen sah, oder der Anflug eines vagen Lächelns. Sie drehte sich um, und im nächsten Moment hatte sie, gefolgt von WPC Quinn, den Vernehmungsraum verlassen.

Endlich war McGuire allein. Eine Weile starrte er bloß abwesend auf die geschlossene Tür, doch dann machte sich der pochende Schmerz in seinen Füßen wieder bemerkbar. Kurz spielte er mit dem Gedanken, seine drückenden Schuhe einfach auszuziehen, aber weil er fürchtete, sie dann nie wieder anzubekommen, griff er stattdessen nach dem Ordner, der auf dem Tisch lag, und stellte nach einem kurzen Blick darauf fest, dass er sich während der ganzen Vernehmung nur eine einzige Notiz gemacht hatte.

Alles, was McGuire von der Seite entgegenblickte, war das Wort »Austern«.

KAPITEL VIER ✧

Das Oyster Festival von Whitstable findet jedes Jahr an dem Wochenende statt, das dem 25. Juli, dem Namenstag des hl. Jakob, am nächsten liegt. Der Legende nach war ein Ritter, der bei einem heftigen Sturm von Bord des Schiffes gefallen war, auf dem der Leichnam des Heiligen nach Spanien gebracht werden sollte, gerettet worden, weil seine Kleider wie durch ein Wunder von Austern überzogen wurden, so dass die Matrosen ihn an Bord zurückziehen konnten.

Am Morgen des 24. Juli, einem Samstag, wachte Pearl sieben Stunden, nachdem sie McGuires Vernehmungszimmer verlassen hatte, mit einem sehr lebendigen Bild von Vinnies Leiche auf, die mit kleinen roten Spinnenkrabben bedeckt war, als sie sie an Bord der *Native* zu ziehen versuchte. Sie schnappte erst einmal nach Luft, aber sobald sie merkte, dass ein neuer Tag angebrochen war, griff sie sofort nach ihrem Handy. Sie rief die Kontaktliste auf und fand schnell, wonach sie suchte.

Nachdem sie Strouds Nummer gewählt hatte, forderte seine mürrische Stimme vom Band sie auf, eine Nachricht zu hinterlassen. Pearl entschied sich dagegen und drückte die Trenntaste. Eine Sekunde später läutete ihr Telefon.

»Alles okay, Mum?« Charlie hörte sich besorgt, aber verschlafen an. Pearl setzte sich kerzengerade auf und strich mit der Hand durch ihre zerzausten Locken.

»Woher weißt du denn schon davon?«

»Oma hat gerade angerufen – was ich übrigens vollkommen richtig finde. Reiß ihr deswegen also nicht gleich den Kopf ab.« Nach einer kurzen Pause fuhr Charlie fort: »Der arme alte Vinnie. Und für dich muss es auch ein gewaltiger Schock gewesen sein.«

Eine Weile kam nur Schweigen aus der Leitung. Am Telefon hatte Charlie noch nie viel geredet, lieber schickte er mit lols und ☺s gespickte Textnachrichten. Doch dann begann er verdruckst:»Ähm, ich … weiß nicht, aber soll ich vielleicht vorbeikommen …« Er verstummte, als im Hintergrund eine andere Stimme ertönte.»Warte bitte kurz.« Es hörte sich an, als hielte Charlie das Handy zu, aber nach einem kurzen gedämpften Wortwechsel kam er wieder zurück.»Mum …«

»Ja?«

Er zögerte wieder, bevor er schließlich mit der Sprache herausrückte.»Die Sache ist die: Ich würde ja gern nach Hause kommen, aber ich kann leider nicht. Ich muss heute Vormittag ein paar Bücher für eine Seminararbeit abholen, die ich unbedingt fertigbekommen muss …«

»Schon gut«, fiel ihm Pearl ins Wort.»Wegen des Oyster Festivals habe ich sowieso alle Hände voll zu tun. Besser, ich komme heute Abend bei dir vorbei.«

»Oh, gut, klasse.«

»Charlie …?«

»Ja?«

Pearl zögerte.»Grüß Tizzy von mir.«

Die Verbindung wurde unterbrochen, und Pearl sah auf die Uhr. Es war Viertel nach sechs, und ihre Fingerspitzen waren noch immer voll Polizeitinte.

Eine Stunde später, nach einer kalten Dusche, wusste Pearl, dass der Tag drückend heiß würde. Sie hatte ein gutes Gespür fürs Wetter und brauchte keine Gezeitentabellen. An Sommertagen, an denen sich das Wasser bei Ebbe weit nach draußen zurückzog, war es oft windstill, und dann wurde die Luft drückend heiß, bis, von einem kaum merklichen Temperaturwechsel begleitet, eine leichte Brise aufkam und wieder die ersten Wellen über den Strand zu schwappen begannen. Zu einer solchen Erleichterung kam es an diesem Morgen nicht, als sich Pearl auf den Weg in ihr Gartenbüro machte, wo auf ihrem Anrufbeantworter nur zwei Nachrichten auf sie warteten: eine von einer Gasgesellschaft, die neue Kunden werben wollte, die andere von Ronnie, ihrem Fensterputzer, der sie an eine ausstehende Zahlung erinnerte. Kurz wünschte sich Pearl, dass Nathan, der bloß einen Steinwurf entfernt in dem weißen Holzhäuschen auf der anderen Straßenseite wohnte, zu Hause wäre. Aber ihr Nachbar und bester Freund war in seiner kalifornischen Heimat im fernen Santa Cruz, wohin er zur Beerdigung eines alten Freundes geflogen war. Pearl vermisste Nathan, der ihr sonst immer mit heißem Kaffee und guten Ratschlägen zur Seite stand – nur nicht aus achttausend Kilometer Entfernung. Sie war zwar versucht, und sei es nur per Mail, Kontakt mit ihm aufzunehmen, aber das war wohl kaum der richtige Zeitpunkt, ihn mit einem weiteren Todesfall zu konfrontieren. Stattdessen starrte sie über ihren Schreibtisch hinweg auf den Stuhl, auf dem Stroud vor weniger als vierundzwanzig Stunden gesessen hatte. Das erinnerte sie daran, dass sie McGuire diese Begegnung noch erklären musste, und sie holte seine Visitenkarte aus ihrer Tasche. Darauf stand alles, was darauf stehen musste: Name, Dienstgrad und zwei Telefonnummern. Pearl hatte schon die Hand nach dem Telefon ausgestreckt, doch dann zögerte sie. Vorher galt es noch etwas anderes zu erledigen.

Das Erste, was Pearl sah, als sie aus ihrem Garten auf die Promenade hinaustrat, war eine Gruppe von Kindern in Schuluniformen, die wie Fliegen über den Strand ausschwärmten. Die einheimischen Sea Scouts probten das symbolische An-Land-Bringen des ersten Fangs, der anschließend am Strand vom Ortsgeistlichen gesegnet wurde. Die Zeremonie, an der neben dem Bürgermeister zahlreiche andere Honoratioren der Stadt teilnehmen würden, sollte am Mittag beginnen. Die Scouts waren jedoch schon früh erschienen, zweifellos, um ein Fiasko wie im Vorjahr zu vermeiden, als das Feuerwerk, das anlässlich des Oyster Festivals von ihrem Ausbildungsboot abgefeuert werden sollte, buchstäblich ins Wasser gefallen war. Wegen einer versehentlich offen gelassenen Luke war das Boot der Scouts mit sämtlichen Feuerwerkskörpern an Bord vor den Augen der versammelten Einheimischen und Touristen gesunken, und um die Katastrophe komplett zu machen, war auch noch der Rettungstraktor im Schlamm stecken geblieben und hatte allseits für betretene Mienen gesorgt. »Auf See passieren nun mal Unglücke«, hatte damals ein Festredner erklärt, und dieser Gedanke ging Pearl auch jetzt durch den Kopf, als sie auf die hereinkommende Morgenflut hinausblickte, bevor sie sich rasch in Richtung Stadt auf den Weg machte.

Wenig später hatte sie ein Fachwerkhäuschen in der Middle Wall erreicht, in dessen Vorgarten allerlei Plastikspielzeug herumlag. Vinnie, der gerade fünfzig geworden war, als seine Zwillingstöchter Becky und Louise geboren wurden, hatte damals gesagt: »Kein Mann sollte Vater werden, solange er nicht alt genug ist, um Großvater zu werden.« Damit hatte er vermutlich seine Schuldgefühle darüber ausdrücken wollen, dass er bei seinem ersten Kind seine väterlichen Pflichten vernachlässigt haben könnte. Pearl konnte sich noch gut erinnern, wie sie in diesem Vorgarten mit Vinnies Sohn Shane gespielt hatte. Pearl, die ein paar Jahre älter als der Junge gewesen war, hatte das oft ausgenutzt, um Shane gnadenlos herumzukommandieren, egal ob sie am Strand Krabben gefangen hatten oder an der Street schwimmen gegangen waren. Kurz hallten Kindheitsstimmen durch ihren Kopf, die klatschend Abzählreime sangen und dann von Vinnie geschimpft wurden, weil sie an einem Sonntagnachmittag so viel Lärm machten. Pearl gestattete sich, dieser Erinnerung eine Weile nachzuhängen, denn sie wusste nur zu gut, dass der Klang von Vinnies Stimme schon bald in ihrem Gedächtnis verblassen würde, wie das die Stimmen Toter immer tun. Sie fasste sich ein Herz und klingelte. Wenige Sekunden später ertönten im Haus Schritte, und die Mutter von Vinnies zwei kleinen Töchtern öffnete die Tür, das blonde Haar aus dem hübschen Gesicht gestreift, die Augen rot und aufgedunsen vor Kummer. Pearls Stimme beendete einen peinlichen Moment des Schweigens.

»Connie, das alles tut mir so furchtbar leid«, flüsterte sie. »Ich hätte vorher anrufen sollen, aber …«

»Nein, nein«, sagte Connie rasch. »Komm rein.«

Sie machte die Tür für Pearl weiter auf, und sobald Connie sie hinter ihr geschlossen hatte, wurde Pearl bewusst, wie unnatürlich still es im Haus war. »Ich habe meine Mutter gebeten, sich um die Kinder zu kümmern«, erklärte Connie. »Ich … wusste nicht, was ich sonst tun sollte.« Sie warf einen verlegenen Blick den Flur hinunter. »Komm mit nach hinten. Ich mache uns Tee.«

Froh über ein verlässliches Ritual, betraten die zwei Frauen die kleine Küche, in der durch das einzige Fenster Sonnenlicht auf ein bogenförmiges Regal mit allem möglichen Nippes und gerahmten Fotos fiel. Hinter der Tür zum Garten kratzte Vinnies kleine Terrierhündin Trixie winselnd an einer der Glasscheiben, bis sie schließlich aufgab und zu ihrem Zwinger am Ende des Gartens davontrottete. Connie füllte einen Wasserkocher, schaltete ihn ein und setzte sich mit Pearl an den Tisch. »Als es gestern Abend geklingelt hat, dachte ich, es wäre Vinnie.« Der Anflug eines Lächelns erschien auf Connies Lippen. »Er vergisst immer seine Schlüssel, aber …« Das Lächeln verflog rasch. »Stattdessen stand ein junger Polizist vor der Tür, und … als er meinen Namen gesagt hat, war mein erster Gedanke, dass ich vielleicht das Auto vor irgendeiner Einfahrt abgestellt habe.« Ihre Hände verkrampften sich ineinander, als wollten sie gegen eine Flut von Emotionen ankämpfen. »Ganz schön blöd.«

»Nein«, sagte Pearl schuldbewusst. »Ich hätte dich sofort anrufen sollen …«

Connie blickte auf. »Wie denn? Es hieß, du bist von der Polizei vernommen worden.« Sie runzelte die Stirn, als sammelte sie die verstreuten Bruchstücke ihrer Gedanken ein. »Sie wollten, dass ich sofort auf die Wache mitkomme, um ihn zu identifizieren. Aber als ich dann da war, dachte ich die ganze Zeit, dass ihnen ein Versehen unterlaufen sein muss. Ich konnte einfach nicht glauben, dass so etwas passieren könnte, selbst als ich ihn gesehen habe …« Sie verstummte und sah Pearl hilflos an. »Er … er hat einfach dagelegen. Sein Haar war noch nass, und er hat so friedlich gewirkt, als ob er gerade aus der Dusche gekommen und eingeschlafen wäre.«

Eine Weile herrschte nur Stille, als die zwei Frauen über dieses letzte Bild nachdachten. »Gott sei Dank hast du ihn so schnell gefunden«, sagte Connie unvermittelt. »Gott sei Dank war er nicht die ganze Nacht da draußen.« Plötzlich stieg Dampf aus dem Wasserkocher auf, und sie erhob sich rasch, um den Tee aufzugießen.

»War die Polizei inzwischen noch mal bei dir?«

Connie nickte und fuhr sich über die Augen. »Ein Family-Liaison-Beamter und zwei Kriminalpolizisten, die mir Fragen gestellt haben.«

»Worüber?«

»Sie wollten wissen, wann ich Vinnie zum letzten Mal gesehen habe, aber … ich war nicht mehr in der Lage, einen klaren Gedanken zu fassen.«

»Und sonst noch was?«

Connie runzelte kurz die Stirn. »Einer von ihnen … ein Detective …«

»McGuire?«, hakte Pearl nach.

Connie nickte. »Er wollte wissen, ob mir in letzter Zeit irgendwas Ungewöhnliches an Vinnie aufgefallen ist und ob ihn vielleicht etwas so stark beschäftigt hat, dass seine Konzentrationsfähigkeit darunter gelitten haben könnte.«

Pearl wartete eine Weile, bevor sie fragte: »Gab es denn da was?«

Connie wandte den Blick ab und nickte rasch. »Wahrscheinlich ist es sowieso nur eine Frage der Zeit, bis es die ganze Stadt erfährt.« Sie holte tief Luft und sah wieder Pearl an. »Wir haben Schulden.«

»Ich weiß«, sagte Pearl leise.

Connie sah sie erstaunt an, aber es war Pearl, die fortfuhr: »Gestern Vormittag war jemand bei mir. Er hat sich nach Vinnie erkundigt ...«

»Wer?«

»Ein gewisser Stroud. Er hat behauptet, Vinnie Geld geliehen zu haben.«

Connies Miene entspannte sich etwas, und sie schien jedes Interesse an der Sache verloren zu haben, als sie in Richtung Fenster blickte. »Da ist er nicht der Einzige. Vinnie hat sich bei der Bank Geld geliehen und auch sonst bei jedem, der ihm welches geben wollte. Er ist nie wieder richtig auf die Beine gekommen, seit ihn Tina sitzengelassen hat.« Sie sah wieder Pearl an. »Ich habe ihn immer wieder gefragt, ob er es sich denn leisten könnte, bei der Firma auszusteigen. Wir hatten immer noch an den Kosten für die künstliche Befruchtung zu knapsen, aber das hätten wir hinbekommen, wenn er nicht gekündigt hätte.«

»Bei Matheson?«

»Natürlich. Frank hat immer die Hälfte der laufenden Kosten für das Boot getragen, aber dann ist uns die Sache auf einmal über den Kopf gewachsen. Ich hab's wirklich versucht, Pearl, aber wir haben es finanziell einfach nicht auf die Reihe gekriegt.« Sie verstummte abrupt und stand auf, doch als sie merkte, dass sie nirgendwohin gehen konnte, blieb sie unschlüssig stehen. Sie sah Pearl an. »Für Matheson zu arbeiten, bedeutete regelmäßige Beschäftigung und keine Verantwortung. Aber das hat Vinnie nicht genügt.«

»Ich weiß, dass er sich unbedingt selbständig machen wollte, Connie. Aber ich glaube, dabei hat er an euch alle gedacht.«

»Wirklich?«, fragte Connie unverblümt. »Und was hat es ihm gebracht?« Ein plötzliches Aufflackern von Wut ging rasch in Verzweiflung über. »Gerade mein Vinnie hätte vorsichtiger sein sollen.«

Mit tränennassen Augen schaute Connie zu dem Bord an der Wand, und Pearls Blick folgte dem von Vinnies Partnerin über die kleinen Keramikfiguren von Hunden und Katzen hinweg zu einem Foto Shane Rowes, das an seinem zwanzigsten Geburtstag aufgenommen worden war. Der junge Mann posierte stolz neben dem schnellen Motorrad, auf dem er nur wenige Monate später tödlich verunglückt war, wobei die Obduktion seiner Leiche ergeben hatte, dass bei dem Unfall auch zwei Ecstasy-Pillen und etwas Alkohol im Spiel gewesen waren. Pearl sah wieder Connie an. »Was Shane passiert ist, war ein Unfall. Aber Vinnie ist keine Risiken eingegangen. Er war immer vorsichtig …«

»In mancher Hinsicht – vielleicht.« Connie traten wieder Tränen in die Augen, und sie wandte sich ab.

»Wie meinst du das?«, fragte Pearl behutsam.

Plötzlich schwappte ein lauter Schwall Reggae-Musik aus dem Radio eines vorbeifahrenden Autos in die Küche. Eine Weile saß Connie nur mit reuiger Miene und hängendem Kopf da und schwieg, während die Musik langsam leiser wurde. »Spielt das denn noch eine Rolle?«, murmelte sie schließlich. »Vinnie ist tot.«

Keine zehn Minuten später verabschiedete sich Pearl von Connie und trat auf die Straße hinaus. Trotz allem schien immer noch die Sonne, nur das Dröhnen einer Basstrommel irgendwo am Strand klang wie ein Echo von Pearls schwerem Herz. Für Touristen war es noch zu früh am Tag, aber die Verkäufer von

Festivalwimpeln bezogen schon auf dem Gehsteig Stellung und sortierten ihre Karnevalströten und Stoffschlangen auf Stäben. Als Pearl zum Hafen hinunterging, sah sie, dass die Fischerboote bereits mit der steigenden Flut ausgelaufen waren. Lediglich die *Native* lag, von Absperrband umgeben, nicht weit von der Hafenmeisterei am South Quay vertäut. Welch bittere Ironie, fand Pearl, dass Vinnie ausgerechnet zur Eröffnung des Oyster Festivals fehlte und sein Boot trotz Pearls Bemühungen, Vinnies Leiche an Land zu bringen, immer noch in einem Bereich des Hafens lag, der als Dead Man's Corner bekannt war. Dieser Name rührte daher, dass angeblich alles, was ins Meer fiel, hier angespült wurde. Vor ein paar Jahren hatte sich der Stadtrat mit einer lokalen Treuhandgesellschaft zusammengeschlossen, um diesen Bereich des Hafens zu sanieren. Ein renommierter Landschaftsarchitekt hatte eine große Holzplattform mit einem Sitzbereich entworfen, in dem sich die Leute entspannen und »das Leben im Hafen beobachten« konnten. Dahinter stand die Absicht, den Anstoß für eine weniger makabre Namensgebung für dieses Areal zu geben, aber der Bau einer als Verschönerung gedachten Schüttkorbwand hatte den alten Namen nur um so passender erscheinen lassen, weil sich in ihrem Drahtgeflechtkäfig auf der Seeseite Unmengen von angespültem Holz und anderem Treibgut verfingen. Pearl stellte fest, dass am Kai über Nacht mehrere Blumensträuße und alle möglichen Spielsachen abgelegt worden waren: ein Bärchen mit einem Schottenkaroband um den Hals und ein Plastikboot, mit dem einmal ein Kind in der Badewanne gespielt hatte. Die Luft im Hafen war stickig und schwer vom Geruch der Muschelschalen, die vor ein paar schwarzen Holzhütten abgeladen worden waren. Pearls Gedanken wanderten zu den weißgekleideten Technikern der Spurensicherung, die sich am Abend zuvor auf Vinnies Boot zu schaffen gemacht hatten, um unter seinen Habseligkeiten vielleicht Erklärungen für seinen Tod zu finden, und dabei vielleicht sogar den Christophorus von der Wand des Ruderhauses gerissen hatten. Andererseits brauchte ihn Vinnie jetzt nicht mehr. Pearl kehrte Dead Man's Corner den Rücken zu und zog das schwere Tor eines Wellblechhangars am South Quay auf.

Im Innern des Gebäudes herrschte angenehme Kühle, die von sanftem Geplätscher wie von Tausenden kleinen Springbrunnen untermalt wurde. Pearl steuerte auf die Quelle des Geräuschs zu: ein Befeuchtungssystem, das einen Stapel von Behältern voll lebender Austern berieselte. Sie griff nach einer rauen grauen Muschelschale und inspizierte sie. Es waren zwölf Ringe darauf – jeder davon stand für ein Jahr im Leben der Auster. Pearl wusste, wie wenig diese Meeresgeschöpfe zum Überleben brauchten: lediglich die ideale Mischung aus seichtem Meer- und Süßwasser, wie sie im Mündungsgebiet der Region anzutreffen war. Schon seit der Römerzeit erwies sich Whitstable als idealer Lebensraum für Austern. In den »glorreichen Zeiten« zu Beginn des 20. Jahrhunderts hatten über hundert Boote das Meer mit ihren Schleppnetzen abgefischt, und es hatte ein solcher Überfluss an Austern geherrscht, dass man sie in einem Steak and Oyster Pie nicht als Delikatesse verstanden hatte, sondern als Füllmaterial. Doch dann hatte eine Kombination aus strengen Wintern, Krankheiten und Umweltverschmutzung schwere Zeiten für die Austernfarmer anbrechen lassen. Die heimischen Bestände hatten nur dank der Einfuhr neuer Sorten überlebt, und Pearl dachte, wie umhegt sie doch waren, wie sie jetzt hier lagen und bis zum Tag des Fests zu ihren Ehren dick und fett wurden.

»Bist du das, Pearl?«

Die Stimme war von hinten gekommen, und als Pearl sich rasch umdrehte, sah sie im Halbdunkel einen alten Mann auf sie zuschlurfen. Billy Crouch fuhr schon lange nicht mehr zum Fischen aufs Meer hinaus, aber sein Gesicht hatte noch immer eine so gesunde Farbe, als reckte er es tagtäglich einem tosenden Sturm entgegen. Klein und stämmig, sah er in seiner sauberen weißen Schürze wie ein Pinguin aus einem Comic aus. Pearl kramte etwas aus ihrer Tasche.

»Ich brauche eine Lieferung, Billy.«

Der alte Mann sagte nichts, als ihm Pearl einen Scheck reichte.

»Hast du schon gehört, was passiert ist?«

Darauf nickte Billy zwar wissend, wahrte aber weiter sein Schweigen und ließ das Rieseln des Wassers auf die Behälter jede Unterhaltung ersetzen.

»Eine schreckliche Geschichte«, sagte er schließlich.

»Hast du ihn in letzter Zeit noch mal gesehen?«

Billy Crouch schüttelte den Kopf. »Ich war die ganze Woche in Seasalter unten.« Er sah Pearl an, und sie nickte, denn sie wusste, dass sich Billy häufig in den Wohnwagenpark östlich von Whitstable zurückzog, um seiner Frau Sadie zu entfliehen.

»Vor ein paar Wochen ist Vinnie mal einen Abend nach Seasalter runtergekommen und hat mir geholfen, bei Ebbe Köder zu sammeln. Ich hatte ihn schon längere Zeit nicht mehr gesehen und habe mich deshalb gefreut, dass er sich wieder mal hat blicken lassen.« Er lächelte traurig und schüttelte langsam den Kopf. »Da fragt man sich doch schon, Pearl, so ein junger Kerl wie er, der noch das ganze Leben vor sich hatte?« Er blickte auf. »Stimmt es, dass es der Anker war?«

Pearl nickte und wurde sich bewusst, dass angesichts des Altersunterschieds von zwanzig Jahren zwischen den beiden Männern Vinnie immer der »Jungspund« für Billy gewesen war und dass das jetzt immer so bleiben würde. »Wie hat es Matheson aufgenommen?«

Der alte Mann zuckte mit den Achseln. »Dem bereitet doch nur eins schlaflose Nächte.« Er rieb Daumen und Zeigefinger aneinander. »Solange es da keine Probleme gibt, ist Matheson glücklich – egal, ob mit oder ohne Vinnie.« Er machte eine Pause. »Aber eines Tages, du wirst dich an meine Worte erinnern, wird es in diesen Gewässern keine einzige heimische Auster mehr geben.«

Er reichte Pearl einen Beleg für ihre Bestellung.

»Das sagst du schon seit Jahren, Billy ...«

»Und es war nie wahrer als heute«, versetzte er. »Ein guter Fischer fährt raus, und womit kommt er zurück? Mit ein paar hundert, wenn er Glück hat. Ich sag dir, wir müssen diese Pazifischen loswerden. Das versuche ich Matheson schon die ganze Zeit klarzumachen. Das ist wie mit den grauen Eichhörnchen, die immer mehr überhandnehmen.«

»Genau deshalb hat Vinnie in freien Gewässern gearbeitet«, sagte Pearl, »und neue Kulturen ...«

»Reine Zeitverschwendung.«

Es war nicht Billys Stimme, die ihr ins Wort fiel. In der Tür stand eine imposante Gestalt. Frank Matheson hielt kurz inne, dann schloss er die Hangartür hinter sich. Mitte vierzig, sah er wegen seines ergrauenden Haaransatzes, der zurückwich wie die Ebbe von der Küste, wesentlich älter aus. Deutlich über eins achtzig groß, überragte er die meisten, und Pearl wusste, dass es schwer war, sich in seiner Gegenwart nicht eingeschüchtert zu fühlen.

»Ich habe ihn gewarnt«, fuhr Matheson fort.

»Gewarnt?«, fragte Pearl.

»Er meinte, er wolle sich selbständig machen. Da hab ich ihm geraten, sich das lieber noch mal gut zu überlegen. Er musste schließlich auch an seine Familie denken.«

»Ich glaube nicht, dass er daran eigens erinnert werden musste«, sagte Pearl.

Matheson sah sie forschend an. »Und wie hat er sich dieses An-sie-denken dann vorgestellt?«

Er deutete auf sein Imperium von Austernkisten. »Ich habe

hier Ware aus Colchester … Frankreich … Irland. So haben wir es geschafft zu überleben. Aber mit dem, was Vinnie vorgeschwebt hat, wäre er nie auf einen grünen Zweig gekommen.«

»Das Gleiche hast du auch mal zu mir gesagt«, rief ihm Pearl in Erinnerung. Sie wusste nur zu gut, mit welchen Widerständen sie zunächst hatte kämpfen müssen. Mehr als ein gutes Fischrestaurant brauche die Stadt nicht, hatte sie sich immer wieder anhören müssen, aber sie hatte es sich in den Kopf gesetzt, allen – einschließlich Matheson – zu beweisen, dass sie sich täuschten. Er nahm Billy die Bestellung zusammen mit Pearls Scheck aus der Hand und warf einen flüchtigen Blick darauf. »Vinnie war doch nur ein kleiner Fisch.«

Matheson legte den Scheck in seine Ladenkasse und knallte die Schublade zu. Dabei bedachte er Pearl mit einem Blick, der unmissverständlich zum Ausdruck brachte, dass die Unterhaltung beendet war. Pearl griff nach ihrer Tasche und ging zur Tür. Als sie sich kurz davor noch einmal umdrehte, sah sie Matheson in seinem Büro verschwinden. Nur Billy stand noch am Ladentisch und strich sich über die grauen Stoppeln auf seinem Kinn. Als ihm zu Bewusstsein kam, wo seine Prioritäten lagen, sah er Pearl mit einem verlegenen Achselzucken an und folgte rasch seinem Chef.

Pearl trat wieder auf den Kai hinaus und holte erst einmal tief Luft, aber auch das konnte nichts an ihrem Ärger ändern, als sie in Richtung Horsebridge losging. Dieses Areal hieß so, weil hier früher die Pferdefuhrwerke in den Hafen gekommen waren, um ihre Fracht abzuladen. Irgendwann hatte dann Europas erste Passagier- und Gütereisenbahn, die Crab and Winkle Line, den Transport übernommen, und das Areal war immer mehr heruntergekommen, ganz besonders nachdem im Zweiten Weltkrieg ganz in der Nähe eine Bombe eingeschlagen war. Mittlerweile schienen sich auch immer weniger Leute an das alte Busdepot auf dem Gelände zu erinnern, das nach seiner Stilllegung von heimischen Künstlern übernommen und verwaltet worden war – in Johnny's Art House hatten zahlreiche Ausstellungen und sonstige Veranstaltungen stattgefunden. Eine Weile hatte dort Dolly mit den Fish Slappers, einer exzentrischen Tanzgruppe, geprobt, aber wie nicht anders zu erwarten, hatte die Stadt das alte Gebäude schließlich abgerissen, um Platz für ein neues Kulturzentrum zu schaffen, und jetzt war das Horsebridge Center Mittelpunkt des kulturellen Lebens der Stadt. Der moderne Bau, der an den Rumpf eines gekenterten Schiffs erinnerte, diente für Kunstausstellungen, Konzerte und Kurse, in denen von Yoga bis Flamenco so ziemlich alles unterrichtet wurde, was gerade en vogue war. Davor befanden sich ein schönes altes Pub und ein großes Strandrestaurant, das bei der Londoner Presse in hohem Ansehen stand. Mathesons Worte gingen Pearl nicht aus dem Kopf, und sie wusste, dass er recht hatte: Im boomenden Whitstable war Vinnie tatsächlich nur ein kleiner Fisch gewesen – aber das galt auch für Pearl. Und das war vielleicht der Grund, warum möglicherweise nur sie verstehen konnte, warum Vinnie auf eigenen Beinen hatte stehen wollen. Was war so verkehrt daran, wenn ein Fischer in freien Gewässern fischen wollte? Oder wenn Pearl versuchte, das zu sein, was sie schon immer zu sein geglaubt hatte: diejenige, die Ordnung in das Chaos brachte, alles wieder geraderückte? Vinnies Tod schien eine sinnlose Tragödie zu sein – schlicht und einfach ein Unfall. Und dennoch wurde Pearl das drängende Gefühl nicht los, nach weiteren Antworten suchen zu müssen.

Als sie um die Ecke zur High Street bog, strömte ihr eine Flut von Festivalbesuchern entgegen. Kurz nahmen ihr die Menschenmassen die Sicht auf Dolly, die mit Kreide eifrig die neue Speisekarte auf die Tafel vor dem Restaurant schrieb. Als sie jedoch auf Pearl aufmerksam wurde, hielt sie inne, um sich wortlos und in aller Ruhe ein Bild von der Gemütslage ihrer

Tochter zu machen. Pearls Blick war auf das Fenster des Restaurants gerichtet, in dem Dolly geringfügige Veränderungen an ihrer Festivalauslage vorgenommen hatte. Jetzt gab es noch ein Seepferdchen, und unter dem blauem Taft lugte ein weiteres Geschöpf des Meeres hervor: ein kleiner Seestern, der Pearl fast zwangsläufig an die Geschehnisse vom Vorabend erinnerte. Dolly las die Gedanken ihrer Tochter, aber bevor sie einen Kommentar dazu abgeben konnte, sagte Pearl:

»Ich bin noch gar nicht dazu gekommen, dich zu fragen ... Wie war eigentlich dein Flamenco-Kurs gestern Abend?«

Dolly ließ sich von der tapferen Miene, die Pearl aufgesetzt hatte, nicht täuschen und gestand ihrer Tochter mit einem leichten Achselzucken: »Lange werden das meine Knie nicht mehr mitmachen. Aber es gibt auch Positives zu berichten: Juana hat sich als ein Juan entpuppt und gesagt, ich hätte zwei bezaubernde Kastagnetten.«

Wider Erwarten legte sich ein Lächeln über Pearls Züge. »Komm«, sagte sie und hakte sich bei ihrer Mutter unter. »Es gibt noch einiges zu tun für uns beide.«

Und gemeinsam betraten sie das kleine Austernrestaurant und machten sich an die Arbeit.

KAPITEL FÜNF

Am ersten Tag des Oyster Festivals war schon um zwölf Uhr mittags jeder Tisch in Pearls kleinem Restaurant besetzt – bis auf einen. Um die Seafood-Theke scharte sich eine Gruppe Londoner: Schicke Frauen mit teurer Sonnenstudio-Bräune und noch teureren Handtaschen saßen Champagner nippend auf Barhockern, während ihre Partner Austern wegschlürften wie Tequila Slammer. Pearl stand an der Tür zur Küche, schaute in den Gastraum und dachte über eine Reservierung nach, die eingegangen war, als sie sich am Tag zuvor mit Stroud getroffen hatte. Angesichts all dessen, was seitdem passiert war, schien ihr diese seltsame Begegnung eine Ewigkeit zurückzuliegen. Obwohl sie mehrere Versuche unternommen hatte, Stroud zu erreichen, reagierte er nicht auf ihre Anrufe, und sie war sich sehr wohl im Klaren darüber, dass sie McGuire früher oder später alles gestehen müsste. Der Umstand, dass sie das nicht schon längst getan hatte, würde McGuire in seinem Verdacht gegen sie nur bestärken. Mochten bisher vielleicht noch Schock und Übermüdung als Gründe dafür herhalten, dass sie nicht schon am Abend zuvor damit herausgerückt war, würde der Inspektor inzwischen bestimmt wissen wollen, warum sie ihn nicht wenigstens an diesem Morgen angerufen hatte, sondern sich stattdessen dafür entschieden hatte, auf der Suche nach Antworten Connie aufzusuchen. Vorerst bot sich noch der Stress, in ihrem Seafood-Restaurant den hektischsten Tag des Jahres überstehen zu müssen, als Ausrede an. Während ihr Aushilfskoch Ahmed in der Küche jede Menge zu tun hatte und Dolly im Lokal bediente, nahm sich Pearl ihrer jungen Bedienung an, die, an einem Fingernagel kauend, neben der Mikrowelle stand.

»Alles in Ordnung?«

Ruby nickte rasch, als sie ihre Chefin auf sich zukommen sah, aber Pearl spürte die Unsicherheit des hübschen siebzehnjährigen Mädchens, das manchmal auffallend blass und unterernährt aussah. In der Morgensonne wirkte ihre Haut fast durchsichtig, feine blaue Äderchen waren zu sehen, und seit sie sich vor kurzem die Haare heller gefärbt hatte, kam ihre Blässe noch stärker zur Geltung.

»Heute wird es ziemlich hektisch werden«, warnte Pearl, »aber genauso schnell ist dann auch alles wieder vorbei. Denk einfach an das, was ich dir gesagt habe, dann kann nichts schiefgehen. Schreib alles auf, und wenn dir was runterfällt …«

»Passe ich auf, dass es nicht über dem Gast passiert.« Ruby lächelte unsicher.

Pearl erwiderte das Lächeln. »Na siehst du.«

Die Mikrowelle gab ein kurzes Ping von sich, das wie ein Satzzeichen das Ende des Wortwechsels anzeigte, und Ruby drehte sich um und nahm einen Teller mit dampfendem Brokkoli heraus, den sie geschickt auf ein Tablett gleiten ließ. Pearl schaute ihr kurz hinterher, als sie rasch die Küche verließ. In diesem Moment ertönte hinter ihr eine Männerstimme.

»Dass du heute trotzdem hier bist.« In der Tür stand Pearls Gemüselieferant Marty Smith in einem seiner unvermeidlichen grünen T-Shirts, die so gut zur Farbe seiner Augen passten. Mit einem verständnisvollen Lächeln nahm er seine Baseballkappe ab und wischte sich über die verschwitzte Stirn.

»Muss ein gewaltiger Schock für dich gewesen sein.« Marty kam auf sie zu, aber Pearl wich ihm rasch aus und ging zu dem Stapel Kartons, die er gerade an der offenen Tür abgestellt hatte. Marty war groß, sah gut aus und überbrachte Pearls Bestellungen immer persönlich, obwohl er drei tüchtige junge Ausfahrer hatte.

»Alles dabei?« Pearl sah in die Schachteln.

Marty nickte. »Ich hab dir noch gratis ein bisschen Rucola dazugelegt. Und ein paar Artischocken.«

Mit einem strahlenden Lächeln reichte er ihr einen Quittungsblock. Pearl konnte seine Blicke auf sich spüren, als sie unterschrieb.

»Warum hast du mich nicht angerufen?«, fragte er und senkte die Stimme, als Ahmed vorbeiging. »Wenn ich gewusst hätte, was gestern los war, wäre ich sofort gekommen.«

»Ich weiß, Marty«, antwortete Pearl rasch. »Aber du hättest mir nicht helfen können. Ich war fast bis Mitternacht bei der Polizei ...«

»Bei der Polizei?«

»Meine Aussage zu Protokoll geben. Fragen beantworten.« Sie gab Marty den Quittungsblock zurück und strich sich eine Haarsträhne aus dem Gesicht. Marty lächelte wehmütig. Wie gern hätte er das für sie getan. »Kein Wunder, dass du fix und fertig aussiehst.«

»Danke«, erwiderte Pearl mit einem gequälten Lächeln und machte sich rasch daran, das gelieferte Gemüse auszupacken. Doch Marty kam ihr zuvor und hob eine der Schachteln für sie hoch.

»Nein, so habe ich das nicht gemeint ...«

»Ich weiß schon, wie du es gemeint hast.« Pearl blickte sich nach Marty um und bereute es sofort. Doch der Anblick seiner traurigen grünen Augen bestärkte sie nur in ihrem Entschluss. »Ich komme schon klar. Wirklich.« Sie deutete mit einem geschäftsmäßigen Nicken auf die Schachtel in Martys Händen, worauf er sie enttäuscht abstellte. Aber als Pearl auf den Kühlraum zusteuerte, folgte er ihr. »Ähm ... hättest du vielleicht Lust, gemeinsam was zu unternehmen, wenn du im Lokal fertig bist? Wir könnten zum Strand runtergehen.«

Pearl wusste, was jetzt käme. In einer symbolträchtigen Aktion hatte Marty sein altes Einmannkajak gegen einen Zweisitzer eingetauscht und hoffte seitdem sehnsüchtigst, jemand möge den freien Platz darin einnehmen. »Das bringt dich vielleicht auf andere Gedanken.«

»Ich ... fahre hinterher zu Charlie«, erklärte Pearl.

Marty dachte kurz nach und schlug vor: »Dann könnten wir uns in Canterbury treffen und mal diesen neuen Italiener ausprobieren.«

Mit einem knappen Kopfschütteln brachte Pearl Martys Träume zum Zerplatzen. »Das ist jetzt ... nicht der richtige Zeitpunkt.«

Marty wusste, was der Blick, den er inzwischen zur Genüge kannte, zu bedeuten hatte – der Blick, der jeden weiteren Annäherungsversuch unterband. Er nickte langsam, setzte seine Mütze wieder auf und entfernte sich in Richtung Tür. Doch dann drehte er sich plötzlich noch einmal um. »Im Conti findet morgen Abend eine Versammlung von Geschäftsleuten aus der Gegend statt. Wenn du dich bis dahin aus dem Lokal abseilen kannst, könnte ich dich wenigstens auf einen Drink einladen.«

Für Marty Smith starb die Hoffnung wirklich zuallerletzt, und Pearl brachte es nicht über sich, ihr den Todesstoß zu versetzen. »Mal sehen, vielleicht schaffe ich es ja bis dahin.«

Darauf wandte sich Marty mit einem zufriedenen Lächeln endlich zum Gehen.

Sobald er weg war, beobachtete Pearl mit einem tiefen Seufzer, wie sich seine Baseballkappe am weit oben angebrachten Küchenfenster vorbeischob.

Pearls Gemüsehändler war nur wenige Jahre jünger als sie: ein anständiger und sympathischer Mann, der früh auf den Beinen war und bis spät in den Abend hinein arbeitete. Aus dem Gemüseladen seines Vaters, einst unter dem unprätentiösen Namen »Granny Smith's« bekannt, hatte er den exklusiven Bioladen »Cornucopia« gemacht. Marty besaß ein großes Haus in Tankerton und fuhr ein Cabrio, nach dem sich alle umdrehten, wenn er damit die High Street hinunterrauschte. Obwohl er nach gängigen Maßstäben eine gute Partie war, schien er in der Liebe kein Glück zu haben. Vor einigen Jahren war Pearl einmal mit ihm ausgegangen, sozusagen eine Erkundungsmission, um herauszufinden, warum Marty Smith immer noch solo war. An Freundinnen hatte es ihm nicht gefehlt, aber eine feste Beziehung war nie dabei herausgekommen. Was diesen Punkt anging, hatte Pearl eine gewisse Affinität mit ihm festgestellt, was fast zwangsläufig zu der Frage geführt hatte, ob sie und ihr Gemüsehändler vielleicht doch mehr Gemeinsamkeiten hatten als ihre Vorliebe für Rucola.

Eines schwülen Sommerabends war Marty an der Tür des Seaspray Cottage erschienen, fit und gutaussehend und nicht wie sonst in Jeans und T-Shirt, sondern in einem schicken Anzug und einem frisch gebügelten weißen Hemd. Es hatte nach einem vielversprechenden Abend ausgesehen, bis ihm eine Wolke beißenden Rasierwassers ins Wohnzimmer vorausgeschwebt war. Nach einem kurzen Drink und einer 30-minütigen Fahrt in Martys offenem Sportflitzer war der Geruch des Aftershaves noch immer nicht verflogen, und er kitzelte Pearl auch noch am Gaumen, als ein Kellner sie zu ihrem Tisch mit Meerblick führte, den Marty in einem guten Restaurant in Broadstairs reserviert hatte – an sich eine nette Geste, wenn auch eine Spur zu bemüht. Er hielt ihr die Tür auf, zog ihr den Stuhl hervor und sprang jedes Mal wie von der Tarantel gestochen von seinem Sitz auf, wenn Pearl auf die Toilette verschwand. Statt Wein bestellte er Champagner, der aber zumindest Pearls Anspannung etwas abbaute. Schließlich wurde auch Marty in ihrer Gesellschaft lockerer, erzählte ihr angeregt von seinen Träumen und seinem Plan, in der High Street eine Saftbar, selbstverständlich rein bio, zu eröffnen. Er gab sogar zu, dass es ihm manchmal schwerfiel, Frauen als Gesprächspartner ernst zu nehmen; Pearl, beeilte er sich hinzuzufügen, hatte er jedoch immer als Seelenverwandte angesehen, als eine Frau, die sich aufgrund der Geschäftstüchtigkeit, mit der sie ihr Restaurant führte, seinen uneingeschränkten Respekt erworben hatte. Je länger Marty redete, desto deutlicher wurde Pearl klar, warum Marty immer noch keine Partnerin hatte. In der Zukunft, die er für sich entwarf, war kein Platz für Menschen, nur für ein erweitertes Warenangebot, das Pflaumen durch Khakis ersetzte und Rosenkohl durch Mangold. Am Ende ihres Candle-Light-Dinners wusste Pearl, dass Marty kein Feuer in ihr entfachen würde, und falls Marty das ebenfalls merkte, klammerte er sich dennoch an die Hoffnung, sie könnte ihre Meinung ändern – irgendwann.

Seufzend zupfte Pearl ein paar Blättchen von dem Rucola, den Marty mitgeliefert hatte, und kostete sie. Sie schmeckten intensiv, angenehm und leicht nussig – wie Marty selbst.

Plötzlich merkte sie, dass jemand in der Tür stand, und Dolly zischte mit gespitzten Lippen: »Die Zicke ist hier.«

Dolly machte sich auf den Weg in den Gastraum, und als Pearl ihr rasch folgte, sah sie, dass Ruby mehrere Gäste an einen reservierten Tisch führte. Harcourt war der Name, den Pearl im Reservierungsbuch gesehen hatte, als sie von ihrem Treffen mit Stroud zurückgekommen war. Die Vorwahlnummer des Dorfs Old Wives Lees hatte Pearl bestätigt, dass der Tisch für Stammgäste reserviert worden war: Robert Harcourt und seine Frau Phoebe, die Dolly nur »die Zicke« nannte. Harcourt war ein renommierter Architekt, der neben mehreren prestige-trächtigen Londoner Bauvorhaben auch die zu einem ein-drucksvollen Wohnhaus umgebaute Scheune entworfen hatte, die das Ehepaar jetzt sein Zuhause nannte. Das große Haus, ein eindrucksvolles architektonisches Statement, war schon von weitem zu sehen, stand aber nach Pearls Meinung in totalem

Widerspruch zu dem Umstand, dass es nur ein paar hundert Meter die schmale Landstraße entlang noch immer eine von Eichen gesäumte Dorfwiese gab, auf der die Dorfbewohner jedes Frühjahr einen Maibaum aufstellten und im Sommer Cricket spielten. In einer kleinen Ortschaft wie Old Wives Lees legte man noch großen Wert auf Traditionen, und dennoch hatten es die Harcourts binnen weniger Jahre geschafft, den Anschein zu erwecken, als hätten sie schon immer hierhergehört und wären ein fester Bestandteil des Lebens der Region. Dabei waren sie nur spießige, schon etwas angegraute Londoner, die sich in keiner Weise bewusst waren, dass ihre neu angemaßte Rolle als scheinbar alteingesessene Gutsherren nicht einer gewissen Lächerlichkeit entbehrte. Ein wenig erinnerte Pearl dieses Gehabe an ein Phänomen, das sie auch bei einigen anderen von Whitstables wohlhabenderen Zugereisten bemerkt hatte, stolzen Besitzern frisch gentrifizierter Häuser, die in dem Bemühen, ihre Großstadtwurzeln abzulegen, in den Fenstern ihrer neuen »Coastguard Cottages« als Beweis ihrer Assimilation ein schönes Modell einer Jacht oder sonst eines Segelboots zur Schau stellten. Derlei maritime Anspielungen hatten die Harcourts allerdings nicht nötig. Sie griffen stattdessen auf die üblichen Requisiten des Landlebens zurück: getrocknete Hopfendolden in der Küche und ein neuer, von einer Mauer umgebener Kräutergarten, so gestylt, als befände er sich schon seit Jahrhunderten an dieser Stelle.

Obwohl im Wesentlichen ein Küstenstädtchen, war Whitstable im Süden von viel Land umgeben, das mit Kirschplantagen, Obstgärten und Wassersportmöglichkeiten am Great Stour aufwarten konnte. Dennoch blickten die wohlhabenderen Dörfer im Landesinneren auf die kleine Fischerstadt wie auf einen Ort herab, den man vielleicht als Tourist besuchte, in dem man aber auf keinen Fall lebte. Auf ähnliche Weise hatte Whitstable wiederum keine sehr hohe Meinung von seinen Nachbarorten entlang der Küste, insbesondere den größeren Städten Broadstairs, Margate und Ramsgate, die sich auf einer Halbinsel befanden, die einmal zur Gänze vom Festland getrennt war. Während die Bewohner dieser Städte Whitstable geringschätzig immer noch als »nicht auf der Insel« bezeichneten, verwendete man in Whitstable für alle Gebiete östlich der Stadt den wenig schmeichelhaften Ausdruck »Planet Thanet«.

Im Moment schienen sich die Harcourts darauf zu kaprizieren, Fremdenführer zu spielen. Sie hatten ihrem ländlichen Domizil den Rücken gekehrt, um ihren Besuchern das Oyster Festival zu zeigen. Nicht alle schienen jedoch mit ihren Plätzen in Pearls kleinem Restaurant zufrieden.

»Müssen wir wirklich so nah am Fenster sitzen?«, nörgelte Phoebe Harcourt mit durchdringender Stimme.

»Es zwingt dich niemand, irgendwo zu sitzen«, parierte ihr Gatte. »Ich dachte nur, Leo und Sarah würden gern den Umzug sehen.«

»Unbedingt«, erklärte Sarah lächelnd. Sie war groß, elegant und gänzlich in Taupe gewandet. Pearl entging nicht, dass sie einen schlichten Leinenhosenanzug und modische Silberohrringe trug, die sich perfekt mit dem geometrischen Schnitt ihres unglaublich glänzenden schulterlangen blonden Haars ergänzten. An ihren zierlichen Handgelenken klimperten extravagante silberne Armreifen, und um ihren sonnengebräunten Hals schmiegte sich eine passende Halskette. Sarah war Ende vierzig, schien aber zu dem Typ von Frauen zu gehören, die – dank der entsprechenden finanziellen Mittel – ihr Leben lang schick und attraktiv blieben.

»Was meinst du, Alex?« Robert Harcourt wandte sich lächelnd dem jungen, etwa zwanzigjährigen Mann zu, der verlegen zwischen seinen Eltern stand.

»Mir ist alles recht«, antwortete der Junge und strich sich eine blonde Strähne aus der gebräunten Stirn. Wie seine Mutter war Alex groß, hatte stahlblaue Augen und eine athletische Figur. Pearl entging nicht, dass Ruby errötete, als er sie anlächelte. Währenddessen fächelte die wieselgesichtige Phoebe Harcourt mit einer Speisekarte vor ihrem Gesicht herum. »Tut mir leid, aber ich finde es furchtbar heiß hier drinnen. Du nicht auch, Leo?«

Der untersetzte grauhaarige Mann neben ihr machte einen sehr distinguierten Eindruck, und als er seine Hemdsärmel hochzog, kam an seinem Handgelenk eine dicke Taucheruhr zum Vorschein. »In Kapstadt hatte es die ganze Zeit vierzig Grad«, bemerkte er. »Du müsstest eigentlich an die Hitze gewöhnt sein.«

Das nahm Phoebe Harcourt mit fest aufeinandergepressten Lippen hin.

»Trotzdem finde ich, wir hätten in einem Lokal reservieren können, wo es etwas kühler ist.« Sie warf ihrem Gatten einen herausfordernden Blick zu. Ruby schaute währenddessen hilfesuchend zu Pearl.

»Ist irgendetwas nicht in Ordnung?« Pearl kam ihrer jungen Bedienung zu Hilfe.

»Wir bekommen das schon geregelt«, antwortete Robert Harcourt, aber seine Frau zog es vor, den Wink zu ignorieren.

»Sie haben wohl noch immer keine Klimaanlage«, nölte Phoebe Harcourt.

»Leider nein«, erwiderte Pearl lächelnd. »Wäre Ihnen mit einem Platz im Schatten vielleicht eher gedient?«

»Das möchte ich mal erleben«, murmelte Harcourt. Seine Frau bedachte ihn mit einem tadelnden Blick, während Pearl die Gelegenheit ergriff, um für ihre Gäste ein paar Stühle herauszuziehen. »Wer möchte mit Blick auf die Straße sitzen?«

»Das kriegen wir schon geregelt«, sagte Leo Berthold und deutete auf die Plätze für seine Frau und seinen Sohn.

Robert Harcourt wählte mit einem Seitenblick auf seine Frau seinen eigenen Platz. Die Zicke war zwar mit dieser Lösung keineswegs zufrieden, ließ aber in unmissverständlicher Anerkennung ihrer Niederlage die Speisekarte auf den Tisch fallen. »Erst mal einen Pinot Grigio und ein Dutzend Austern.«

Ruby notierte sich die Bestellung und verschwand in die Küche.

»Ach, und dazu noch diese köstlichen in Madeira eingelegten Heringe!«

Pearl entfernte sich von der kleinen Gesellschaft und kehrte mit einem tiefen Seufzer an die Seafood-Bar zurück. Die Londoner waren gegangen, und unter den Gästen, die ihre Plätze eingenommen hatten, entdeckte Pearl zu ihrer Überraschung McGuire. Er saß auf einem Barhocker und blätterte beiläufig in einem Programm für das Oyster Festival. Obwohl er leger gekleidet war – weißes T-Shirt, schwarze Jeans, Sportschuhe –, vermutete Pearl, dass er dienstlich hier war. »Nicht gerade der ideale Zeitpunkt für irgendwelche Fragen«, warnte sie ihn, als sie rasch in Richtung Küche ging.

»Und wie wär's mit ein paar Austern?«

Als Pearl sich nach ihm umblickte, sah sie, wie er lächelte, bevor er das Programmheft auf den Tresen warf. Sie griff nach einer Speisekarte und reichte sie ihm. Dann beugte sie sich zu ihm vor, um ihn auf ein lose eingelegtes Blatt hinzuweisen. »Das sind unsere Festivalspezialitäten. Frittierte Austern, Austern Rockefeller, asiatische ...«

»Asiatische?« McGuire sah sie fragend an und schaffte es, Pearl aus dem Konzept zu bringen. Ihr Finger verharrte noch über der Speisekarte, aber sie wandte den Blick von ihm ab und setzte zu einer Erklärung an. »Ja, mit Reiswein, Essig und Ingwer. Aber wenn Sie's nicht so exotisch mögen, hätten wir sie auch mit Zitrone und Mignonette-Soße.«

McGuire sagte nichts, sondern betrachtete weiter Pearl, die

ihn mehr zu interessieren schien als die Speisekarte. »Das ist die klassische Art«, fuhr sie fort. »Gehackte Schalotten, weiße Pfefferkörner, Wein und …« Als sie merkte, dass McGuire wenig Interesse zeigte, verstummte sie. Dafür schien er Pearls Gesicht zu studieren, als ob er es später einmal genau beschreiben müsste. Sie ertappte sich dabei, dass ihr die letzte Zutat nicht einfiel.

»Und was noch?«, hakte McGuire nach.

»Sherryessig«, fiel ihr plötzlich wieder ein.

McGuire lächelte. Vor nur zwölf Stunden, im grellen Licht des Verhörzimmers, hatte Pearl mitgenommen und verletzlich ausgesehen. Doch jetzt, in ihrer gewohnten Umgebung und im Sonnenlicht, das durch die Fenster fiel, wirkte sie vital, mit einer gesunden Bräune und hohen Wangenknochen, die – vielleicht vor Ungeduld – leicht erröteten. »Was darf ich Ihnen denn jetzt bringen?«, fragte sie schließlich. McGuires Blick wanderte zu dem Berg grauer Austernschalen auf der Theke.

»Dürfte ich vielleicht einfach eine von denen probieren?«

Pearl merkte, dass ihr McGuire nur die Zeit stahl, aber trotzdem griff sie nach einem Muschelmesser und schob die Klinge in den Spalt einer großen Felsenauster. Ohne McGuires Blick auszuweichen, drehte sie das Messer abrupt, hebelte den starken Schließmuskel aus und schob die Klinge unter die Auster selbst. Dann gab sie ein Viertel Zitrone dazu und stellte den Teller vor dem Inspektor auf den Tresen. Er musterte alles mit einem teilnahmslosen Blick.

»Und was ist das jetzt? Eine dieser berühmten Whitstable-Austern?«

In diesem Moment kam Ruby mit den für den Tisch der Harcourts bestimmten Austern aus der Küche. Pearl wartete, bis die Bedienung an ihr vorbei war, dann setzte sie sich neben den Inspektor. Sie beugte sich zu ihm und flüsterte: »Die heimischen kommen nur in Monaten mit einem R auf den Tisch.«

Pearl deutete McGuires Blick völlig richtig, als er zum Tisch der Harcourts schaute, an dem Rubys Platte mit sichtlicher Begeisterung in Empfang genommen wurde.

»Ich weiß«, sagte Pearl. »Eigentlich komisch, dass das Oyster Festival im Juli stattfindet.« Sie griff nach dem Programm, um mit ihren Ausführungen fortzufahren, als plötzlich Phoebe Harcourts Stimme durch das Lokal gellte: »Wir brauchen noch Zitronen.«

Das freundliche Lächeln, mit dem Ruby die Bestellung ihrer Gäste entgegennahm, war rasch verflogen, als sie an die Theke zurückeilte. Pearl viertelte zwei weitere Zitronen und reichte sie ihr. »Tut mir leid, ich hätte dich warnen sollen.«

»Macht doch nichts«, grinste Ruby und kehrte zu den Harcourts zurück.

McGuire hatte Pearls Reaktion mitbekommen und fragte: »Schwierige Gäste?«

Pearl sah ihn an. »Die Harcourts lassen einen ganz schön springen für ihr Geld.«

»Ich habe eigentlich den Mann am Fenster gemeint.« McGuire deutete mit dem Kopf. »Das ist Leo Berthold. Er hat gerade das Hyde in Canterbury gekauft.«

Pearl runzelte die Stirn. »Meinen Sie ... das alte Hyde Hotel?«

»Das neue«, sagte McGuire. »Das wird es jedenfalls, sobald es fertig renoviert ist.«

Pearl war geschockt. Mit seinen herrlichen alten Gemälden an den mit Anaglypta tapezierten Wänden und den Spinnweben an den Originallüstern hatte das Hyde schon immer mehr von einer kitschigen alten Filmkulisse gehabt als von einem renommierten Stadthotel. Sie musste daran denken, dass erst letztes Silvester ein Freund von Charlie engagiert worden war, auf dem alten Stutzflügel in der Hotelbar zu spielen. Es war ein denkwürdiger, um nicht zu sagen peinlicher Abend gewesen, an dem eine ziemlich angeheiterte Dolly »I Will Survive« und ein paar schmalzige Abba-Klassiker zum Besten gegeben hatte. Aber jetzt würde der alte Flügel bestimmt ausrangiert, dachte Pearl, um für die vorhersehbare Einrichtung eines weiteren Boutique-Hotels Platz zu schaffen: eine Orgie aus geätztem Glas, die in krassem Widerspruch zu den alten Bauten von West Gate stand. Auf einmal sah sie den Mann, der mit seiner schicken Frau und seinem gutaussehenden Sohn am Fenster saß und gerade mit den Harcourts anstieß, mit völlig anderen Augen. McGuire wiederum beobachtete Pearl, bevor er bemerkte:»Es heißt, er möchte hier in der Gegend ganz groß einsteigen.«

»In Canterbury, meinen Sie doch?«

»Vielleicht auch in Whitstable.«

Pearl beobachtete weiter die Szene am Fenstertisch, wo der junge Alex Berthold mit den Austernschalen auf seinem Teller spielte, während Phoebe Harcourt, vom Pinot Grigio in Stimmung gebracht, Sarah Berthold eine Anekdote zuzwitscherte. Robert Harcourt nahm währenddessen Berthold in Beschlag – wahrscheinlich, um einen Auftrag für eines von dessen Hotelprojekten an Land zu ziehen, vermutete Pearl.

Unwillkürlich musste sie an Billy Crouchs Worte denken und murmelte:»Sie verdrängen alle anderen, wie die grauen Eichhörnchen.« Als McGuire sie darauf fragend ansah, deutete sie mit dem Finger auf seinen Teller.»Was Sie da haben, ist eine vollkommen andere Sorte als unsere heimischen Austern. Die Pazifischen Felsenaustern wurden zwar erst vor kurzem bei uns eingeführt, aber weil es zu wenig Fischer gibt, werden sie zum Teil viel zu groß. Im Moment gibt es draußen auf den Bänken Exemplare, die über zwei Kilo wiegen.« Sie hielt inne. »Stellen Sie sich mal vor, ein halbes Dutzend von denen zu verdrücken.«

Die einsame Auster auf McGuires Teller war unangetastet geblieben. Pearl konnte sich den Grund dafür denken.»Es ist kein Geheimnis, dass das nicht das einzige Problem ist.« Sie hielt kurz inne. »Sechzig Prozent der jungen Austern gehen an einem Herpesvirus ein.«

McGuire blickte sofort auf und sah sie lächeln. »Aber kein Grund zur Sorge – außer man ist eine Auster. Was tatsächlich vonnöten ist, sind ein paar vernünftige Investitionen, um wieder heimische Saataustern auszusetzen.«

»Saataustern …?«

»Eine junge Auster ist zunächst eine Larve, und sobald sie einen geeigneten Platz zum Wachsen gefunden hat, wird sie ein Austernbaby. Sobald dieses groß genug ist, um nicht von natürlichen Feinden gefressen zu werden, bezeichnet man es als Saatauster.« Sie sah McGuire eindringlich an. »Und das ist, was Vinnie Rowe versucht hat.«

»Nicht von natürlichen Feinden gefressen zu werden?«

»Wieder heimische Saataustern auszusetzen.« Nach kurzem Schweigen fuhr sie fort: »Aber er hatte Schulden. Ich habe heute Morgen mit Connie gesprochen, seiner Lebensgefährtin. Er hat versucht, sich gegen die größeren Firmen zu behaupten, aber …«

»Wegen seiner Schulden ist ihm das nicht gelungen.«

Aus McGuires Blick schloss Pearl, dass ihn ihre Schlussfolgerungen nicht überzeugten. Ihr wurde klar, dass es Zeit wurde, auf Stroud zu sprechen zu kommen.

»Gestern ist jemand in mein Büro gekommen.«

McGuire hörte auf, mit der Auster auf seinem Teller zu spielen. »In Ihr was?«

»Ich habe vor kurzem ein kleines Detektivbüro eröffnet …«

McGuires Lächeln ließ sie verstummen. »Was ist daran so witzig?«

McGuire zuckte mit den Achseln. »Ich dachte, Sie haben mit Austern zu tun.«

»Ich habe mit Menschen zu tun. Genau wie Sie.« Pearl seufzte. »Nachdem wir zumindest schon mal das gemeinsam haben – warum erzählen Sie mir nicht, was Sie bisher herausgefunden haben?«

McGuire stutzte, nicht nur wegen Pearls Frage, sondern auch wegen ihres Tons. Er lächelte, diesmal unergründlich, und sein Schweigen brachte Pearl nur noch mehr in Rage. »Ich nehme mal an, Sie haben inzwischen einen Obduktionsbefund, aus dem hervorgeht, dass Vinnies Tod ein Unfall war oder …«

»Oder was?«

»Oder Sie würden richtige Ermittlungen anstellen, statt hier herumzusitzen und so zu tun, als möchten Sie Austern.«

Sie hatte eine passable Rechtfertigung seitens McGuires erwartet, aber stattdessen musterte der Inspektor sie nur weiter und stellte dabei fest, dass ihre Augen dieselbe Farbe hatten wie das Meer an diesem Morgen – ein helles Grau, das beim leisesten Einfall von Sonnenlicht ins Bläuliche changierte. »Haben Sie in einem Städtchen wie diesem viel zu tun?«

Pearl runzelte die Stirn. »Wie meinen Sie das?«

»Na, mit Ihrem Detektivbüro.«

Pearl zögerte. »Ich habe Ihnen doch gesagt – es ist noch ganz neu.«

»Dann wünsche ich Ihnen viel Glück.« McGuire war sicher, dass sie es brauchen würde, da Whitstable zu den harmlosen Orten gehörte, in denen die Lokalzeitung es zu so spektakulären Schlagzeilen brachte wie »Kind verliert Schuh«, »Bestürzung über Schließung eines Geschäfts« und »Erzbischof kommt nicht in die Stadt«.

Pearl wollte schon protestieren, aber ein lauter Trommelwirbel unterband jede weitere Unterhaltung. Gäste und Belegschaft schauten zum Eingang, von wo Dolly ihrer Tochter aufgeregt zuwinkte. Pearl sah kurz McGuire an, bevor sie rasch aufstand und den Inspektor mit einem kurzen »Bin gleich wieder da« an der Theke sitzen ließ. Auch mehrere Gäste folgten ihr zum Eingang.

Am Tisch der Harcourts betupfte sich Leo Berthold mit einer weißen Serviette die Lippen und fragte:»Geht es jetzt los?«

»Ja, jetzt geht es los«, bestätigte ihm Robert Harcourt und führte seine Gäste aus dem Lokal.

Draußen stieg drückende Hitze von der Straße auf, und die Triangeln und Trompeten der Sea-Scouts-Kapelle leiteten unbeholfen zu einer scheppernden Sambaexplosion über, die das Nahen des Festzugs ankündigte, der vom Hafen zur High Street heraufkam. Hunderte Einheimische, Jung und Alt, folgten einer etwa vier Meter über der Prozession aufragenden Pappmaché-Figur.

Leo Berthold musste lauthals schreien, um die Musik zu übertönen, als er sich Robert Harcourt zuwandte, um ihn zu fragen:»Was soll das denn sein?«

»Sam, der Riese«, erklärte Harcourt.»Soviel ich weiß, wurde er von einheimischen Künstlern gebaut. Er soll die enge Beziehung der Stadt zum Meer symbolisieren. Deshalb trägt er diese von Austernschalen bedeckte Jacke.«

Auf einmal drehte sich die in Fischernetze gehüllte Figur und bewegte sich auf das Restaurant zu. Der Riese Sam wurde von zwei Karnevalsschwellköpfen flankiert: von Dollar Dan, der nach einem»Tiefseetaucher« aus viktorianischer Zeit benannt war und angeblich in der Dollar Row gewohnt hatte, und von seinem unzertrennlichen Begleiter Bobbin, einem legendären Seepferdchen. Ihnen folgte die Sambagruppe. Pearl kannte die meisten ihrer Mitglieder. Einheimische Musiker, die man sonst eher in Pubs und Clubs auftreten sah, hatten sich mit einigen Londonern zusammengetan und schüttelten jetzt zum Grundrhythmus einer Steeldrum ihre Maracas oder bliesen in Karnevalspfeifen. Danach kamen Jongleure und als Harlekine verkleidete Stelzengänger von der örtlichen Zirkusschule, und das Schlusslicht bildete ein kleiner, mit Austernkörben beladener

Karren, der nicht wie üblich von einem Pferdegespann gezogen wurde, sondern von zwei Neufundländern. Die wegen der Hitze heftig hechelnden Hunde kamen auf Pearl zu und blieben direkt vor ihr stehen.

»Auch das geht auf einen alten Brauch zurück«, erklärte Harcourt den Bertholds. »Alles natürlich sehr symbolbefrachtet. Der ›Fang‹ wird an Land gebracht und an die verschiedenen Restaurants und Cafés verteilt. Dazu gehört verständlicherweise auch dieses Lokal.« Eine stämmige Frau über sechzig watschelte in einem viktorianischen Kostüm auf Pearl zu. Sie sah aus, als wäre sie direkt den Seiten *David Copperfields* entsprungen, war aber in Wirklichkeit Billy Crouchs Frau Sadie. Sie übergab Pearl einen Korb mit Austern, um sich dann vorzubeugen und verärgert zu zischen: »Wie kann man nur auf so eine dämliche Idee wie mit dieser Haube kommen? Ich könnte denjenigen umbringen!« Damit schob sie die wenig geschätzte Kopfbedeckung aus der Stirn nach hinten und ließ den Blick über die lächelnden Gesichter in ihrer Umgebung wandern. »Eine Schande ist das, wenn du mich fragst: dass der Umzug heute trotzdem stattfindet. Wir sollten trauern, nicht feiern.«

»Ich weiß«, sagte Pearl. »Aber was willst du dagegen machen?«

Sadie Crouch schaute sich mit einem resignierten Achselzucken um. »Nichts«, pflichtete sie Pearl bei. »Außer für die Kameras lächeln. Wie sonst auch immer.« Als die Prozession weiterzog, raffte Sadie ihre Röcke und stolzierte zu den Neufundländern zurück, von denen einer gerade an den Karren pinkelte.

Pearl sah, dass Sarah Berthold genau in dem Augenblick mit einem untrüglichen Gespür für schlechtes Timing ihr Handy hochhielt, um ein Foto zu machen. Nachdem sie das gerade geknipste Bild kurz betrachtet hatte, wandte sie sich mit einem begeisterten Lächeln ihrem Sohn zu. »Einfach köstlich. Wie eine Art Mini-Rio. Kaum vorstellbar, dass es einem hier langweilig werden könnte, findest du nicht auch?« Als sie darauf ins Lokal zurückging, sah ihr Sohn ihr tapfer lächelnd nach. Pearl fand allerdings, dass der Junge leicht genervt wirkte. Als in diesem Moment Ruby an ihm vorbeikam, machte Alex, scheinbar von der Menge geschoben, ein paar Schritte auf sie zu. Sie tauschten Blicke, aber als das Mädchen merkte, dass Pearl sie beobachtete, kam sie auf sie zu, nahm ihr den Austernkorb aus den Händen und trug ihn in die Küche. Fast gleichzeitig ertönte Leo Bertholds Stimme. »Alex?«

Der Junge drehte sich um und sah seinen Vater auf seinen Platz am Tisch deuten. Während Alex sich brav wieder setzte, kehrte Pearl an die Seafood-Bar zurück, wo sie auf McGuire zu stoßen erwartete. Zu ihrer Überraschung traf sie dort jedoch nur noch einen verlassenen Hocker und eine unangetastete Auster an – Beweis dafür, dass ihr der Inspektor durchs Netz gegangen war.

Wenige Stunden später beobachtete Pearl ihre junge Bedienung dabei, wie sie Abfälle in einen Müllsack steckte und an der Hintertür abstellte. »Gut hast du das heute gemacht, Ruby.«

»Das freut mich, danke.« Ruby lächelte. »Ich mag es viel lieber, wenn ich ordentlich zu tun habe, als nur den ganzen Tag rumzusitzen und auf die Uhr zu starren. Dieser Samstagsjob im Süßigkeitenladen war total ätzend. Ich habe die ganze Zeit nur gewartet, dass die Zeit vergeht.«

»Tu das bloß nicht«, sagte Pearl. »Das tut sie sowieso schnell genug.«

Pearls junge Bedienung blickte auf ihre Hände und ging zur Spüle, um sie zu waschen. Ruby war auffallend dünn und konnte partout nicht stillsitzen, fast so, als wollte sie bloß nicht zum Nachdenken kommen. Pearl glaubte, den Grund dafür zu kennen. Mit sieben Jahren war Ruby aus London nach Whitstable gekommen, um im einzigen Wohnsilo des Städtchens bei ihrer Großmutter zu leben. Nachdem ihre junge Mutter an einer Überdosis gestorben war, bei der es sich nach Ansicht einiger um Selbstmord gehandelt hatte, war das zwischen dem Cricketplatz und dem Biergarten des Labour Clubs gelegene Windsor House Rubys neues Zuhause geworden. Mary Hill hatte sich der Aufgabe, ihre einzige Enkeltochter großzuziehen, gewachsen gezeigt und für Ruby einen Platz in derselben Grundschule gefunden, die auch Charlie besuchte. Und nach einer Weile hatte sich das Mädchen gefangen und sich in das Kleinstadtleben eingefügt, als hätte sie nie etwas anderes gekannt. Tatsache war jedoch, dass Ruby sehr wohl ein anderes Leben gekannt hatte, bevor sie nach Whitstable gekommen war, und Pearl war sicher, dass sie die Erinnerungen daran noch immer verfolgten. Wenn das Mädchen nicht mit irgendetwas beschäftigt war, wirkte es seltsam abwesend, fast weltentrückt, als ob ihre Gedanken gegen ihren Willen ziellos abschweiften. Nach und nach fing auch Rubys Großmutter an, sich so zu verhalten, während ihre fahrige Zerstreutheit langsam in Demenz überging. Vor nicht einmal einem Monat war Mary Hill in ein Pflegeheim in Canterbury eingewiesen worden, und nachdem man beim Sozialamt eine Weile abzuschätzen versucht hatte, ob Ruby allein zurechtkommen würde, war schließlich verfügt worden, das Mädchen allein in der Wohnung seiner Großmutter leben zu lassen. Seit Ruby im Sommer die Schule abgeschlossen hatte, arbeitete sie regelmäßig im »Pearl's«, nicht nur, um ihr eigenes Geld zu verdienen, sondern auch, um sich ihre Unabhängigkeit zu erhalten.

Pearl reichte Ruby einen braunen Umschlag, den das Mädchen aufriss wie ein kleines Kind ein Weihnachtsgeschenk. Er enthielt einige Münzen und mehrere 5-Pfund-Scheine.

»So viel Trinkgeld habe ich diesmal bekommen?«

Pearl nickte, wobei sie vermutete, dass das Geld, das von Robert Harcourt kam, mehr dem Zweck gedient hatte, bei seinen Gästen Eindruck zu schinden, als seine Wertschätzung für den guten Service ihrer Bedienung zum Ausdruck zu bringen. Aber sie enthielt sich eines Kommentars und beobachtete nur, wie Ruby den Umschlag stolz einsteckte.

»Ein süßer Typ, hm?«

Ruby schaute auf.

»Der Junge, Alex«, fügte Pearl hinzu. »Am Tisch der Harcourts. Wenn mich nicht alles täuscht, hat er dir mehrmals zugelächelt.«

Ruby bemerkte den Schalk in Pearls Augen. »Na, ich weiß nicht. Der ist doch eine ganz andere Liga.« Ruby wandte sich zum Gehen, drehte sich aber noch einmal um. »Wie geht's übrigens Charlie an der Uni?«

»Ganz gut.«

Ruby nickte. »Na, ist doch super. Grüßen Sie ihn von mir, wenn Sie ihn das nächste Mal sehen, ja?«

»Mach ich, Ruby.« Pearl lächelte.

Ein paar Stunden später, nachdem sie das Restaurant abgeschlossen hatte, stieg Pearl in ihr Auto und fuhr auf dem von Bäumen gesäumten Wyatt Tyler Way nach Canterbury. Auf der alten Landstraße konnte sie dem Festivalverkehr entgehen und zugleich Zeit finden, um innerlich zur Ruhe zu kommen. Die Abendluft war noch warm, aber wegen der größeren Entfernung zum Meer weniger schwül, und zwanzig Minuten später drückte sie auf die Klingel der Studentenbude ihres Sohns. Aus der Sprechanlage kam Charlies Stimme: »Bist du's, Mum?«

Pearl machte ein paar Schritte zurück und winkte lächelnd zu seinem Fenster hinauf. Als ein leises Summen ertönte, drückte sie die Tür auf und stieg die Treppe zu Charlies Stockwerk hinauf. Charlie hatte ein Semester lang in verschiedenen WGs gewohnt, bevor er zu Pearls Überraschung zu einem erschwinglichen Preis eine passable Wohnung gefunden hatte. Seine Pläne wurden jedoch durchkreuzt, als sein angehender Mitbewohner genau zu dem Zeitpunkt das College schmiss, als Charlie einzog. Pearl hatte ihm zwar mit der Kaution und der ersten Monatsmiete ausgeholfen, spürte aber auch, dass sie ernsthaft mit Charlie reden müsste, falls er sich bei der Suche nach einem neuen Mitbewohner weiterhin so anstellte.

Der Wohnblock war höchstens zehn Jahre alt und gut in Schuss, mit einem sauberen Treppenläufer und frisch gestrichenen Wänden, aber im Eingangsbereich stieß Pearl hin und wieder auf Relikte studentischen Lebens in Gestalt leerer Bierflaschen, die dort auf dem Weg zur Wertstoffannahmestelle zwischengelagert wurden. Zurzeit waren die meisten Bewohner für die Dauer der Sommerferien nach Hause gefahren. Nur Charlie war in Canterbury geblieben. Er erwartete Pearl in der offenen Wohnungstür, und sie bedachte ihn mit dem Lächeln, das nur ihm vorbehalten war. Charlie drückte sie fester und länger an sich als sonst, herzlich, aber auch fürsorglich.

»Wie war der Verkehr?«

»Den Staus bin ich ganz gut entkommen«, antwortete Pearl lächelnd. »Aber auf der Heimfahrt werde ich wahrscheinlich nicht so viel Glück haben.«

Charlie machte einen Schritt zurück und führte seine Mutter nach drinnen.

Das Erste, was Pearl auffiel, war, dass die Wohnung ungewöhnlich aufgeräumt war. Charlie war zwar nicht unbedingt der Inbegriff eines chaotischen Studenten, aber ein gewisser Hang zur Schlamperei hatte sich in seinen diversen Unterkünften immer bemerkbar gemacht. Seit neuestem zeigte sich diesbezüglich jedoch ein deutlicher Wandel zum Besseren. Rings um den Kamin standen Stumpenkerzen auf gläsernen Untersetzern, auf dem Satinüberwurf des Sofas lagen weiche Kissen, und auf dem Couchtisch hatte eine große Schale mit schönen Muscheln die unvermeidlichen Getränkedosen ersetzt. Charlie kam nach ihr herein. »Lass uns gleich in die Küche gehen. Ich habe eine Flasche Wein aufgemacht.« Während Pearl die mitgebrachte Tragetasche auspackte, schenkte Charlie ihr ein Glas Rioja ein. »Hast du den Tag heute einigermaßen überstanden?«, fragte er.

»Natürlich, aber etwas hektisch war es schon. Deshalb ist auch nicht viel übrig geblieben.«

Charlie sah zu, wie Pearl verschiedene Behältnisse aus ihrer Tasche nahm und von zweien die Folie entfernte. Eines enthielt eine korallenfarbene Quiche aus Süßkartoffeln und frischem Lachs, das andere winzige in Olivenöl eingelegte Sardellen. »Die Zitronen!« Pearl schlug sich mit der flachen Hand gegen die Stirn. »Jedes Mal vergesse ich sie …«

»Kein Problem.« Charlie öffnete grinsend die Kühlschranktür. Pearl fiel sofort auf, wie sauber und ordentlich es im Innern war – Parmesandreiecke und Mozzarellakugeln in Plastikbehältern, daneben grüne und schwarze in Knoblauchöl eingelegte Oliven. Charlie reichte Pearl eine große Zitrone. »Tizzy meint, sie kann nicht ohne sie leben«, erklärte er dazu.

Pearl schätzte, dass es genau drei Minuten gedauert hatte, bis Charlies neue Freundin zur Sprache kam. »Ach«, fügte Charlie hinzu, »ich soll dich übrigens von ihr grüßen. Sie hat sich richtig Sorgen um dich gemacht, als ich ihr die Sache von gestern Abend erzählt habe.«

»Das ist aber nett.« Pearl hielt nach einer Ablenkung Ausschau. »Wollen wir das alles mit nach nebenan nehmen?«

Pearl trug das Tablett mit dem Essen ins Wohnzimmer und stellte es auf den gläsernen Couchtisch. Charlie folgte ihr und fragte: »Kommst du auch wirklich klar? Du könntest ja auch einen verzögerten Schock haben.« Er reichte Pearl ihr Weinglas und setzte sich zu ihr an den Tisch.

»Nein, nein, alles bestens.«

»Oma hat aber erzählt, du wärst verhaftet worden.«

»Sie haben mir nur ein paar Fragen gestellt.« Pearl drückte Zitronensaft auf die Sardellen. »Die Polizei musste noch forensische Beweise sammeln, und hätten sie mich nicht auf meine Rechte aufmerksam gemacht, wäre nichts von dem, was ich gesagt habe, vor Gericht zulässig.«

Darüber dachte Charlie kurz nach. »Und … wieso bist du eigentlich zu Vinnies Boot rausgefahren?« Er griff nach seiner Gabel und machte sich über das große Stück Quiche auf seinem Teller her. »Ist dir denn irgendwas Ungewöhnliches aufgefallen?«

»Wie meinst du das?«

»Na, keine Ahnung.« Charlie zuckte mit den Achseln. »Oma hat jedenfalls gemeint, Vinnie war schon tot, als du ihn gefunden hast. Dann war es also reiner Zufall, dass du auf seinem Boot warst. Oder hast du vorher schon gewusst, dass irgendwas nicht stimmt?«

Kurz fühlte sich Pearl an die Vernehmung durch McGuire und an das stickig heiße Verhörzimmer erinnert, in dem die Zeiger der Uhr viel zu langsam weitergewandert waren. Obwohl es warm im Zimmer war, schauderte sie kurz. »Können wir bitte über was anderes reden, Charlie?«

»Klar.«

Pearl beobachtete ihren Sohn beim Essen und stellte wie immer zufrieden fest, dass er kräftig zulangte. »Mmm, richtig gut die Quiche«, murmelte er mit vollem Mund.

»Ist sie doch immer.« Pearl war erleichtert, dass ihre Kochkünste für einen Themawechsel herhielten.

»Hab ich dir eigentlich schon von Tizzys phantastischem Risotto erzählt?«

In Pearls Lächeln schlich sich ein angespannter Zug. »Jetzt weiß ich es jedenfalls.«

»Ich werde ihr sagen, dass sie dir das Rezept geben soll.«

Pearl schaute auf, und Charlie wurde sich seines Fauxpas bewusst. »Sorry. Versteh das bitte nicht falsch. Auch dein Risotto ist einsame Spitze ...«

»Und ich koche nie nach Rezept.«

»Klar, weiß ich. Ich habe ihr erzählt, wie du kochst; ein Glas Wein ...«

»Oder zwei.« Pearl grinste.

»Ein bisschen hiervon ...«

»Ein bisschen davon ...«

»Und plötzlich ...« Charlie schnippte mit den Fingern und deutete auf das Essen auf dem Tisch. »Ist alles fertig. Wie von Zauberhand.«

Man hätte es fast für ein Ablenkungsmanöver halten können, als Pearl einen Schluck Wein nahm, aber Charlies Schweigen stachelte ihre Neugier an. »Und was hat Tizzy dazu gemeint?«

»Tizzy ist Italienerin. Sie hat nur gelacht.«

»Gelacht?«

»Sie fand es typisch englisch. Das Essen wäre bei uns mehr oder weniger ... Glückssache.«

Pearl runzelte die Stirn. »Glück ...?«

»Sie hat vollkommen recht. Du lässt es immer darauf ankommen.«

»Ich improvisiere.«

»Das ist dasselbe.«

»Es klappt aber immer.«

»Jedenfalls fast immer.«

Als Pearl merkte, dass Charlie sie nur aufziehen wollte, entspannte sie sich und grinste. Sie stellte ihr Glas ab und lehnte sich zurück. Es wurde Zeit, ein etwas heikles Thema anzuschneiden. Als Charlie die letzten Sardellen verdrückt hatte, raffte sie sich schließlich dazu auf, in den sauren Apfel zu beißen. »Wirst du demnächst mal nach Hause kommen?«

Charlie steckte sich eine Olive in den Mund. »Um im Restaurant auszuhelfen?«

»Nein, auf Besuch.«

Das ließ Charlie stutzen.

»Richtig, meine ich. Mir ist natürlich klar, dass du viel zu tun hast, aber … jetzt, wo du Ferien hast …« Charlies schuldbewusste Miene ließ sie abrupt verstummen. Es war tatsächlich schon mehrere Wochen her, dass Charlie in Whitstable gewesen war. Jedes Mal, wenn Pearl ihn eingeladen hatte, war er mit einer Ausrede angekommen und hatte meistens die Anforderungen des Studiums vorgeschoben. Im Sommer davor war das noch ganz anders gewesen. Damals war er bei Semesterende sofort nach Hause gekommen und hatte viel mit seiner Whitstable-Clique unternommen. Dieses Jahr schienen die Zeit und ein wenig Abstand einen Keil zwischen Charlie und seine alten Schulfreunde zu treiben. Pearl hoffte, dass es dazu nicht auch zwischen ihr und ihrem Sohn kommen würde.

Charlie wischte sich die Hände an seiner Serviette ab und zögerte, als legte er sich eine komplizierte Erklärung zurecht. »Schau, Mum, ich …«

Pearl hatte das Bedürfnis, ihn aufzuhalten, bevor er etwas sagte, was sie nicht hören wollte, aber das Klingeln eines Telefons brachte jede weitere Unterhaltung zum Erliegen, und Charlie stand auf, um dranzugehen. Als er nach seinem Handy griff und ein Stück von ihr entfernt dastand, fiel Pearl auf, wie groß er geworden zu sein schien und wie er zunehmend seinem Vater ähnelte, den er nie kennengelernt hatte. Pearl musste sich eingestehen, dass Dolly vielleicht doch recht hatte: Charlie hatte ihr alles an Liebe ersetzen müssen, was sie in einem viele Jahre zurückliegenden Sommer verloren hatte.

»Ciao.« Charly lächelte strahlend in sein Handy und hörte aufmerksam zu, bevor er beiläufig antwortete: »Nein, meine Mum ist gerade zu Besuch.« Er wandte sich kurz Pearl zu und zwinkerte, aber durch den intimen Ton, in dem er telefonierte, kam Pearl sich mehr und mehr wie ein Eindringling vor. Sie schob ihren Teller beiseite und ging ins Bad, aber selbst bei geschlossener Tür war Charlies Stimme noch deutlich zu hören. »Nein, sie kommt schon klar«, erklärte er der Anruferin. »Sie ist hart im Nehmen. Außerdem kümmert sich Oma um sie.«

Pearl stellte sich ans Waschbecken. Als sie den Hahn aufdrehte, merkte sie, dass das Rauschen des laufenden Wassers Charlies Stimme übertönte, weshalb sie es laufen ließ und eine Weile beobachtete, wie es im Abfluss verschwand. Als sie den Blick wieder hob, fiel er auf ein paar hübsche Flakons mit italienischen Parfüms, die auf blitzenden Glasborden standen. Das war das Regal, das normalerweise mit Zahnpasta verschmiert oder mit Ringen von Kaffeebechern übersät war, doch jetzt stand dort eine neue rosafarbene elektrische Zahnbürste neben der von Charlie, ein unübersehbarer Hinweis darauf, warum ihr Sohn bei Semesterende nicht sofort nach Hause gekommen war – und warum er keinen Mitbewohner brauchte. Pearl sah ihr Gesicht im Badezimmerspiegel. Sie wirkte mürrisch, um nicht zu sagen niedergeschlagen, aber als sie ins Wohnzimmer zurückging, versuchte sie, eine gutgelaunte Miene aufzusetzen.

Charlie steckte gerade sein Handy ein, als Pearl erschien.

»Tizzy?«, fragte sie betont aufgekratzt.

Charlie nickte. »Ich soll dich von ihr grüßen.«

Pearl lächelte steif. »Danke.« Sie ging zum Tisch, und um sich mit etwas zu beschäftigen, begann sie, das Geschirr abzuräumen. »Ich mache uns Kaffee«, verkündete sie. Aber als sie in die Küche verschwand, rief ihr Charlie hinterher: »Aber für mich keinen, danke, Mum.«

Als Pearl sich umdrehte, fügte Charlie hinzu: »Ich … muss nämlich gleich los, Tizzy abholen.« Er bedachte Pearl mit einem entschuldigenden Blick und nahm ihr das Tablett aus den

Händen. »Lass das ruhig. Darum kümmere ich mich, wenn ich zurück bin.«

Charlie ging in die Küche und stellte das Tablett ab, während Pearl ihm rasch folgte. »Ist irgendwas?«

»Nein«, sagte Charlie und drehte sich um. »Tizzy muss nur schnell zu einer Probe. Habe ich dir eigentlich erzählt, dass sie Sängerin ist?«

Bevor Pearl sich dazu äußern konnte, fügte Charlie rasch hinzu: »Sie hat sogar schon ein paar super Gigs. Unter anderem tritt sie am letzten Abend des Oyster Festivals in Dead Man's Corner auf.« Charlie wartete lächelnd auf die Reaktion seiner Mutter, aber Pearl war wie benommen von dieser Neuigkeit und hatte völlig vergessen, dass der krönende Abschluss des diesjährigen Festivals auf der neuen Bühne im Hafen stattfinden sollte.

»Du kommst doch, oder?«, fragte Charlie, ein wenig genervt von Pearls Zögern. »Du musst einfach«, setzte er nach. »Und nimm Oma auch mit.« Er setzte ein erwartungsvolles Lächeln auf, dem Pearl prompt erlag.

»Natürlich.«

Endlich zufrieden, hob Charlie Pearls Tragtasche hoch und drückte sie ihr in die Hand. »Danke für alles, Mum.« Kurz streiften seine weichen Lippen Pearls Wange. »Warte, bis du Tizzy singen gehört hast. Sie ist einsame Spitze.«

Pearl rang sich ein Lächeln ab. »Das kann ich mir denken.«

Wieder draußen auf der Straße, ging Pearl zu ihrem Auto und schaute zu Charlies Fenster hoch, in der Erwartung, er würde dort stehen und ihr wie immer zuwinken. Aber diesmal war er nicht zu sehen. Pearl öffnete die Fahrertür ihres Wagens, setzte sich ans Steuer und wollte eben den Schlüssel ins Schloss stecken, als sie im Rückspiegel Charlie aus dem Haus kommen sah. In der Hoffnung, er würde zu ihr kommen, hielt Pearl kurz inne, aber Charlie entfernte sich in die entgegengesetzte

Richtung zu seinem alten Piaggio-Roller. Ein Auto fuhr vorbei und nahm Pearl die Sicht. Sobald es verschwunden war, sah sie, dass Charlie noch da war. Er war auf den Roller gestiegen und setzte seinen Sturzhelm auf. Er trat auf den Kickstarter, und der Motor des Rollers sprang an. Sein schrilles Röhren hörte sich an wie ein lästiges Insekt, bevor er in der Ferne verschwand – und Charlie mit sich nahm. Auch Pearl ließ ihren Motor an und stellte verärgert fest, dass die Treibstoffanzeige schon auf Reserve stand – ein weiterer Punkt, den sie der Liste ihrer heutigen Ärgernisse hinzufügen musste.

Pearl kramte das Handy aus ihrer Tasche, und nach kurzem Zögern nahm sie etwas aus dem Handschuhfach. Nachdem sie eine Weile auf die Visitenkarte in ihrer Hand geblickt hatte, wählte sie schließlich die Nummer, die darauf stand, und als die Verbindung zustande kam, stellte sie eine simple Frage.

»Könnten Sie mich bitte mit Detective Chief Inspector McGuire verbinden?«

KAPITEL SECHS ✭

»Warum haben Sie mir gestern Abend nichts davon erzählt?«
McGuires Ungehaltenheit war nicht zu überhören, aber Pearl
ließ sich nicht verunsichern, als sie, den Blick unverwandt auf
die Anzeige der Zapfsäule gerichtet, ihren Tank füllte. »Ich sage
Ihnen doch«, antwortete sie ungerührt, »ich war noch ziemlich
durcheinander.«

»Und jetzt?«, fragte McGuire. »Halten Sie auch jetzt noch
irgendwelche Informationen zurück?«

Pearl steckte ihre Kreditkarte in den Geldautomaten. »Das
hätten Sie schneller herausgefunden, wenn Sie es nicht so eilig
gehabt hätten, aus meinem Restaurant zu verschwinden.«

Sie gab ihre PIN in den Automaten ein. Nach kurzem Warten
nahm sie den Beleg an sich und öffnete die Fahrertür. Doch als
sie sich hinters Steuer setzte, ließ McGuire sich rasch auf den
Beifahrersitz fallen. Am liebsten hätte er sie auf die Wache mitgenommen, um sie weiter zu vernehmen. Ihm war sehr wohl
bewusst, dass er sie ganz legal zwanzig Stunden in Gewahrsam
nehmen und diese Zeit, wenn sonst schon zu nichts, dazu nutzen konnte, ihr klarzumachen, dass seine Ermittlungen nicht
irgendein Spiel waren. Aber dem Hinweis nachzugehen, den
sie ihm gerade gegeben hatte, schien ihm die erfolgverspre-
chendere Option. Er streckte ihr seine offene Handfläche entgegen. »Was können Sie mir über Stroud sagen?«

Pearl dachte kurz über seine Frage nach, bevor sie mit einem
Seufzer ihr Handy herausholte. Sie rief Strouds Nummer auf,
reichte das Handy McGuire und beobachtete, wie er sich die
Nummer kurz notierte. »Ich habe erst heute Morgen noch
mal versucht, ihn zu erreichen«, sagte sie, »aber ich bekomme

immer nur seine Mailbox dran. Vielleicht ist er dorthin zurückgekehrt, von wo er gekommen ist.«

»Und wo wäre das?«, fragte McGuire, der noch mit dem Handy beschäftigt war.

»Ich würde sagen, irgendwo auf den Balearen.« Als McGuire darauf fragend aufblickte, zuckte Pearl nur mit den Achseln. »Alles an ihm hat darauf hingedeutet, dass er im Ausland lebt. Vor allem sein Hut.«

»Sein was?« McGuire sah sie verständnislos an.

»Ein Panama«, erklärte Pearl. »Im Ausland hergestellt. Ich habe das Etikett gesehen. Der Hersteller, *Sastre* ...«

McGuire begann hastig, sich etwas zu notieren, aber Pearl streckte die Hand aus, um ihn aufzuhalten. »Nein. *Sastre* ist das spanische Wort für Schneider. Der Name daneben war *Portells*, und ich bin ziemlich sicher, dass das katalanisch ist.« Sie merkte, dass ihre Hand immer noch auf der von McGuire lag, und als sie sie zurückzog, machte sich McGuire eine weitere Notiz.

»Und dann war da noch die Kathedrale«, fuhr sie fort.

»Von Canterbury?«

»Nein, von Palma. Sie war auf dem Etikett. Unverkennbar.«

»Der Hut?«

»Die Kathedrale. Wenn Sie mal da gewesen wären, wüssten Sie, dass man sie nicht so schnell vergisst.«

Diesmal blickte McGuire langsam auf, als fragte er sich, ob sie sich über ihn lustig machte.

»Auf Mallorca«, erklärte sie ihm endlich. »Wir haben dort jedes Jahr Urlaub gemacht. Dort hat meine Mutter auch ihre Liebe zum Flamenco entdeckt.« Sie lächelte und wartete kurz auf eine Reaktion seitens McGuires, die jedoch ausblieb. »Ich könnte mich natürlich täuschen, aber je länger ich mir's überlege, desto wahrscheinlicher kommt es mir vor, dass Stroud im Ausland lebt. Er hatte diese ganz spezielle Ausstrahlung, Sie wissen schon, von der Hitze genervt und vom ständigen Sonnenschein gelangweilt?« McGuires hartnäckiges Schweigen begann Pearl langsam sauer aufzustoßen. »Was haben Sie denn plötzlich? Erst waren Sie noch ganz normal, und auf einmal ...«

»Ich habe einen Anruf aus der Rechtsmedizin bekommen.«

»Und?«

McGuire stieg aus dem Auto.

»Jetzt stellen Sie sich doch nicht so an. Ich habe Vinnies Leiche gefunden. Habe ich da etwa kein Recht darauf, mehr zu erfahren?«

McGuire drehte sich langsam um und stützte sich mit dem Arm auf die Beifahrertür. Er sah sie durchdringend an. »Mischen Sie sich nicht in die Ermittlungen ein.«

»Ach, dann haben Sie also wenigstens angefangen, Ermittlungen anzustellen?«

McGuire wandte den Blick ab.

»Ich habe Ihnen alles erzählt, was ich über Stroud weiß«, setzte Pearl nach. »Wenn sie in der Rechtsmedizin was gefunden haben ...«

»Natürlich haben sie was gefunden«, unterbrach McGuire sie barsch. »Jede Menge Fingerabdrücke und DNA.« Er sah sie vorwurfsvoll an, und plötzlich dämmerte es Pearl. »Meine?«

Sein Blick beantwortete ihre Frage.

»Also schön«, gab Pearl zu. »Ich habe den Anker gelichtet und mich an der Leiche zu schaffen gemacht, aber zu diesem Zeitpunkt wusste ich noch nicht, dass Vinnie tot war ...«

»Sie haben das Boot in den Hafen gebracht und den Tatort kontaminiert ...«

»Ich stand in diesem Moment unter Schock!«

»Danach sieht es jedenfalls aus.« Der Ton, in dem McGuire das sagte, setzte einen Schlussstrich unter das Gespräch. Er wandte sich zum Gehen, aber kaum hatte er den ersten Schritt gemacht, rief Pearl ihm hinterher:

»Noch was zu Stroud ...«

McGuire blieb abrupt stehen.

»Sie … könnten sich sicherheitshalber die Passagierlisten der Flüge ansehen, die von Manston gestartet sind. Das ist ein kleiner Flughafen draußen an der Straße nach Margate …«

»Ich weiß, wo der Manston Airport ist.« McGuire drehte sich zu ihr um, und Pearl fiel auf, dass an seiner Schläfe eine kleine blaue Ader hervorgetreten war.

»Dann wissen Sie also auch, dass sie von dort seit neuestem Billigflüge anbieten? Nach Madeira, Portugal, Frankreich und …«, sie sah das blaue Äderchen noch stärker hervortreten und hielt kurz inne, » … auf die Balearen.« Sie lächelte verhalten, aber McGuire schwieg beharrlich. »Viel Erfolg, Inspektor.«

Damit startete Pearl den Motor und fuhr von der Tankstelle.

McGuire stand da und sah ihr nach. Kurz bevor ihr Seitenfenster zuging, warf sie noch einmal einen Blick zu ihm zurück, und als sich ihr Auto endgültig in den dichten Verkehr eingeordnet hatte, wurde McGuire bewusst, dass er mit den Zähnen geknirscht hatte. Er versuchte, seine Kiefermuskeln zu entspannen, und ging zu seinem Auto. Als er dabei kurz nach unten blickte, sah er, in was er gerade getreten war. Der Aufkleber auf dem Laternenpfahl neben ihm drohte mit einer 50-Pfund-Strafe für jede Verunreinigung durch Hunde. Aber irgendjemanden hatte das offensichtlich einen feuchten Dreck gekümmert.

Keine Stunde später erreichte Pearl den Kreisverkehr in Borstal Hill, wo sie sich für die Strecke über Tankerton entschied, um dem dichten Festivalverkehr auszuweichen. Viele alte Fotos und Postkarten stellten Whitstables Nachbargemeinde zwar als eine etwas exklusivere Wohngegend dar, aber im Laufe der Jahre waren die beiden Ortschaften immer weiter zusammengewachsen, so dass inzwischen kaum mehr etwas zwischen ihnen stand als ein markantes Pseudo-Schloss. Das »Schloss« von

Tankerton war in Wirklichkeit ein alter Herrschaftssitz, der im späten 18. Jahrhundert als Sommersitz eines reichen Londoners gebaut und ein paar hundert Jahre später für die stattliche Summe von zehntausend Pfund an die Stadt verkauft worden war. Seitdem diente ein Teil des Grundstücks als Bowling Green, und das Gebäude selbst wurde für private Feiern und öffentliche Veranstaltungen wie die May-Day-Festivitäten und lokalpolitische Versammlungen genutzt.

War Whitstables natürliches Hauptmerkmal der Hafen, hatte Tankerton die Slopes, einen langen grasbewachsenen Streifen, der sich von der entlang der Küste verlaufenden Marine Parade zur Promenade und zum Meer hinunter erstreckte. Es war ein schöner Sommerabend, als Pearl ihr Auto abstellte und die Tankerton Slopes entlangspazierte. Am Ostende des langen Küstenstreifens, neben dem sie verliefen, war für die einheimischen Jugendlichen, die eine Weile dazu übergegangen waren, ihre Kunststücke auf der Promenade zu üben, eine Skateboardanlage gebaut worden. Noch vor wenigen Jahren hätte sich auch Charlie hier herumgetrieben und an langen, heißen Sommertagen Spins und Kickbacks trainiert, während er im Winter auf den aus Vorgärten geklauten ZU-VERKAUFEN-Schildern von Immobilienmaklern die verschneiten Hänge hinuntergeschlittert wäre. Doch jetzt, dachte Pearl, war eine schöne junge Frau namens Tizzy seine neue Leidenschaft, und eine jüngere Generation schmächtiger Kids in Baggy Jeans und mit Baseballkappen, die einen älteren Jungen bei seinen Flips beobachteten, hatte Charlies Platz auf den Slopes eingenommen.

Pearl schlug die entgegengesetzte Richtung ein und ließ den Blick über eine Kolonie von Strandhäuschen wandern, von deren buntgestrichenen Veranden aus man aufs Meer hinausblickte. Die Häuschen waren in drei exakt ausgerichteten Reihen angelegt, die in regelmäßigen Abständen von Wegen unterteilt waren, die zur Promenade hinunterführten. Obwohl nur zweieinhalb auf drei Meter groß, erfreuten sich die Strandhäuschen in den letzten Jahren bei Londonern zunehmender Beliebtheit, und ihr Wert war in ebenso vielen Jahren um das Zehnfache gestiegen. Die meisten waren liebevoll restauriert, einige befanden sich aber noch in desolatem Zustand. Viele trugen Namen wie »Lazy Daze« oder »Funky Mermaid«, aber im Moment schienen alle verlassen, denn die Hauptattraktion war zurzeit das Oyster Festival in der Stadt. In einer Woche, dachte Pearl, hinge hier wieder, untermalt von lautem Korkenknallen, der Geruch von gegrilltem Fisch in der Luft, wenn sich die Besitzer der Strandhäuschen erneut einfanden, um am Ende des Festivals die Tankerton-Regatta zu verfolgen.

Pearl stand am westlichen Ende der Slopes, wo man für den Preis von zwanzig Pence durch ein altes Fernrohr aufs Meer hinausschauen konnte. Im Moment interessierte sich jedoch niemand dafür, und es fehlten auch die ausgelassenen Kinderscharen, die sonst auf den zwei eindrucksvollen Kanonennachbauten herumkletterten, die am oberen Ende der Böschung Wache hielten. Zwischen ihnen stand ein »pitch pot«-Leuchtfeuer, das aus einem Eisenkorb auf einer hohen Stange bestand. Schon früh lernten die Kinder Whitstables, dass solche Küstenleuchtfeuer über Jahrhunderte entzündet wurden, um auf drohende Gefahren hinzuweisen. Während sie früher vor der spanischen Armada oder Angriffen Napoleons gewarnt hatten, blies an diesem Tag nur eine warme Brise vom Meer herein, als Pearl von den Slopes einen der Wege zum Meer hinunterging.

Zwischen dem ungastlichen Kieselsandkraut hatten sich Büschel von Gelbem Hornmohn eingenistet, und auch einige Stranddisteln waren hier heimisch geworden. Außer den Möwen, die sich im hohen Gras um Essensreste zankten, sah Pearl nur ein altes Ehepaar mit einem ballspielenden Pudel, als sie in Richtung Street schaute. Niemand konnte mit Sicherheit sagen, wie diese eigenartige Landzunge entstanden war: Manche hielten sie für die Überreste einer Römerstraße, auf Land gebaut, das später vom Meer zurückerobert worden war; andere meinten, sie sei ein uralter Anleger für Schiffe. Pearl wusste nur, dass die Street Vinnie als Grenzmarkierung für die freien Fischereigewässer gedient hatte und dass die Austern, die er dort draußen mit unermüdlichem Einsatz kultiviert hatte, ungeerntet bleiben würden.

McGuire hatte recht: Ohne sich dessen bewusst zu sein, hatte Pearl beim Durchsuchen von Vinnies herrenlosem Boot die forensischen Spuren kontaminiert. Vinnies Leiche war im kalten Mündungsschlamm unter ihr versenkt gewesen. Sie machte sich heftige Vorhaltungen, denn das hätte sie eigentlich wissen müssen. Und wie hatte sie es trotz ihrer Polizeiausbildung versäumen können, mit ihrem Handy ein paar Fotos vom Tatort zu machen? Das Spurensicherungsteam der Polizei hatte bei seiner Ankunft sicher sofort alles fotografiert, und Pearl wusste, dass kaum Aussicht bestand, dass McGuire sie die Bilder würde sehen lassen. War auf diesen Aufnahmen vielleicht etwas, fragte sie sich, irgendein winziges, scheinbar unbedeutendes Detail, das Rückschlüsse darauf zuließ, was tatsächlich passiert war?

Sie schloss die Augen und versuchte, ihre Erinnerung noch einmal wie ein Kameraobjektiv auf all das zu richten, was sie an besagtem Abend gesehen hatte. Langsam begann sich vor ihrem geistigen Auge ein immer deutlicheres Bild von Vinnies Boot abzuzeichnen, wie es bei einsetzender Ebbe östlich der Street draußen auf dem Meer lag. In den zwanzig Minuten, die sie benötigt hatte, um vom Hafen zu Vinnies Boot hinauszurudern, war ihr auf dem Meer – außer den vor sich hin rostenden Festungsanlagen – nichts Ungewöhnliches aufgefallen. Noch einmal brach die Dämmerung über dem Wasser herein, als sie sich vor Augen führte, wie sie die Leine ihres Ruderboots in Form einer Acht um Vinnies Steuerbordklampe geschlungen hatte. Was war ihr sonst noch aufgefallen, als sie an Bord geklettert war? Oder genauer, woran konnte sie sich jetzt noch erinnern?

Zuerst hatte sie auf der Suche nach Vinnie zum Bug und nach achtern geschaut. Doch dann war ihr, vielleicht unterhalb der bewussten Wahrnehmungsschwelle, etwas anderes ins Auge gesprungen, etwas, das ihr damals unwichtig erschienen war, aber jetzt zunehmend größere Bedeutung bekam. Was war das gewesen? Und was konnte es sein, das sie jetzt davon abhielt, die Szene, die vor ihrem inneren Auge ablief, im Schnelldurchlauf abzuspielen? Es war ein Geräusch, das Brummen eines Motors, das sich in ihre Überlegungen drängte und sie ablenkte, bis es schließlich so laut wurde, dass sie die Augen öffnete, als erwachte sie aus einem Traum. Eben war noch eine lebhafte Erinnerung in ihr hochgestiegen, ein einzelnes Bild, deutlich abgegrenzt von den vielen anderen Eindrücken dieses Abends. Dann begann auch noch ihr Handy zu klingeln. Sie holte es aus ihrer Tasche und ging dran, ohne vorher auf die Nummer zu schauen. Und im selben Moment konnte sie ihre Gedanken endlich in Worte fassen: »Der Sortiertisch.«

Am anderen Ende der Leitung ertönte McGuires verwirrte Stimme. »Was?«

»Im Heck des Boots«, fuhr Pearl fort. »Dort werden die Austern sortiert, wenn sie an Bord kommen. Vinnies Fang war in den Körben. Das heißt, am Sortiertisch war er bereits fertig.«

»Und?«

»Er muss den Anker ausgeworfen haben, bevor er mit dem Sortieren des Fangs begonnen hat.«

Darauf wurde es zunächst still in der Leitung, bis McGuire schließlich sagte: »Vielleicht ist der Unfall passiert, als er den Anker noch einmal ausgeworfen hat.«

Darüber dachte Pearl kurz nach. »Warum hätte er das tun sollen? Es bestand keine Gefahr, dass das Boot abtrieb. Es ging kaum Wind, das Boot befand sich in seichtem Wasser, und es lag jede Menge Kette auf Grund. Nein«, erklärte sie schließlich bestimmt. »So muss es gewesen sein. Vinnie ist bei Flut rausgefahren, hat gefischt und seinen Fang sortiert, und dann hätte er den Anker lichten müssen, um vor Einsetzen der Ebbe in den Hafen zurückzukehren.«

Darüber dachte McGuire nach. »Dann hat ihn vielleicht etwas davon abgehalten, zurückzufahren?«

»Oder jemand?«, fügte Pearl hinzu.

»Stroud«, sagte McGuire. »Er hat heute Morgen einen Flug nach Mallorca gebucht.«

»Von Manston?«

»Ja.«

»Dann hatte ich also recht …«

»Nicht ganz. Er ist nicht geflogen.«

»Entschuldigung. Was haben Sie gerade gesagt?«

Wegen eines lauten Geräuschs im Hintergrund hatte Pearl Mühe, den Inspektor zu verstehen. Als sie aufblickte, sah sie, dass es der Motor eines Jetski war.

»Stroud ist nicht geflogen«, wiederholte McGuire.

Das Motorengeräusch verstummte abrupt, als der Jetski-Fahrer das Gefährt auf eine Rampe am Strand lenkte. Alex Berthold strich sich die nassen blonden Haare aus dem Gesicht und ging in einem schwarzen Neoprenanzug auf die Treppe zu, die zu einem eleganten Strandhaus am Fuß der Slopes führte.

»Ich muss unbedingt mit Stroud sprechen«, fuhr McGuire fort. »Interessant wäre vor allem, was er nach dem Treffen mit Ihnen gemacht hat.«

»Aber aus welchem Grund sollte er zu Vinnies Boot rausgefahren sein?« Pearl hatte sich inzwischen aufgerichtet und beobachtete, wie Alex die Stufen zu der fliederfarbenen Holzveranda eines prächtigen Strandhauses mit Blick auf die Street hinaufstieg.

»Warum sollte er es nicht getan haben?«, fragte McGuire.

»Weil er nicht wollte, dass Vinnie mitbekam, dass er hier war. Deshalb wollte er mich doch engagieren.«

Während Pearl hinter einem Strandhäuschen Deckung suchte, betrat Alex das Haus. Jetzt sah Pearl auch Sarah Berthold, die von einem Tisch im Garten ein Tablett mit leeren Gläsern ins Haus trug. Ihr Mann Leo ging telefonierend auf und ab.

»Aber Sie haben den Auftrag nicht angenommen«, fuhr McGuire fort. »Deshalb könnte Stroud beschlossen haben, die Sache selbst in die Hand zu nehmen.«

Pearl beobachtete, wie Leo Berthold das Telefongespräch beendete und seiner Frau ins Haus folgte, worauf es für Pearl nichts mehr zu sehen gab. Nur ein seltsames Geräusch schien wie ein kaum hörbares Echo von Alex' Jetski die Abendstille zu durchdringen.

»Aber das werden wir ja sehen, sobald wir ihn ausfindig gemacht haben«, fuhr McGuire fort. Plötzlich wurde er sich des Schweigens am anderen Ende der Leitung bewusst. »Sind Sie noch dran?«

Pearl ging auf die Stelle zu, von der das Geräusch kam: ein heruntergekommenes Strandhäuschen, das etwas trostlos zwischen seinen properen Nachbarn in der hintersten Reihe stand. Durch die zwei Metallringe an den Flügeltüren war eine dicke Stange geschoben, aber das Vorhängeschloss fehlte. Pearl steckte ihr Handy ein und stieg auf die baufällige Veranda der Hütte. Das Geräusch wurde lauter, inzwischen war es wie ein stetes Summen. Mit einiger Mühe gelang es Pearl, die Metallstange aus den Ringen zu ziehen, aber die Türen, die sich in der Sonne verzogen hatten, ließen sich nicht öffnen. Erst als Pearl mit aller Kraft daran zog, gingen sie abrupt auf, und eine Wolke Insekten stob ihr entgegen.

Instinktiv riss sie die Arme hoch, um sich gegen einen, wie sie zuerst annahm, Schwarm Wespen oder Bienen zu schützen, doch als sich die Insekten beruhigten, sah sie, dass es Fliegen waren – dicke Schmeißfliegen, die sich überall in der Hütte niedergelassen hatten. Als sich ihre Augen an die Dunkelheit gewöhnt hatten, konnte sie etwas auf dem Boden erkennen. Der Gestank, der davon ausging, war so widerwärtig, dass Pearl zu würgen begann. Mit angehaltenem Atem beugte sie sich zu etwas hinab, was sie zunächst für einen von gekochten Reiskörnern bedeckten Kleiderhaufen hielt. Erst bei genauerem Hinsehen merkte sie, dass sich die Reiskörner bewegten. Aufgedunsene weiße Maden purzelten blind in die Ritzen zwischen den Bodendielen, und unter den Kleidern war ein riesiger Blutfleck hervorgesickert, der auf dem Boden wie eine dunkle Landkarte wirkte.

»Pearl?«, hallte McGuires Stimme nach, als sie das Handy wieder aus der Tasche zog.

»Ja, ich bin noch hier.« Sie stützte sich ab, bevor sie sich über die Leiche vor ihr beugte. Der Ausdruck auf dem Gesicht, das ihr entgegenstarrte, war nicht so sehr wütend als eher überrascht, vielleicht über die zerbrochene Bodendiele, die den Bauch des Toten durchbohrte. Eine Männerhand sackte zu Boden und kam wie ein aufgedunsener kleiner Seestern in der klebrigen Blutlache zu liegen. Pearl starrte lange darauf, bevor ihr bewusst wurde, dass sie immer noch das Handy in der Hand hatte.

»Und Stroud auch.«

KAPITEL SIEBEN ⚝

Der nächste Tag begann mit einem weiteren schönen Morgen, an dem ein warmer Wind weiße Wattebauschwolken über den Himmel trieb. Pearl saß an ihrem Frühstückstisch vor dem Hotel Continental, vor sich einen großen Cappuccino, und ließ den Blick über den Hotelparkplatz schweifen. Unter den vielen Touristenautos – windschnittige Cabrios und Familienkutschen – waren mehrere Polizeifahrzeuge, darunter auch McGuires Wagen. Das Hotel war nur einen Steinwurf von dem Tor entfernt, das auf die Promenade führte. Dort war seit dem Vorabend ein uniformierter Streifenpolizist postiert, um Schaulustige und Leute, die ihre Hunde ausführten, fernzuhalten. Trotzdem hatte sich am Strand unter einem bunten Transparent, auf dem in Zusammenhang mit dem Kindertag des Oyster Festivals ein Krabbensammelwettbewerb angekündigt war, ein kleiner Auflauf von Menschen gebildet, die auf ein heruntergekommenes, von Polizeiabsperrband umgebenes Strandhäuschen starrten, auf dessen Veranda ein aufblasbares Zelt der Spurensicherung stand.

Pearl gab einen weiteren Zuckerwürfel in ihren Kaffee und sah auf die Uhr. Es war gerade acht geworden, und sie musste bald ins Restaurant zurück, um Vorbereitungen für einen arbeitsreichen Tag zu treffen. Wenige Sekunden später sah sie, worauf sie gewartet hatte: McGuire kam durch das Tor zum Parkplatz und blieb stehen, als er sie entdeckte. Er schaute zu seinem Auto und wieder zurück zu Pearl – wie hin- und hergerissen. Schließlich kam er auf sie zu. Als er sich setzte, kam sofort eine Bedienung an ihren Tisch, aber McGuire schüttelte den Kopf und gab ihr damit zu verstehen, dass er nicht vorhatte zu bleiben. Pearl rührte ihren Kaffee um und stellte fest, dass sein wikingerblondes Haar feucht von Schweiß war. Er hatte sich nicht rasiert, und über seiner unteren Gesichtshälfte lag ein heller Bartschatten. Sie lächelte ihn an. »Viel geschlafen haben Sie offensichtlich nicht.«

McGuire beschäftigten andere Dinge. »Ich habe die Presse informiert«, sagte er stattdessen, da er nur zu gut wusste, dass sich die Lokalzeitungen eine solche Schlagzeile nicht entgehen lassen würden: »Leiche in Strandhäuschen gefunden«. Der Befund des Rechtsmediziners war weniger spektakulär ausgefallen. »Die Todesursache war ein Herzinfarkt«, teilte McGuire Pearl mit.

»Und das soll ich Ihnen glauben?«, erwiderte Pearl und griff nach ihrer Kaffeetasse.

»Er scheint massive Herzprobleme gehabt zu haben«, sagte McGuire. »Wir haben Medikamente am Tatort gefunden.« Er zog eine durchsichtige Beweismitteltüte, die ein Tablettenröhrchen enthielt, aus der Hosentasche. Noch bevor Pearl dazu kam, das Etikett zu entziffern, hatte McGuire die Tüte bereits wieder eingesteckt.

»Haben Sie sich schon mit seinem Arzt in Verbindung gesetzt?«, fragte sie.

McGuire schwieg. Er war fest entschlossen, nur Informationen herauszurücken, die ohnehin in Kürze an die Öffentlichkeit gelangen würden.

»Haben Sie natürlich«, fuhr Pearl fort. »Demnach haben Sie jetzt auch Strouds Adresse.« Sie hielt kurz inne. »Lebt er im Ausland?«

McGuire hielt ihrem Blick eine Weile stand, bevor er ihn abwandte und zu seinem Auto schaute. »Ursprünglich war er aus Yorkshire.« Er wandte sich wieder Pearl zu. »Aber zuletzt hat er auf Menorca gewohnt.«

Über Pearls Züge legte sich ein müdes Lächeln. Sie hatte

zwar auf die falsche Baleareninsel getippt, aber angesichts der Tatsache, dass sie nur dreißig Kilometer voneinander entfernt waren, hatte sie nicht allzu falsch gelegen. »Was ist mit dem vielen Blut?«

»Was soll damit sein?«

»Sie haben doch selbst gesehen, wie viel er verloren hat ...«

»Wie es aussieht, ist er vornüber gefallen und genau in die kaputte Diele gestürzt.«

»Aber das ist noch nicht hundertprozentig sicher?«

McGuire hielt es nicht für nötig, sich dazu zu äußern. Stattdessen schaute er wieder zu seinem Auto, an dem jetzt WPC Hearne stand.

»Sie werden doch, egal, was passiert, von Haus zu Haus gehen und versuchen, Zeugen zu finden?«, setzte Pearl nach.

McGuire wurde plötzlich bewusst, wie sehr sie ihn an Welch erinnerte, seinen Vorgesetzten in Canterbury, der nichts lieber tat, als ihn bei jeder sich bietenden Gelegenheit mit Fragen wie mit kleinen Pfeilen zu bewerfen.

»Ich habe Ihnen gestern im Zuge meiner Vernehmung erzählt«, fuhr Pearl fort, »dass Beacon House wegen des herrlichen Blicks auf die Street normalerweise für Fotoshootings und Hochzeiten vermietet wird. Heute Morgen ist es mir gelungen, seine Besitzerin zu erreichen.« McGuire sah wieder sie an. »Marion lebt zwar die meiste Zeit in London, aber da sie zufällig Mitglied unserer Lesegruppe ist ...«

»Die Bertholds haben das Haus für den Sommer gemietet«, unterbrach McGuire sie abrupt, und nachdem er sie zum Schweigen gebracht hatte, fuhr er fort: »Ich habe umfassende Aussagen zu Protokoll genommen und werde dazu aufrufen, dass sich alle bei uns melden, die Stroud gekannt haben.«

Pearl griff nach ihrer Kaffeetasse und musterte McGuire aufmerksam. »Ein bisschen gereizt heute Morgen, hm? Ich versuche Ihnen doch nur zu helfen, Inspektor. Auf keinen Fall möchte ich, dass Sie denken, ich könnte … Informationen zurückhalten.«

Sie lächelte, aber McGuire stand auf und wandte sich zum Gehen. Doch Pearl gab noch keine Ruhe. »Haben Sie sich schon über den Fang Gedanken gemacht?«

McGuire schaute zu ihr zurück. »Was soll damit sein?«

»Das habe ich Ihnen doch gestern Abend schon versucht zu erklären«, fuhr sie fort. »Vinnie hatte alle anstehenden Arbeiten erledigt. Sein Boot müsste vor Anker gelegen haben, als er den Fang sortiert hat. Er hätte an Land zurückkehren können. Deshalb gibt es keinen Grund, weshalb er bei Ebbe noch einmal den Anker hätte auswerfen sollen.«

McGuire blickte aufs Meer hinaus und dann wieder zu Pearl. »Vielleicht wusste er, dass Stroud in der Stadt war, und wollte deshalb nicht in den Hafen zurück.«

Pearl schüttelte langsam den Kopf. »Ich habe Ihnen doch gesagt, dass gerade die Ebbe eingesetzt hatte. Und woher hätte Vinnie wissen sollen, dass Stroud …«

»Was weiß ich«, fiel ihr McGuire ins Wort. »Vielleicht hat Stroud ihn angerufen.«

Es war klar, dass McGuire das nur auf Spekulationen beruhende Gespräch beenden wollte, aber Pearl ließ nicht locker. »Hat er das?«

McGuire zögerte. Strouds Telefonunterlagen durchzusehen war ein weiterer Punkt auf der langen Liste der Dinge, die es noch zu erledigen galt. So gern er bei Pearl das letzte Wort gehabt hätte, schien in diesem Moment eine halbwegs zügige Flucht die attraktivere Option zu sein. Er machte einen Schritt in Richtung Auto.

»Inspektor?«

Wieder blieb McGuire stehen.

»Jemand hat die Tür des Strandhäuschens von außen verriegelt, nachdem Stroud darin gestorben ist. Sie war verschlossen, als ich nachsehen kam.« Sie sah ihm in die Augen, aber der Inspektor sagte nichts. Stattdessen ging er einfach weiter über die Straße zu WPC Hearne, die noch immer am Auto auf ihn wartete. Pearl sah McGuire zu, wie er einstieg. Kaum war der Motor angesprungen, bog der Wagen mit quietschenden Reifen um die Ecke zum Beach Walk. Pearl ließ sich Zeit, griff nach ihrer Tasse und trank ihren Cappuccino aus.

»Wo warst du denn?«, ertönte Charlies Stimme, sobald Pearl die Küche betrat.

»Am Strand frühstücken. Wieso?«

»Er versucht dich schon die ganze Zeit anzurufen.« Dolly stand neben Charlie, als wollte sie eine gemeinsame Front mit ihm bilden. Pearl schlüpfte aus ihrer Jacke. »Sorry, ich habe mein Handy zum Aufladen hiergelassen.« Sie steckte ihr Haar fest und machte sich für die Arbeit fertig. Frustriert wandte sich Charlie seiner Großmutter zu. »Und was hast du für eine Entschuldigung?«

»Wofür?«, fragte Dolly scheinheilig.

»Dass du mir nichts von gestern Abend erzählt hast.«

Dolly machte den Mund auf, um etwas zu sagen, aber Pearl kam ihr zuvor. »Ich habe sie darum gebeten. Ich war bei der Polizei.«

»Schon wieder«, bemerkte Dolly vorwurfsvoll. »Obwohl er für einen Plattfuß gar nicht so schlecht aussieht.«

Sie sah Pearl an, und Charlie runzelte argwöhnisch die Stirn. »Erzählt mir vielleicht endlich mal jemand, was hier eigentlich los ist?«

Pearl zögerte. »Ich habe noch eine Leiche gefunden.«

»Das weiß ich«, sagte Charlie. »Aber nur, weil ich es zufällig im Radio gehört habe.« Er bedachte seine Mutter mit einem vorwurfsvollen Blick, der entsprechende Schuldgefühle in ihr weckte.

»Ich wollte doch nur nicht, dass du dir unnötig Sorgen machst ...«

»Dass ich mir keine Sorgen mache? Meine Mutter findet zwei Leichen an ebenso vielen Tagen ...«

»Der zweite Mann hatte einen Herzinfarkt.«

»Bist du dir da wirklich sicher?«, fragte Dolly skeptisch.

»McGuire hat bereits die Presse informiert ...«

»McWer?«, fragte Charlie.

»Detective Chief Inspector McGuire«, antwortete Pearl.

»Der Schnüffler«, sagte Dolly.

Charlie legte die Hand an die Stirn, als wollte er Ordnung in das Chaos seiner Gedanken bringen.

»Also, unabhängig davon, was hier passiert ist, hätte ich gern, dass ihr heute Abend zu mir kommt.«

Pearl runzelte die Stirn. »Weil ich eine Leiche gefunden habe?«

»Zwei Leichen ...«, korrigierte Dolly sie.

»Weil ich mir so meine Gedanken gemacht habe.« Charlie hielt inne. »Vielleicht liegt es auch an dem«, er sah wieder Pearl an, »was du gestern gesagt hast. Du hast recht. Ich hätte nach Hause kommen sollen, aber ich ...« Er verstummte und wirkte kurz schuldbewusst, bis ihm Pearl mit einer Ausrede zu Hilfe kam. »Aber du hattest andere Dinge im Kopf?«

Charlies Miene entspannte sich. »Also, ich hätte gern, dass ihr Tizzy kennenlernt. Richtig. Bei einem Abendessen. Wie fändet ihr das?« Er holte tief Luft und wartete auf eine Reaktion. Es folgte ein Moment des Schweigens, in dem Pearl und Dolly Blicke tauschten.

»Wir könnten um acht vorbeikommen«, sagte Pearl, und über Charlies Züge legte sich ein erleichtertes Lächeln.

Für Pearl war der zweite Tag des Oyster Festivals immer weniger hektisch als der erste. Der Umzug brachte zwar Touristen in die High Street, aber während der restlichen Woche konzentrierte sich das Geschehen auf den Hafen – dazu gehörten Drachensteigen, ein Tauziehen im Watt, Veranstaltungen für Kinder und das jährliche Austernwettessen, das am letzten Tag in Dead Man's Corner stattfand und bei dem man so schnell wie möglich ein halbes Dutzend Austern und ein Pils hinunterschlucken musste. Pearls Anwesenheit im Restaurant war nur an Abenden erforderlich, an denen dort private Feiern stattfanden – Geburtstage oder Familientreffen. Sogar der eine oder andere Leichenschmaus war dort schon abgehalten worden, und als sie sich am Ende des arbeitsreichen Tages in ihrem Lokal umblickte, war ihr klar, dass auch Vinnies Leichenschmaus bei ihr stattfinden würde. Sie war gerade dabei, die letzten Stühle auf die Tische zu stellen, als ihr Handy klingelte. Die Frauenstimme am anderen Ende war schwer zu hören und wurde fast von dem lauten Kindergeschrei im Hintergrund übertönt. Trotzdem erkannte Pearl sie sofort. Sie hörte aufmerksam zu, bevor sie antwortete:»Bin gleich da.«

Pearl nahm die High Street zum Hafen hinunter, wo die ganze Stadt versammelt zu sein schien. In der Luft hing der typische Geruch eines Whitstable-Sommers: eine Mischung aus Zuckerwatte und gegrilltem Fisch. Ein junger Geiger, dessen Bogen über elektrisch verstärkte Saiten tanzte, sorgte mit der modernen Interpretation eines alten Folksongs für die passende musikalische Untermalung. Angeheiterte Touristen drängten sich um Stände, an denen es nicht nur Austern auf der halben Schale gab, sondern auch Herzmuscheln, Wellhornschnecken, Shrimps und Tintenfische. Am Kai war von einer Kindertheatertruppe ein alter Lastkahn gekapert worden. Auf seinem Deck lieferten sich zwei junge Schauspieler mit ihren Degen vor einem Publikum aus Kindern, die entweder fasziniert oder von Erschöpfung überwältigt zuschauten, ein erbittertes Duell. Inmitten dieses Trubels lag Vinnies Boot, von Blumen umgeben, an der Hafenmauer vertäut, während die Touristen munter drauflosfeierten.

Pearl bahnte sich einen Weg durch die Menge und erreichte schließlich den Reeve's Beach, wo sofort Vinnies Terrier angerannt kam, um sich vor ihr auf den Rücken zu werfen. Sie kraulte den Hund, aber ihr Blick war bereits auf Connie gerichtet, die sich auf einem Wellenbrecher niedergelassen hatte und eine Gruppe am Wasser tollender Kinder beobachtete. Becca und Louise waren unter ihnen und stellten sich an, um Austernschalen von einem Haufen am Strand zu holen. Pearl setzte sich und folgte Connies Blick.

»Sie wollten hier runterkommen und eine Höhle bauen«, erklärte Connie. »Letztes Jahr haben sie das noch mit Vinnie gemacht.«

Wie jeder Bewohner Whitstables wusste Pearl, dass schon seit über hundert Jahren Generationen einheimischer Kinder Höhlen aus Sand und Austernschalen bauten, um dann wie Kinder, die am 5. November um Geld für einen »Guy« betteln, »um einen Penny für die Höhle« zu bitten – ein Brauch, an dem während des Festivals weiter festgehalten wurde.

»Ich versuche, sie möglichst viel zu beschäftigen«, fuhr Connie fort. »Aber vielleicht bin auch ich diejenige, die abgelenkt werden muss.« Sie wirkte seltsam gefasst, als sie Pearl ansah.

»Hast du das von Stroud schon gehört?«, fragte Pearl.

Connie nickte langsam. »Ja, von der Polizei.« Sie schaute wieder zu ihren mit Muschelsammeln beschäftigten Töchtern und verstummte.

Pearl legte ihre Hand auf die Connies. »Schau …«

»Nein, ich will nichts mehr darüber wissen, Pearl«, sagte Connie rasch. »Ich kenne diesen Mann nicht, und es interessiert mich auch nicht. Auch wenn du das vielleicht nicht verstehen kannst, aber ich kann nun mal nichts daran ändern. Ich weiß nur, dass mein Vinnie tot ist. Ich und die Mädchen müssen lernen, damit zurechtzukommen und, so gut es geht, weiterzumachen.« Sie sah Pearl forschend an.

»Das wirst du auch schaffen«, sagte Pearl behutsam. »Trotzdem gibt es jetzt einiges zu bedenken. Wenn es um Vinnies Finanzen wirklich so schlecht bestellt war, wie du sagst ...«

Connies Augen blitzten. »Glaubst du etwa, ich mache dir was vor?«

»Natürlich nicht«, erwiderte Pearl. »Ich mache mir nur Sorgen ...«

»Das brauchst du aber nicht«, versetzte Connie schroff. »Mit der Lebensversicherung kommen wir schon über die Runden.« Sie schaute wegen ihrer heftigen Reaktion schuldbewusst weg.

»Ihr habt eine Lebensversicherung?«

Connie nickte. »Schon lange bevor Vinnie für Matheson arbeitete, hat er eine Versicherung abgeschlossen. Ich ... habe mir zwar Sorgen gemacht, er könnte irgendwann aufgehört haben, in sie einzuzahlen, aber ...« Sie hielt kurz inne. »Als ich heute bei der Versicherungsgesellschaft angerufen habe, meinten sie, er hätte jede Zahlung geleistet. Obwohl er sonst mit allem im Verzug war. Vinnie hat dafür gesorgt, dass wir versorgt sind.«

»Dann hat er sich also sehr wohl Gedanken um euch gemacht«, sagte Pearl.

Connie blickte schuldbewusst auf. »Ich ... ich weiß selbst nicht, was da gestern über mich gekommen ist. Ich habe Dinge gesagt ... Wahrscheinlich musste ich einfach jemandem die Schuld an allem geben. Egal, wem.«

»Sogar Vinnie?«

Connie schaute weg, zu ihren Töchtern, die am Strand Austerschalen anordneten. »Jetzt weiß ich, wie ihm zumute gewesen sein muss ... als Shane gestorben ist.«

»Wütend?«

Connie nickte, sagte aber nichts.

Plötzlich kam Pearl ein Gedanke. »Die Versicherungsgesellschaft wird übrigens bestimmt Nachforschungen anstellen. Sei also vorsichtig, Connie. Wenn du irgendetwas sagst, was den Verdacht in ihnen wecken könnte, dass …«
»Welchen Verdacht?« Connie deutete Pearls Miene vollkommen richtig und begann, den Kopf zu schütteln. »Nein. Wenn du damit andeuten willst …«
»Damit will ich doch nur sagen …«
»Vinnie hätte sich nie das Leben genommen. Das weißt du genauso gut wie ich. Selbst wenn er in noch so großen Geldnöten gesteckt hätte, nein, so etwas hätte er nie getan.«
Pearl, die zu Vinnies Töchtern schaute, wusste, dass Connie recht hatte.
»Warum bist du dann so wütend auf ihn?«
Eine Weile war Connie hin- und hergerissen, als ränge sie um die richtige Entscheidung. Schließlich stand sie auf und schaute aufs Meer hinaus.
»Vor ein paar Wochen bin ich auf dem Boot mit ihm rausgefahren. Es war ein schöner Sonntagnachmittag, und die Mädchen waren bei meiner Mutter, deshalb … dachte ich mir, ich helfe Vinnie beim Saubermachen. Die Kajüte war ein einziges Chaos, und ich … habe mich an die Arbeit gemacht. Vinnie blieb oben an Deck. Und dann habe ich beim Fegen das hier unter dem Tisch gefunden.« Connie fasste in ihre Handtasche, öffnete den Reißverschluss eines Fachs und nahm etwas heraus. »Erst dachte ich, es wäre nur ein Stück Angelschnur, aber dann merkte ich …«
Sie verstummte und öffnete ihre Hand, um Pearl den feinen Ohrring zu reichen, den sie darin hielt. Pearl drehte ihn zwischen den Fingern und betrachtete den langen Pfeil aus Silber mit einem blauen Blitz in der Mitte. »Was hat Vinnie dazu gesagt?«
Connie schüttelte langsam den Kopf. »Nichts. Ich habe es

ihm nicht erzählt. Und auch sonst niemandem. Bis jetzt.« Sie sah Pearl in die Augen.

»Connie, dafür gibt es bestimmt eine Erklärung ...«

»Die gibt es tatsächlich«, sagte Connie rasch. »Vinnie hatte keine Geheimnisse vor mir. Wenn die Sache also völlig harmlos war, warum hat er mir dann nichts davon erzählt?« Ihre Augen suchten nach einer Antwort in Pearls Miene, doch dann wurde sie von einer ihrer Töchter unterbrochen. Becca kam auf sie zugelaufen und fasste sie an der Hand, um sie zum Strand hinunterzuziehen.

»Warte«, sagte Pearl, doch Connie schüttelte den Kopf, als sie zu ihr zurückschaute, und sagte leise: »Nein. Darüber will ich nie wieder reden.« Damit drehte sie sich um und folgte ihrer Tochter; Pearl blieb allein zurück und blickte auf den Ohrring in ihrer Hand hinab.

Am selben Abend, kurz vor acht, schaute Dolly angespannt auf die Straße vor ihr, als säße sie am Steuer und nicht Pearl.

»Vinnie und eine andere Frau? Vollkommen undenkbar.«

»Warum?«

»Weil er einfach nicht der Typ für so etwas ist, deshalb.« Wie Pearl fiel es auch Dolly schwer, in der Vergangenheitsform von Vinnie zu sprechen. »Zu schnell«, bemerkte sie plötzlich und deutete auf den Tacho. Pearl warf einen kurzen Blick zu ihrer Mutter hinüber und ging vom Gas. Dolly war eine schreckliche Beifahrerin. Manchmal ging das sogar so weit, dass sie wie ein Fahrlehrer, der eine Vollbremsung forderte, gegen die Windschutzscheibe schlug. »Vinnie hätte sich nie auf eine andere Frau eingelassen«, fuhr sie fort.

»Auf Connie hat er sich aber eingelassen.«

»Er hat sich ihr angenähert«, korrigierte Dolly ihre Tochter.

»Aber das war was anderes.«

»Wieso?«

»Weil seine Ehe am Ende war.«

»Geschieden waren er und Tina aber nicht.«

»Aber sie hätten es genauso gut sein können.« Dolly seufzte. »Tina Rowe hätte durchaus was für ihre Ehe tun können, aber sie hat den Alkohol Vinnie vorgezogen und ist mit seinem Geld abgehauen.«

»Ihrem Geld«, korrigierte Pearl ihre Mutter erneut.

»Sie hat sich sowohl Vinnies Anteil als auch ihren unter den Nagel gerissen«, entgegnete Dolly finster. »Und wenn du mich fragst, ist das Raub. Sie kann von Glück reden, dass ihr Vinnie damals nicht die Polizei auf den Hals gehetzt hat.«

Pearl sah die Sache zwar genau wie Dolly, glaubte aber, den Advocatus Diaboli spielen zu müssen. Um Vinnies Ehe war es tatsächlich schon lange vor Connies Auftauchen nicht gut bestellt gewesen. Vinnie und Tina hatten zwanzig Jahre lang zusammengelebt, bis der Verlust ihres Sohnes ihrer Ehe den Todesstoß versetzt hatte. Tina hatte ihren Kummer im Alkohol ertränkt, und Vinnie hatte sich in seine Arbeit gestürzt.

»Aber mal ganz unabhängig davon«, fuhr Dolly fort. »Was soll ein billiger kleiner Ohrring schon beweisen?«

»Billig sicher nicht – und klein auch nicht«, sagte Pearl und holte das Corpus Delicti aus ihrer Tasche. Dolly nahm den Ohrring kurz in Augenschein, bevor sie verächtlich schnaubte.

»Es muss einen anderen Grund geben, warum er auf dem Boot war«, erklärte sie. »Welche Frau macht schon mit einem Austernfischer auf seinem Boot rum?«

»Du zum Beispiel.«

Dolly bedachte ihre Tochter mit einem wissenden Blick. »Aber Schmuck habe ich dabei keinen getragen, Schätzchen.«

Pearl schaffte es, ihren Fiat in die einzige freie Parklücke vor Charlies Wohnblock zu rangieren. Als sie den Motor abstellte, winkte Dolly durch das Beifahrerfenster zu Charlies Fenster hinauf. »Da ist er«, sagte sie mit einem strahlenden Lächeln. »Mein Lieblingsenkel.«

Kurz darauf empfing sie Dollys einziger Enkel an der Tür seiner Wohnung, aus der intensives Zimtaroma auf den Flur drang. Im Wohnzimmer wurde sofort klar, woher der Duft kam: Fast auf allen freien Flächen waren Duftteelichter aufgestellt.

»Veranstalten wir hier gleich eine Séance?«, fragte Dolly.

»Tizzy steht auf Kerzen«, erklärte Charlie im Flüsterton. »Sie findet, sie sorgen für Atmosphäre.«

»Und für ein bisschen Hitze auch«, sagte Dolly und zog sich ihr elegantes Tuch von den Schultern. Es war aus roter Seide und mit einer großen Blüte bestickt.

»Wow, wo hast du das denn her?«, fragte Charlie, als er es ihr abnahm.

»Vom Flohmarkt, mein Lieber, vor fast zwanzig Jahren. Aber ich habe damals schon gewusst, dass ich es mal gut gebrauchen könnte.«

»Zum Flamenco«, fügte Pearl erklärend hinzu. »Sie fängt gerade einen Kurs an.«

»Machst du nicht Ballett?«, fragte Charlie stirnrunzelnd.

»Bauchtanz«, korrigierte Pearl.

»Das hat aber meinem Rücken nicht gutgetan«, erklärte Dolly. »Flamenco kommt meinem Temperament sehr entgegen.«

»Schwierig?«, bemerkte Pearl grinsend.

»Leidenschaftlich«, konterte Dolly, nahm mit Schwung einen Apfel aus Charlies Obstschale und hob ihn über ihren Kopf. »*Cojelo, comelo y tiralo!*« Dolly ließ den Arm sinken, als pflückte sie den Apfel von einem Baum. »Nimm ihn … iss ihn … wirf ihn davon!« Aber plötzlich entglitt ihr der Apfel und landete neben einem Paar eleganter goldener Ledersandalen auf dem Fußboden. Als sie alle aufschauten, stellten sie fest, dass in den Schuhen Tizzy steckte. Charlie hob den Apfel rasch auf, legte ihn aber angesichts der Zahnabdrücke seiner Großmutter nicht in die Schale zurück. Dolly lächelte. »Tut mir leid. Er ist mir aus der Hand gerutscht.«

Alle schienen auf Tizzys Reaktion zu warten, aber in einem, wie es schien, perfekt getimten Moment legte sich ein Lächeln über die Züge des Mädchens, das wie Sonnenschein nach Regen war. »Sie sind bestimmt Dolly.« Tizzy ging auf Charlies Großmutter zu und drückte ihr ein Küsschen auf beide geröteten Wangen. »Schön, dass Sie gekommen sind.«

»Und Sie auch, Pearl.« Sie wandte sich Charlies Mutter zu und schloss sie herzlich in die Arme, bevor sie Charlie bat: »Könntest du uns vielleicht was zu trinken einschenken?«

Gehorsam entfernte sich Charlie mit einem kurzen Lächeln in die Küche, um mit einer offenen Flasche und vier Gläsern zurückzukommen. »Ist Prosecco okay für dich, Oma?«

Dolly ließ sich bereitwillig ein Glas von ihm reichen. »Nicht umsonst nennt man mich Great White Wino.« Sie sah Charlie beim Einschenken zu. »Aber für deine Mutter nur ein halbes Glas. Sie muss noch fahren.« Pearl bedachte Dolly mit einem schiefen Blick, aber bevor sie etwas erwidern konnte, hob Tizzy ihr Glas und sagte lächelnd: »*Salute.*«

Pearl nahm einen Schluck von ihrem Prosecco und begutachtete Tizzys Outfit, ein schwarzes Leibchen und Leggings. Die gertenschlanke Figur des Mädchens konnte nicht über die enorme Power hinwegtäuschen, die in ihr steckte, denn sie wirkte keineswegs wie ein hübsches, extrem dünnes Model, sondern hatte etwas von der geballten Kraft und durchtrainierten Eleganz einer Tänzerin oder Turnerin. Tizzy deutete auf den Tisch. »Nehmt doch Platz.«

»Ich wollte eigentlich ein paar Austern mitbringen …«, fiel Pearl in diesem Moment ein.

»Nur gut, dass Sie's nicht getan haben«, sagte Tizzy mit einem bezaubernden Lächeln.

Dolly hob ihr Glas. »Ein Mädchen ganz nach meinem Geschmack!«

»Nein, versteht mich bitte nicht falsch. Ich mag Austern sogar sehr, aber heute stehen andere Meeresfrüchte auf dem Speiseplan.« Sie hielt kurz inne. »Wenn ihr mich kurz entschuldigen würdet?« Sie stellte ihr Glas ab und verschwand in die Küche.

»Brauchst du Hilfe?«, rief ihr Charlie nach.

Tizzys Stimme kam aus der Küche zurückgeträllert. »*Grazie, tesoruccio*, ich komme schon zurecht.«

Dolly und Pearl beobachteten Charlie, der leicht verlegen mit den Achseln zuckte. »Sie ist schon den ganzen Tag am Machen – Einkaufen und Vorbereiten.«

Dolly beugte sich zu ihrem Enkel vor. »Und wo hast du so ein tolles Mädchen aufgetrieben?«

»Im Theater«, antwortete Charlie. »Ein Freund hat mich zu einer Studentenaufführung mitgeschleppt. Eigentlich hatte ich keine Lust, aber Tizzy hat in dem Stück mitgespielt. Sie hat einen unglaublichen Monolog gesprochen und allen die Schau gestohlen. Ich war total hin und weg von ihr.«

»Das kann ich mir denken«, sagte Pearl und griff nach ihrem Glas.

»Nein«, erwiderte Charlie lächelnd. »Es war nicht nur das, sondern ihr ganzer Auftritt. Ich hatte nur noch Augen für sie, fast so … na ja, als ob sie mich verzaubert hätte.«

Dolly und Pearl tauschten Blicke, aber Charlie bekam es nicht mit. »Na ja, und dann habe ich sie gefragt, ob ich sie auf einen Drink einladen darf, und … was soll ich groß sagen, ihr seht ja selbst.« Er hob sein Glas, und Pearl sagte lächelnd: »Allerdings.«

In diesem Moment kam Tizzy mit einer Kasserolle aus der Küche. »Also dann. *Mangiamo!*«

Charlie sprang auf und half ihr, die heiße Kasserolle auf den

Tisch zu stellen. Er grinste. »Das erste Mal, als sie das gesagt hat, dachte ich, so hieße das Gericht.«

»Mit Sprachen hattest du es bekanntlich noch nie«, bemerkte Pearl lächelnd.

»Oh, aber es wird schon deutlich besser«, sagte Tizzy. »Immerhin konnte ich ihn dazu bringen, an seinem Französisch zu arbeiten, als wir in Belgien waren.«

Pearls Lächeln verflog schlagartig. »In Belgien?«

Tizzy warf Charlie einen kurzen Blick zu. »Wir sind übers Wochenende nach Brügge gefahren, um uns das Groeninge Museum anzusehen. Wegen dieser Arbeit, die Charlie schreiben muss.«

»Über die flämischen Meister«, fügte Charlie hinzu.

»Aber … ich dachte, du wärst allein nach Brügge gefahren«, sagte Pearl.

»Ach ja?«, sagte Charlie unschuldig.

Das kurze Schweigen, das darauf eintrat, wurde von Tizzy gebrochen. »Jedenfalls war es in Brügge sehr schön.«

»Allerdings.« Charlie erwiderte ihr Lächeln. Tizzy wandte ihre Aufmerksamkeit dem Essen zu. »Aber jetzt kommt, lasst es euch schmecken. Eigentlich wollte ich etwas ganz Besonderes aus meiner Heimat für euch kochen. *Cee alla pisana.*«

»Etwas aus Pisa?«, riet Dolly.

»Genau! *Cee* ist das italienische Wort für Jungaale, die im Arno gefangen werden.«

Dollys Lächeln verflog auf der Stelle, und Pearl wusste, warum: Ihre Mutter mochte Aale ebenso wenig wie Austern, aber die nichtsahnende Tizzy fuhr enthusiastisch fort: »Sie werden in Olivenöl mit Knoblauch gedünstet, und dann gibt man noch etwas Salbei und Parmesan dazu. Die Sache hat nur einen Haken, es müssen unbedingt italienische Aale sein.«

»Ach, wie schade«, log Dolly und griff nach ihrem Glas, um anzustoßen.

»Deshalb habe ich mich für ein anderes Gericht entschieden. Es stammt aber ebenfalls aus der Toskana.«

An dieser Stelle hielt sich Dolly, mit dem Glas in der Hand, bewusst zurück, als Tizzy sich vorbeugte, um den Deckel von der Kasserolle zu heben. Sofort breitete sich der intensive Geruch von Fisch, Knoblauch und Kräutern im Raum aus, der von einer wie Lava brodelnden tomatenroten Brühe aufstieg. »*Cacciucco livornese*«, verkündete Tizzy stolz und griff nach einem Kochlöffel, um vorsichtig in der Kasserolle zu rühren. »In Italien heißen wir Toskaner zwar *mangiafagioli* – Bohnenfresser –, aber wir essen auch gern Fisch. In dieses Gericht gehören Pulpo, Calamari, Flusskrebse, Meeräsche, Krabben, Rochen ...«

»Echter Rochen«, verbesserte Charlie sie.

»Aber keine Aale«, bemerkte Pearl mit einem kurzen Blick auf Dolly, während sie gleichzeitig beobachtete, wie geschickt Tizzy Knoblauch über das getoastete Brot rieb, das sie in Suppenschalen gelegt hatte. »Laut meinem Vater stammt dieses Rezept von Livorneser Fischern. Sie haben es immer am Ende des Arbeitstags gekocht und dafür den kleinsten Fisch des Fangs verwendet. Angeblich geht der Name *cacciucco* auf das türkische Wort *kücük* zurück, das klein bedeutet.« Sie schöpfte die Fischsuppe über das knusprige Brot. »Aber es gibt auch eine andere Geschichte über die Entstehung des Gerichts«, fuhr sie fort. »Sie handelt von einem armen Fischer, der bei einem Sturm alles verlor.« Tizzy griff nach einer Untertasse mit gehackter Petersilie und bestreute jede einzelne Schale. »Nachdem seine Kinder drei Tage lang nichts zu essen bekommen hatten, gingen sie zu den anderen Fischern im Hafen und baten sie um einen einzigen Fisch. Als sie schließlich mit ihrer spärlichen Ausbeute nach Hause kamen, suchte die Mutter alles zusammen, was sie finden konnte – Kräuter und Tomaten aus dem Garten, ein bisschen Öl, etwas Zitrone. Und daraus bereitete sie eine Soße für den Fisch. Es dauerte nicht lange, und der köstliche Geruch breitete sich bis zu den Nachbarn aus, und bald kam die halbe Stadt vorbei, um die Fischersfrau um das Rezept zu bitten.«

Als Charlie Pearl einen wissenden Blick zuwarf, bekam Tizzy das mit und fügte hinzu:»Ach ja, Charlie hat mir erzählt, dass Sie nicht gern nach Rezept kochen, Pearl?«

Pearl zuckte beiläufig mit den Achseln.»Ich ... versuche lieber, ein Gericht so hinzubekommen, wie ich es mir vorstelle.«

»So ist sie bei allem«, sagte Dolly.»Immer muss alles nach ihrer Nase gehen.«

»Tatsächlich?« Tizzy sah Pearl an.

»Schon möglich«, gab Pearl zu.»Aber vielleicht bin ich auch nur wie die Fischersfrau, die diese Suppe zum ersten Mal gekocht hat.«

»Allerdings«, flocht Dolly rasch ein.»Brot und Fische. Pearl kann aus nichts die tollsten Gerichte zaubern.«

Darüber dachte Tizzy kurz nach, bevor sie ihr Glas hob. »Dann trinken wir doch auf die Fischer. Und ihre Familien.«

Nach einem kurzen respektvollen Schweigen nahm Dolly einen Schluck Prosecco und machte sich über das Essen her. »Köstlich«, befand sie, aber Pearl blickte stumm auf ihre Schale hinab.

»Ist irgendwas?«, fragte Charlie. Pearl schüttelte nur den Kopf und griff nach ihrem Löffel.

Tizzy beobachtete sie eine Weile, bevor sie leise sagte:»Für Sie war das bestimmt ein fürchterlicher Schock, Pearl. So kurz hintereinander gleich zwei Leichen zu finden ... Eigentlich kaum zu glauben.«

»Ja«, sagte Pearl.»Das denkt vermutlich auch McGuire.«

»McGuire?«, fragte Tizzy.

»Der Inspektor, der die Ermittlungen leitet.«

Charlie sah seine Mutter stirnrunzelnd an.»Was soll es da zu ermitteln geben? Hast du nicht gesagt, der Kerl in der Strand-hütte ist an einem Herzinfarkt gestorben ...«

»Und der Tod des Fischers war ein Unfall«, fügte Tizzy hinzu. »Heißt es.«

Tizzy war Pearls Blick nicht entgangen. »Aber Sie sind anderer Meinung?«

Pearl überlegte eine Weile. »Es ist schwer vorstellbar, dass Vinnie ein solcher Fehler unterlaufen ist.«

Charlie runzelte die Stirn. »Aber wie könnte es sonst passiert sein?«

Dolly griff nach ihrem Glas. »Ich ... glaube, damit will deine Mutter nur sagen, dass es nicht leichtfällt, sich mit Vinnies Tod abzufinden. So ist es bei einem plötzlichen Todesfall meistens. Aber spätestens beim Begräbnis wird das alles sehr real werden.«

Charlie überlegte kurz. »Möchtet ihr, dass ich komme?«

»Das wäre natürlich nett«, sagte Pearl. »Aber bis zur Beerdigung kann es noch eine Weile dauern. Die Polizei muss Vinnies Leiche erst freigeben, und wahrscheinlich wollen sie eine Obduktion vornehmen. Das heißt, die Todesursache wird in der Rechtsmedizin festgestellt.«

Es herrschte betretenes Schweigen. Schließlich wandte sich Tizzy an Pearl. »Das alles ist wirklich zutiefst bedauerlich«, erklärte sie leise. »Aber auf See passieren einfach Unfälle, selbst denen, die sich dort wie zu Hause fühlen.« Sie fischte eine Krebsschere aus ihrer Suppenschale und inspizierte sie flüchtig, bevor sie nach einer Muschelzange aus Chrom griff. »Mein Vater hatte ein Segelboot. Er ist schon von klein auf gesegelt, und ihm ist nie etwas passiert, bis er einmal ... als wir alle auf dem Boot waren, nicht aufgepasst hat. Nur ganz kurz.« Sie legte die Muschelzange um die Krebsschere.

»Was ist passiert?«, fragte Dolly.

Tizzy zögerte. Sie lockerte den Griff um die Muschelzange, bevor sie mit ihrer Geschichte fortfuhr. »Wir haben uns ...

unterhalten, gelacht und Witze gemacht. Er war richtig gut drauf an diesem Tag. Ich sehe ihn noch vor mir, wie er den Arm durch die Speichen des Steuerrads gelegt hatte …« Ihr Lächeln verflog allmählich. »Aber wir waren in seichtem Wasser und … Plötzlich ertönte ein fürchterliches Knirschen. Wir liefen mit dem Kiel auf einen Felsen auf … und das Steuerrad wurde abrupt herumgerissen.« Als ein lautes Knacken ertönte, blickte Tizzy kurz verwirrt nach unten, bevor sie die zerbrochene Krebsschere von der Zange in ihre Suppenschale fallen ließ.

»Was ist passiert?«, fragte Pearl.

Die Frage schien Tizzy wieder in die Gegenwart zurückzuholen. »Ich habe … das Boot allein zurückgesegelt. Mein Vater hatte fürchterliche Schmerzen. Sein Arm war mehrfach gebrochen.« Sie senkte den Blick. »Danach ist er nie wieder gesegelt.«

Instinktiv wollte Pearl das Mädchen trösten, aber Charlie kam ihr zuvor. Er ergriff Tizzys Hand. Als sie daraufhin zu ihm aufschaute und lächelte, ließ der Blick, den sie dabei tauschten, auch Pearl dahinschmelzen.

»Mangiamo«, sagte Tizzy leise. Pearl nahm ihren Löffel und probierte das cacciucco, und sie musste zugeben, dass es tatsächlich hervorragend war.

Etwa zwei Stunden später kämpfte Dolly mit ihrem Sicherheitsgurt. »Ist dieses blöde Ding etwa kürzer geworden?«

»Du hast es in der Tür eingeklemmt«, bemerkte Pearl steif. Dolly öffnete die Beifahrertür und schloss sie wieder. Diesmal schaffte sie es, sich anzuschnallen, als Pearl den Fiat startete. Die Straßen waren fast leer, und Pearl war nüchtern, während Dolly eine ordentliche Fahne hatte. Neben dem Prosecco hatte sie auch dem Grappa kräftig zugesprochen. Pearl hatte gemerkt, dass Dolly mehr als nur angeheitert war, als sie im Zuge einer ausufernden Anekdote über ihre Zeit bei den Fish Slappers plötzlich zu Tizzy sagte, ihr Haar sehe aus wie gesponnenes Gold.

»Ein reizendes Mädchen«, bemerkte Dolly jetzt. »Nicht nur diese Fischsuppe war wirklich hervorragend, auch das Hähnchen war ganz vorzüglich. Woraus bestand die Füllung gleich wieder?«

»Spargel und Krabben.«

»Schpagl un' Krabbn«, lallte Dolly, die inzwischen immer häufiger herzhaft gähnte und zunehmend stiller wurde. Als Pearl auf der Schnellstraße nach Whitstable auf die Überholspur wechselte und den Blinker ausschaltete, merkte sie, dass Dolly sich keine Gedanken mehr machte, dass sie so schnell fuhr.

»Hast du gesehen, wie ihre Hände gezittert haben?«, fragte Pearl, als sie durch Blean fuhren.

»Mmmm?« Vom vielen Alkohol war Dolly kurz davor einzuschlafen.

»Sie hat gezittert wie Espenlaub und kaum was gegessen.«

»Kein Wunder. Mit dir als angehender Schwiegermutter wäre ich auch nervös.« Dolly bedachte Pearl mit einem Seitenblick und einem schiefen Grinsen, bevor ihr Kopf wieder gegen die Kopfstütze sank.

»Was du schon gleich wieder denkst.« Pearl richtete den Blick wieder auf die Straße. »Sie haben sich doch gerade erst kennengelernt.« Das Lächeln auf ihren Lippen begann zu verfliegen, als sie Dollys unverkennbares Schnarchen hörte.

Keine halbe Stunde später hielt Pearl in der Harbour Street. Seit Dolly das Erdgeschoss an eine Töpferei und die Zimmer darüber an ihre Bed & Breakfast-Gäste vermietete, bewohnte sie nur noch den kleinen Anbau, der fast ihren gesamten winzigen Garten einnahm. In Pearls Augen wurde das Haus ihrer Mutter immer mehr zu einem Museum mit einer bunt zusammengewürfelten Sammlung von *objets trouvés*, Parfümfläschchen, Treibholz und Skulpturen, die sie von anderen Künstlern gekauft hatte, um sie zu fördern. Pearl konnte sich im Haus ihrer Mutter nie richtig entspannen, sondern verspürte immer das Bedürfnis, einmal gründlich aufzuräumen, während sich Dolly in diesem Ambiente pudelwohl fühlte.

»Kommst du noch auf einen Schluck mit rein?« Wegen der steifen Brise, die vom Meer hereinwehte, zog Dolly das Flamencotuch fester um ihre Schultern.

Pearl schüttelte den Kopf. »Lieber erst, wenn ich zu Hause bin.«

Dolly gab ihrer Tochter einen Kuss und drückte sie an sich. »Und dass du mir keine Leichen mehr findest, ja?« Sie tätschelte Pearls Wange und ging auf wackligen Beinen die Durchfahrt hinunter, die zu ihrem Gartentor führte. Pearl winkte zum Abschied und wartete, bis sich das Tor hinter Dolly geschlossen hatte. Als sie darauf in ihr Auto stieg, fiel ihr plötzlich etwas ein. Sie stieg wieder aus, schloss den Wagen ab und nahm die Abkürzung durch die Terry's Lane zum Strand hinunter. Unterwegs kam sie an drei angetrunkenen Männern vorbei, die wankend auf das Duke of Cumberland zusteuerten, aus dem abrupt ein lautes Trompetensolo platzte, als sie das Pub betraten. Es verstummte ebenso schnell wieder, als sich die Tür hinter dem Trio schloss. Pearl ging weiter in Richtung Reeve's Beach. Der Anblick, der sich ihr dort bot, ließ sie abrupt stehen bleiben: Durch die Dunkelheit flackerten Dutzende winziger Lichter, Höhlenkerzen, die anlässlich des Festivals in der Dämmerung angezündet worden waren und von denen einige vom auffrischenden Wind bereits wieder ausgeblasen worden waren. Als sie zwischen den kleinen Bauten umherging, stellte Pearl erstaunt fest, wie unterschiedlich sie doch waren. Manche waren wie Sandburgen mit Fahnen geschmückt, andere mit Süßigkeiten und buntem Spielzeug dekoriert. Die Höhle, die

Vinnies Töchter am Nachmittag zu bauen begonnen hatten, war schnell gefunden. Als Pearl davor in die Hocke ging, um sie zu betrachten, stellte sie fest, dass die Kerze darin ausgegangen war. Aber nicht weit davon entfernt lag eine Schachtel Streichhölzer, und trotz der Feuchtigkeit gelang es ihr, eines davon anzureißen. Es versetzte ihr einen Stich ins Herz, als sie sah, dass die Austernschalen am Eingang der Höhle zu dem Wort »Dad« angeordnet waren.

Kurz fragte sich Pearl, was Vinnies Töchter von ihrem Vater im Gedächtnis behalten würden. Es würde ihrer Mutter zufallen, die Erinnerung an ihn wachzuhalten, wie eine kleine Flamme, die an einem Strand nicht zu erlöschen versuchte. Pearl musste an ihren Sohn denken, der ebenfalls ohne Vater aufgewachsen war. Obwohl Charlie nie von seinem nicht vorhandenen Vater sprach, hatte Pearl in seinem Herzen eine Geschichte am Leben erhalten – eine Geschichte von einem Sommer der Liebe und des Trennungsschmerzes; wie viel von dieser nie in Frage gestellten Geschichte jedoch Realität oder Einbildung war, musste dahingestellt bleiben, denn die Zeit hatte es so an sich, die Wahrheit wie ein bequemes Paar Schuhe den jeweiligen Bedürfnissen anzupassen. Aus irgendeinem Grund musste sie bei diesem Gedanken an McGuire denken. Vor drei Tagen war er noch ein Fremder gewesen, doch inzwischen fühlte sie sich ihm seltsam verbunden, vermutlich in dem gemeinsamen Wunsch, die Wahrheit ans Licht zu bringen, nicht nur über Vinnies Tod, sondern auch über den von Stroud, diesem undurchsichtigen, reizbaren Kerl, der ihr an jenem heißen Nachmittag diesen wenig erfreulichen Besuch in ihrem Büro abgestattet hatte und jetzt – möglicherweise sogar direkt neben dem toten Fischer – in einem gekühlten Schubfach des Leichenschauhauses lag.

Pearl schaute aufs Meer hinaus, wo die Positionslichter mehrerer Frachtschiffe glitzerten wie eine Markasithalskette, die sich über den dunklen Horizont spannte. Aus dem Duke of Cumberland wehte immer noch leiser Jazz herüber, aber der Strand war verlassen. Der Wind frischte immer stärker auf, weshalb Pearl auf dem Nachhauseweg die Abkürzung über den Parkplatz am Keam's Yard nahm. Aber schon bald spürte sie, dass etwas nicht stimmte.

Zuerst glaubte Pearl das Echo ihrer eigenen Schritte zu hören, doch als sie stehen blieb, ertönten die Schritte weiter, weshalb sie sich rasch in das Dunkel der Starboard Light Alley drückte, wo neben ihrem Cottage eine alte Austernketsch lag. Die *Favourite* war von einer Gruppe einheimischer Bootsfans aufwendig restauriert worden, und ihr Rumpf eignete sich hervorragend als Versteck. Zunächst herrschte vollkommene Stille, doch dann zeigte das leise Klingeln eines Glöckchens die Anwesenheit eines vertrauten Geschöpfs an: Nathans roter Kater Biggy strich maunzend um ihre Füße. Weil Pearl ihn während der Abwesenheit ihres Nachbarn regelmäßig fütterte, machte er aus seiner Zuneigung keinen Hehl. Als Biggy jetzt seinen dicken Körper um Pearls Füße wand, bückte sie sich und streichelte ihn. In diesem kurzen Moment der Unachtsamkeit tauchte hinter ihr der Mann auf, der ihr gefolgt war. Pearl wirbelte herum und sah, dass er nicht vom Strand heraufkam, sondern von einem am Straßenrand geparkten Auto. Er war blond, Anfang dreißig und schaute sie durch seine Brille verdutzt an. »Können Sie mir bitte sagen, wo die High Street ist?«

Pearl schaute an ihm vorbei zu einem Auto, in dem eine junge Frau eine Straßenkarte studierte. »Einfach immer geradeaus«, sagte Pearl schließlich. »Sie können sie nicht verfehlen.« Der junge Mann nickte und ging zu seinem Auto zurück. Wenig später fuhr er los, und seine Begleiterin winkte zum Dank aus dem offenen Beifahrerfenster.

An der Tür des Seaspray Cottage machte sich Pearl Vorhaltungen, so leicht ihren paranoiden Anwandlungen aufgesessen zu sein. Sie steckte den Schlüssel ins Schloss und betrat das Wohnzimmer. Während sie sich mit einem Arm bereits aus ihrer Jacke wand, tastete sie mit der anderen Hand nach dem Lichtschalter. In diesem Moment merkte sie, dass sie nicht allein war.

Auf dem Tisch stand eine leere Weinflasche, und in der Hand des unerwarteten Besuchs befand sich ein Glas. Tina Rowe sah älter und verlebter aus als vor zehn Jahren, aber keineswegs weniger attraktiv. Ihre Augen waren von tiefer Trauer verquollen, aber Pearl sah nicht eine Träne in ihnen. Vinnies Witwe blickte sie mit einem kalten Lächeln an.

»Ich habe auf dich gewartet, Pearl.«

KAPITEL ACHT ⭐

Tina Rowe nahm einen kleinen Gegenstand aus ihrer Tasche und legte ihn auf den Tisch. »Eigentlich müsstest du doch wissen, dass man seinen Hausschlüssel nicht unter den Blumentöpfen versteckt.«

Pearl war klar, dass Tina recht hatte, als sie nach ihrem Hausschlüssel griff und ihn einsteckte.

Im harten Licht der Deckenlampe wurde Pearl sehr deutlich bewusst, wie viel Zeit vergangen war, seit sie Vinnies Noch-Ehefrau zum letzten Mal gesehen hatte. Inzwischen ging Tina Rowe auf die fünfzig zu, und obwohl sie wesentlich jünger aussah, schien es sich bei dem Netz tiefer Falten um Mund und Augen nicht um Mimikfalten zu handeln, sondern um die Nachwirkungen eines tiefen Schmerzes, der sich zehn Jahre lang in ihre Seele gegraben hatte. Ihre Kleidung war modisch und teuer: eine fuchsienrote Leinentunika und eine maßgeschneiderte Hose über einer schlanken Figur. Ein dazu passendes verknittertes Jackett war achtlos über einen Stuhl geworfen, und der rosafarbene Lack auf ihren manikürten Fingernägeln hatte an den Spitzen abzublättern begonnen. Als vom Strand das Krachen eines Feuerwerkskörpers ertönte, der pfeifend in den Himmel schoss, blickte Tina nervös auf die leere Weinflasche auf dem Tisch. »Hast du noch was zu trinken?«

Pearl ging zu einem Schrank, hinter dessen Tür verschiedene alkoholische Restbestände zum Vorschein kamen: Whisky, der von Weihnachten übrig geblieben war, Ouzo von einem griechischen Abend und verschiedene Technicolor-Liköre.

»Scotch ist wunderbar«, sagte Tina rasch. Sie stand hinter Pearl und verlagerte ihr Gewicht unbeholfen von einem Bein aufs andere. Pearl griff nach einem Glas, schenkte kräftig ein und reichte es ihrem ungebetenen Gast. Tina zögerte. »Trinkst du denn gar nichts?« Als Pearl nur den Kopf schüttelte, nahm Tina einen Schluck von ihrem Whisky und schnitt ein Gesicht wie ein Kind, das eine bittere Medizin einnehmen muss. Kurz schien sie tatsächlich geheilt.

»Das von Vinnie hast du ja sicher gehört«, begann Pearl behutsam.

Tina blickte von ihrem Glas auf und nickte langsam, als würde sie an etwas erinnert, was sie zu vergessen versuchte. »War es wirklich … ein Unfall?«

Während Tina auf eine Antwort wartete, trat Pearl ein Bild vor Augen: nicht Vinnies in der Ankerkette verheddderte Leiche, sondern eine Kerzenflamme in einer kleinen Höhle am Strand, die verzweifelt dagegen ankämpfte, vom Wind ausgeblasen zu werden. Pearl musste an Vinnies neue Familie denken und gelangte zu der Überzeugung, dass es zu nichts führen würde, Tina von ihren Zweifeln zu erzählen. »Sieht so aus«, antwortete sie deshalb.

Daraufhin ließ sich Tina auf das Sofa plumpsen und starrte in die bernsteinfarbene Flüssigkeit in ihrem Glas. Pearl setzte sich neben sie. »Ich kann gut nachempfinden, was …«

»Ich habe dich nicht um dein Mitgefühl gebeten, ja?« Tinas Stimme war wie ein spitzer Gegenstand, der jede Anteilnahme durchlöcherte. »Ich weiß, was du von mir hältst und was die ganze Stadt von mir hält, weil ich ihn verlassen habe.« Sie blickte auf. »Vinnie hat ja nie was falsch gemacht. Wie hätte ich da irgendetwas richtig machen können?« Ihre Augen bettelten um eine Absolution, aber Pearl war nicht bereit, sie zu erteilen. Es gab in Whitstable nicht viele, die Zeit oder Mitgefühl für Tina Rowe gehabt hätten.

»Vielleicht ist alles, was jetzt noch zählt, dass ihr, du und Vinnie, euch mal geliebt habt.«

Das war eindeutig nicht die Antwort, die Tina erwartet hatte. Ihre Miene wurde plötzlich nachdenklich. »Wieso haben wir es nicht geschafft zusammenzubleiben?«, fragte sie nach einer Weile. »Wieso hat uns das Zusammensein nur daran erinnert, was wir verloren haben?«

»Weil ihr«, antwortete Pearl, »sehr viel verloren habt.«

Tina wandte sich ab und schloss krampfhaft die Augen, als wollte sie einen alles überwältigenden Kummer unterdrücken. Als sie die Augen wieder öffnete, sah Pearl noch immer keine Tränen in ihnen.

»Eigentlich dürfte so etwas doch gar nicht sein, oder? Seinen eigenen Sohn begraben zu müssen?« Tina schaute rasch zu Pearl, als wäre ihr etwas eingefallen. »Dein Junge ... Er müsste jetzt etwa so alt sein wie mein Shane, als er ...« Jetzt war es Pearl, die den Blick abwandte. Sollte Tina etwa den Verlust ihres Kindes gegen die Existenz eines anderen aufwiegen?

»Was treibt Charlie denn inzwischen so?« Plötzlich war ihr Ton schockierend munter. Pearl antwortete nicht, aber Tina ließ nicht locker. »Jetzt komm schon. Irgendwas muss er doch tun ...«

»Er studiert.«

»An der Universität?«

Pearl nickte.

»Wo?«

»In Canterbury.«

»Also nicht weit weg?«

Pearl nickte.

»Hat er eine Freundin?«

»Ja.«

»Hübsch?«

Als Pearl auch diesmal nickte, hob Tina ihr Glas. »Wie schön für Charlie! Er wusste ja immer schon sehr genau, was er will – wie du übrigens auch.« Tina nahm wieder einen Schluck

Scotch und verzog das Gesicht, aber diesmal entspannte sich ihre Miene nicht wieder, sondern schien von tiefem Schmerz überwältigt zu werden. »Warum musste es mein Junge sein und nicht deiner?«

Pearl streckte die Hand aus, um sie zu trösten, aber Tina sprang auf und begann, im Zimmer auf und ab zu gehen. »Du kanntest meinen Shane«, brach es aus ihr hervor. »Jeder kannte ihn. Er hatte alles – gutes Aussehen, Freunde, jede Menge Mädchen –, und warum musste er dann hergehen und Drogen nehmen und sich das alles kaputtmachen?« Sie wandte sich Pearl zu. »Du warst in diesem Sommer hier, Pearl. Du warst wegen des Festivals hier, du erinnerst dich doch bestimmt noch …«

»Ja«, sagte Pearl rasch. »Aber ich war nicht in dem Konzert. Ich war an diesem Abend unten am Strand. Ich … habe es erst am nächsten Tag erfahren.«

Tina sah Pearl forschend in die Augen, bevor sie sich abwandte. »Weißt du eigentlich, dass Vinnie mir die Schuld dafür gegeben hat?« Sie schaute Pearl wieder an. »Nach dem Motto: wie die Mutter, so der Sohn. Er meinte, wenn ich nicht getrunken hätte, wenn ich ihm kein so schlechtes Beispiel gegeben hätte …« Sie verstummte abrupt. »Ich weiß, ich trinke zu viel, aber richtig schlimm geworden ist es erst, als wir Shane verloren haben. Und als sich dann dieses Miststück an Vinnie rangemacht hat – was ist mir da noch anderes übriggeblieben als das hier?« Sie hielt das Glas hoch, das in ihrer Hand zitterte.

»Du hattest Vinnie«, sagte Pearl behutsam.

»Nein«, sagte Tina. »Ich habe ihn an dem Tag verloren, an dem ich auch meinen Jungen verloren habe.« Sie fiel plötzlich in sich zusammen, und ihre Schultern sackten nach unten, als wäre sie geschlagen worden. »Was soll ich bloß machen, Pearl?«

»Du kommst schon darüber hinweg.«

»Du verstehst das nicht. Ich bin schwach …«

»Du bist ein Mensch.«

Tina sah Pearl an. »Bin ich das?« Sie stellte ihr Glas ab und starrte auf ihre zitternden Hände. Pearl nahm sie in die ihren. »Du warst fast zehn Jahre weg. Und du hast es überlebt.« »Ja.« Tina begann langsam zu nicken, und ihr Gesichtsausdruck bekam etwas Entschlossenes, als würde ihr das zum ersten Mal bewusst. »Aber das ist auch schon alles, was ich geschafft habe.« Sie schaute Pearl an, zog ihre Hände zurück und setzte sich auf, als versuchte sie, den Mut für ein schwieriges Geständnis aufzubringen.

»Als ich von hier weg bin, habe ich mir fest vorgenommen, nie mehr zurückzukommen. Deshalb habe ich unser gesamtes Geld von unserem Konto abgehoben. Aber es ist mir nicht gelungen, Pearl. Ich konnte nicht einfach alles zurücklassen. Deshalb ... hat es nicht lang gedauert, bis ich wieder Kontakt mit ihm aufgenommen habe.«

»Meinst du die Postkarte, die du Vinnie geschickt hast?«

Tina machte eine wegwerfende Handbewegung. »Damit wollte ich ihn nur ärgern. Nein, ich rede von später.« Ihre Finger schlossen sich fester um das leere Glas in ihrer Hand. »Ich habe ihn immer wieder angerufen. Das heißt, nicht ständig, nur ... wenn ich seine Stimme hören wollte.« Sie lächelte fahrig. »Meine ›Suffanrufe‹ hat er sie immer genannt. Und mir war natürlich klar, dass er nicht mit mir reden wollte, weil er immer wieder sagte, dass wir nach vorn schauen müssten. Oft ging er nicht mal dran, aber ...« Sie brach mitten im Satz ab. »Eines Abends ist er doch drangegangen. Vor drei Jahren. Am Jahrestag von Shanes Tod.« Sie machte eine Pause. »Das war, als er mir davon erzählt hat.«

»Wovon?«

»Von seinem großen Plan. Dass er bei Matheson kündigen und sich selbständig machen wollte und dass er es vor allem für seine ...«, sie verstummte und drängte das Wort zurück, das zu sagen ihr so schwerfiel, »Familie täte.« Sie machte eine Pause

127

und holte tief Luft. »Er wollte sich nach einem Geldgeber umsehen, nach jemandem, der ihm das Startkapital lieh. Und ich hatte ein schlechtes Gewissen, weil ich damals das ganze Konto leergeräumt hatte. Überhaupt wegen allem. Deshalb habe ich mich nach jemandem umgesehen, der ihm helfen sollte.«

»Wer war das?«

»Ein gewisser Stroud. Doug Stroud.« Als sie merkte, dass Pearl der Name etwas sagte, stand Tina auf und füllte rasch ihr Glas nach.

»Ich habe Doug auf Menorca kennengelernt. Er war ursprünglich aus Bradford, lebte aber schon mehrere Jahre in Spanien und hatte am Stadtplatz von Mahon eine Bar. Und als ich mich dort eines Abends mit einer Freundin getroffen habe, hat er uns ein paar Drinks spendiert.« Sie runzelte die Stirn, als sie wieder Pearl ansah. »Wenn man so will, könnte man sagen, dass Doug und ich eine stillschweigende Übereinkunft trafen. Er wollte mehr Umsatz in seiner Bar, und ich wollte ...« Sie verstummte.

»Sicherheit?«

»Schutz.«

»Wovor?«

»Liegt das nicht auf der Hand?« Tina hob vielsagend ihr Whiskyglas, bevor sie es auf den Tisch zurückstellte. »Doug hatte wenig Ahnung von der Fischerei, und ich habe mich voll hinter Vinnie gestellt. ›Lass ihm drei Jahre Zeit, und du wirst sehen, was dabei Tolles herauskommt‹, habe ich Doug gesagt – und das auch wirklich geglaubt. Aber irgendwann waren die drei Jahre um, und Dougie wurde ungeduldig. Und dann hat er auch noch herausgefunden ...« Sie verstummte.

»Was hat er herausgefunden?«

»Dass Vinnie und ich noch verheiratet waren.«

Pearl runzelte die Stirn. »Hast du ihm das nicht erzählt?«

»Warum sollte ich? Es war ja nicht so, dass wir wie Mann und

Frau zusammengelebt haben. Außerdem war ich mir ziemlich sicher, dass Doug das Geld nicht so ohne weiteres herausgerückt hätte, wenn er es gewusst hätte.« Sie zuckte mit den Achseln. »Schließlich hat er einen Privatdetektiv engagiert und alles herausgefunden.«

Pearl wandte den Blick ab und versuchte sich an Stroud zu erinnern – ein verschrobener kleiner Mann mit einem teuren Panamahut. »Doug hat ständig Detektive angeheuert«, fuhr Tina fort. »Er war paranoid, unsicher, vor allem was seine Frauen anging. Deshalb ... dauerte es nicht lang, bis er dachte, ich hätte ihn hereingelegt.« Sie griff nach ihrem Glas. »Ich habe versucht, alles wieder irgendwie zurechtzubiegen, aber er hatte die Nase voll. Er wollte nur noch sein Geld zurück. Alles.« Sie nahm einen Schluck von ihrem Glas. »Aber auch damit hätte ich leben können, denn so große Summen waren es ja nicht, nur ein paar Tausender, mehr nicht. Da hat er an manchen Abenden im Spielcasino deutlich mehr verloren.« Sie wandte sich wieder Pearl zu. »Wenn es jemand anderer gewesen wäre als Vinnie, hätte er das Ganze einfach abgeschrieben. Aber in diesem Fall kam das für ihn nicht in Frage.« Sie verstummte und hing wieder ihren Gedanken über die Vergangenheit nach.

»Und wie ging es dann weiter?«

Tina zuckte mit den Achseln. »Erst einmal hat er gar nichts unternommen, und ich dachte schon, er würde die Sache auf sich beruhen lassen, aber dann rief vor ein paar Wochen ein Reisebüro an, und ich merkte, dass er vorhatte, hierherzukommen.«

»Nach Whitstable?«

Tina nickte. »Ich habe versucht, Vinnie zu warnen, aber er wollte nicht, dass ich ihn zu Hause anrief. Und auf meine Anrufe auf seinem Handy hat er nicht reagiert, deshalb ... bin ich Doug hierher gefolgt.«

»Ohne sein Wissen?«

129

Tina nickte. »Ich war mir nicht sicher, was er vorhatte. In dieser Hinsicht war er immer schon etwas seltsam – nicht wie ich und Vinnie, bei uns flogen immer gleich die Fetzen –, aber Doug ... Er hat alles in sich reingefressen. Er konnte dann richtig hinterhältig und gemein werden, aber dass er Vinnie was antun könnte, hätte ich nie gedacht, nicht eine Sekunde lang.«

»Und was hast du gedacht?«

Tina sah Pearl an. »Dass irgendwas passieren würde und dass es, egal was, meine Schuld wäre, weil ich die beiden zusammengebracht hatte.« Sie stellte ihr Glas ab. »Wenn ich ganz ehrlich bin, war alles nur ein Vorwand, um Vinnie wiedersehen zu können. Ich bin also am Freitagnachmittag hergeflogen und habe mir im Walpole Bay Hotel in Cliftonville ein Zimmer genommen. Eine Freundin von mir, Shirley, arbeitet dort. Ich hatte es eigentlich nicht vor, aber ... am ersten Abend haben wir uns ziemlich volllaufen lassen, und dann habe ich gestern, beim Anziehen, in den lokalen Fernsehnachrichten von einem Fischereiunfall gehört. Und als ich dann auf dem Bildschirm die Native im Hafen liegen sah ...« Sie wandte den Blick ab. »Da wusste ich, es war Vinnie.« Mit zitternder Hand griff sie nach dem Glas. »Ich musste mich übergeben. So einen Schock hatte ich. Und dazu einen Mordskater. Ich habe versucht, Doug auf dem Handy zu erreichen, aber er ist nicht drangegangen. Ich habe es immer wieder versucht, den ganzen Samstag, bis zum Abend, aber er hatte sein Telefon abgestellt. Ich wusste nicht, was ich tun sollte. Ich konnte ja schlecht zu Connie gehen und ihr mein Beileid ausdrücken.« Sie versuchte die Tränen zurückzuhalten und schaute weg. »Und jetzt ist Doug auch tot.« Sie hielt inne. »Wissen sie denn inzwischen, wie ... es dazu gekommen ist?«

Pearl dachte kurz nach. »Die Polizei sagt, er hatte einen Herzinfarkt.«

»Die Polizei?« Tina blickte abrupt auf. »Zwei plötzliche Todesfälle, die so eng zusammenhängen? Da müssen sie doch Ermittlungen anstellen.« Tina blickte stirnrunzelnd auf ihre Hände hinab, als versuchte sie, aus all dem klug zu werden. »Ja.« Sie nickte. »Du hast natürlich vollkommen recht. Doug hat sich immer fürchterlich aufgeregt, bevor er hierher geflogen ist. Er hatte es am Herz, und sein Arzt hat ihm schon die ganze Zeit ins Gewissen geredet, dass er sich etwas Ruhe gönnen müsste, aber er hat nicht auf ihn gehört.« Sie schaute auf. »Was soll ich jetzt tun?«

»Am besten, du sprichst mit dem leitenden Ermittler. Er sucht Leute, die etwas über die Sache wissen, und du solltest dich möglichst bald bei ihm melden.« Pearl fasste in ihre Tasche und holte McGuires Visitenkarte heraus. Sie reichte sie Tina, die sie abwesend anstarrte. Ihre Augen waren blutunterlaufen, ihr Gesicht wächsern und ohne jede Farbe.

»Aber erst mal sollten wir beide ein bisschen schlafen. Ich mache dir das Bett im Gästezimmer fertig ...«

»Nein, nicht nötig«, sagte Tina. »Ich lege mich gleich hier hin. Überhaupt kein Problem.« Sie nahm eine karierte Decke von der Sofalehne und zog sie an sich wie ein Trost suchendes Kind.

»Wenn du meinst.«

Tina nickte. Pearl war zu müde für lange Diskussionen. Sie ging zur Tür, doch dann drehte sie sich noch einmal um und sah, wie Tina ihre Ohrringe abnahm. Als sie sie auf den Couchtisch legte, trafen sich ihre Blicke. Tina spürte instinktiv, dass etwas nicht stimmte. »Was ist?«

Pearls Blick war an den kleinen Silbersteckern hängen geblieben, die neben dem leeren Glas auf dem Tisch lagen. »Nichts«, antwortete Pearl schließlich. »Jetzt schlaf erst mal, dann reden wir morgen weiter.«

In der Küche lauschte Pearl kurz, ob irgendwelche Geräusche aus dem Wohnzimmer kamen. Als sie nichts hörte, machte sie sich auf den Weg nach oben. Im Schlafzimmer ging sie über die knarrenden Bodendielen zu dem alten Gitterfenster, öffnete es und hakte es ein. In diesem Moment entfernte sich der zarte, fast nicht hörbare Flügelschlag eines winzigen Vogels zu einer Wolke aus Sternen hinauf. Doch rasch zog etwas anderes ihre Aufmerksamkeit auf sich. Der Wind zupfte behutsam an ihren Vorhängen, so dass Pearl zwischen ihnen eine Gestalt aus dem Dunkel der Island Wall treten sah. Kurz dachte sie, es wäre Marty, der im Schein der Straßenlampe neben der alten Ketsch vor Pearls Cottage stand, aber es war McGuire, auf den das gelbe Licht der Natriumdampflampe fiel.

Pearl überlegte, welche Erklärung er ihr wohl gäbe, wenn sie ihn fragte, weshalb er ihr so spät abends durch den Keam's Yard zu ihrem Haus gefolgt war. Irgendeine Ausrede fiele ihm bestimmt ein – aber sie war sicher, sie würde ihm nicht glauben. Er stand reglos da und schaute zu ihrem Fenster hoch, aber wenige Augenblicke später wandte er sich ab und entfernte sich in Richtung Stadt. Pearl legte sich auf die Tagesdecke ihres Betts und ließ die Dunkelheit über sich hinwegströmen wie die steigende Flut über den Strand.

KAPITEL NEUN ✩

Aus dem Radio tönten die 8-Uhr-Nachrichten, als Pearl auf ihr Sofa blickte, auf dem lediglich eine ordentlich gefaltete Decke lag. Eins der Polster wies eine leichte Vertiefung auf, und auf dem Couchtisch stand ein leeres Glas, aber sonst deutete nichts darauf hin, dass Tina Rowe hier gewesen war. »Ich sage dir doch«, erklärte Pearl. »Sie hat hier gelegen.«

Dolly sah ihre Tochter an, dann griff sie nach dem Glas und roch daran, bevor sie achselzuckend sagte: »Na ja, vielleicht ist sie nüchtern geworden und hat es sich noch mal anders überlegt.« Sie stellte das Glas auf den Tisch zurück und blickte zu Pearl auf. »Könnte der Ohrring, den Connie auf Vinnies Boot gefunden hat, Tina gehört haben?«

Pearl schüttelte den Kopf. »Sie hat gesagt, sie ist erst vor zwei Tagen mit dem Flugzeug angekommen ...«

»Tina Rowe behauptet viel«, sagte Dolly. »Aber normalerweise spricht nur der Alkohol aus ihr.«

Pearl musterte ihre Mutter. »Du musst gerade reden. Oder wie war das gestern mit dem Prosecco?«

Dolly zuckte zusammen. »Bei mir ist eine Migräne im Anmarsch.« Sie hielt die Hand an die Stirn, weshalb Pearl verständnisvoll vorschlug: »Komm, setz dich, ich bringe dir eine Tasse Tee ...«

»Dafür habe ich jetzt keine Zeit.« Dolly griff nach ihrer Handtasche. »Ruby ist im Moment allein im Lokal, und ich muss mich vor Beginn meiner Schicht noch um die Pensionsgäste kümmern.« Sie wandte sich zum Gehen, doch dann fiel ihr etwas ein. »Ach, fast hätte ich's vergessen ...« Sie kramte eine alte Busfahrkarte, einige Flusen und eine halbe Rolle Pfefferminzbonbons aus ihrer Tasche, bevor sie einen zerknüllten Zettel fand, den sie Pearl zuschob. »Diese Nachricht war heute Morgen auf dem Anrufbeantworter. Du sollst das Catering für ein Dinner übernehmen.« Mit einem kurzen Lächeln hängte sich Dolly die Handtasche über die Schulter und ging zur Tür. »Bis später.«

Als ihre Mutter weg war, blickte Pearl kurz auf das Rätsel ihres leeren Sofas und überlegte, ob sie im Walpole Hotel anrufen sollte, schaute sich dann aber stattdessen Dollys Zettel an. Nicht ohne gewisse Schwierigkeiten gelang es ihr, die Telefonnummer zu entziffern, die ihre Mutter in ihrer exzentrischen Handschrift notiert hatte. Der Name daneben war wesentlich leichter zu lesen. Sarah Berthold.

Das Beacon House blickte schon mehr als hundert Jahre auf die Street hinaus. Sein Name rührte von einem Leuchtsignal her, das einmal im Garten gestanden und Seeleute vor gefährlichen Untiefen gewarnt hatte. Obwohl es größere und teurere Strandhäuser gab, vor allem an der Westküste von Seasalter, wo eine Millionärsreihe von »Neubauten« um den Titel des extravagantesten architektonischen Statements wetteiferte, hatte das Beacon House neben seiner unverwechselbaren Architektur den wohl besten Meerblick von Whitstable zu bieten. Das im New-England-Stil erbaute Haus hatte eine Holzfassade und eine rundum verlaufende Veranda. Zugänglich war es von der darüberliegenden Marine Parade und über ein kleines Waldstück, das an den terrassenförmig angelegten Garten dahinter grenzte. Außerdem gab es noch einen direkteren Zugang vom Parkplatz des Hotel Continental, und den nahm Pearl an diesem Morgen.

Das Tor zur Promenade wurde nicht mehr von einem Polizisten bewacht. Inzwischen bevölkerten den Strand wieder schwimmende, sonnenbadende oder Frisbee spielende Urlauber, die nichts zu ahnen schienen von der makabren Entdeckung, die Pearl hier erst vor zwei Tagen gemacht hatte. Das alte Strandhäuschen, das nur zwanzig Meter vom Gartenzaun des Hauses entfernt stand, war jetzt nicht mehr von Polizeiabsperrband umgeben, sondern mit einer Kette gesichert. Pearl dachte noch einmal über das kurze Telefongespräch nach, das sie gerade mit Sarah Berthold geführt hatte, als sie die Holztreppe zu der fliederfarbenen Veranda hinaufstieg. Sarah Berthold hatte sehr freundlich, wenn auch ein wenig gestresst gewirkt, als sie vorschlug, sich möglichst bald persönlich zu treffen, um über die geplante Einladung zu sprechen. Da sowohl Dolly als auch Ruby im Restaurant waren, hatte sich Pearl bereit erklärt, sofort vorbeizukommen, zumal sie es kaum erwarten konnte, einen Blick auf den Sommersitz der Bertholds zu werfen.

Es war ein weiterer schöner Sommermorgen, aber das Erste, was Pearl bei ihrer Ankunft auffiel, war, dass alle Türen und Fenster fest verschlossen waren. An dem Zaun, der das Grundstück von den Strandhäuschen abgrenzte, stand ein langes, schmales Bootshaus. Es war schon etwas baufällig und in einem modischen Indigoblau gestrichen, das an die Farbe des Meeres in einem Gemälde von Dufy erinnerte. Davor stand an einer zum Strand hinunterführenden Rampe ein Wohnwagen.

Pearl stieg die Treppe zur Veranda des Hauses hinauf, auf der mehrere Bistrotische und modische Leinwandliegestühle standen. Von den Deckenbalken hingen, passend zum Festival, bunte Lampions. Sie drehte sich noch einmal um und schaute aufs Meer hinaus. Sie konnte gut verstehen, dass dieses Haus mit seinem einzigartigen Blick auf die Street nicht nur als Vorzeigeobjekt von Einrichtungsmagazinen sehr gefragt war, sondern auch als Feriendomizil für Leute, die so viel Geld hatten wie die Bertholds. Plötzlich ertönte hinter ihr eine Stimme.

»Entschuldigung. Haben Sie geklingelt?«

Als Pearl sich umdrehte, stand Sarah Berthold an der Glastür. »Nein, noch nicht«, sagte sie. »Ich habe bloß die Aussicht bewundert.«

»Herrlich, nicht?« Sarah Berthold lächelte beiläufig. »Nur die Festungsanlagen stören ein bisschen, und hinsichtlich des Windparks bin ich noch am Schwanken.« Sie winkte. »Kommen Sie doch herein.«

Nachdem sie die Türen weit geöffnet hatte, um Pearl eintreten zu lassen, schloss Sarah Berthold sie sofort wieder. »Die Leute sind zum Teil fürchterlich neugierig«, führte sie als Erklärung an, als sie Pearl durch ein eindrucksvolles Wohnzimmer in die wesentlich gemütlichere rustikale Küche führte. »Aber damit muss man wohl in einem Haus direkt an der Promenade leben. Kaffee?«

Pearl nickte. »Ja, gern.«

Sie setzte sich an einen Tisch aus gebleichtem Kiefernholz und schaute in den hinteren Teil des Hauses. Die Tür zum Garten, die auf eine Terrasse hinausführte, war offen. Spatzen ließen sich im Sonnenlicht auf dem lackierten Holzzaun nieder und flatterten tschilpend wieder davon.

»Wohnen Sie in der Stadt?«, fragte Sarah, als sie heißes Wasser in eine Stempelkanne füllte.

»In einem Cottage in der Island Wall.«

»Ach, dann wissen Sie ja, was ich mit diesem Mangel an Privatsphäre meine.«

Pearl grinste. »Irgendwann gewöhnt man sich daran, in einem Goldfischglas zu leben.«

»Ich weiß nicht, ob ich das auf Dauer könnte«, antwortete Sarah Berthold und reichte Pearl eine Tasse Kaffee. Sie deutete auf die Tür zum Garten.

Die zwei Frauen gingen auf die Terrasse hinaus, wo ein mit einem blauweißen Vichy-Tischtuch gedeckter Tisch stand. Neben einem Aktenordner fand sich eine kleine Vase mit Anemonen. »Verstehen Sie mich nicht falsch«, fuhr Sarah Berthold fort. »Ich liebe dieses Haus. Es hat so etwas …« Sie suchte nach dem richtigen Wort. »Skurriles«, entschied sie sich schließlich. »Deshalb habe ich mir große Sorgen gemacht, als es so schien, als müssten wir es vielleicht aufgeben.« Sie schaute zum Gartenzaun. »Die Leiche im Strandhäuschen. Hört sich fast an wie der Titel eines Krimis, finden Sie nicht auch?« Sie griff nach ihrer Tasse und fügte rasch hinzu: »Das alles ist natürlich höchst bedauerlich, aber … wir dachten, es könnte mit gesundheitlichen Risiken verbunden sein, wo doch die Hütte so nah an unserem Haus steht. Die Polizei hat uns allerdings versichert, dass wir uns diesbezüglich keine Sorgen zu machen brauchen.«

Sarah Berthold nahm einen Schluck Kaffee und schaute wieder zum Gartenzaun, hinter dem die Dächer mehrerer Strandhütten zu sehen waren. »Schon eigenartig, wie viele Gaffer sich danach hier rumgetrieben haben. Sehr morbid. Einige waren komplett ausgerüstet, mit Liegestühlen und Sandwiches. Sie haben den ganzen Tag auf das Strandhäuschen gestarrt, als ob gleich noch einmal so etwas Grässliches passieren würde. Unwillkürlich musste ich an Madame Defarge denken, die gestrickt hat, während ringsum die Köpfe rollten.« Sie lächelte verhalten, dann richtete sie ihre Aufmerksamkeit auf den Ordner auf dem Tisch. »Doch jetzt zu erfreulicheren Dingen«, fuhr sie fort. »Wie bereits am Telefon erwähnt, möchte ich Freitagabend ein paar Leute einladen und würde mich sehr freuen, wenn Sie mir einen Vorschlag für das Menü machen könnten.«

Pearl holte ihr Notizbuch heraus. »Für wie viele Gäste?«

»Nicht mehr als zehn. Am frühen Abend, gegen sieben, und das Wetter soll gut werden. Deshalb dachte ich, wir sollten hier draußen essen. Das Haus hat so eine locker-legere Atmosphäre, und entsprechend stelle ich mir auch das Essen vor. Etwas Sommerliches, aber durchaus Deftiges. Nur Seafood. Deshalb habe ich sofort an Sie gedacht. Das Essen war übrigens ganz hervorragend, als wir mit den Harcourts bei Ihnen waren.«

Pearl lächelte. »Gibt es einen speziellen Anlass für die Einladung?«

Sarah Berthold schüttelte den Kopf. »Wir wollen uns lediglich für Roberts und Phoebes Gastfreundschaft revanchieren. Aber wie üblich wird mein Mann auch noch ein paar Geschäftsfreunde einladen.« Sie gab einen leisen Seufzer von sich.

Pearl hörte auf, sich Notizen zu machen. »Ja, ich … habe von dem Großprojekt in Canterbury gehört.«

»Ach so, das Hotel ist nur eines von vielen Bauvorhaben. Leo ist einfach nicht zu bremsen. Er verbringt praktisch sein ganzes Leben damit, seine … ›Investitionen zu schützen‹, wie er es ausdrückt. Er kann einfach nicht anders. Das ist es, was ihn antreibt.« Sie lächelte verhalten und griff nach der Stempelkanne, als aus dem Haus eine Stimme kam.

»Ma? Wo bist du?«

»Hier draußen«, antwortete Sarah Berthold. Kurz darauf erschien Alex Berthold in der Tür. Er trug nur weite Bermudas, kein Hemd, keine Schuhe. Seine eisblauen Augen richteten sich kurz auf Pearl. »Oh, Entschuldigung. Ich wusste nicht, dass jemand hier ist.« Er kam auf Pearl zu. »Sie sind aus dem Restaurant, nicht wahr?«

»Ja.« Pearl lächelte.

Alex sah seine Mutter an, als wollte er weitere Informationen haben.

»Ich wollte Pearl bitten, das Essen für das Dinner am Freitag zu liefern.«

Alex sah Pearl eine Weile an, während er das verarbeitete.

»Cool«, sagte er schließlich lächelnd, während seine Mutter, sichtlich erleichtert über seine Reaktion, mit der Hand in Richtung Küche deutete. »Mit Frühstück musst du noch etwas warten, aber wir haben Kaffee …«

»Kein Problem«, sagte Alex schnell. »Ich muss sowieso gleich wieder los und besorge mir unterwegs was.« Er wandte sich zum Gehen, aber seine Mutter fragte rasch:»Wo willst du hin?«

»Freunde treffen«, antwortete Alex ziemlich gereizt. Als überdächte er seine Reaktion, drehte er sich noch einmal langsam um und lächelte Pearl an.»Dann bis Freitag.«Als er den Kopf zurückwarf, tropften Duschwasserperlen von seinem blonden Haar auf den warmen Boden der Terrasse. Und dann, plötzlich wieder versöhnt, beugte er sich zu seiner Mutter hinab und drückte ihr einen kurzen Kuss auf die Wange.»Ciao, Ma.«

Sarah Berthold sah ihrem Sohn hinterher, bis er im Haus verschwand, dann wandte sie sich mit einem flüchtigen Lächeln Pearl zu.»Entschuldigen Sie bitte wegen eben. Wahrscheinlich sollte ich nicht so neugierig sein, aber ich weiß nie so recht, was er alles vorhat.«

»Das kenne ich«, versicherte ihr Pearl.»Ich habe auch einen Sohn.«

Sarah Berthold sah sie fragend an.

»Charlie studiert in Canterbury.«

Sarah Berthold lächelte.»Alex ist gerade mit der Schule fertig geworden und setzt erst mal ein Jahr aus.«

»Macht er keine Reise?«

Sarah Berthold wirkte leicht verlegen, als sie den Hals reckte, um zu beobachten, wie Alex in seine Surfschuhe schlüpfte und das Haus verließ.»Nein«, sagte sie schließlich.»Alex hatte letztes Jahr gesundheitliche Probleme, deshalb hielten wir es für besser, wenn er noch ein Jahr wartet, bis er mit dem Studium anfängt.«

»Hoffentlich nichts Ernstes.«

»Nein, nein«, erklärte Sarah Berthold bestimmt.»Das ist jetzt alles überstanden.«

Als Pearl Sarah Bertholds Blick folgte und Alex einen teuren Jetski auf einen Anhänger hieven sah, musste sie daran denken, wie lang Charlie einmal hatte warten müssen, bis Pearl es sich leisten konnte, ihm ein neues Skateboard zu kaufen. »Wie Sie sehen«, fuhr Sarah Berthold fort, »geht es ihm bestens. Normalerweise schnorchelt er lieber, wenn wir Urlaub machen. Wir haben auch ein Haus in Kapstadt«, fügte sie hinzu, »aber die letzten Sommer haben wir auf Sardinien verbracht. In der Zeit zwischen Juni und September habe ich Alex kaum zu sehen bekommen.« Sie runzelte kurz die Stirn. »Umso mehr freut es mich, dass wir dieses Jahr etwas Zeit miteinander verbringen können. An Ostern sind wir sogar nach Holland und Belgien gefahren.« Ihr Lächeln kehrte zurück, als der Jetski davonrauschte. »Wo waren wir gleich wieder?«

»Beim Menü für Freitagabend«, sagte Pearl. »Ich hätte da eine Idee. Wie fänden Sie etwas Italienisches für den Hauptgang?«

»Pasta?«

»Nein. Ein Gericht aus Livorno. Meeresfrüchte im eigenen Sud.«

»Klingt wunderbar. Können wir Näheres vielleicht morgen besprechen?«

Bevor Pearl etwas erwidern konnte, ertönte die Türglocke. »Das ist wahrscheinlich Alex. Vermutlich hat er was vergessen. Entschuldigen Sie mich bitte einen Moment.« Sie ging in die Küche, und Pearl folgte ihr langsam. Im Wohnzimmer blieb sie stehen und blickte sich um. Eine offene Treppe führte zu einer Galerie hinauf, von der fünf Schlafzimmer abgingen, die meisten mit einem herrlichen Blick aufs Meer, auch wenn das Haus in Sarah Bertholds Augen nur »skurril« war.

In diesem Moment öffnete Sarah Berthold die Eingangstür. »Inspektor …«

Pearl, die sich sofort umdrehte, sah McGuire auf der Veranda stehen. Sein Blick traf sich kurz mit ihrem, bevor er seine Aufmerksamkeit wieder Sarah Berthold zuwandte. »Ich sehe, Sie haben gerade zu tun.«

»Das habe ich eigentlich immer«, antwortete Sarah Berthold mit einem entschuldigenden Lächeln. Wie um ihre Aussage zu bestätigen, begann in diesem Moment auch noch das Telefon zu klingeln, und Sarah Berthold hielt hektisch die Hand an die Stirn. »Entschuldigung, Inspektor. Würden Sie mich bitte kurz entschuldigen?« McGuire nickte, und Sarah Berthold entfernte sich rasch, um ans Telefon zu gehen. Sobald es aufgehört hatte zu klingeln, kam McGuire ins Haus und sah Pearl an. »Was machen Sie denn hier?«

»Die Aussicht genießen.« Sie schaute an ihm vorbei aufs Meer hinaus. »Und Sie?« Da McGuire nicht antwortete, musterte Pearl ihn kurz, bevor sie fortfuhr: »Sie lassen sich noch immer nicht in die Karten schauen, hm? Aber mich haben Sie doch inzwischen von der Liste Ihrer Verdächtigen gestrichen?«

»Da wäre ich mir nicht so sicher.«

»Sind Sie mir deshalb gestern Abend nach Hause gefolgt?«

McGuire sagte nichts, aber sein Blick sprach Bände.

»Ich habe unerwarteten Besuch von Vinnies Frau bekommen.«

»Ich weiß«, sagte McGuire. »Ich habe gerade mit ihr gesprochen.«

»Ach?«

»Sie ist heute Morgen auf die Wache gekommen – angeblich, weil Sie ihr dazu geraten haben.«

Pearl überlegte kurz. »Ich dachte schon, sie hätte sich aus dem Staub gemacht.«

»Wieso hätte sie das tun sollen?«

In dem darauf eintretenden Schweigen war ganz leise die Stimme Sarah Bertholds zu hören, die nebenan telefonierte. Pearl wandte sich wieder McGuire zu. »Haben Sie schon überprüft, ob Tina Rowe tatsächlich am Freitag in England eingetroffen ist?«

McGuire wiederholte seine Frage: »Warum hätte sie sich aus dem Staub machen sollen?«

Pearl stellte fest, dass McGuire die paar Tage, die er im Laufe seiner Ermittlungen in Whitstable verbracht hatte, gut bekommen zu sein schienen. Von seinen Augenwinkeln breiteten sich noch immer blasse Lachfältchen aus, aber seine straff über die Wangenknochen gespannte Haut hatte inzwischen eine gesunde Bräune, und sein Haar sah etwas heller aus als bei ihrer ersten Begegnung in dem schäbigen Vernehmungszimmer. Sie lächelte. »Was halten Sie davon, wenn ich Ihnen das gleich bei einem Drink erzähle?«

Pearl war nicht ganz sicher, ob ihr Vorschlag McGuire reizte oder nervte, aber sie kam nicht mehr dazu, das herauszufinden, da sich Sarah Berthold im Nebenzimmer gerade von ihrem Anrufer verabschiedete und rief: »Entschuldigen Sie bitte, Inspektor, ich komme sofort.«

»Lassen Sie sich ruhig Zeit«, rief McGuire zurück, aber sein Blick blieb auf Pearl geheftet. »Wo?«

»Um halb sieben im Continental?«, schlug Pearl vor.

Bevor McGuire jedoch antworten konnte, tauchte Sarah Berthold zwischen ihnen auf. »Ich bin noch nicht einmal dazu gekommen, Sie miteinander bekannt zu machen.« Sie hielt inne. »Inspektor McGuire, das ist …«

»Miss Nolan«, sagte er rasch. »Wir kennen uns bereits.« Pearl lächelte, als er sie dabei ansah.

Kurz darauf, nachdem sie sich von Sarah Berthold verabschiedet hatte, stand Pearl auf der Promenade und schaute zum Beacon House hoch; bei dem Gespräch zwischen McGuire und Sarah Berthold hätte sie liebend gern Mäuschen gespielt. Doch dann blickte sie die Küste hinunter. Die Flut setzte ein, aber von Alex und seinem Jetski war nichts zu sehen. Das einzige Geräusch war aufgeregtes Kindergeschrei, das von einem

Krabbensammelwettbewerb kam, der am Strand gerade begonnen hatte. Pearl holte ihr Handy heraus und wählte eine gespeicherte Nummer. Der Anruf wurde sofort zu einer Mailbox weitergeleitet.

»Hallo, Charlie. Ich bin's.« Sie lächelte in sich hinein. »Könntest du mir einen Gefallen tun?«

Später am Abend, das Restaurant war bereits geschlossen, saß Pearl in ihrem Garten. Auf dem alten Bistrotisch, den sie vor kurzem zu einem Spottpreis erstanden hatte, standen zwei Gläser Pfefferminztee. Nach ein paar frisch aufgesprühten Schichten Rousseau-Green-Lack sah der Tisch aus, als käme er aus einem der schicken Lädchen in der Harbour Street – und das umso mehr, als Tizzy gerade daran saß. »Heißt das, du hast es dir anders überlegt und willst jetzt doch nach Rezept kochen?«, fragte sie und griff nach ihrem Teeglas. »Nein«, antwortete Pearl. »Nur bei deinem mache ich mal eine Ausnahme.« Lächelnd blickte Pearl auf die Blätter hinab, die Tizzy gerade für sie beschrieben hatte. Diesmal sah Charlies Freundin wie ein Starlet aus den 50er Jahren aus, fand Pearl. Der hochsitzende Pferdeschwanz, zu dem sie ihr langes Haar zusammengebunden hatte, brachte ihren zarten Hals und die feinen Wangenknochen noch besser zur Geltung, und sie sah aus wie eine junge Brigitte Bardot. »Selbstverständlich erwarte ich nicht, dass du dich sklavisch daran hältst«, sagte Tizzy. »Inzwischen kenne ich ja deine Philosophie beim Kochen.«

»Vielleicht findest du mich deshalb ein bisschen zickig«, sagte Pearl. »Das bin ich aber nicht. Es ist nur … dass Kochen für mich eine reine Instinktsache ist und ich meinem Instinkt vertraue.«

»In allem?«

»Fast.« Pearl hielt Tizzys Blick stand, bevor sie sich mit der Hand etwas Luft zufächelte. »Langsam wird es hier draußen ganz schön heiß. Sollen wir vielleicht lieber nach drinnen gehen?«

Als Pearl ihr Glas nahm und Tizzy ins Wohnzimmer folgte, kam sie sich vor wie ein alter Fuchs, der einer jungen Gazelle nachstellte. Plötzlich kam ihr der Gedanke, dass es einfach an Tizzys Jugend und Schönheit lag, dass sie sich so eigenartig fühlte, und nicht daran, dass sie Charlies neue Freundin war. Im Wohnzimmer beugte sich Tizzy vor, um sich die gerahmten Fotos auf einem Beistelltisch anzusehen. »*Tesoruccio*«, rief sie entzückt. »Wie süß er hier aussieht.« Sie betrachtete lächelnd ein am Reeve's Beach aufgenommenes Foto, auf dem Charlie noch ein kleiner Junge war. »Das war auch bei einem Oyster Festival«, sagte Pearl. »Wir haben an der Street Krabben gesammelt und einen Preis gewonnen.« Pearl schaute über Tizzys Schulter auf das alte Foto. Mit dem Beacon House im Hintergrund und den vielen Kindern, die wie an diesem Nachmittag am Strand herumwuselten, schien es, als wäre die Zeit stehengeblieben. Als ob sie Pearls Gedanken lesen könnte, sagte Tizzy: »Du hast dich überhaupt nicht verändert.«

»Oh, das habe ich sehr wohl«, antwortete Pearl leise.

»Aber schau doch«, sagte Tizzy. »Selbst die Sachen, die du anhast. Das Foto könnte erst gestern aufgenommen worden sein.«

Darüber dachte Pearl kurz nach. »Das ist das Gute an Vintage-Sachen – sie kommen nie aus der Mode. Und ich muss zugeben, dass ich diese fliederfarbene Seidenweste immer noch habe. Allerdings habe ich sie schon Jahre nicht mehr getragen.« Sie lächelte. »Sie steht dir sehr gut«, sagte Tizzy. Doch dann merkte Pearl, dass das Mädchen nicht mehr das Foto ansah, sondern sie. »Du und Charlie, ihr steht euch sehr nahe«, sagte sie.

Pearl nickte. »Ja, wir sind eine intakte kleine Familie. Und du? Hast du Geschwister?«

Tizzy zuckte mit den Achseln.»Nur meine Mutter. Wie Charlie«, fügte sie hinzu.»Wir sind beide allein.«
»Einzelkinder«, korrigierte Pearl sie.»Dann fehlst du deiner Mutter bestimmt sehr, seit du hier bist.«
»Sie hat Verständnis dafür, dass ich hier mein eigenes Leben führe.« Als Tizzy dabei Pearl ansah, lächelte sie kurz – so als spürte sie die Notwendigkeit, die Stimmung aufzuheitern.»Ich habe einige Zeit gebraucht, um herauszufinden, was ich wirklich will.«
»Die Bühne.« Pearl lächelte.
Tizzy nickte.»Nur schade, dass mir das nicht schon früher klargeworden ist. Ich habe erst mal eine Auszeit genommen, um zu reisen und alles Mögliche auszuprobieren. Aber jetzt weiß ich, das ist das Richtige für mich.« Sie legte nachdenklich den Kopf auf die Seite.»Ich studiere gern Menschen, du auch?«
»Studieren?«, fragte Pearl.
»Ja, ich finde es einfach spannend, wie sich Menschen … zu erkennen geben. Durch Blicke, kleine Bemerkungen, die unzähligen Hinweise, die wir ständig unbewusst geben. Da sind wir doch alle gleich, oder etwa nicht? Wir können gar nicht anders.«
Tizzy stellte ihren Pfefferminztee ab, und Pearl fühlte sich plötzlich bloßgestellt. Wie viel von sich hatte sie Tizzy schon verraten? Sie verspürte das Bedürfnis, das Thema zu wechseln.
»Charlie hat mir erzählt, dass er dich in einem Theaterstück gesehen hat. Er war schwer beeindruckt von deinem Auftritt.«
Tizzy schüttelte den Kopf.»Das war nur eine Studentenaufführung. Aber es hat Spaß gemacht.«
»Welches Stück habt ihr aufgeführt?«
»Ach … wir haben eigentlich nur improvisiert. Vielleicht war es gerade deshalb so speziell. Wie Kochen ohne Rezept?«
Pearl erwiderte Tizzys Lächeln, und kurz sahen sie sich an, bis Tizzy rasch auf die Uhr schaute.»Jetzt muss ich aber wirklich los.«

»Soll ich dich irgendwo hinbringen?«, fragte Pearl.

»Danke, nicht nötig. Ich habe es nicht weit. Nur eine Probe. Wir dürfen den Raum in der alten Coastguard-Station benutzen.«

»In Whitstable?«

Tizzy lächelte.»Das war Charlies Idee. Er hilft mir sehr. In jeder Hinsicht.« Sie stand auf, aber dann zögerte sie.»Kommst du zu dem Konzert?«

»Das würde ich mir doch nie entgehen lassen«, erwiderte Pearl.

»Gut.« Lächelnd hängte sich Tizzy einen Stoffbeutel über die Schulter und ging zur Tür.»Und melde dich einfach, wenn du zu dem Rezept noch Fragen hast.«

Tizzy beugte sich vor und küsste Pearl leicht auf beide Wangen, bevor sie durch den Garten zur Promenade ging. Dort hob sie die Hand und winkte. Aber als Pearl zurückwinkte, merkte sie, dass sie den Arm wesentlich länger als nötig hoch hielt, weil sich Tizzy nicht umblickte. Zurück im Haus, sah Pearl das Rezept auf dem Couchtisch liegen und las es noch einmal durch. Dabei achtete sie jedoch nicht so sehr auf die Wörter selbst, sondern auf das, was sie sonst noch vermittelten. Die Handschrift war sauber, fehlerlos, nichts durchgestrichen, nur große kringelige Buchstaben, die selbstbewusst die Seite füllten. Aber irgendetwas an der Schrift war eigenartig, und Pearl merkte schnell, was es war: Statt auf der Seite voranzustreben, waren die Buchstaben gegen die Schreibrichtung geneigt. Und noch etwas wurde Pearl bewusst. Sie ertappte sich dabei, dass sie beim Lesen die Augen zusammenkniff, aber sie führte es auf das helle Sonnenlicht zurück, das von dem Blatt Papier in ihrer Hand zurückgeworfen wurde. Deshalb ließ sie den Gedanken, es könnte Zeit für eine Brille werden, erst gar nicht an sich herankommen.

Um 18 Uhr 15 saß McGuire auf einem bequemen Sofa in der Bar des Continental Hotel. Sein Lieblingsgetränk war eigentlich ein bernsteinfarbenes mexikanisches Pils, aber da die Hotelbar, um mehr Gäste anzulocken, über eine reiche Auswahl an Bieren verfügte, zog er zunächst ein Himbeerweißbier in Erwägung, bevor er sich schließlich für etwas entschied, was sich Oyster Stout nannte. McGuire schenkte sich gerade in ein hohes Glas ein, als er merkte, dass ein kleiner Junge neben ihm stehen geblieben war und ihn beobachtete. McGuire blickte sich in der vollen Bar um. Es waren mehrere Familien unter den Gästen, aber keine von ihnen schien ein Kind zu vermissen. McGuire bedachte den Jungen mit einem aufgesetzten Lächeln, doch der Kleine, als ob er den Mangel an Aufrichtigkeit spürte, reagierte nur mit einem geräuschvollen Schniefen, das zwei dünne Schleimspuren unter seiner Nase hinterließ. McGuire stellte sein Glas ab und wollte gerade eine Bedienung rufen, als er Pearl mit einem Glas Wein in der Hand auf sich zukommen sah. »Entschuldigung, aber ich wurde aufgehalten.« Sie lächelte, und der kleine Junge schaute mit einem erneuten Schniefen zu ihr hoch. Ganz automatisch nahm Pearl eine Serviette vom Tisch und putzte dem Kleinen die Nase. In diesem Moment tauchte eine sonnenbrandgerötete Frau auf und packte den Jungen an der Hand. »Da bist du ja!« Die Frau sah Pearl an. »Entschuldigen Sie bitte, aber er nimmt gerne mal Reißaus.« Sie lächelte entschuldigend und eilte mit ihrem Sohn auf einen Mann zu, der sich am Eingang mit einem Buggy herumschlug. Pearl wandte sich McGuire zu. »Ich nehme mal an, Sie haben keine?«

McGuire sah sie an. »Keine was?«

»Kinder.«

»Ist mir das so deutlich anzusehen?«

»Nur ein bisschen.«

Pearl stellte ihre Handtasche ab und wollte sich gerade setzen, als sie jemanden in die Bar kommen sah. Marty Smiths Miene hellte sich sofort auf, als er sich umblickte und Pearl entdeckte. Er steuerte schnurstracks auf sie zu.

»Hast du es also doch noch geschafft?« Marty trug nicht seine gewohnte Cornucopia-Montur, sondern ein schwarzes Sakko und Jeans, und legte ein gewinnendes Lächeln an den Tag. Pearl sah ihn verständnislos an.

»Na, zu unserer Versammlung«, erklärte er stirnrunzelnd, als er sich Pearls verdutzter Reaktion bewusst wurde. »Sollen wir noch was trinken, bevor wir reingehen?«

Pearl schaute schuldbewusst auf das Weinglas in ihrer Hand. »Ich bin eigentlich ... mit Inspektor McGuire hier.« Martys Blick folgte dem Pearls zu dem Mann, der neben ihr saß. »Ich helfe ihm bei seinen Ermittlungen«, fügte sie zur Erklärung hinzu.

»Ach so«, sagte Marty kurz angebunden und starrte zwischen den beiden ins Leere. »Na ... dann will ich nicht weiter stören.« Mit gekränkter Miene machte Marty einen Schritt zurück, dann drehte er sich um und stapfte in Richtung Bar davon. Pearl setzte sich und griff nach ihrem Weinglas, während McGuire Marty nachschaute. »Ihr Freund?«

Pearl bedachte McGuire mit einem schiefen Blick. »Mein Gemüsehändler.«

»Er scheint aber sehr von Ihnen angetan«, bemerkte McGuire, der mitbekam, dass Marty von der Bar immer noch zu ihnen herüberspähte. »Aber das wissen Sie wahrscheinlich selbst.« Er sah wieder Pearl an. Sie wollte etwas sagen, aber er kam ihr zuvor. »Warum haben Sie mir das nicht erzählt?«

»Was soll ich Ihnen nicht erzählt haben?«

»Dass Sie mal bei der Polizei waren.«

Das vage Lächeln auf Pearls Lippen verflog schlagartig, und sie stellte ihr Glas ab. »Sie haben tatsächlich nachgeforscht.«

McGuire sah sie unverwandt an. Er wartete immer noch auf ihre Antwort.

»Das ist lange her«, sagte sie schließlich.

»Trotzdem würde es mich interessieren.«

»Wie mein Detektivbüro?«

McGuire betrachtete sein Oyster Stout. »Ein Detektivbüro kann jeder aufmachen, aber nicht viele Privatdetektive waren bei der Polizei.«

»Ich habe bei der Polizei aufgehört.«

»Warum?«

Kurz fühlte sich Pearl unter McGuires Blick wie in einer Falle gefangen. »Aus persönlichen Gründen.« Sie nahm einen Schluck Wein. »Im Übrigen sind wir nicht hier, um über mich zu sprechen.«

»Warum sind wir dann hier?«, fragte McGuire.

»Wegen zwei Leichen«, sagte Pearl unverblümt. »Ein höchst unwahrscheinlicher Unfall auf See und … ein nicht weniger unwahrscheinlicher Todesfall aufgrund natürlicher Umstände.« Sie hielt kurz inne. »Soll ich weitermachen?«

McGuire zuckte mit den Achseln. »Ganz wie Sie wollen.«

Pearl sagte erst einmal nichts, sondern sammelte ihre Gedanken. »Ich nehme an, inzwischen liegen Ihnen die forensischen Befunde, die genauen Todesursachen und -zeitpunkte sowie die an den Tatorten sichergestellten Beweismittel vor.«

McGuire hob den Finger, aber Pearl fügte rasch hinzu: »Falls eine Straftat vorliegen sollte.« Sie dachte kurz nach. »Ich gehe davon aus, dass Ihr Superintendent Gewissheit haben will, dass jegliche Eventualitäten, verdächtige Begleitumstände betreffend, ausgeschlossen werden können.« Sie sah McGuire vielsagend an. »Zwischen den zwei Opfern besteht erwiesenermaßen eine Verbindung …«

»Zwischen den zwei Todesfällen«, korrigierte McGuire sie.

»Aber Sie haben immer noch einige unbeantwortete Fragen.«

McGuire nahm einen Schluck von seinem Oyster Stout.

»Wie zum Beispiel?«

»Erstens, ein erfahrener Fischer ist normalerweise nicht so unvorsichtig, in die Schlinge seiner Ankerkette zu treten. Zweitens, alle Indizien deuten darauf hin, dass Vinnie zum Zeitpunkt seines Todes den Anker lichten wollte und kaum noch einmal ausgeworfen haben dürfte.«

»Die vollen Austernkörbe ...«

»... und der leere Sortiertisch deuten darauf hin, dass er bereits eine Weile vor Anker gelegen haben dürfte. Er war an diesem Tag mit der Arbeit fertig.«

McGuire dachte eine Weile nach. »Und wenn der Unfall beim Lichten des Ankers passiert ist?«

Pearl schüttelte den Kopf. »In diesem Fall hätte sich der größte Teil der Ankerleine zusammen mit der Kette im Wasser befunden. Sie hätte nicht auf Deck gelegen, und Vinnie hätte nicht hineintreten können.«

Das ließ sich McGuire kurz durch den Kopf gehen. »Und die zweite Leiche?«

»Hier ist der Fall noch klarer. Stroud ist mit der Maschine aus Palma nach England gekommen. Ich kann mit Sicherheit sagen, dass er am Tag seines Todes um sechzehn Uhr zwanzig in Whitstable war, weil er zu diesem Zeitpunkt zu mir gekommen ist. Er hat mein Büro um sechzehn Uhr fünfundvierzig wieder verlassen.« Sie hielt inne. »Wir beide wissen, dass eine Leiche zwanzig Stunden nach Eintritt des Todes infolge der Totenstarre steif und unbeweglich wird. Kurz danach setzt der Verwesungsprozess ein.« Sie nahm einen Schluck Wein. »Da der Verwesungszustand von Strouds Leiche schon sehr weit fortgeschritten war, als ich sie fand, müsste er den Herzinfarkt meines Erachtens bereits wenige Stunden nach dem Treffen mit mir erlitten haben.« Sie sah McGuire fragend an.

»Das trifft es in etwa.«

»Wir müssen uns also folgende Fragen stellen: Wie hat es ihn in dieses verlassene Strandhäuschen an den Tankerton Slopes verschlagen? Und, noch wichtiger, wer hat seine Leiche in der Hütte eingeschlossen?« Sie sah McGuire forschend an. »Selbst vorausgesetzt den äußerst unwahrscheinlichen Fall, dass die Tür des Strandhäuschens von außen von jemandem verriegelt wurde, der nicht wusste, dass Stroud sich in der Hütte befand – also von irgendwelchen Jugendlichen oder Spaziergängern –, hätte es auf jeden Fall einige Kraft erfordert, den Riegel durch die Metallringe zu schieben.«

»Folglich?«

»Folglich gehe ich davon aus, dass sich auf der Stange Fingerabdrücke befunden haben.«

»Allerdings«, erwiderte McGuire. »Ihre.«

»Aber ich habe die Tür nicht verriegelt. Ich habe sie nur geöffnet.«

Darüber dachte McGuire kurz nach. »Also gut, dann gehen wir einfach mal davon aus, dass Ihre Version des Tathergangs zutreffend ist. Wenn Vinnie Rowes Tod kein Unfall war und jemand anders dabei seine Hand im Spiel hatte – wer könnte das sein?«

Pearl lächelte. »Motiv. Methode. Gelegenheit. Was wissen wir bereits? Dass Vinnie Schulden hatte? Das hat mir seine Lebensgefährtin Connie erzählt, und Sie wissen es vermutlich aus seinen Bankunterlagen, zu denen Sie inzwischen bestimmt Zugang erhalten haben. Es war ein Risiko für Vinnie, sich selbständig zu machen, aber ich glaube – selbst wenn es jetzt niemanden mehr interessiert –, dass er es geschafft hätte. Er war ein guter Fischer und wusste, was er tat. Vinnies einziges Problem war, finanziell so lange durchzuhalten, bis seine Austernbestände Gewinn abgeworfen hätten. Dieses Jahr konnte er zum ersten Mal Pazifische verkaufen, und im September hätte er auch heimische ernten können. Ich hätte ihm mit Bestellungen unter die Arme gegriffen, und nach und nach hätten das bestimmt auch andere Restaurants getan.«

»Alles nur Spekulationen«, sagte McGuire.

»Aber wir wollten doch meine Version mal durchspielen.«

Pearl griff nach ihrem Glas, doch dann zögerte sie.

»Was ist?«, fragte McGuire, als er merkte, dass Pearl jemanden ins Auge gefasst hatte, der gerade zur Tür hereinkam.

»Das ist Vinnies ehemaliger Chef, Frank Matheson.«

McGuire sah, wie Matheson an die Bar ging und sein beiges Leinensakko ablegte.

»Haben Sie schon mit ihm gesprochen?«, fragte Pearl.

»Warum sollte ich das?«

»Weil er es sehr persönlich genommen hat, als Vinnie bei ihm ausgestiegen ist. Schon Sam Weller hat gesagt, dass Armut und Austern zusammengehören, aber Frank Matheson scheint die Ausnahme von dieser Regel zu sein.«

»Sam wer ...?«

»Jetzt hören Sie aber mal. Haben Sie etwa nie *Die Pickwickier* gelesen?«

McGuires Blick beantwortete die Frage.

»Jeder weiß, dass Matheson ein paar Millionen mit Austern gemacht hat, aber jemand wie er könnte vermutlich in alles investieren und hätte damit Erfolg. Ein Getriebener. Ohne ihn gäbe es wahrscheinlich gar keine Austernfischerei mehr in Whitstable, aber das Einzige, was ihn antreibt, ist Geld. Sonst nichts.«

Ein Kellner eilte auf Matheson zu, um den wichtigen Gast zu begrüßen und ihn ein paar Stufen hinauf zu einem Tisch im vollen Restaurant zu führen. McGuire, der Pearl aufmerksam beobachtet hatte, bemerkte: »Sie scheinen diesen Mann nicht besonders zu mögen.«

»Das können Sie laut sagen. Vinnie hat über zwanzig Jahre für ihn gearbeitet, und Matheson hätte ihm durchaus etwas entgegenkommen können, ihm zum Beispiel eine Gewinnbeteiligung anbieten. Das hat er aber nie getan. Auch als er sich selbstständig gemacht hat, hat er ihn nicht unterstützt.«

»Vielleicht hielt er es für zu riskant.«

Pearl schüttelte den Kopf. »Nein. Matheson wusste, dass Vinnie einige Zeit brauchen würde, um aus den roten Zahlen zu kommen. Ich glaube, er hat einfach damit gerechnet, dass Vinnie die Luft ausgeht und er dann wieder bei ihm angekrochen kommt.«

McGuire schien nicht überzeugt. »Ein Mann macht sich selbständig. Das ist für seinen alten Chef doch kaum ein Mordmotiv.«

»Ich überprüfe nur meine Zutaten.«

McGuire schaute sie verständnislos an. Pearl lächelte. »Anhaltspunkte für ein Verbrechen sind wie die Zutaten eines Gerichts, finden Sie nicht? Wenn man sie richtig kombiniert, kann etwas richtig Gutes dabei herauskommen.«

»Meinen Sie?«, entgegnete McGuire nüchtern.

»Ach, kommen Sie. Jedes Lebensmittel hat seinen ganz speziellen Geschmack, oder etwa nicht? Und genauso verhält es sich mit den Menschen. Manche sind süß, andere säuerlich ...« Sie schaute in Mathesons Richtung. »Manche richtig sauer ... Und wieder andere haben eine seltsame, nicht zu beschreibende Beschaffenheit. Ein bisschen wie Umami.«

»Wie was?« McGuire runzelte die Stirn.

»Dieser würzige Geschmack, den man von fermentierten und eingelegten Lebensmitteln kennt. Misosuppe, schwarze Oliven, Sardellen ...«

»Worauf wollen Sie hinaus?«

»Das Gespräch mit Tina Rowe gestern Abend hat einen gewissen Nachgeschmack bei mir hinterlassen, wie Chinin in Tonic Water. Sie ist verbittert und voller Selbstmitleid. Aber an ihrer Stelle wäre ich das wahrscheinlich auch.«

McGuire sah Pearl fragend an, worauf sie fortfuhr: »Sie und Vinnie haben einen Sohn verloren. Darüber sind sie nie hinweggekommen. Tina fing zu trinken an, und Vinnie fing was mit Connie an, die damals im Duke of Cumberland als Bedienung gearbeitet hat. Als Tina davon Wind bekam, hat sie sich davongemacht, nicht ohne vorher ihr gemeinsames Bankkonto abzuräumen. Ein paar Wochen später hat sie ihm dann von der Costa del Sol eine Postkarte geschickt. Vinnie war untröstlich, am Boden zerstört. Aber er hat sich von Connie trösten lassen.« Pearl sah McGuire wissend an. »Tina hat mir erzählt, sie wäre am Freitagabend mit dem Flieger angekommen. Es wäre kein großes Problem für mich, herauszufinden, ob das stimmt. Noch einfacher wäre es allerdings, wenn Sie es mir sagen würden.«

McGuire überlegte kurz, bevor er antwortete. »Sie hat die Wahrheit gesagt.«

»Können Sie auch nachprüfen, ob sie davor schon mal in England war?«

»Wann?«

»Vor zwei, drei Wochen.«

»Warum interessiert Sie das?«

»Weil etwa zu diesem Zeitpunkt Connie Verdacht zu schöpfen begann, Vinnie könnte etwas mit einer anderen Frau haben.«

»Mit seiner Ex?«

Pearl schüttelte den Kopf. »Vinnie und Tina haben sich nie scheiden lassen, aber wenn Tina zu dieser Zeit in Spanien war, kann sie nicht diese Frau gewesen sein – falls es eine solche überhaupt gegeben hat.«

McGuire runzelte die Stirn. »Und wenn er doch mit jemand fremdgegangen ist?«

Pearl sagte nichts, sondern sah den Inspektor nur vielsagend an, worauf dieser ihre Gedanken prompt in Worte fasste. »Connie könnte ein Mordmotiv haben. Eifersucht?«

»Ein Alibi würde allerdings die Gelegenheit dazu ausschließen.« Pearl wartete auf McGuires Reaktion. Sein Blick verriet ihr alles, was sie wissen wollte. »Sie hat aber keines.«

»Sie war zum Zeitpunkt des Mordes zu Hause. Allein.«

Pearl sah McGuire nachdenklich an. »Und zum Zeitpunkt von Strouds Tod?«

»War sie spazieren.«

»Zeugen?«

McGuire schüttelte langsam den Kopf.

Nach kurzem Nachdenken sagte Pearl: »Okay. Wir wissen also, Stroud ist in Manston angekommen und hat sich am Flughafen wahrscheinlich einen Leihwagen genommen ...«

»Dem GPS seines Navis zufolge ist er direkt hierher gefahren.«

»Ins Continental?«

McGuire nickte.

»Wissen Sie, welches Zimmer er hatte?«

McGuire holte sein Notizbuch heraus und blätterte darin. »Zweiundvierzig.«

»Das ist eine Suite«, sagte Pearl. »Mit Meerblick.« Sie stutzte. »Hat ihn, nachdem er mein Büro verlassen hat, noch irgendjemand gesehen?«

McGuire schüttelte den Kopf.

»Dann müssen wir dem weiter nachgehen.«

»Wir?«

»Sie sind der Einzige, der Zugang zu den forensischen Befunden hat. Ich kann Ihnen bei allem anderen behilflich sein: Kontakte, Beziehungen, Kenntnis der hiesigen Verhältnisse.«

McGuire sah sie argwöhnisch an. Pearl beeilte sich, hinzuzufügen: »Keine Angst, ich erzähle Ihnen alles, was ich herausfinde.«

»Warum sollte ich Ihnen vertrauen?«

»Weil Sie wissen, dass ich mal bei der Polizei war, und weil Sie mich inzwischen von der Liste Ihrer Verdächtigen gestrichen haben.«

McGuire sah sie durchdringend an.

»Jetzt stellen Sie sich nicht so an«, fuhr Pearl fort. »Ich bin auch eine Zeugin, oder haben Sie das schon vergessen? Ich kann Ihnen Beweise und Informationen liefern … was ich übrigens bereits getan habe. Betrachten Sie mich also einfach als nützliche Informantin, wenn Ihnen das die Sache leichter macht.«

Sie wartete auf McGuires Reaktion, aber er ließ sich Zeit, und schließlich stellte er eine weitere Frage. »Wie heißt dieser schwer zu beschreibende Geschmack noch mal?«

»Umami.«

McGuire steckte das Notizbuch in seine Jackentasche zurück. »Hört sich irgendwie ziemlich fischig an.«

»Unterschätzen Sie den Geschmackssinn nicht, Inspektor. Man hört mit nur einem Sinn, aber schmecken tut man mit fünf. Wie schmeckt Ihnen übrigens dieses Bier?«

McGuire blickte auf das Glas in seiner Hand. »Austern sind da jedenfalls keine drin, würde ich sagen.«

»Richtig. Aber wenn Sie es hier vor zweihundert Jahren bestellt hätten, hätten Sie so viele salzige Austern dazu bekommen, wie Sie gewollt hätten. Kostenlos.« Sie beugte sich zu ihm vor. »Sie hätten ordentlich Durst bekommen … und entsprechend mehr Stout bestellt.« Sie grinste. »Eine altmodische Form von Tapas. Und eine gute Kombi. Sollten Sie mal probieren.« Sie trank ihr Glas aus und stand auf. Doch als sie nach ihrer Tasche griff, zögerte sie. »Ach, fast hätte ich's vergessen … haben Sie unter Strouds Sachen ein Fernglas gefunden?«

McGuire schüttelte verständnislos den Kopf. »Warum?«

Sie lächelte, ein bisschen zu unschuldig für seinen Geschmack. »Sie hören von mir.«

Damit machte Pearl sich rasch auf den Weg. McGuire blickte ihr nach und war versucht, sie zurückzurufen, aber sie war bereits in einer Gruppe lärmender Touristen verschwunden. Das war der Moment, in dem McGuire merkte, dass fast jeder im Hotel Continental Austern in der halben Schale aß. Er griff nach einer Speisekarte und überflog sie. Als eine Bedienung vorbeihuschte, entschied sich McGuire endlich. »Dasselbe noch mal.« Er reichte ihr die leere Flasche, und während sie sich entfernte, trank er, was noch in seinem Glas war. Das Oyster Stout war geschmacksintensiv und nussig und gänzlich anders als jedes andere Bier, das er jemals getrunken hatte. Es schmeckte ihm mit jedem Schluck besser.

Statt nach Hause zurückzukehren, fuhr Pearl zur Tankerton Road, direkt am Castle vorbei und zu den Slopes hinauf. Dort holte sie ihr Handy heraus und wählte Charlies Nummer. Wegen des schlechten Empfangs war es in der Gegend manchmal unmöglich, eine Verbindung zu bekommen, aber es gelang ihr, eine kurze SMS an ihn zu schicken, in der sie sich für Tizzys Nummer und das Rezept bedankte. Sie war sicher, dass Letzteres Charlies Neugier wecken würde. Sie steckte das Handy wieder ein und ging zu den Kanonen, überlegte es sich dann aber anders, als ihr Blick auf das alte Fernrohr fiel. Sie hatte schon Jahre nicht mehr hindurchgeschaut und war deshalb nicht sicher, ob es noch funktionierte. Wenn ja, hätte sie gern gewusst, ob es in letzter Zeit von jemandem benutzt worden war. Vielleicht hatte der Betreffende sogar Vinnie beobachtet, wie er an Deck der *Native* seinen Fang sortierte. Pearl warf ein 20-Pence-Stück ein, worauf ein Kreis Tageslicht im Okular erschien. Wenn man das Fernrohr entsprechend drehte, konnte man bis zum Red Sands Fort sehen. Schon fast zehn Jahre lang bemühte sich ein örtlicher Verein darum, die vor sich hin rostenden Türme vor dem weiteren Verfall zu bewahren. Ähnliche Festungsanlagen hatten irreparable Schäden davongetragen, aber am Geschützturm von Red Sands war eine neue Anlegeplattform angebaut worden, die durch das Fernrohr deutlich zu erkennen war. Zugang zum Turm selbst hatte man über zwei etwa zehn Meter hohe Metallleitern, die von der Plattform zur Basis des Turms hinaufreichten. Die Anlage war ein technisches Meisterwerk, und unwillkürlich fragte sich Pearl, ob die Festung noch rechtzeitig vollständig restauriert werden könnte, als plötzlich etwas durch ihr Blickfeld flog. Sie merkte, dass es sich um einen Kitesurfer handelte, der mit einigen anderen vor einer Gruppe am Strand versammelter Schaulustiger seine Kunststücke vollführte. Pearl wollte sich schon vom Fernrohr abwenden, als ihr unter den Zuschauern ein Gesicht ins Auge stach. Ruby beobachtete jedoch nicht die Kitesurfer, sondern lächelte die Person an, die neben ihr stand.

Neugierig geworden, bewegte Pearl das Fernrohr ein Stück zur Seite, um einen Blick auf den Begleiter ihrer jungen Bedienung zu werfen, aber in diesem Moment verstellte ihr jemand die Sicht. Und dann wurde auch noch das Okular schwarz, worauf Pearl in ihren Taschen hastig nach weiteren Münzen zu kramen begann. Als sie in ihrer Handtasche schließlich ein 20-Pence-Stück fand und es einwarf, war von Ruby nichts mehr zu sehen. Sie war vom Strand verschwunden.

Frustriert, dass sich das Fernrohr ausgeschaltet hatte, bevor sie Rubys Begleiter hatte erkennen können, wandte sich Pearl davon ab. Eines stand jedoch bereits fest: Der Ausdruck, den sie gerade auf dem Gesicht von Ruby gesehen hatte, war eindeutig sehr verliebt gewesen.

KAPITEL ZEHN ☆

»Nicht übel, das Foto von dir, Pearl.«
Auf seine Köderschaufel gestützt, betrachtete Billy Crouch
die erste Seite der Lokalzeitung eine Weile, bevor er sie Pearl
zurückgab.

»Danke, Billy.«
Was Pearl nicht sagte, war, dass es sich um eine alte Aufnahme handelte, die sie beim *Courier* aus dem Archiv ausgegraben
hatten. Das schon vor einigen Jahren aufgenommene Foto war
ursprünglich zusammen mit einer Restaurantkritik erschienen
und zeigte eine Pearl, die vor der Austernbar stolz auf ihre Speisekarte zeigte. Unter anderen Umständen hätte sie jede Form
von Publicity begrüßt, wäre da nicht die wenig einfallsreiche
Überschrift »Doppelter Leichenfund für Whitstables Perle«
gewesen, die den Eindruck erweckte, als wären die Todesfälle
auf ihr Essen zurückzuführen.

Es war früher Morgen am Seasalter Beach, und Pearl, die Billy
bei Ebbe ins Watt hinaus gefolgt war, trug dem Anlass entsprechend Gummistiefel und einen Anorak. Billy grub nach Wattwürmern, die er als Köder an die Angelgeschäfte in Whitstable
verkaufte, und ließ gerade grinsend ein besonders schönes Exem-
plar in seinen Eimer fallen. Obwohl schon halb in Rente, fischte
Billy zum Spaß immer noch und warf seine Angel mit Vorliebe
am Strand oder auf der Street aus, wo er einmal einen über vier
Kilo schweren Barsch gefangen hatte. Er deutete mit dem Kopf
auf den Zeitungsartikel. »Haben sie dir viel dafür gezahlt?«

Pearl schüttelte den Kopf. »Ich habe ihnen kein Interview gegeben, und ich kann mir nicht vorstellen, dass sie mir was dafür
gezahlt hätten, wenn ich ihnen eins gegeben hätte.«

Stattdessen hatte ein ehrgeiziger junger Journalist namens Richard Cross jede Menge Nachrichten auf Pearls Mailbox hinterlassen, auf die sie aber nicht reagiert hatte. Cross hatte dann aus den ihm zur Verfügung stehenden Fakten selbst eine Meldung für die Titelseite zusammengeschustert, die mit der Bitte endete, alle, die sachdienliche Informationen beisteuern könnten, möchten sich bei Detective Chief Inspector McGuire von der Kriminalpolizei Canterbury melden. Billy gab ein enttäuschtes Schniefen von sich. »Wenn also jemand von der Presse zu mir kommt, werde ich Max Clifford nicht brauchen?« Pearl lächelte. »Ich glaube nicht, Billy.«

Pearl versuchte nicht länger, sich auf die kleine Schrift der Zeitung zu konzentrieren, sondern blickte stattdessen über das Watt aufs Meer hinaus. Obwohl Seasalter nur zwei Meilen westlich von Whitstable lag und sich eines hervorragenden, mit einem Michelin-Stern ausgezeichneten Restaurants in einem alten, direkt am Wasser gelegenen Pub rühmen konnte, schien es für Pearl ein ziemlich isolierter Fleck zu sein. Die Eisenbahn rauschte ohne Halt daran vorbei, um die Fahrgäste entweder in der einen Richtung nach Ramsgate zu bringen oder in der anderen nach London. Es gab in Seasalter keinen Bahnhof, nur ein paar Bushaltestellen, ein nicht sehr großes Areal, das hauptsächlich mit Bungalows bebaut war, ein paar Wohnwagenparks und einen Küstenstreifen, der an offenes Marschland grenzte. Das Watt erstreckte sich bei Ebbe mehr als eine Meile nach draußen und bot einen nicht gerade überwältigenden Blick auf die Isle of Sheppey mit ihren Wohnwagenparks und den drei Gefängnissen.

Interessanter war für Pearl, dass dieses Gebiet, ein Teil der Swale-Mündung, einst als ein riesiges Gefangenenlager gedient hatte, in dem zur Zeit der Napoleonischen Kriege in vor sich hin rottenden Hulken französische Kriegsgefangene untergebracht waren. Zur gleichen Zeit waren die verlassenen Marschen für den Schmuggel genutzt worden, der damals wegen der zur Finanzierung des Kriegs drastisch erhöhten Zölle aufgeblüht war. Die berühmt-berüchtigte »Seasalter Company« hatte die illegalen Tabak-, Brandy- und Parfümlieferungen in diesem Küstenabschnitt an Land gebracht, worauf sie im Schutz der Wälder von Blean nach London weiterbefördert wurden. Mit Hilfe von Attrappen und raffinierten Signalsystemen, bei denen unter anderem auch Laternen in Fenstern und aus Schornsteinen ragende Besen zum Einsatz kamen, spielten die Schmuggler mit der lokalen Küstenwache Katz und Maus. Hin und wieder ging der eine oder andere von ihnen den Behörden aber dennoch ins Netz. So wurde 1780 der 17-jährige Komplize eines Schmugglers hingerichtet und anschließend in Borstal Hill in Ketten an einem Galgen aufgehängt.

Bei dem Gedanken daran lief Pearl trotz der warmen Morgensonne ein kalter Schauder über den Rücken. Sie holte eine Thermoskanne mit Tee aus ihrem Rucksack und bot Billy einen Becher an, doch der lehnte dankend ab und stocherte weiter mit einer langen Gabel im zähen Schlick. Auch Pearl beschloss, ein bisschen zu stochern, allerdings nicht nach Wattwürmern, sondern nach Informationen. »Wann genau hast du Vinnie zum letzten Mal gesehen?«

Billy zuckte mit den Achseln. »Wie gesagt, er war vor etwa einer Woche hier draußen. Das war das letzte Mal, dass wir miteinander gesprochen haben. Aber ich habe ihn natürlich fast jeden Tag im Hafen gesehen.« Er verstummte und richtete sich kurz auf. »Das letzte Mal muss ein paar Tage vor seinem Tod gewesen sein. Er stand oben auf der Hafenmauer, und ich wäre zu ihm gegangen, wenn ich nicht gesehen hätte, dass er mit Marty geredet hat.«

»Mit Marty Smith?«

Billy nickte.

»Worüber haben sie geredet?«

Billy zuckte mit den Achseln. »Ich bin ja nicht zu ihnen hingegangen. Wollte sie nicht stören.« Er dachte kurz nach. »Hätte ich aber lieber tun sollen.« Er verfiel erneut in Schweigen, bevor er fortfuhr: »Und davor haben wir uns, wie gesagt, etwa vor einer Woche hier draußen getroffen.« Er sah Pearl an. »Er hat genau da gestanden, wo du jetzt stehst.«

»Wollte er sich einfach nur mit dir unterhalten?«

Billy richtete sich wieder auf und legte eine Hand auf seinen schmerzenden Rücken. »Schätze schon«, sagte er nach kurzem Nachdenken. »Manchmal hat er mir auch geholfen. Aber meistens wollte er nur ein bisschen reden. Vor allem im Oktober ist er oft vorbeigekommen. Er hat immer gern die Ringelgänse beobachtet, wenn sie zum Überwintern angeflogen sind.« Billy schaute in den leeren Himmel. »Sie kommen wegen des Seegrases.«

Pearl nickte. »Und worüber habt ihr euch unterhalten?«

»Viel geredet haben wir eigentlich nie. Das war eigentlich auch nicht nötig.«

»Und beim letzten Mal?«

Diesmal blickte Billy zum Horizont und gab einen langen Seufzer von sich. »Na ja, die üblichen Klagen eben, wie es mit den Austern immer mehr bergab geht.« Er blickte nachdenklich auf die Muschel- und Austernschalen zu seinen Füßen hinab. »Ein Trauerspiel, wenn du mich fragst.«

Pearl wusste, was Billy meinte. Am Strand von Seasalter wurden regelmäßig Säcke mit Zuchtaustern angeschwemmt, die Reste einer Kultivierungsmethode, bei der die Saat in Säcken auf sogenannten Tischen auf dem Grund des Mündungsbereichs versenkt wurde. So musste man die Austern dann nicht mit Schleppnetzen ernten, sondern brauchte nur die Säcke aus dem Wasser zu ziehen. Ein Vorteil dieser Aquakulturmethode war, dass dabei weniger Austern ihren natürlichen Feinden zum Opfer fielen, zugleich hatte sie aber auch zur massiven Ausbreitung des Herpesvirus geführt, der, so hieß es, mit Equipment aus Frankreich eingeschleppt worden war. Billy schaute zu den alten ausrangierten Tischen, die wie die Knochen eines rostigen Skeletts auf dem schlammigen Boden lagen.

»Wenn du mich fragst, war ihm an diesem Tag einfach nach menschlicher Gesellschaft. Er wirkte irgendwie ein wenig bedrückt.«

»Weswegen?«

»Ich vermute mal, wegen Shane«, sagte Billy. »Sobald der Eimer voll mit Würmern war, hat er auf einmal so ein eigenartiges Gesicht gemacht und gefragt: ›Was glaubst du, Bill, warum sich junge Leute auf Drogen einlassen?‹« Der alte Mann verstummte und sah Pearl an.

»Und was hast du geantwortet?«

Billy zuckte mit den Achseln. »Was sagt man da schon? Dass das letztlich niemand weiß. Nur der Junge selbst.«

Pearl wurde bewusst, dass sich Vinnie und Tina diese Frage auch selbst unzählige Male gestellt haben mussten. »Erst kürzlich hat Tina genau das Gleiche zu mir gesagt.«

Billy blickte überrascht auf.

»Ja, sie ist hier«, erklärte ihm Pearl. »Sie wohnt in Margate.«

»Dann soll sie auch lieber dort bleiben«, knurrte Billy. »Oder es kracht noch vor der Regatta ganz gewaltig.«

Pearl blickte angestrengt auf die Zeitung, die sie immer noch in der Hand hielt, und Billy merkte, wie schwer ihr das Lesen fiel. Schließlich beugte er sich zu ihr vor und sagte: »Hast du schon mal daran gedacht, dir eine Brille zuzulegen?«

McGuire nahm langsam den Hörer von seinem Ohr. Er hatte schon einige Zeit auf eine Pause in dem Redeschwall gewartet, der aus seinem Telefon kam, und jetzt ergriff er die Gelegenheit. »Danke. Werde ich, Sir«, beendete er das Gespräch rasch und legte auf. Halb rechnete er damit, dass das Telefon wieder zu klingeln begänne, aber es blieb still. McGuire atmete auf. Er hatte Welch in aller Ruhe über den neuesten Stand der Ermittlungen in Kenntnis gesetzt, doch dann hatte der Superintendent das Gespräch plötzlich auf ganz ähnliche Weise an sich gerissen, wie das auch Pearl Nolan immer wieder zu tun pflegte. McGuire hatte seinem Vorgesetzten nichts über Pearl Nolan erzählt. Nicht alles jedenfalls. Er traute ihr einfach nicht über den Weg. Da aber seine Männer bisher kaum brauchbare Informationen hatten beschaffen können, sah er keinen Grund, Pearl daran zu hindern, auf eigene Faust Nachforschungen anzustellen. Immerhin lebte sie in Whitstable, und vielleicht hatte sie Glück und tat einen brauchbaren Zeugen auf, der etwas zur Aufklärung des Falls beitragen konnte. Bei jedem Ermittlungsverfahren spielt die Zeit eine enorm wichtige Rolle, und die Chancen, einen Verdächtigen mit Hilfe forensischer Beweise mit einer Straftat in Verbindung zu bringen, sind in den ersten achtundvierzig Stunden nach der Tat mit Abstand am höchsten. Aus diesem Grund war auch eine frühe Festnahme immer von Vorteil, wobei McGuire in diesem Fall nicht einmal sicher war, ob überhaupt eine Straftat vorlag. Wenn dem jedoch so war, hatte es Pearl Nolan geschafft, die forensischen Spuren an beiden Tatorten gründlich zu kontaminieren. Auch wenn sie im Innern des Strandhäuschens kaum etwas angefasst hatte, hatte sie doch die Tür geöffnet und die Leiche herumgedreht. Letzteres hatte mit Sicherheit die Verteilung der Leichenflecke beeinflusst, die sich durch das Sammeln von Blut im Gewebe bilden, sobald das Herz zu schlagen aufhört. In der Rechtsmedizin hatten sie sich darüber jedoch nicht groß den Kopf zerbrochen, weil McGuire schon kurz nach Pearl Nolans Entdeckung am Tatort eingetroffen war, so dass der Todeszeitpunkt mehr oder weniger feststand. Außerdem schien es auf den ersten Blick keine verdächtigen Begleitumstände zu geben – wenn man einmal von der von außen verriegelten Tür des Strandhäuschens absah.

Trotzdem war McGuire wegen des zweiten Todesfalls nicht ganz wohl, zumal wegen Vinnie Rowes Schulden ein Zusammenhang zwischen ihm und Stroud bestand. Pearl Nolan wiederum hatte mit beiden Männern etwas zu tun gehabt, was McGuire vor ein Dilemma stellte. Sein Personalkontingent für beide Fälle würde bald beschränkt, und von der Zusammenarbeit mit einem »Informanten« war nicht viel zu erwarten. Zwar hatte er sich schon hin und wieder zu einem solchen Schritt verleiten lassen, aber grundsätzlich waren ihm die Motive solcher Leute suspekt. Ganz besonders galt das für die betrogenen Ehefrauen oder Geliebten, die oft schnell zur Hand waren, alte Rechnungen zu begleichen. In McGuires Augen war sehr viel Wahres an dem alten Spruch »Es gibt nichts Schlimmeres als die Rache einer gekränkten Frau«. Allerdings hatte er auch die Erfahrung gemacht, dass es noch eine zweite Sorte Informanten gab, die sich, hinterhältiger und unberechenbarer, an der Macht berauschten, zu der ihnen wichtige Informationen verhalfen. McGuire wusste nur zu gut, dass man die Kontrolle über ein Verfahren auf keinen Fall aus der Hand geben durfte. Sonst konnte es einem durchaus passieren, dass man einen Hund ins Haus ließ – um den Preis, dass man selbst in der Hundehütte leben musste. Streng genommen musste der Einsatz eines jeden Informanten in aller Form dokumentiert werden, damit die Beziehung zwischen dem Ermittler und ihm nachprüfbar war. Da ihm aber Pearl Nolan ihre Dienste freiwillig und unentgeltlich angeboten hatte, tat sich für McGuire ein Schlupfloch auf. Sein Vorgesetzter wäre alles andere als begeistert gewesen, hätte er herausgefunden, dass er bei seinen Ermittlungen auf eine angehende Privatdetektivin zurückgriff. Ein solches Vorgehen hatte eindeutig etwas Amateurhaftes. Aber McGuire glaubte zu wissen, was er tat. Sollte sich Pearl Nolan ruhig in dem Glauben wiegen, dass sie nicht mehr als Verdächtige galt. Doch er, McGuire, würde vorerst noch keine

Möglichkeit ausschließen. Er stand auf, klappte den Ordner auf seinem Schreibtisch zu und nahm sein Sakko von der Stuhllehne. Ob nun mit oder ohne Pearl Nolan, er war fest entschlossen, weitere Nachforschungen anzustellen.

Das Restaurant war schon fast eine halbe Stunde geschlossen, als Pearl in der Oyster Bar das Licht ausschaltete. Sie blickte auf den Zettel in ihrer Hand, als sie in die Küche ging. »Ruby, steht hier hundert oder …«

»Siebenhundert«, antwortete die junge Bedienung.

Jetzt sah Pearl, dass Ruby recht hatte. »Klar«, sagte sie, »jetzt sehe ich es auch.«

»Was?«

»Dass die Sieben einen Querstrich hat.« Pearl deutete auf die Ziffer auf Tizzys Rezept und merkte, dass Ruby sie beobachtete. »Die Beleuchtung hier drinnen ist wirklich nicht besonders.«

Ruby blickte sich um. »Wieso? Was soll mit dem Licht sein?«

Pearl schaute stirnrunzelnd auf Tizzys Rezept und gelangte zu einer ernüchternden Einsicht. Es lag weder am Licht noch an der Handschrift noch an der Größe der Schrift. Es lag an ihren Augen. Warum machte sie sich noch etwas vor? Dolly hatte schon seit Jahren eine Lesebrille, die ihr mit ständig wechselnden bunten Gestellen an einer strassbesetzten Kette um den Hals hing. Die Brille war ein notwendiger Bestandteil ihres Lebens geworden, und inzwischen betrachtete sie sie genauso wie ihre Kleider: als einen Ausdruck ihrer Persönlichkeit. Pearl dagegen hatte Mühe, in einer Brille etwas anderes zu sehen als den Beweis dafür, dass man alt wurde.

Ruby, die gerade mit dem Hacken eines kleinen Haufens Knoblauchzehen auf ihrem Brett beschäftigt war, arbeitete schneller. Sie hatte sich bereit erklärt, an diesem Abend länger zu bleiben, um bei der Vorbereitung des neuen Gerichts zu helfen. Aber jetzt diente es ihr dazu, von dem heiklen Thema

Pearls nachlassenden Sehvermögens abzulenken. »Was soll das eigentlich werden?«, fragte sie gut gelaunt.

»*Cacciucco livornese*. Eine Art Fischsuppe.«

»Kommt das jetzt auf Dauer auf die Speisekarte?«

»Nein, ich will das nur mal für einen Kunden ausprobieren.« Pearl nahm Rubys Schneidbrett und schüttete den Knoblauch auf die Zwiebeln, die sie bereits in einer Pfanne zu dünsten begonnen hatte. In Tizzys Rezept war zwar nicht von Zwiebeln die Rede gewesen, aber Pearl konnte nicht anders, als zu improvisieren. Als die Zwiebeln glasig wurden, fügte sie etwas Petersilie und einen kräftigen Schuss Weißwein hinzu, den sie unter regelmäßigem Rühren einkochen ließ. Da sie sich bis auf die Verwendung von grätenreichem Fisch an das Rezept gehalten hatte, war sie zuversichtlich, dass das Gericht gelingen würde. Es enthielt Rochen, Petersfisch und Knurrhahn, nur die fleischigen Kalmarstücke und die frische Großkopfmeeräsche waren Pearls Idee gewesen. Tizzy hatte gesagt, dass für das Gericht so viele Fischsorten verwendet werden sollten, wie es Cs in *cacciucco* gab. Pearls Variante enthielt auch Baby-Oktopus, Krabben, Mies- und Venusmuscheln.

»Ist das Essen für eine richtige Dinnerparty?«, fragte Ruby.

»Eine ganz so förmliche Angelegenheit wird es wohl nicht. Ein Abendessen bei der Familie, die neulich mit den Harcourts hier war. Sie wohnen oben im Beacon House.«

Ruby sagte nichts. Sie wusch sich inzwischen die Hände und hatte Pearl den Rücken zugewandt.

»Hättest du Lust, mir morgen Abend zu helfen?«

Ruby drehte sich rasch um. »Beim Kochen?«

»Nein, bei den Vorbereitungen und beim Service.«

Pearl entging nicht, dass Ruby interessiert war. Deshalb fügte sie hinzu: »Es wäre nicht schwieriger als das, was du im Moment hier machst. Und du würdest doch gern etwas dazulernen, oder nicht?«

Ruby biss sich auf die Unterlippe, dachte über den Vorschlag nach und nickte schließlich.

»Gut«, sagte Pearl lächelnd. »Das Wetter müsste morgen Abend eigentlich gut werden, und das Haus und der Blick sind einfach umwerfend.«

»Das kann ich mir denken«, sagte Ruby mit einem leichten Seufzer und begann, ihr Schneidbrett zu säubern. Pearl ergriff die Gelegenheit, um sie zu fragen: »Kann es sein, dass ich dich gestern Abend dort unten gesehen habe?«

Ruby stutzte und ließ Leitungswasser in die Spüle laufen, als hätte sie Pearls Frage nicht gehört.

»Am Strand«, setzte Pearl nach. »Ich war oben auf den Slopes und bilde mir ein, du hättest den Kitesurfern zugesehen.«

Nach einer Weile stellte Ruby den Wasserhahn ab und wandte sich, immer noch mit dem Schneidbrett in der Hand, Pearl zu. »Da müssen Sie mich mit jemandem verwechselt haben.«

»Wirklich?« Pearl runzelte die Stirn.

Ruby nickte. »Ich bin gestern Abend sofort nach Hause gegangen.« Und mit einem verlegenen Lächeln fügte sie hinzu: »Könnte es sein, dass Sie eine Brille brauchen, Pearl?«

Bevor Pearl etwas erwidern konnte, ertönte das cartoonartige Trällern eines Klingeltons, das so gar nicht zu Rubys Gesichtsausdruck passte, als sie auf die Anruferkennung schaute. Sie wandte sich von Pearl ab, bevor sie dranging. »Hallo?«

Pearls Fischfond köchelte in der Pfanne geräuschvoll vor sich hin, während Ruby dem Anrufer zuhörte. Die pinkfarbene Quaste an ihrem Handy baumelte hektisch hin und her, und als sie sich schließlich wieder umdrehte, war Pearl sofort klar, dass irgendetwas nicht stimmte.

»Nein, ich … komme gleich«, stammelte Ruby. Dann beendete sie das Gespräch und starrte abwesend auf ihr Handy.

»Was ist?« Pearls Stimme schien das Mädchen in die Gegenwart zurückzuholen.

»Das war gerade eine Schwester aus dem Altersheim«, sagte Ruby bedrückt. »Sie sagt ... Oma ist völlig aus dem Häuschen und will mich unbedingt sehen.«

Pearl zögerte nur kurz. »Dann musst du auch hinfahren.« Ruby verzog frustriert das Gesicht. »Und was ist damit?« Pearl blickte sich in der Küche um, auf die Arbeitsplatte mit den Zutaten für die neue Fischsuppe und auf die Pfanne mit dem einkochenden Fischfond. Sie machte den Herd aus und stellte eine Schüssel mit Fisch und Muscheln in den Kühlschrank. Dann nahm sie Rubys Jacke von einem Haken neben der Tür und reichte sie ihr. »Komm, ich fahre dich hin.«

Auf dem Weg nach Canterbury kamen sie zügig voran, da die meisten Autos nach Whitstable unterwegs waren und nicht umgekehrt. Mary Hills Altersheim lag in einem Stadtteil, der, obwohl er gar nichts »Raues« hatte, Rough Common hieß. Fairfax House war ein großer Bau im georgianischen Stil, der von einer gepflegten Parkanlage umgeben war. Pearl fand einen Parkplatz, stellte den Motor ab und wandte sich Ruby zu. »Soll ich mit reinkommen?«

Ruby nickte kurz, und Pearl fasste das Mädchen am Arm, als sie auf einem gepflasterten Yorkstoneweg zum Eingang gingen. An den Wänden des imposanten Foyers hingen viktorianische Porträts, und während Ruby mit der Empfangsdame sprach, wartete Pearl an einem kleinen antiken Tisch, auf dem eine große Vase mit Lilien stand. Auf den ersten Blick schienen die Blumen der Umgebung eine persönliche Note zu verleihen, doch bei genauerem Hinsehen merkte Pearl, dass die kleinen Wassertropfen auf den Blütenblättern von dichtem Staub überzogen waren. Alles an dem Ambiente hatte etwas Künstliches und Aufgesetztes, einschließlich der scheinbar heiteren Atmosphäre. »Omas Zimmer ist im zweiten Stock«, sagte Ruby. »Wir sollen einfach raufgehen.«

Die Tür des Lifts im Foyer stand offen, und Pearl und Ruby betraten die Kabine, worauf sich die Tür geräuschlos hinter ihnen schloss. In den verspiegelten Wänden der Liftkabine sah Pearl, dass Rubys Miene zunehmend besorgter wirkte. Auf ihrer jugendlich glatten Stirn zeigten sich tiefe Falten, und sie nagte angespannt an ihrer Unterlippe.

»Alles okay?«

Ruby zuckte schuldbewusst mit den Achseln. »Es tut mir furchtbar leid.«

»Was?«

»Na ja, das alles hier. Die Schwestern sind zwar tüchtig, und sie können Oma was geben, damit sie sich wieder beruhigt, aber … manchmal gelingt das auch mir … durch meine bloße Anwesenheit.« Sie lächelte gequält. »Manchmal will sie die Schwestern nur ärgern, wie ein großes Kind. Aber manchmal, wenn ich im Heim anrufe und mich nach ihr erkundige, merke ich sofort, dass irgendetwas nicht stimmt. ›Heute ist was mit ihr‹, sagen sie dann, und ich weiß genau, was sie meinen. Dann ist sie tatsächlich wie ein vollkommen anderer Mensch. Überhaupt nicht mehr wie meine Oma.« Sie verstummte kurz. »Jedes Mal, wenn ich sie besuchen komme, ist ein bisschen weniger von ihr übrig.«

Dieser Gedanke ließ Pearl nicht mehr los, als der Lift anhielt und die Tür aufging. Sie traten auf den Flur hinaus, und Ruby ging ein paar Schritte nach rechts, bevor sie zögernd stehen blieb und sich zu Pearl umblickte. »Ich gehe lieber erst mal allein rein, ja?«

»Klar.« Pearl nickte und setzte ein aufmunterndes Lächeln auf. Ihr wurde bewusst, wie jung Ruby aussah, als sie die Tür zum Zimmer ihrer Großmutter öffnete.

Allein auf dem Flur, starrte Pearl geistesabwesend auf eine Wand, an der mehrere kleine Drucke mit Jagd- und Waldszenen hingen. Es war die natürlichste Sache der Welt, dass das

Leben endlich war, aber für Ruby schien das besonders schwer zu akzeptieren zu sein. Nachdem sie so jung ihre Mutter verloren hatte, verlor sie jetzt auch noch nach und nach ihre Großmutter.

Ein Mann und eine Frau, beide in mittlerem Alter, gingen rasch an Pearl vorbei in Richtung Lift. Der Mann nickte ihr zum Gruß zu, die Frau kämpfte gegen ihre Tränen an. Ihre Hand klammerte sich fest um den Griff ihrer Leinwandtasche, bis sich die Lifttür hinter ihnen schloss. Unwillkürlich fragte sich Pearl, ob auch sie Dolly eines Tages an einem Ort wie diesem besuchen müsste. Um sich abzulenken, holte sie ihr Handy heraus und schrieb ihrer Mutter eine SMS, wo sie war und was passiert war.

Gerade als sie damit fertig war und das Handy wieder einsteckte, kam Ruby mit einem leeren Krug in der Hand aus dem Zimmer ihrer Großmutter. Pearl stand auf. »Wie geht es ihr?«

»Sie ist ziemlich durcheinander«, sagte Ruby. »Zuerst hat sie mich gar nicht erkannt.« Sie blickte auf den Krug in ihrer Hand hinab. »Ich hole ihr etwas Wasser.«

»Lass mich das doch machen«, sagte Pearl, die froh war, etwas tun zu können, aber Ruby schüttelte den Kopf.

»Ich weiß, wo ich hinmuss. Könnten Sie bei ihr bleiben, bis ich wieder zurück bin?«

Mit einem dankbaren Lächeln eilte Ruby davon, während Pearl zaghaft auf die Zimmertür von Rubys Großmutter zuging.

Mary Hill war immer eine stämmige Frau mit einem kerzengeraden Rücken und einem Busen wie ein Schiffsbug gewesen. Doch wie sie jetzt mit dem Rücken zur Tür auf einem Stuhl saß, war sie kaum mehr wiederzuerkennen, ängstlich und zerbrechlich, von den Dämonen ihrer Demenz geplagt. Die letzten Sonnenstrahlen, die auf sie fielen, warfen einen langen Schatten auf den Boden, einen Schatten ihrer selbst, dachte

Pearl, als sie sich neben die alte Frau setzte. »Ich bin's, Mary«, sagte sie leise. »Pearl.«

Mary Hill wandte den Blick vom Fenster ab und richtete ihn auf Pearls Gesicht. Um ihre schmalen Lippen spielte ein Lächeln, und sie nickte. »Pearl …« wiederholte sie, als versuchte sie sich selbst zu überzeugen. »Dolly Nolans Tochter.« Pearl ergriff lächelnd ihre Hand und schaute auf die vielen Fotografien an der Wand. Sie zeigten eine lächelnde Ruby in ihrer Vorschuluniform; einen Weihnachtsabend in der Wohnung im Windsor House, in der Ruby den Baum schmückte; ein lächelndes Paar im Konfettiregen vor einem Standesamt, der Bräutigam in einem weißen Smoking, die Braut in einem weißen Bolerojäckchen und einem von mehreren Petticoats gebauschten Rock. Unwillkürlich fragte sich Pearl, ob das tatsächlich Mary war. Das Foto daneben, das etwa zwanzig Jahre später aufgenommen war, zeigte eine hübsche junge Frau, die wie eine ältere Version von Ruby aussah und Pearl mit ihrem an den Seiten kurz geschnittenen Haar unwillkürlich an Human League und ihren 80er-Jahre-Hit »Don't You Want Me?« denken ließ. Nicht nur Pearl, auch ein anderes Mädchen hatte diese Platte geliebt: Rubys Mutter Kathy Hill, die mit einem in sich gekehrten Lächeln von Mary Hills Zimmerwand blickte.

»Er ist tot, oder?« Mary Hills Stimme riss Pearl aus ihren Gedanken, und als sie sich Rubys Großmutter zuwandte, nickte die alte Frau mit Nachdruck. »Der Austernfischer, Vinnie Rowe. Sie war hier und hat mir alles erzählt.«

»Wer? Ruby?«

»Nein.« Mary schüttelte den Kopf. »Sadie. Billy Crouchs Frau. Eine schreckliche Geschichte.« Die alte Frau betupfte sich mit einem Taschentuch die Nase, bevor sie es in den Ärmel ihrer Strickjacke steckte. Dann huschte ein besorgter Ausdruck über ihr Gesicht, als sie sich im Zimmer umblickte. »Wo ist sie hin?«

»Sie holt Wasser, aber sie ist gleich zurück.«

In diesem Moment fiel ein besticktes Kissen von Marys Stuhl. Sie blickte sich hilflos um, aber Pearl hob es vom Boden auf und schob es der alten Frau wieder hinter den Rücken. Mary ergriff Pearls Hand. »Du bist ein gutes Mädchen. Du kümmerst dich doch um sie?« Bevor Pearl antworten konnte, huschte Marys Blick zu den Fotos an der Wand. »Ich kann es jetzt nicht mehr, weil sie zu weit weg ist. Aber du kannst es. Du kannst dich für mich um sie kümmern, denn sie braucht noch jemanden. Vor allem jetzt, wo er ihr den Kopf verdreht hat.«

Pearl sah die alte Frau erstaunt an. »Wer?«

»Der Junge«, sagte Mary Hill. »Er ist nichts für sie, Pearl. Das habe ich von Anfang an gespürt, aber es gibt nichts, was ich dagegen tun könnte. Jedenfalls nicht, solange ich hier bin.« Ihre Finger gruben sich tief in die Haut von Pearls Hand, ihre Augen suchten nach einer Bestätigung in ihrer Miene.

»Mary, was redest du denn da …«

»Nein«, erklärte die alte Frau mit Nachdruck. »Ich weiß, was er vorhat. Deshalb musst du mir versprechen … Du musst mir versprechen, dass du auf meine Kleine aufpasst. Wenn nicht, wird er nämlich noch ihr Tod.« Mary verstummte, um Atem zu schöpfen, und Pearl sah Angst in ihren Augen flackern.

»Das verstehe ich nicht. Wer soll ihr Tod werden?«

Marys faltige Lippen öffneten sich, um etwas zu sagen, aber ihr Mund blieb offen stehen, als wüsste er keine Antwort. Pearl merkte, dass ihre Aufmerksamkeit von etwas anderem in Anspruch genommen wurde. Ruby war ins Zimmer gekommen und sagte: »So, Oma, da bin ich wieder.« Mit einem Krug Wasser in der Hand durchquerte sie rasch das Zimmer. »Ich hab dir doch gesagt, dass du dir keine Sorgen zu machen brauchst. Mum hat nichts mehr zu befürchten, es geht ihr gut.« Sie goss rasch Wasser in das Glas ihrer Großmutter und reichte es ihr.

»Gut?«, fragte Mary Hill.

»Ja«, sagte Ruby behutsam. »Nichts – und niemand – kann ihr noch etwas anhaben.«

In der Stille, die darauf eintrat, schaute Mary Hill langsam von Ruby zu Pearl. »Ja«, murmelte sie schließlich. »Du hast recht. Niemand kann ihr mehr weh tun.«

Von diesem Gedanken getröstet, nahm sie das Glas von ihrer Enkelin entgegen und begann daraus zu trinken. Ruby sah Pearl an. »Sie können jetzt ruhig fahren«, flüsterte sie. »Ich kann über Nacht hierbleiben.«

»Meinst du wirklich?«, fragte Pearl.

Ruby nickte und lächelte, und ihre Großmutter nickte ebenfalls. Pearl stand auf und ging langsam zur Tür. Als sie sich dort noch einmal umblickte, sah sie, dass Ruby inzwischen ihren Platz eingenommen hatte. Ihre Großmutter hatte sich beruhigt und sah jetzt aus wie ein besänftigtes Kind, als Ruby mit ihren kleinen Händen über ihr graues Haar strich. Ohne dass eine der beiden es mitbekam, schlüpfte Pearl zur Tür hinaus und schloss sie lautlos hinter sich.

Eine halbe Stunde später stand Pearl vor der Eingangstür des Seaspray Cottage. Im Haus klingelte das Telefon. Sie schloss hastig die Tür auf und griff nach dem Hörer, aber der Anrufer hatte die Geduld verloren. Wenige Augenblicke später begann das Handy in Pearls Tasche zu klingeln. Es war Dolly. »Wie geht's dem alten Mädchen?«

»Besser, seit Ruby bei ihr ist.« Pearl legte ihre Jacke ab und ließ sich in einen Lehnsessel plumpsen. »Mir war vorher nicht bewusst, wie sehr sie abgebaut hat – oder wie Ruby damit zurechtkommt.«

Nach kurzem Schweigen antwortete Dolly: »Junge Leute sind manchmal wesentlich belastbarer, als man denkt.«

Pearl wusste, dass ihre Mutter recht hatte, aber bevor sie etwas erwidern konnte, fuhr Dolly rasch fort: »Hör zu, Sadie Crouch hat mich vorhin angerufen. Sie hat mit dem Pastor gesprochen, der inzwischen bei Connie war, und wie es aussieht, hast du recht: Die Polizei will Vinnies Leiche noch nicht freigeben. Ein Begräbnis wird es vorerst noch nicht geben, aber am Freitagabend wollen wir uns treffen.«

»Uns treffen?«

»Zu einer Art Trauerfeier«, erklärte Dolly. »Wegen des Festivals haben sie beschlossen, sie im Neptune abzuhalten.« Sie hielt kurz inne. »Ich habe für uns beide zugesagt.«

Pearl schwieg und dachte kurz nach.

»Pearl?«

»Ja, ich bin noch dran«, antwortete sie und lauschte abwesend dem Abendläuten der Glocken von St. Alphege.

»Dann geh erst mal schlafen. Wir reden morgen weiter.«

Dolly legte auf, und Pearl drückte die Trenntaste. Als sie das Handy in ihre Tasche zurücksteckte, entdeckte sie dort etwas, was sie fast vergessen hatte. Sie zog die zerknüllten Seiten mit Tizzys Rezept heraus und blickte abwesend auf sie hinab. Es gab mehrere Punkte, die ihr keine Ruhe ließen, aber sie war fest entschlossen, zumindest einen davon am nächsten Morgen zu klären.

KAPITEL ELF ✫

»Besser oder schlechter?«

Pearl konzentrierte sich auf die Buchstabenreihe im Leucht-
kasten des Optikers, und obwohl es sie große Überwindung kostete, musste sie zugeben, dass sie deutlich besser sehen konnte.
Henry Blunkell, der Besitzer des Brillengeschäfts in der High
Street, lächelte Pearl hinter seinen dicken Brillengläsern hervor
an. Seine Untersuchung hatte nicht einmal zwanzig Minuten
gedauert und hatte Pearl buchstäblich vor Augen geführt, was
sie seit langem nicht hatte wahrhaben wollen: Sie brauchte eine
Brille.

»Diese hier ist nur zum Lesen«, erklärte ihr Blunkell, als er
das Rezept ausschrieb. »Aber zum Autofahren werden Sie auch
eine brauchen. Vor allem nachts.«

»Warum?«

Der Optiker blickte von seinem Computer auf und sah, dass
Pearl gereizt die Stirn runzelte. »Ich meine, warum muss das
ausgerechnet jetzt passieren, obwohl ich mein ganzes Leben
lang gut gesehen habe?«

Blunkell zuckte mit den Achseln. »Mit zunehmendem Alter
erschlafft eben alles ein bisschen ...«

»Sehr charmant.«

»Unter anderem auch die Augenmuskulatur«, fügte Blunkell
rasch hinzu.

»Bin ich jetzt also kurzsichtig?«

Blunkell kratzte sich an seiner ergrauenden Schläfe und versuchte es mit einer professionelleren Erklärung. »Ihr Zustand
ist weit verbreitet und nennt sich Presbyopie oder Altersweit-
sichtigkeit.«

Pearl sah den Optiker fassungslos an. »Ich bin achtunddrei-
ßig, nicht achtundsiebzig ...«

»Im Juni neununddreißig«, korrigierte Blunkell sie. »Es ist
völlig normal, dass dieser Prozess in der Phase zwischen vierzig und fünfzig einsetzt. Die Linse verliert an Flexibilität, und
gleichzeitig hat der Ziliarmuskel Probleme mit der Scharfstel-
lung.« Niedergeschlagen blickte Pearl auf das Rezept, das ihr
Blunkell gerade in die Hand gedrückt hatte. Der Optiker sah
sie über seine Hornbrille hinweg an. »Gegen das Alter kommen
leider auch Sie nicht an, Pearl.«

Zehn Minuten später hatte Pearl alle möglichen Gestelle anpro-
biert. Schmale ließen ihr Gesicht großflächig erscheinen, breite
erdrückten es. Schließlich entschied sie sich für die unsicht-
barste Brille, die sie finden konnte, aber das durchsichtige Ge-
stell ließ sie blaustrumpfig und ernst erscheinen – zwei Dinge,
die Pearl eindeutig nicht war. Als ihr Blick auf das Preisschild
fiel, bekam sie große Augen, und nachdem sie bezahlt und erfahren hatte, dass ihre Brille in zwei Tagen zur Abholung bereit
sei, verließ sie das Geschäft mit dem Gefühl, bei diesem Besuch
nur verloren zu haben.

Draußen auf der Straße wimmelte es von Touristen, die in
der Hitze ihre Shorts und frischen Sonnenbrände spazieren
führten. In einer Gruppe geschäftsmäßig gekleideter Männer, die auf der anderen Straßenseite standen, erkannte Pearl
neben dem Stadtrat Peter Radcliffe mehrere Mitglieder der
Handelskammer sowie das eine oder andere Gesicht vom Or-
ganisationskomitee des Festivals. Mit Klemmbrettern bewehrt,
gingen sie von Geschäft zu Geschäft, um die verschiedenen
Schaufensterdekorationen zu bewerten. Als die Gruppe vor
dem Cornucopia stehen blieb, kam Marty nach draußen, um
sie zu begrüßen. Sogar von der anderen Straßenseite konnte Pearl sehen, dass sein Schaufenster ein Gewirr aus grünen,

von tropischen Blüten durchsetzten Netzen war. Knallbunt und kitschig, sollte das Ganze eine Palmeninsel darstellen, an deren Strand eine Schatztruhe angespült worden war, aus der Austernschalen, Mangos und Ananas quollen. Von einer Kokospalme, auf der ein ausgestopfter Papagei hin- und herschwang, hingen Bananen. Marty, der Pearl noch nicht entdeckt hatte, redete aufgeregt gestikulierend auf die Juroren ein, die sich hastige Notizen machten, während er vermutlich sein Tableau erläuterte. Pearl beobachtete ihn eine Weile, bekam dann aber ein schlechtes Gewissen dabei. Als sie darauf die belebte High Street in Richtung Horsebridge überquerte, sah sie eine vertraute Gestalt, die gerade mit einem gelbbraunen Plastikordner unter dem Arm aus einem der Bürohäuser kam.

Connie Hunter steckte ihr Handy in ihre Handtasche und schaute in Richtung Harbour Street, wo gerade ein dicht mit Urlaubern besetzter Stadtrundfahrtenbus mit offenem Verdeck auf die nächste Haltestelle zufuhr. Eine Weile nahm der Bus Pearl die Sicht, aber sobald er wieder losgefahren war, konnte sie sehen, dass Connie immer noch auf dem Gehsteig stand und nervös in Richtung Harbour Street schaute. Kurz darauf hielt ein eleganter schwarzer Wagen neben ihr, und Connie öffnete lächelnd die Beifahrertür, um einzusteigen. Als das Auto losfuhr, konnte Pearl erkennen, dass Frank Matheson am Steuer saß.

Eine Weile stand Pearl wie angewurzelt da und versuchte, sich einen Reim auf das eben Gesehene zu machen. Als sie merkte, dass die Passanten um sie herumgehen mussten, überquerte sie die Straße, um aus der Nähe einen Blick auf das Haus zu werfen, aus dem Connie gerade gekommen war. Barrett and Collins war eine alteingesessene Kanzlei, der sich vor kurzem einige weitere Anwälte angeschlossen hatten. Pearl studierte die Namen der Neuzugänge, die auf einer Messingtafel neben dem Eingang standen, und betrat schließlich das Haus.

In einem stickigen Vorzimmer blickte eine junge Frau mit schwarzer Stachelfrisur auf einen Computermonitor und sprach dabei in ein Headset. Pearl wartete, bis sie das Telefongespräch beendet hatte, dann trat sie an ihren Schreibtisch und stieß aufgeregt hervor:»Eigentlich wollte ich mich hier mit einer Freundin treffen, aber ich bin in einen Stau geraten. Ist sie noch hier?«

Pearl schaute auf ihre Uhr, die Empfangsdame runzelte die Stirn.»Und wer genau soll das sein?«

»Connie Hunter. Ich glaube, sie hatte einen Termin bei Mr. Barrett.«

Die Empfangsdame zog den Computer zu Rate. Schließlich blickte sie leicht verwirrt auf.»Nein. Sie war bei Stephen Ross, aber sie ist vor wenigen Minuten gegangen.« Die Empfangsdame sah Pearl an, als wartete sie auf weitere Fragen, doch Pearl lächelte nur und sagte:»Vielen Dank für Ihre Hilfe.«

Ein paar Stunden später, das Restaurant hatte gerade geschlossen, stellte Dolly eine Schüssel mit Norfolk-Krabben in den Kühlschrank und sagte zu Pearl, die am Herd stand:»Er hat ihr eben einen Gefallen getan und sie im Auto mitgenommen. Was soll schon groß daran sein?«

»Matheson tut niemandem einen Gefallen«, sagte Pearl.»Es sei denn, es springt etwas für ihn dabei heraus.«

»Jetzt zieh mal nicht gleich wieder irgendwelche voreiligen Schlüsse ...«

»Ich erzähle dir nur, was ich gesehen habe.«

»Und das war?«

»Dass sie mit einem Ordner voller Papiere unter dem Arm und ihrem Handy in der Hand aus der Anwaltskanzlei gekommen ist. Wahrscheinlich hat sie ihn gerade angerufen ...«

»Woher willst du das wissen?«

»Weil er unmittelbar danach aufgetaucht ist. Er hat ganz selbstverständlich neben ihr angehalten.«

»Er könnte zufällig vorbeigekommen sein.«

»Sie hat eindeutig auf jemanden gewartet«, sagte Pearl. »Sie hätte den Bus nehmen können, aber stattdessen hat sie auf ein Auto gewartet. Auf sein Auto.«

Dolly deutete Pearls Blick richtig. »Seit ihn Sally Rowden 1981 sitzengelassen hat, interessiert sich Matheson nicht mehr für Frauen. Mit Geld kann er umgehen, aber mit Frauen ist das eine andere Sache.«

»Dann führen sie vielleicht was anderes im Schilde.«

Dolly bedachte ihre Tochter mit einem Seitenblick. »Je früher du diese Brille kriegst, desto besser.«

»Nein, ich meine das vollkommen ernst.«

»Ich weiß. Aber jetzt reg dich mal ab. Du schleichst ja schon durch die Stadt wie ...« Pearls Blick ließ Dolly verstummen.

»Wie wer?«

Dolly dachte kurz nach, doch dann gab sie sich einen Ruck. »Na ja, wie irgend so eine alte Schachtel, die nichts Besseres mehr zu tun hat, als ihre Nase in anderer Leute Angelegenheiten zu stecken.«

Pearl sah ihre Mutter ungläubig an, aber Dolly blieb bei ihrer Meinung. »Wenn man dich so sieht, könnte man wirklich denken, du hättest sonst nichts zu tun. Aber du hast hier eine Firma ...«

»Zwei Firmen«, korrigierte sie Pearl.

»Nein«, konterte Dolly. »Ein Restaurant und ein Hobby, mit dem du bloß deine Zeit vergeudest.«

Pearl hielt dem Blick ihrer Mutter stand. »Jetzt hörst du dich schon an wie McGuire.«

»Vielleicht hat der Schnüffler sogar recht. Du solltest diese Dinge lieber ihm überlassen.«

»Ich helfe ihm mit Informationen ...«

»Hilfst du ihm? Oder machst du ihm Konkurrenz?«, stichelte Dolly. »Halt dich lieber an das, was du kannst.«

»Und das wäre?«

»Dieses Lokal führen. Über dem Eingang steht dein Name und keiner sonst. Darauf kannst du stolz sein.«

Dolly sah ihre Tochter eine Weile an, bis diese sich abwandte, um in einer großen Pfanne zu rühren, die auf dem Ofen vor sich hin blubberte. Da sie merkte, dass sie zu weit gegangen war, näherte Dolly sich ihr und schlug sanftere Töne an. »Was ist bloß los mit dir, Pearl? Genügt dir das alles plötzlich nicht mehr?« Sie seufzte frustriert, als ihre Tochter schwieg. »Auch mir fehlt Charlie, aber er ist jetzt erwachsen. Und er will sein eigenes Leben führen.«

»Er ist doch kaum zwanzig …«, protestierte Pearl.

»Und verliebt«, sagte Dolly. »Weißt du etwa nicht mehr, wie das ist?« In dem Schweigen, das darauf eintrat, wurde Dolly etwas klar. »Offensichtlich nicht«, erklärte sie schließlich. »Und genau das ist vielleicht das Problem.«

Sie wandte sich resigniert ab, aber plötzlich sagte Pearl: »Du täuschst dich. Ich freue mich für Charlie und bin froh, dass er Tizzy gefunden hat.« Als Dolly sich wieder umdrehte, fuhr Pearl fort: »Übrigens habe ich sie gestern zum Tee eingeladen.«

Pearl rechnete mit einer überraschten Reaktion ihrer Mutter, aber stattdessen schaute Dolly nur wissend in die Pfanne auf dem Herd.

»Um sie nach dem Rezept zu fragen?«

Pearl warf einen Blick auf das schmurgelnde *cacciucco* und schloss die Hand fester um den Griff der Pfanne. »Ich … dachte, das könnte genau das Richtige für das Essen bei den Bertholds sein.«

»Und deshalb beschäftigst du dich seitdem unablässig damit?«

»Ich beschäftige mich nicht …«

»Nein, Pearl, du konkurrierst mit ihr. Warum willst du es nicht zugeben? Mir wäre es wahrscheinlich genauso gegangen. Wenn du ein Junge gewesen wärst …«

181

Pearl unterbrach sie gereizt. »Worauf willst du eigentlich hinaus?«

Dolly zuckte mit den Achseln. »Heißt es nicht, dass Mütter eine ganz spezielle Beziehung zu ihren Söhnen haben?«

Pearl sah Dolly vielsagend an. »Im Gegensatz zu Müttern und Töchtern, die immer nur streiten?«

Die Frage blieb unbeantwortet, denn Dolly nahm ihre Schürze ab und ging langsam zur Tür. Sie blieb stehen, bevor sie zurückschaute. »Es tut mir leid.«

»Was tut dir leid?«

»Dass ich an einen wunden Punkt gerührt habe.« Dolly warf noch einmal einen Blick auf die Pfanne auf dem Herd und schlüpfte in ihre Jacke. »Hoffentlich klappt alles heute Abend.« Im nächsten Moment ging die Tür hinter ihr zu.

Sobald Dolly gegangen war, spürte Pearl, wie ihr ganzes Selbstbewusstsein verflog. Sie blickte auf die Pfanne hinab und machte den Herd aus. Die goldgelbe, von Öl und Gewürzen durchsetzte Flüssigkeit hatte von dem Safran, den sie ihr beigefügt hatte, einen warmen Glanz angenommen. Sie griff nach einem Kochlöffel, tauchte ihn in die Soße und hob ihn an ihre Lippen. Prompt verbrannte sie sich den Mund. In einem automatischen Reflex warf sie den Löffel in Richtung Spüle, wo er unter lautem Scheppern landete. Als das Echo verhallt war, zog Pearl Tizzys Rezept aus ihrer Jackentasche und stellte fest, dass sie es besser machen müsste, wenn sich Dollys »Hoffnung« erfüllen sollte.

Am späten Nachmittag kam Ruby wie verabredet in einer frisch gebügelten weißen Bluse und einer schwarzen Hose ins »Pearl's«. Ihr blondes Haar hatte sie in einem strengen Pferdeschwanz aus dem Gesicht gebunden. Es war das allererste Mal, dass Pearl zu bemerken glaubte, dass Ruby ein wenig Make-up aufgetragen hatte, Wimperntusche und zartrosa Lippenstift. Sie sah hübsch aus, wirkte aber nervös, und ihre kleinen Hände zitterten, als sie ein paar widerspenstige Strähnen aus ihrem Gesicht strich. »Okay, wie ich aussehe?«

Pearl lächelte. »Du siehst super aus, Ruby.«

Gemeinsam beluden sie unter Pearls Anleitung den Lieferwagen des Restaurants mit allem, was sie brauchten: Geschirr, Besteck und die diversen Zutaten für das Abendessen bei den Bertholds. Zum Schluss kam Pearls große Pfanne in den Wagen. Fest entschlossen, mit ihren Kochkünsten alle zufriedenzustellen, warf sie die Hecktür zu. Falls Dolly recht hatte und Pearl tatsächlich mit Tizzy »konkurrieren« wollte, lag das sicher daran, dass sowohl durch Tizzys als auch McGuires Auftauchen alte Unsicherheiten wieder hochgekommen waren. Sie musste an ihre vorsichtige Reaktion auf McGuires Frage nach den Gründen ihres Ausscheidens bei der Polizei denken. Ihr Widerstreben, es ihm zu erklären, hatte nichts mit ihm persönlich zu tun gehabt, denn sie ging jedes Mal, wenn sie auf dieses Thema angesprochen wurde, mit einer einstudierten Geschichte darüber hinweg, die so stimmig und überzeugend war, dass wenig Raum für weitere Fragen blieb. Aber als Ermittler hatte McGuire bestimmt ein feines Gespür dafür, wenn ihm etwas verschwiegen wurde, und deshalb auch sicher gemerkt, dass an dieser Geschichte noch mehr war, zumindest mehr, als ihm erzählt worden war. Inzwischen war Pearl bewusst geworden, dass sie ihm vielleicht deshalb die schlichten Tatsachen nicht erklären konnte, weil die emotionale Wahrheit, die ihnen zugrunde lag, wesentlich komplexer war. Das Scheitern der Beziehung mit ihrer ersten großen Liebe und die Aufgabe ihrer beruflichen Karriere waren ihr nähergegangen, als sie jemals zugegeben hätte, nicht einmal sich selbst gegenüber. Aber dieser Abend schien einen Wendepunkt zu markieren, wie eine

Art Katalysator, der es ihr vielleicht ermöglichte, ihrem Leben eine neue Richtung zu geben. Sie setzte sich hinters Steuer, startete den Motor und sah Ruby auf dem Beifahrersitz an. »Dann wollen wir mal.«

Zehn Minuten später waren sie noch nicht weit vorangekommen, weil auf der Straße nach Tankerton dichter Stau herrschte. Die Ampel an der Einfahrt zum großen Parkplatz in Gorrell Tank gegenüber vom Hafen war ausgefallen, was zu den Verkehrsbehinderungen führte. Die als »Tank« bekannte Gegend war eigentlich ein Wasserreservoir, ein ehemaliges Altwasser, das von der Eisenbahngesellschaft ausgebaut worden war, um bei Ebbe Schlick auszuspülen. Inzwischen wurde dort immer noch Wasser herausgepumpt, aber darüber parkten die Autos von Urlaubern. An der Kreuzung stand ein junger Polizist, der gelangweilt den Verkehr regelte. Pearl wandte sich Ruby zu. »Wie geht's deiner Oma?«

Ruby nickte. »Ich war sie heute noch mal besuchen, und es ging ihr wieder wesentlich besser.« Sie verstummte eine Weile. »Aber richtig gesund wird sie wohl nicht mehr werden, oder?«

Pearl suchte nach einer passenden Antwort. »Im Heim ist sie jedenfalls in guten Händen.«

»Ja, ich weiß.« Rubys winzige Hände nestelten nervös in ihrem Schoß herum, während sie abwesend aus dem Fenster starrte.

»Bist du aufgeregt?« Ruby wandte sich wieder Pearl zu, worauf diese hinzufügte: »Wegen heute Abend, meine ich. Dafür besteht aber überhaupt kein Grund. Das kriegen wir schon hin.«

»Klar«, sagte Ruby, von Pearls Lächeln ermutigt.

Das Mädchen war Pearl zusehends ans Herz gewachsen. »Du arbeitest ziemlich viel, Ruby, und dann musst du dich auch noch um deine Oma kümmern. Umso wichtiger ist es deshalb, dass du dir auch immer etwas Zeit für dich nimmst. Was machst du in deiner Freizeit? Zu deinem Vergnügen, meine ich?«

Ruby zuckte mit den Achseln.»Nicht viel. Ich gehe spazieren.«

»Am Strand?«

Ruby schüttelte den Kopf.»Meistens in den Victory Woods – oder in Duncan Down. Dort war ich mit Mum immer, als ich noch klein war.« Sie sah Pearl an.»Haben Sie sie eigentlich gekannt?«

Pearl schüttelte den Kopf.»Erzähl mir von ihr. Was war sie für ein Mensch?«

»Ein Freigeist – sagt Oma jedenfalls immer. Sie und Dad waren typische Hippies. Sie sind mit einem Zigeunerwagen durch die Gegend gefahren, als sie sich kennengelernt haben.«

»Das wusste ich gar nicht.«

»Doch. Sie haben mit anderen Aussteigern im Wald ein Lager aufgeschlagen und sind auf Rockfestivals gegangen und lauter solche Sachen.«

»Vor deiner Geburt?«

Ruby nickte.»Aber wir haben auch noch weiter so gelebt, bis ich in die Schule musste. Oma dachte, ich könnte mich nicht an diese Zeit erinnern, deshalb hat sie mir viele alte Fotos gegeben.« Sie hielt kurz inne.»Aber ich erinnere mich noch sehr gut an alles. An die Wälder und dass Mum damals noch glücklich war. Irgendwann mal werde ich meine Kinder auch dorthin mitnehmen. Wir werden Glockenblumen pflücken und Pilze sammeln und Picknicks machen.« Sie wandte sich lächelnd Pearl zu.»Was man eben so macht, wenn man eine richtige Familie ist.«

Einen Moment verlor sich Pearl in Rubys unschuldigem Lächeln, doch dann merkte sie, dass der junge Verkehrspolizist sie weiterwinkte, und trat aufs Gas.

Direkt vor dem Beacon House war für Pearl auf der Promenade ein Parkplatz reserviert. Ruby half, alles ins Haus zu bringen, und obwohl es noch lange nicht dämmerte, funkelten bereits Lichterketten auf der Veranda. Eine junge Frau arrangierte Blumengestecke auf den Tischen. Nicki Dwyer, groß, attraktiv, mit wallenden schulterlangen roten Haaren, war erst vor wenigen Monaten von London nach Whitstable gezogen, um in der High Street einen Blumenladen zu eröffnen. Pearl wurde bewusst, dass Nicki nicht nur sehr tüchtig sein musste, um den Auftrag von den Bertholds bekommen zu haben, sondern dass auch die Strelitzien in Martys Schaufenster von ihr stammen dürften.

»Wirklich schön die Blumen«, bemerkte Pearl. Nicki war gerade über ein Gypsophila-Gesteck auf dem Haupttisch gebeugt. »Freut mich, wenn es Ihnen gefällt«, sagte Nicki lächelnd. »Mrs. Berthold ist oben im Haus. Sie hat gesagt, Sie sollen einfach raufgehen.«

Pearl hatte schon für genügend Anlässe das Essen geliefert, um zu wissen, dass das Wichtigste dabei war, sich nie aus der Ruhe bringen zu lassen. Die Gastgeber mussten das Gefühl vermittelt bekommen, dass an jedes mögliche Problem gedacht und für eine Lösung gesorgt worden war. Entsprechend machte sich Pearl, als alles ausgepackt war, mit dem *cacciucco* an die Arbeit, während Ruby die Vorspeisen aus frischen Feigen und Kaviar vorbereitete. Es dauerte nicht lange, bis Sarah Berthold in die Küche gerauscht kam.

»Haben Sie alles, was Sie brauchen?«

Als Pearl sich umdrehte, sah sie Sarah Berthold einen der Silberohrringe festmachen, die sie zu dem Anlass tragen wollte. Ihre Schönheit hatte fast etwas Beunruhigendes. Trotz der drückenden Hitze strahlte sie in ihrem langen weißen Kleid und den hochhackigen paillettenbesetzten Espadrilles die Kühle einer Marmorstatue aus.

»Ja, alles.«

Sarah Berthold war erleichtert.»Gut. Leo müsste in einer halben Stunde zurück sein, und die Gäste kommen um halb acht.« Bevor Pearl etwas erwidern konnte, wanderte Sarah Bertholds Blick zum Fenster. Sie hatte auf der Veranda jemanden entdeckt.»Und da ist ja auch Alex. Ich dachte schon, er würde wie üblich zu spät kommen. Wenn Sie mich bitte entschuldigen würden?«

Die Hausherrin entfernte sich, um zu ihrem Sohn auf die Terrasse hinauszugehen. Durch das Fenster sah Pearl, dass er eine verwaschene Jeans, eine weiße Weste und Surfschuhe trug. Er strich sich immer wieder mit der Hand durch sein blondes Haar, während ihm seine Mutter ihre Anweisungen erteilte. Als er schließlich ins Haus kam, wechselte er mit Pearl einen kurzen Blick. Dann stieg er die leise knarzende Treppe hinauf und maulte leicht genervt:»Ja, ja, ich bin ja gleich fertig«, bevor irgendwo im Obergeschoss eine Tür zufiel.

Eine halbe Stunde später, Punkt halb acht, sah Pearl durch dasselbe Fenster die Harcourts mit einem Blumenstrauß und einer Flasche teurem Scotch eintreffen. Robert Harcourt schüttelte Leo Berthold, der die Gäste wie alte Freunde begrüßte, überschwänglich die Hand. Während Ruby eine Platte mit dicken grünen Oliven zu den Gartentischen trug, spitzte Pearl die Ohren, hörte aber nur, wie die Harcourts auf der Veranda Nettigkeiten austauschten, bevor die nächsten Gäste eintrafen. Ein gestresst wirkender kleiner Mann mittleren Alters mit einem verkniffenen Gesicht kam die Treppe zur Veranda herauf und diskutierte gereizt mit der Frau an seiner Seite. Als er Pearl am Fenster stehen sah, verstummte er und drückte auf den Klingelknopf.

»Wer ist das denn?«, flüsterte Ruby, als sie in die Küche zurückkam.

»Peter Radcliffe«, antwortete Pearl. »Und seine Frau Marjorie.«

Ratty Radcliffe, wie er unter den Einheimischen hieß, war ein wortkarger Stadtrat, den Pearl nur zu gut kannte, seit sie sich mit ihm angelegt hatte, weil er in Whitstable ein Einbahnstraßensystem hatte durchsetzen wollen. Dagegen hatte Pearl angeführt, dass andere Städte, die solche verkehrsplanerischen Maßnahmen ergriffen hatten, jeden Charakter verloren hätten, aber Radcliffe war nicht auf Pearls Argumente eingegangen. Er wich nicht von seinem nur der eigenen Eitelkeit dienenden Vorhaben ab, in der Harbour Street eine Fußgängerzone mit »Café-Atmosphäre« zu schaffen, um die der restliche Verkehr hätte herumgeführt werden müssen. Außerdem hatte er sich dafür starkgemacht, verschiedene Ladenketten nach Whitstable zu holen, die den heimischen Geschäften Konkurrenz machen sollten – eine Idee, die ihm schließlich zum Verhängnis geworden war. Die Geschäftsinhaber der Stadt hatten sich mit Pearls Bürgerinitiative zusammengetan und durchgesetzt, dass das Einbahnstraßenprojekt ad acta gelegt wurde. Pearl konnte sich noch gut daran erinnern, wie damals Radcliffes schlechtsitzendes Toupet, das aussah, als hätten wilde Tiere darum gekämpft, bei den Stadtratssitzungen immer wieder für Erheiterung gesorgt hatte. An diesem Abend stellte »Ratty« jedoch unerklärlich dichtes graues Haupthaar zur Schau, das vermutlich unter enormen Kosten auf seinen blanken Skalp transplantiert worden war. Gegenüber dem Toupet war es auf jeden Fall eine Verbesserung, aber der Grauton passte nicht zu den Augenbrauen, die wie zwei dicke Raupen über seinen stechenden Augen klebten. Pearl konnte sich ein Grinsen nicht verkneifen. Es sollte ihr erst vergehen, als ein weiterer Gast auf der Veranda erschien. Der Neuankömmling blickte, den Rücken dem Fenster zugewandt, aufs Meer hinaus, aber an seiner Statur erkannte Pearl sofort Frank Matheson.

Als es zu dämmern begann, servierte Pearl das *cacciucco*. Ruby hatte die Vorspeiseteller bereits abgetragen. Die Bertholds saßen mit ihren Gästen im hinteren Ende des Gartens und sprachen dem hervorragenden Touraine Sauvignon zu, als Pearl sich der Gruppe näherte.

Matheson blickte sie an, aber es war Phoebe Harcourt, die trällerte:»Es freut mich ja so, dass wir euch mit Pearl bekannt gemacht haben.«

Peter Radcliffes verkniffene Miene ließ keinen Zweifel daran, dass er diese Auffassung nicht teilen konnte.

Sarah Berthold wandte sich ihm lächelnd zu.»Auch Ihnen hat doch Pearls Essen bestimmt geschmeckt, Councillor Radcliffe?«

»Aber natürlich«, antwortete Radcliffe mit einem gezwungenen Lächeln.»Und das, obwohl sie, wie ich höre, zurzeit gleich zwei Jobs zu stemmen hat.« Damit nahm er einen Schluck Wein und überließ es seiner Frau, alles Weitere zu erklären.

»Es heißt, Sie haben vor kurzem ein Detektivbüro eröffnet, Pearl.«

»Tatsächlich?«, sagte Sarah Berthold erstaunt.

»Allerdings«, erklärte Radcliffe.»Eine Privatdetektivin, die es kürzlich geschafft hat, nicht nur eine, sondern gleich zwei Leichen zu entdecken. Das haben Sie doch sicher alle in der Zeitung gelesen. Auf der ersten Seite, habe ich recht, Pearl?«

Er nahm einen Schluck Wein, und Sarah Berthold sah Pearl verdutzt an.»*Sie* haben die Leichen gefunden?«

»Leider ja«, gestand Pearl.

Die Falten auf Sarah Bertholds Stirn wurden tiefer.»Aber …
darüber haben wir doch neulich erst gesprochen. Die Leiche im Strandhäuschen? Sie haben mit keinem Wort erwähnt …«

An dieser Stelle schaltete sich Leo Berthold ein.»Ich … kann mir gut vorstellen, dass das etwas ist, was sich niemand gern noch einmal vergegenwärtigen möchte.« Er fing Pearls Blick auf, als sie das *cacciucco* servierte. »Selbst ein Detektiv nicht.«

In das kurze Schweigen, das darauf eintrat, platzte Phoebe Harcourts Neugier. »Weiß die Polizei denn inzwischen, was eigentlich passiert ist?«

Aller Augen waren auf Pearl gerichtet, als die Gäste auf ihre Antwort warteten. »Dazu kann ich leider nichts sagen«, erklärte sie vorsichtig. »Die Ermittlungen sind Angelegenheit der Polizei. Damit habe ich nichts zu tun.«

Robert Harcourt nahm einen Schluck Wein. »Der Tod dieses armen Fischers war bestimmt ein Unfall.« Er schenkte sich nach, und Pearl sah Matheson an.

»Der Fischer hat mal für mich gearbeitet«, erklärte er. »Früher.«

»Heißt das ... Sie kannten ihn?« Sarah Berthold sah schockiert ihren Mann an.

»Auch Pearl hat ihn gekannt«, sagte Matheson, um die allgemeine Aufmerksamkeit von sich abzulenken.

»Wie furchtbar«, entfuhr es Sarah Berthold.

»Ja«, pflichtete ihr Pearl bei. »Er hatte eine Lebensgefährtin und zwei kleine Kinder. Ein schrecklicher Verlust.«

»Und ein sinnloser Verlust«, fügte Matheson rasch hinzu und sah Pearl dabei an.

»Und was war mit dem anderen Toten?«, fragte Leo Berthold.

»Ein Herzinfarkt«, erklärte Radcliffe.

»Sie glauben also, die zwei Todesfälle hatten ... nichts miteinander zu tun?« Sarah Berthold sah Pearl fragend an, aber es war ihr Sohn Alex, der gereizt antwortete – ob nun wegen seiner Mutter oder wegen des Gesprächsthemas: »Wieso sollten sie das?«

Von seinem Ton überrascht, antwortete seine Mutter: »Ich weiß auch nicht. Aber wenn sich ein ungewöhnlicher Todesfall so kurz nach einem anderen ereignet ... Wisst ihr noch, wie wir zum ersten Mal vom Tod dieses Fischers gehört haben? Ich fand es damals einen seltsamen Zufall, dass ich ausgerechnet an dem Abend, an dem er ums Leben gekommen ist, in der Abendandacht war und wir dort ›For Those in Peril on the Sea‹ (›Für alle, die in Seenot sind‹) gesungen haben. Erinnerst du dich noch, Leo?«

»Ja«, antwortete ihr Mann matt und suchte Pearls Blick. »Aber könnten wir jetzt vielleicht das Thema wechseln?«

Der Gastgeber hatte gesprochen, und prompt richtete sich die Aufmerksamkeit der Gäste auf das Essen, das Pearl serviert hatte. Sarah Berthold griff nach ihrem Löffel und kostete das *cacciucco* als Erste. Zuerst sagte sie nichts, doch dann legte sich ein entzücktes Lächeln über ihre Lippen. »Göttlich.«

Die anderen folgten ihrem Beispiel und seufzten genüsslich. Auch Pearl lächelte zufrieden und schlüpfte ins Haus. Als sie sich jedoch an der Tür noch einmal umblickte, sah sie, dass ein Gast ihr noch immer hinterherschaute. Es war Frank Matheson.

Eine Stunde später, Ruby schichtete Geschirr und Besteck vom Nachtisch in Plastikcontainer, kam gestelztes Gelächter aus dem Garten.

»Was war da gerade so lustig?«, fragte Pearl.

Ruby spähte nach draußen. »Der Stadtrat hat gerade wieder einen seiner faulen Witze erzählt, und seine Frau hat ihm unter dem Tisch einen Tritt verpasst.« Sie grinste. »Soll ich das schon mal zum Auto raustragen?«

»Ja, bitte.«

Sobald Ruby die Küche verlassen hatte, ging Pearl zum Fenster, um die Gäste im hinteren Teil des Gartens zu beobachten. Inzwischen nippten sie im Schein flackernder Teelichter ganz entspannt an ihren Likörgläsern. Pearl nutzte die Gelegenheit, um rasch die Treppe zum Obergeschoss hinaufzusteigen. Auf der Galerie stand eine Tür offen, und Pearl nahm an, dass sie ins Schlafzimmer führte. Unten kam gerade Ruby in die Küche zurück. Pearl lauschte, konnte aber nichts hören als Phoebe Harcourts beschwipste Stimme, die vom Garten heraufdrang. Sie ging rasch auf die offenstehende Tür zu und machte sie ganz auf.

Das Zimmer dahinter war dunkel, und nur das Mondlicht fiel auf einen großen Gegenstand, der direkt am Fenster stand: ein großes Fernrohr auf einem Stativ. Als Pearl darauf zuhuschte, hörte sie auf der Promenade ein Geräusch. Sie schaute aus dem Fenster und sah Ruby weitere Container in den Lieferwagen laden. Alex hatte das Mädchen aus der Ferne beobachtet, aber jetzt ging er zu Ruby und half ihr beim Einladen. Pearl wandte sich wieder dem Fernrohr zu und warf einen Blick hindurch.

Durch das starke Objektiv sah sie einen Frachter, der am Horizont zu schweben schien. Weiter westlich, vor Seasalter, flimmerten die Positionslichter mehrerer Fischkutter, aber eigentlich war das Fernrohr auf etwas anderes gerichtet: das verlassene Red Sands Fort. Plötzlich ertönte im Garten lautes Gelächter, und als Pearl vom Fernrohr zurücktrat und zur Tür ging, stach ihr etwas ins Auge. Auf einem Schminktisch lagen mehrere Schmuckstücke, eine Goldkette und verschiedene Ringe, verworfene Optionen an diesem Abend. Daneben stand eine offene Schatulle mit kunstvollen Elfenbeinintarsien, eine Kostbarkeit aus Fernost, die weitere Schätze enthielt: eine im Mondlicht schimmernde Perlenkette, eine Halskette, deren Rubine wie eine Beerenrispe angeordnet waren, mehrere wie Sprungfedern gewundene Silberarmreife. Pearl streckte die Hand nach der Schatulle aus, und als sie schließlich nach kurzem Zögern vorsichtig die Rubine beiseite schob, kam darunter ein bläuliches Funkeln zum Vorschein. Es war ein Türkis. Im Gegensatz zu dem Stein, von dem ihr Connie am Reeve's Beach erzählt hatte, war er jedoch nicht an einem Ohrring angebracht, sondern am Anhänger einer Goldkette. Gerade als

Pearl ihn in die Schatulle zurückfallen ließ, ertönte hinter ihr eine scharfe Stimme. »Was machen Sie da?«

Pearl blieb fast das Herz stehen, als sie herumfuhr und Alex in der Tür stehen sah. Seine Finger tasteten nach dem Lichtschalter, und plötzlich verlor das Zimmer seinen Mondlichtglanz. »Ich ... habe mich verlaufen«, stammelte Pearl. »Eigentlich wollte ich auf die Toilette.«

Alex' Blick wanderte zu der Schmuckschatulle auf dem Schminktisch, und Pearl spürte, wie er die Situation einzuschätzen versuchte.

Schließlich machte er einen Schritt zurück und deutete hinter sich. »Dann hätten Sie nach rechts gehen müssen. Auf die andere Seite der Galerie.«

Pearl setzte ein Lächeln auf, bevor sie an ihm vorbei aus dem Zimmer ging. »Danke.«

Darauf schien die Anspannung von dem Jungen abzufallen. »Kein Problem«, antwortete er und machte die Tür fest hinter sich zu.

Es war kurz nach zehn, als Pearl ihre junge Bedienung vor dem Windsor House absetzte.

»Das war ein anstrengender Tag heute, Ruby.«

»Ja, aber es hat Spaß gemacht.« Ruby lächelte und stieg aus. Sie wollte schon auf den Wohnblock zugehen, blieb aber noch einmal stehen und blickte sich um. »Was Sie kürzlich gesagt haben, dass ich etwas lernen soll. Haben Sie das wirklich so gemeint?«

Pearl lächelte. »Soll ich dir morgen ein paar Bücher raussuchen?«

»Ja, gern. Cool.« Ruby erwiderte Pearls Lächeln und ging plötzlich mit einem leichten Federn im Schritt auf das Windsor House zu.

Zehn Minuten später öffnete Pearl die Tür ihres Cottage und ging in die Küche, um sich ein Glas Weißwein einzuschenken, auf das sie sich schon den ganzen Abend gefreut hatte. Sie nahm einen kräftigen Schluck und ging in den Garten hinaus. Der Abend war noch warm, aber es herrschte eine besondere Stille, und der Jasmin, der am Fensterrahmen von Pearls Gartenhausbüro hochkletterte, verströmte einen betörenden Duft.

Sie schloss die Tür auf und setzte sich an ihren Schreibtisch. Nachdem sie den Computer hochgefahren hatte, ging sie auf die Homepage von Barrett and Collins, der Anwaltskanzlei in der High Street. Sie studierte die Fotos der Anwälte und die kurzen Begleittexte, in denen ihre Spezialgebiete aufgeführt waren. Unter dem Namen Stephen Ross lächelte ihr das Gesicht eines sympathischen Mannes Anfang vierzig vom Bildschirm entgegen. Neben seinem Foto stand, was Pearl erwartet hatte: Fachanwalt für Erbschaftsangelegenheiten.

Plötzlich klingelte ihr Handy. Erschrocken ging Pearl dran. Es meldete sich eine Frauenstimme. »Entschuldigung, dass ich so spät noch anrufe, aber ich habe deine SMS erhalten, und du hast um Rückruf gebeten.«

»Danke, dass du anrufst, Marion.«

Pearl wartete, bis die Anruferin fortfuhr: »Also, die Antwort auf deine Frage ist nein. Es gibt im Beacon House kein Fernrohr, und es hat dort auch nie eines gegeben.«

Darüber dachte Pearl kurz nach, bevor sie antwortete: »Danke, Marion. Wir sehen uns doch sicher beim nächsten Treffen der Lesegruppe?«

»Auf jeden Fall«, kam die Antwort. »Wenn ich bis dahin mit dem Vorschlag des Pastors durch bin.«

Pearl musste grinsen, als sie das Telefon weglegte und an die schmalzigen, von privatem Leid geprägten Memoiren dachte, die als Nächstes auf der Liste der Lesegruppe standen. Als sie aus dem Fenster schaute, sah sie, wie ein fahler Mond mühsam den Himmel hinaufzuklettern schien. Ihr war jedoch klar, dass sie sich das nur einbildete.

Alles im Himmel und auf Erden folgt einem vorgezeichneten Weg – wie Pearl mit ihrer neuen Entdeckung.

KAPITEL ZWÖLF ✦

Von seinen kräftigen Armen vorangetrieben, pflügte McGuires Körper durch das kabbelige Wasser der steigenden Flut. Normalerweise schwamm er flüssig und zügig, aber diesmal hatte er das Gefühl, im Wasser keine gute Figur abzugeben. Das lag vielleicht daran, dass er schon einige Zeit nicht mehr außerhalb eines Swimmingpools geschwommen war. Seine Gedanken wanderten zum letzten Mal zurück, als er das getan hatte. Es war während des verlängerten Wochenendes in Venedig gewesen, an dem sie Donnas dreißigsten Geburtstag gefeiert hatten. McGuire wurde bewusst, dass es in einem Monat schon fünf Jahre her wäre, dass sie in dem alten Hotel mit Blick auf den Rialto abgestiegen waren. Ganz schwach glaubte er immer noch hören zu können, wie die Kirchenglocken vom Markusplatz herüberhallten, und zu sehen, wie das schlammige Wasser des Canal Grande unter dem Hotelbalkon vorbeiströmte. Er schloss die Augen und beschwor ein Bild Donnas in ihrem schwarzen Badeanzug mit der silbernen Spange herauf. Bis zur Taille im Meer stehend, steckte sie mit einer Hand ihr langes rotbraunes Haar hoch, während sie ihn mit der anderen in das herrliche blaue Wasser des Lido winkte. Als schwämme er auf sie zu, beschleunigte McGuire seine Züge, aber schon bald raubten ihm die eisig kalten Wellen der Mündung den Atem und klatschten unsanft gegen seinen Kopf, als wollten sie ihn wegen seiner Naivität zurechtweisen.

Als er, um Atem zu holen, eine Pause einlegte und sich im Wasser treiben ließ, bemerkte er in der Ferne ein paar andere Schwimmer. Mit jedem kräftigen Schwimmstoß hob und senkte sich die weiße Badekappe einer Frau hinter den Wellen. Ein

grauhaariger Mann schien genauso mühelos aufs Meer hin-
auszuschwimmen wie die zwei Labradors, die ihn begleiteten.
McGuire hatte gerade das freiliegende Ende der hölzernen
Buhnen erreicht und überlegte, ob er den anderen Schwimmern folgen sollte. Doch dann blickte er zufällig zum Strand
zurück und sah, dass ihm von dort jemand zuwinkte. Der ab-
landige Wind wehte der Frau das Haar ins Gesicht, so dass es
kurz nicht zu erkennen war. Doch als sie ihre langen Locken
auf ihrem Kopf festhielt, merkte McGuire, dass er es sich nicht
eingebildet hatte – es war Pearl Nolan, die am Strand auf ihn
wartete.

Als er aus dem Wasser kam und unbeholfen über die Kiesel
tappte, hätte er gern Surfschuhe gehabt. Er griff nach seinem
Badetuch, das neben seinen Kleidern lag, und fragte:»Was machen Sie denn hier?«

Pearl lächelte.»Keine Angst, ich stelle Ihnen nicht nach. Ich
habe nur Ihr Auto vor dem Neptune stehen sehen.« Sie warf
einen Blick zu dem alten holzverkleideten Pub zurück, das direkt am Strand stand, ziemlich wagemutig, wie manche fanden,
weil im Laufe der Jahre Wind und Wellen immer wieder die
Existenz des Old Neptune bedrohten. Nachdem das Pub 1883
einen schweren Sturm überstanden hatte, hatte es für alle, die
dabei ums Leben gekommen waren, vorübergehend als Lei-
chenschauhaus herhalten müssen. Einer verheerenden Sturm-
flut im Winter 1897, die nicht nur das Pub, sondern den größten
Teil der ganzen Stadt schwer in Mitleidenschaft gezogen hatte,
war es jedoch nicht mehr entkommen. Es war komplett weg-
geschwemmt worden, aber unbeeindruckt von dieser Katastrophe war die alte Kneipe aus den paar Planken, die von ihr noch
übrig geblieben waren, an derselben Stelle wieder neu errichtet
worden. Seitdem trotzte das in unzähligen Gemälden verewigte
»Neppy«, wie es die Einheimischen nannten, unerschütterlich
weiter den Elementen, auch wenn sich seine Fundamente im

Laufe der Jahre auf einer Seite immer mehr abgesenkt hatten, so dass die Gäste wegen des stark geneigten Bodens, je nachdem, an welchem Ende der Bar sie standen, entweder wie Riesen oder wie Zwerge wirkten. Jedenfalls war das alte Pub nicht aus Whitstable wegzudenken.

»Aber weil das Neptune noch nicht offen hat«, fuhr Pearl fort, »war mir klar, dass Sie sich hier irgendwo herumtreiben müssen.« Sie sah zu, wie McGuire sein blondes Haar mit dem Badetuch trockenrubbelte, bevor er es über seine kräftigen, breiten Schultern streifte. Über die helle Haut seiner Brust zog sich ein ordentliches braunes V, und sein Rücken war von zimtfarbenen Sommersprossen überzogen, die so anders waren als Pearls dunkler Hautton, als gehörten sie zwei völlig verschiedenen Stämmen an.

»Kalt, hm?«

McGuire schaute zu ihr auf.

»Das Wasser«, fügte Pearl hinzu. »Sie hätten weiter rausschwimmen müssen. Zu den anderen Schwimmern. Bevor die Flut ihren Höchststand erreicht, strömt das von Seasalter hereinkommende Wasser über das Watt und erwärmt sich auf seinem Weg durch die Bucht. Wenn Sie noch hundert Meter weiter rausgeschwommen wären, wären Sie in diesen Bereich gekommen. An guten Tagen wird das Wasser dort bis zu dreißig Grad warm.« Sie lächelte und ging auf eine der Holzbänke vor dem Pub zu.

»Aber jetzt erzählen Sie endlich«, rief ihr McGuire hinterher, der zu der weißen Badekappe hinausschaute, die immer noch draußen auf dem Meer auf und ab tanzte. Er raffte seine Sachen zusammen und folgte Pearl. Als er sie fast erreicht hatte, rauschte draußen auf dem Wasser ein Motorboot vorbei und übertönte, was sie ihm sagen wollte – etwas über ein Fernrohr.

»Es hat nicht zum Haus gehört«, fuhr sie fort. »Das heißt,

die Bertholds müssen es ins Beacon House mitgebracht haben.« Sie hielt inne. »Was könnten sie Ihrer Meinung nach an diesem Küstenstrich so interessant finden?« Sie schaute aufs Meer hinaus.

McGuire folgte ihrem Blick. »Ich wette, das werden Sie mir gleich erzählen.«

Pearl deutete mit dem Kopf auf den Horizont. »Die alten Maunsell Forts. Sie sind nach dem Ingenieur benannt, der sie gebaut hat.« Sie sah McGuire an, aber seine Miene war unergründlich. »Ursprünglich gab es drei davon«, fuhr sie fort. »Nore, Shivering Sands und Red Sands. Eins wurde nach einer Schiffskollision zerstört, Shivering Sands liegt weiter östlich, und was Sie hier vor der Küste sehen ist Red Sands.« Sie betrachtete die dunstverhangene Silhouette am Horizont, aber McGuire hatte nur Augen für Pearl. Ihre lose Seidenbluse enthüllte das kleine Silbermedaillon an ihrem sonnengebräunten Hals, und unwillkürlich fragte er sich, wessen Foto es wohl enthielt.

»Vielleicht interessiert sich Leo Berthold einfach für die Geschichte der Navy«, sagte er schließlich.

»Die Forts wurden aber für die Army errichtet«, erklärte Pearl. »Und Berthold macht mir nicht gerade den Eindruck, als ob er Zeit für derart langweilige Hobbys hätte. Er ist Geschäftsmann, und das ist zweifellos auch der Grund, weshalb er gestern Abend neben Frank Matheson und dem Architekten Robert Harcourt einen Stadtrat zum Essen eingeladen hatte.«

»Woher wissen Sie das?«

»Weil ich das Catering übernommen habe. Da fällt mir ein – haben Sie inzwischen mal eine Auster probiert?«

McGuire ging nicht auf die Frage ein, sondern blieb lieber beim eigentlichen Thema. »Was haben Sie sonst noch herausgefunden?«

»Ein alter Fischer, der noch ab und zu für Matheson arbeitet, hat mir erzählt, dass er eine Woche vor Vinnies Tod mit ihm gesprochen hat und dass er einen sehr niedergeschlagenen Eindruck gemacht hat.«

»Er war hochverschuldet.«

»Aber nach dem zu schließen, was Billy Crouch mir erzählt hat, war es nicht das, was Vinnie so stark bedrückt hat. Für ihn stand ein schlimmer Jahrestag bevor. Sein Sohn ist vor zwölf Jahren beim Oyster Festival ums Leben gekommen.«

McGuire runzelte die Stirn. »Unter welchen Umständen?«

»Bei einem Motorradunfall. Allerdings hatte Shane an diesem Tag auch Ecstasy genommen. Er war zwanzig, und niemand wusste, dass er Drogen nahm, am allerwenigsten Vinnie und Tina.«

McGuire sah Pearl kurz an, bevor er den Blick abwandte. Er musste an zwei andere Zwanzigjährige denken, die eines Dezemberabends durch die regennassen Straßen von Peckham gerast waren.

»Haben Sie überhaupt gehört, was ich gerade gesagt habe?«

Pearls Worte holten McGuire zu der wärmenden Sonne auf seinem Gesicht zurück.

»Die Eltern bekommen so etwas häufig als Letzte mit«, sagte er schließlich. »Nicht selten verschließen sie die Augen vor den untrüglichen Anzeichen. Teenagerängste erstrecken sich auf vieles.«

Pearl runzelte die Stirn. »Was für Anzeichen?«

McGuire zuckte mit den Achseln. »Das hängt ganz von der jeweiligen Droge ab. Bei Marihuana oder Heroin ziehen sich Jugendliche in der Regel sehr stark in sich zurück. Bei aufputschenden Drogen wie Speed und Crack werden sie hyperaktiv, noch mehr natürlich bei Meth …«

»Meth?«

»Methamphetamin. Crystal Meth. Heutzutage ist die Auswahl an Drogen enorm groß, aber das ist nichts Neues. Partydrogen sind schon fast fünfzig Jahre ein fester Bestandteil der Jugendkultur. Vor zwanzig Jahren war es Ecstasy. Zurzeit ist wieder das altmodische Koks schwer in Mode.« Er hielt inne. »Aber wieder zurück zum Thema.«

Pearl schüttelte den Kopf. »Meinen Sie Kokain?«

McGuire nickte. »Schätzungen zufolge haben es um die fünf Prozent aller Sechzehn- bis Zwanzigjährigen mal probiert, was sich vielleicht nicht nach viel anhört, aber …«

»Wie können sich Jugendliche das leisten?«

»Die Preise sinken. Durchschnittlich zahlt man zehn Pfund weniger pro Gramm als noch vor zehn Jahren. Aufgrund der hohen Nachfrage kommt mehr davon ins Land, und es lässt sich leicht verschneiden, weshalb die Dealer enorme Gewinne machen.«

Als Pearl sich abwandte, spürte McGuire, dass sie mehr verbarg als nur Unbehagen. »Was haben Sie denn?«

Langsam wandte sie sich ihm wieder zu. »Eine Universität ist wahrscheinlich der ideale Ort, um mit Drogen in Berührung zu kommen, oder?« Sie sah McGuire in die Augen. »Ich habe einen Sohn, der in Canterbury studiert.«

McGuire dachte kurz nach. »Steht er mit beiden Beinen im Leben?«

»Ich hoffe schon.«

McGuire schaute wieder auf das Medaillon an ihrem Hals. »Vielleicht sollten Sie und sein Vater mal mit ihm reden.«

Pearl wich seinem Blick nicht aus. »Charlies Vater gibt es nicht mehr.«

McGuire kam sofort eine weitere Frage in den Sinn, aber er beschloss, sie nicht zu stellen. Stattdessen setzte er ein Lächeln auf. »Na ja, wenn es Sie beruhigt – ich glaube, vor einer Mutter wie Ihnen dürfte schwer etwas zu verbergen sein.«

Nach kurzem Zögern erwiderte Pearl sein Lächeln. »Ich will das mal als Kompliment auffassen.« Und nach kurzem Überlegen fuhr sie fort:»Wissen Sie inzwischen, wann Vinnies Leiche freigegeben wird?«

McGuire zuckte mit den Achseln.»Die Obduktion könnte heute im Laufe des Tages abgeschlossen werden, aber darauf zählen würde ich mal lieber nicht.« Er streckte seine langen Beine unter dem Pubtisch aus; sobald seine Badehose getrocknet wäre, hatte er vor, sich anzuziehen und nach Canterbury zurückzufahren. Aber wie er jetzt mit Pearl zusammensaß, wünschte er sich, einfach am Strand liegen zu können, bis die Sonne unterging – wie die Urlauber, die gerade mit ihren Klappstühlen und Windschutzen angekommen waren. Pearl schaute zum Pub hin.»Würden Sie sich denn sehr deplatziert fühlen, wenn Sie heute Abend hierherkämen?«

»Hierher?«

»Ins Neppy. Wir halten eine kleine Trauerfeier für Vinnie ab, statt einer Beerdigung. Kommen Sie doch einfach vorbei, und dann rücken zur Abwechslung auch Sie mal ein paar Informationen raus.« Sie stand auf.»Natürlich nur, wenn Sie vor lauter Sonnenbaden Zeit dafür finden.«

McGuire blickte zu ihr hoch und sah das Medaillon in der Sonne blitzen.

»Wann?«

Pearl lächelte.»Gegen sieben.«

Als Pearl sich über den Strand entfernte, wusste sie, dass ihr McGuires Blick folgte. Sie kam an einem eingerüsteten Strandcottage vorbei, und ein paar Handwerker, die mit nacktem Oberkörper in der oberen Etage am Arbeiten waren, pfiffen ihr hinterher.

McGuire war selbst über seine Reaktion überrascht. Nicht nur, dass Pearl seinen Beschützerinstinkt geweckt hatte, nun regten sich auch noch gewisse Besitzansprüche in ihm. Doch als er sie jetzt, stolz und unabhängig, einfach weitergehen sah, wusste er, dass diese Reaktionen fehl am Platz waren. Pearl war eine selbständige Frau und gehörte niemandem, am allerwenigsten ihm. Sie bog um die Ecke in die Neptune Alley, und als McGuire darauf den Blick abwandte und zum Red Sands Fort hinausschaute, kam ihm plötzlich, ausgelöst durch etwas, was sie ihm gerade erzählt hatte, ein Gedanke.

»Also, wenn du mich fragst, sie steht dir.«

Charlie saß Pearl am Tisch gegenüber, eine Tasse Kaffee und einen Teller mit den letzten Resten mehrerer Riesengarnelen vor sich.

»Das sagst du jetzt nur.«

»Nein, überhaupt nicht. Irgendwie siehst du damit richtig clever aus – aber auf eine coole, lässige Art.«

Pearl bedachte ihn mit einem skeptischen Blick. »Und wie soll ich das jetzt verstehen?«

Charlie stocherte unter den Schalen auf seinem Teller nach einer weiteren Garnele. »Du hättest dir eine etwas spektakulärere aussuchen können, wie die von Oma, aber deine ist …« Er verstummte und sah sie prüfend an. »Eher unauffällig.«

Daraufhin setzte Pearl die Brille ab und betrachtete sie. Sie war nicht sicher, ob sie »unauffällig« sein wollte, obwohl sie wusste, dass ein richtiger Detektiv das sein musste, wenn er jemanden observierte und dabei möglichst mit seiner Umgebung verschmolz. Allerdings hatte sie sich die Brille nicht als Bestandteil irgendeiner raffinierten Tarnung ausgesucht, vielmehr würde sie ab jetzt ein Teil ihrer Identität. Als ihr das bewusst wurde, legte sie die Brille enttäuscht auf den Tisch.

»Und? Lief alles glatt bei dieser Einladung?«, fragte Charlie.

»Klar. Der Kunde war zufrieden. Und Ruby hat ihre Sache ebenfalls gut gemacht.«

Charlie schaute zu Pearls junger Bedienung hinüber, die gerade an einem Tisch in der Nähe das Essen servierte. Ruby lächelte ihm kurz zu, bevor sie in die Küche verschwand. Bei dieser Gelegenheit stellte Charlie erstaunt fest, wie viele Blicke auf Pearl gerichtet waren.

»Bilde ich mir das nur ein, oder schauen die Leute zu uns herüber?«

Einige Gäste linsten tatsächlich verstohlen zu Pearl hin und suchten, ohne großen Erfolg, hinter ihren Speisekarten Deckung, während sie miteinander tuschelten. Pearl seufzte. »So geht es schon, seit die Zeitung herausgekommen ist. Ein Gast hat mich sogar gebeten, eine Speisekarte zu signieren.«

»Vielleicht war er von deinen Kochkünsten so beeindruckt.«

Bevor Pearl antworten konnte, ertönte eine Stimme. »Miss Nolan?«

Pearl und Charlie drehten sich zur Seite und sahen einen jungen Mann auf sie zukommen, der trotz der Hitze ein Sakko trug. »Richard Cross vom *Courier*«, stellte er sich mit einem gewinnenden Lächeln vor und ließ sich blitzschnell auf dem freien Platz neben Pearl nieder. »Hätten Sie vielleicht ein paar Minuten Zeit für mich?«

Pearl sah erst Charlie an, bevor sie antwortete: »Leider nein.«

»Aber Ihnen ist doch hoffentlich klar«, ließ Cross nicht locker, »dass sich viele Leute für diese Geschichte interessieren. Nicht nur eine, sondern gleich zwei Leichen – und dann auch noch während des Oyster Festivals? Die Leute würden gern wissen, wie Sie zu der Sache stehen.« Cross sah Pearl hoffnungsvoll an, die sich wieder Charlie zuwandte, der jedoch nur teilnahmslos mit den Achseln zuckte.

»Das mag durchaus sein«, sagte Pearl schließlich. »Aber ich werde es Ihnen nicht erzählen.«

»Aber verstehen Sie denn nicht …«

»Ich verstehe sehr wohl«, unterbrach ihn Pearl. »Mir ist durchaus klar, dass Sie Ihren beruflichen Verpflichtungen nachkommen müssen, aber das muss ich auch.« Als sie jedoch sah, wie niedergeschlagen Cross war, fragte sie, etwas milder gestimmt: »Haben Sie schon zu Mittag gegessen?«

Der junge Mann schüttelte den Kopf, und als Pearl in diesem Moment Ruby aus der Küche kommen sah, winkte sie das Mädchen zu sich. »Sei doch so nett, Ruby, und bring Richard was von der Seafood-Theke. Aufs Haus.«

Cross merkte, dass er gerade den Trostpreis gewonnen hatte, und folgte Ruby mit einem kurzen Blick zurück auf Pearl brav zur Seafood-Theke.

»Den hast du aber gerade richtig gekonnt abgewimmelt«, sagte Charlie grinsend.

»Ich bin sicher, dass ihn weniger das Essen auf andere Gedanken bringen wird als Ruby«, sagte Pearl und beobachtete Cross, der immer noch verstohlen in ihre Richtung schaute.

»Ist es übrigens okay, wenn ich Tizzy ins Neptune mitbringe?«, fragte Charlie unvermittelt.

Verdutzt wandte sich Pearl wieder ihm zu. »Heute Abend?«

Charlie schlüpfte in die Jeansjacke, die über dem Stuhl gehangen hatte. »Ich hole sie im Coastguard's Cottage ab. Dort probt sie regelmäßig mit einem Drummer und einem Gitarristen.«

»Ja, das hat sie erwähnt.« Pearl rang sich ein Lächeln ab. »Selbstverständlich. Nimm sie ruhig mit.« Sie griff nach ihrer Kaffeetasse und trank sie aus. Charlie sagte nichts, sondern sah sie nur forschend an. »Es … macht dir doch wirklich nichts aus, oder?«

»Was?«, fragte Pearl.

»Tizzy«, sagte Charlie unverblümt.

Schockiert über die Direktheit ihres Sohnes, stellte Pearl die Kaffeetasse ab. »Wie kommst du darauf, das könnte mir was ausmachen?«

Charlie zuckte mit den Achseln. »Könnte ja sein, dass du sie nicht magst.«

»Was sollte ich gegen Tizzy haben?«, erwiderte Pearl lächelnd. »Sie ist schön, talentiert und eine hervorragende Köchin. Wieso sollte es mir also was ausmachen, dass du die perfekte Frau gefunden hast?« Pearls Lächeln geriet nicht ins Wanken, aber Charlie erwiderte es nicht. »Aber«, fügte sie hinzu, »das ist jetzt natürlich das Stichwort für dich zu sagen …«

»Dass nicht sie die perfekte Frau ist, sondern du?«

»War doch nur ein Scherz«, wiegelte Pearl lächelnd ab.

»Schon klar.«

Plötzlich fühlte sich Pearl unbehaglich unter Charlies durchdringendem Blick, und sie erklärte mit einem Seufzer: »Vielleicht ist es ja nicht Tizzy, mit der ich Probleme habe, sondern du.«

Charlie sah sie rasch an, und Pearl fühlte sich sofort in die Defensive gedrängt. »Du hättest es mir ruhig früher erzählen können.«

»Was?«, fragte Charlie verständnislos.

»Das mit Brügge zum Beispiel. Du hast gesagt, du würdest allein fahren.«

Charlie zuckte beiläufig mit den Achseln. »Hatte ich ja auch vor. Aber dann habe ich mich anders entschieden. Damals wusste ich noch nicht, ob es wirklich was Ernstes ist.«

»Und jetzt weißt du das?«

Nach kurzem Zögern grinste Charlie. »Ich finde sie einfach unglaublich.«

»Charlie …«

»Ich will doch nur, dass du sie auch magst, mehr nicht.«

Pearl kannte den Blick, den ihr Sohn jetzt aufgesetzt hatte und dem sie im Laufe der Jahre so oft erlegen war. Sie holte tief Luft und gab zu: »Das tue ich doch.«

Pearl sah ihn eine Weile eindringlich an, bevor sie in ihre Handtasche fasste und ein kleines Geschenkpäckchen herausholte, um es Charlie zu geben.

»Was ist das?« Charlie blickte fragend auf das hübsche rosafarbene, mit silbernen Schmetterlingen gemusterte Geschenkpapier hinab.

»Das ist für Tizzy«, antwortete Pearl. »Ein Geschenk von mir. Sieh also zu, dass sie es auch bekommt.«

Sie lächelte, und Charlie schob sich die letzte Garnele in den Mund. Nachdem er sie sich hatte munden lassen, beugte er sich über den Tisch, um Pearl einen unerwarteten Schmatz auf die Wange zu drücken. Dann stand er rasch auf und schlüpfte in seine Jacke. »Du bist wirklich die perfekte Frau.« Und mit einem Grinsen fügte er hinzu: »Fast.«

Als Pearl ihn mit offenem Mund ansah, griff Charlie nach ihrer Brille und hielt sie ihr hin. Dann ging er, immer noch grinsend, zum Ausgang, wo er die Hand hob und ihr zum Abschied zuwinkte. Sobald Charlie am Fenster vorbeigegangen war, blickte Pearl auf die missliebige Brille hinab und steckte sie in ihr Etui zurück.

Ein paar Stunden später saß Pearl am Schreibtisch ihres Gartenbüros. Seit Wochen war kein Regen mehr gefallen, und es war auch keiner angekündigt. Stattdessen schien der Himmel wie eine straff gespannte blaue Leinwand. Draußen am Strand ertönte plötzlich eine laute megaphonverstärkte Stimme, und als Pearl ans Fenster ging, sah sie zwei Teams, die sich auf das jährlich stattfindende Tauziehen vorbereiteten. Es waren einige bekannte Gesichter unter den Teilnehmern: Fischer, ein Baumeister aus dem Ort, mehrere Sportler – und Marty. Pearl kam sich ein wenig wie eine Spannerin vor, als sie durchs Fenster beobachtete, wie er, die Muskeln in seinem nackten Oberkörper angespannt, das Gesicht vor Anstrengung verzerrt, mit den Füßen im Schlick des Watts Halt zu finden versuchte. Zahlreiche Zuschauer, sowohl Einheimische als auch Touristen, feuerten die Wettkämpfer an und machten Pearl deutlich, dass das Oyster Festival trotz allem weiterging. Wenig später gellte ein wilder Schrei über den Strand, und Pearl sah Marty triumphierend die Arme hochreißen, während die Mitglieder des unterlegenen Teams resigniert in den Schlamm sanken. Kurz schien es, als blickte Marty in ihre Richtung, aber sie merkte rasch, dass sie sich das nur einbildete. Er gab sich einfach seinem Siegesrausch hin. Als er sich wieder seinen Teamkameraden zuwandte, kehrte Pearl an ihren Computer zurück und rief eine lokale Homepage auf. Sie hatte vor kurzem eine kleine Annonce für ihr Detektivbüro aufgegeben, bisher aber noch keine einzige Anfrage erhalten. Vielleicht hatte Dolly recht, vielleicht vergeudete sie damit nur Zeit und Energie, die für das Restaurant besser verwendet wären. Vielleicht bedeutete der Zugang zu digitalen Hilfsmitteln wie Suchmaschinen, dass die Menschen jetzt besser in der Lage waren, ihre Rätsel selbst zu lösen. Aber wenn dem wirklich so war, warum war Pearl dann nicht in der Lage, ihr eigenes zu lösen? Vielleicht, musste sie sich eingestehen, gab es in Wirklichkeit gar kein Rätsel zu lösen, und vielleicht enthielt McGuires Obduktionsbefund die Antwort auf alle Fragen, die sie zu Vinnies Tod hatte.

Sie blickte auf ein Wort in der linken oberen Ecke ihres Monitors. Suche. Nachdem sie den Namen Leo Berthold in das Eingabefeld geschrieben hatte, zögerte sie kurz, bevor sie auf Enter tippte. Darauf erschienen auf dem Bildschirm Links, die Pearl zu Zeitungsmeldungen, Zeitschriftenartikeln, Zitaten von City-Analysten und Meinungen von Spezialisten für Firmenfusionen weiterleiteten. Unter der Rubrik »Gesellschaftliches« fanden sich verschiedene Fotos: Leo und Sarah Berthold bei ihrer Hochzeit in Genf, Alex' Geburtsanzeige. Ein farbiges Ergänzungsprofil enthielt ein jüngeres Porträtfoto, das Pearl auf Bildschirmgröße vergrößerte, um es genauer zu studieren.

Auf dieser Aufnahme sah Leo Berthold genau so aus, wie er immer aussah: nüchtern, selbstbewusst, mehr Roboter als

Mensch. Die zarte Schönheit seiner neben ihm stehenden Frau schien wie ein fragiles Gegengewicht dazu. Aber verbargen sich hinter ihrem makellosen Lächeln vielleicht dunkle Familiengeheimnisse? Leo Berthold hatte die Hand auf die Schulter seines Sohnes gelegt, der vor ihnen stand. Es schien, als wolle er Alex stützen und mit dieser Geste auffordern, nach vorn in die Kamera zu blicken – und möglicherweise auch in die Zukunft.

Es war das Bild einer perfekten Familie, aber zugleich fragte sich Pearl beim Anblick des Fotos, ob Menschen, die so sehr im Licht der Öffentlichkeit standen, überhaupt einen Ort hatten, an dem sie sich den vielen neugierigen Blicken entziehen konnten. War das vielleicht der Grund, warum sich Leo Berthold dazu entschlossen hatte, den Sommer in einem ungewöhnlichen kleinen Küstenstädtchen zu verbringen, oder erforderte sein neues Hotelprojekt seine Anwesenheit hier? Seine Frau hatte Pearl anvertraut, dass ihr Mann selten ausspannte, und doch gab es Hinweise auf Feriendomizile an wesentlich glamouröseren Orten als Whitstable. Auf einem Zeitschriftenfoto war ein Berthold'sches Sommerhaus in Sardinien zu sehen, die Villa Leoni, die auf einer Felsspitze hoch über dem Mittelmeer thronte. Auf dem Foto darunter, auf dem die Bertholds wie ein Rudel Löwen aussahen, war die Familie in einem Restaurant am Strand abgelichtet. Besonders ein Abschnitt des Begleittexts erregte Pearls Aufmerksamkeit: Leo Bertholds Sohn Alexander sollte demnächst an der Universität Mailand ein Studium der Betriebswirtschaft beginnen. Alex, dachte Pearl, sollte also in die Fußstapfen seines Vaters treten. Doch bei diesem Gedanken setzte sich sofort ein anderes Bild in Pearls Kopf fest: das von Alex in seinen unvermeidlichen Bermudas und Surfschuhen, das es Pearl schwermachte, ihn sich als den Nachfolger seines Vaters in dessen Firmenimperium vorzustellen. Kurz empfand sie fast so etwas wie Mitleid mit dem Jungen und fragte sich, ob die von seiner Mutter erwähnten gesundheitlichen Probleme in irgendeiner Weise stressbedingt waren. Mit Sicherheit stellte seine Familie hohe Erwartungen an ihn, aber andererseits war Alex jung und hatte deshalb noch viel Zeit, um der Sohn seines Vaters zu werden, genau wie Charlie mehr und mehr wie sein eigener Vater wurde.

Pearl nahm einen dünnen Ordner aus ihrer Schreibtischschublade und schlug ihn auf. Er enthielt mehrere Zeichnungen, zwischen die zerknitterte Küchentücher gelegt waren. Sie zeigten den West Beach in der Abenddämmerung, die alten Austerntische in Seasalter, die Street, von den Slopes aus gesehen, und ein junges Mädchen mit langen dunklen Haaren, das auf einer Buhne saß und aufs Meer hinausblickte.

Als Pearl von der letzten Zeichnung aufschaute, fiel ihr Blick auf das Fenster ihres Büros. Bis auf die weißen Rotorblätter der Windkraftanlage, die sich in der Brise drehten, hatte sich der Ausblick kaum verändert. Als sie wieder auf die Skizze schaute, zitterten Pearls über dem Gesicht des Mädchens verharrende Finger ein wenig. Sie war ganz sicher, dass Dolly sich täuschte: Pearl wusste noch zu gut, wie es war, jung zu sein und verliebt.

KAPITEL DREIZEHN ✫

Am Strand hinter der Island Wall pickten Möwen und Steinwälzer in den Blasentangsträhnen, die bei Ebbe auf dem freigelegten Küstenstreifen liegen geblieben waren. In der Ferne schienen gebückte Gestalten auf mysteriöse Weise über das Watt zu schweben: Eltern und ihre Kinder, die im dunstigen Sonnenlicht nach Krabben und Muscheln suchten und Pearl an eine Zeit erinnerten, in der sie mit ihrem Vater denselben Strand durchkämmt hatte. Seit jeher eine rebellische Natur, hatte Tommy Nolan seiner Tochter von klein auf eingeimpft, wie wichtig es war, die bestehenden Verhältnisse in Frage zu stellen. Aber nach und nach hatte Pearl feststellen müssen, dass Fischer seit jeher auf Kriegsfuß mit den Behörden standen. Kämpften sie heutzutage für bessere Fangquoten, hatten sie vor einigen Jahrhunderten vielleicht nach Möglichkeiten gesucht, die korrupte Küstenwache zu umgehen. Wie in Seasalter hatten auch die Schmuggler von Whitstable einiges an Alkohol, Tabak und Spitze unerlaubt ins Land geschafft sowie eine wichtige Rolle beim verbotenen Transport einer ganz speziellen menschlichen Fracht gespielt.

Vor dreihundert Jahren hatten Whitstables Austernketschen regelmäßig entflohene französische Kriegsgefangene von den Hulken, in denen sie untergebracht waren, zu einem vor der Küste gelegenen Anleger gebracht, der vor allem von Schiffen angelaufen wurde, die wegen ihres Tiefgangs bei Ebbe nicht näher an die Küste kommen konnten. Es hieß, dass sich die Entflohenen auf der alten hölzernen Plattform draußen auf dem Meer einfach unter die Fischer und Seeleute gemischt hatten, um dann von dort in ihre Heimat zurückzukehren. Vielleicht hatten sie dort sogar ein ihnen unbekanntes Shanty gehört wie das Lied, das gerade an Pearls Ohren drang. Der Abendwind trug es vom Old Neptune herüber, vor dem auf einer niedrigen Steinmauer eine Gruppe junger Musiker auf Quetschkommode, Harmonika und Fiedel spielte und mit ihrem Lied die Vergangenheit wieder aufleben ließ. Doch der stimmungsvolle Moment wurde von einer schroffen Stimme jäh unterbrochen.

»Ach, hier bist du!«

Als Pearl sich umdrehte, stand Dolly vor ihr. Sie hatte ein knallrotes Tuch um ihre Schultern geschlungen, ein Leuchten in den Augen und einen Mann am Arm. Letzterer war etwa so alt und groß wie Dolly, obwohl er wegen seines geraden Rückens und der straffen Schultern wesentlich jünger wirkte. Ein südländischer Typ, mit stämmiger Statur, nicht dick, aber kräftig, mit kurzen Beinen und breiten Schultern, die den Eindruck erweckten, als sei er unter einigem Kraftaufwand in Kastenform gepresst worden.

»Juan«, trällerte Dolly. »Darf ich dir meine Tochter Pearl vorstellen.«

Wie auf Kommando machte der Mann einen abrupten Schritt nach vorn und reichte Pearl eine prankenartige Hand, auf deren Rücken Pearl dichte schwarze Haare sprießen sah.

»*Encantado*«, schnurrte er und sah Pearl tief in die Augen.

»Bezaubert«, übersetzte Dolly. »Allerdings spricht Juan fließend Englisch, oder nicht, mein Lieber?«

»So ist es«, erklärte Juan lächelnd, und seine weißen Zähne blitzten, als er Pearl die Hand schüttelte. Angesichts des verlegenen Schweigens, das darauf eintrat, machte er sich prompt daran, es zu füllen. »Ich warte dort drüben bei den Musikern auf dich, Dolores.« Und eilte mit einer schwungvollen Handbewegung davon.

»*Hasta pronto!*«, rief Dolly und winkte ihm mit einem Fingerschlenkern hinterher.

Pearl wandte sich wieder ihrer Mutter zu. »Dolores?«

»Passt jedenfalls besser zu mir als Doris.«

»Hat er das gesagt?«

»Juan hat sofort gemerkt, dass ich das ›Herz einer Espanola‹ habe. Er hilft mir mit meinem Spanisch.«

»Wie mit deinem Flamenco auch?«

In diesem Moment warf Juan Pearls Mutter eine Kusshand zu, bevor er seine Aufmerksamkeit auf die Musiker richtete. Dolly sah ihre Tochter finster an. »Deine Anspielungen kannst du dir sparen, Pearl. Wir sind zwölf Teilnehmerinnen im Kurs.«

»Das sind aber einige Kastagnetten. Hoffentlich wird ihm das nicht zu viel.«

Dolly zog ihr Tuch fester um die Schultern und tat so, als wollte sie gehen.

»Musste das wirklich sein?«, sagte Pearl frustriert. »Ihn zu der Trauerfeier einzuladen?«

»Warum hätte ich ihn nicht einladen sollen? Vinnie hätte Juan bestimmt gemocht«, bemerkte Dolly mit ihrer unnachahmlichen Logik. Plötzlich schoss ihr Blick an ihrer Tochter vorbei zu jemandem, der sich Pearl von hinten näherte. »Obwohl ich mir nicht vorstellen kann, dass er auch einen Schnüffler gern dabeigehabt hätte.«

McGuire kam über den Strand auf die beiden Frauen zu und blieb wie angewurzelt stehen, als er merkte, dass er Gegenstand ihrer Unterhaltung war. Dolly bedachte ihre Tochter mit einem vielsagenden Blick. »Wir sehen uns dann im Neppy.«

Damit ging Dolly zu Juan, der am Eingang des Pubs auf sie wartete, und McGuire, der dem Anlass entsprechend einen dunklen Anzug und ein frisch gebügeltes weißes Hemd trug, kam auf Pearl zu. Seine eleganten Halbschuhe wirkten auf den Kieseln des Strands etwas fehl am Platz. Pearl wollte gerade etwas sagen, als auf der Eingangstreppe des Pubs Applaus aufbrandete. Die Musiker hatten das Lied zu Ende gespielt, und die um sie herumstehenden Kinder klatschten. Da unter ihnen auch Vinnies Töchter waren, entstand kurz der Eindruck, als wäre es ein Sommerabend wie jeder andere, wären da nicht die vielen Trauergäste gewesen, die in das Pub strömten, um des toten Fischers zu gedenken. McGuire spürte, was in Pearl vor sich ging. »Halten Sie das wirklich für eine so gute Idee?« Pearl sah ihn an und nickte. »Kommen Sie.«

Es sagte viel über Whitstable aus, dass so viele Menschen in das Pub gekommen waren. Auf einem Tisch am Eingang stand eine gerahmte Fotografie Vinnies, auf der er auf Deck der *Native* in die Sonne grinste. In der Luft hing der Geruch von altem Holz und Ale, die Tische ächzten unter den Platten mit Sausage Rolls und Quiche. Patsy, der Wirt, ein vierschrötiger, rotgesichtiger Ire, hatte bis 20 Uhr alle Getränke kostenlos zur Verfügung gestellt. Pearl vermutete allerdings, dass niemand von diesem großzügigen Angebot großen Gebrauch machen würde – außer vielleicht Billy Crouch, der mit einem Stout in der einen Hand und einem Whiskeyglas in der anderen in einer Gruppe von Fischern stand. Pearl fing Dollys Blick auf, als Juan ihr auf der anderen Seite des Gastraums ein Glas Wein reichte. Sie hob es auf Pearl und nahm einen Schluck daraus, bevor sie zu Connie ging, die von einer Gruppe kondolierender Bekannter umgeben war – hauptsächlich junge Mütter, die froh waren, keine jungen Witwen geworden zu sein. Connie hatte eine neue Frisur, fiel Pearl auf, und ihr Make-up brachte ihr hübsches Gesicht noch besser zur Geltung. Ein kurzes schwarzes Etuikleid betonte ihre zierliche, aber kurvige Figur, als sie, eingerahmt vom Licht der untergehenden Sonne, das durch ein Fenster hinter ihr fiel, in der Mitte des Raums stand.

McGuire blieben Pearls interessierte Blicke nicht verborgen. »Was ist?«

Pearl musste kurz überlegen, bevor sie ihre Eindrücke in Worte fassen konnte. »Ich … glaube, dass mir Connie Hunter noch nie so schön erschienen ist wie heute.« Sie wandte sich wieder McGuire zu und sah, wie hinter ihm eine vertraute Gestalt aus der Küche kam. Ruby blieb wie angewurzelt stehen und blickte schuldbewusst auf das Tablett mit Essen hinab, das sie in den Händen hielt. »Pearl …«, stieß sie atemlos hervor, als sei sie bei etwas Verbotenem ertappt worden. »Sie … Sie haben doch nichts dagegen, oder?«

»Wogegen?«

»Na ja, dass ich woanders jobbe?« Ruby schien die Begegnung furchtbar peinlich zu sein, und es sprudelten weitere Entschuldigungen hervor. »Wobei man eigentlich gar nicht von Jobben reden kann. Es ist mehr ein Gefallen, den ich Patsy tue. Er hat mich gefragt, ob ich ein paar Stunden einspringen könnte. Nur dieses eine Mal. Mehr nicht.« Sie wartete angespannt auf Pearls Reaktion.

Aber Pearl lächelte nur. »Was du in deiner Freizeit machst, ist deine Sache, Ruby.«

Darauf entspannte sich Rubys Miene sichtlich, und ihr schien plötzlich wieder bewusst zu werden, dass sie noch das Tablett mit den Sandwiches hielt, die in saubere Dreiecke geschnitten und mit Petersilie bestreut waren. »Da. Probieren Sie mal eins. Hab ich selber gemacht.« Ihre Aufmerksamkeit richtete sich auf McGuire. »Sie sind … der Inspektor, oder? Ich habe eben Ihr Foto in der Zeitung gesehen.«

McGuire grinste. »Hoffentlich hat es dir nicht zu viel Angst eingejagt.« Ruby erwiderte sein Lächeln, aber dann wanderte ihr Blick rasch durch das Lokal. »Ich habe den Toten zwar nicht gekannt«, sagte sie. »Aber wenn heute seinetwegen so viele Leute zusammenkommen, muss er echt ein netter Typ gewesen sein.«

»Das war er«, bestätigte ihr Pearl.

Kurz schien es, als wollte Ruby ein anderes Thema anschneiden, aber ihr Lächeln kehrte rasch zurück. »Ich mache jetzt lieber mal weiter.« Sie entfernte sich schnell und bot ihre Sandwiches anderen Trauergästen an, während Pearl einen Bissen von ihrem nahm und den Belag begutachtete. Es war lange her, dass sie etwas so Unspektakuläres wie Corned Beef und Essiggurken gegessen hatte, aber irgendwie hatte der altvertraute Geschmack, der sie an die Strandpicknicks ihrer Kindheit erinnerte, etwas Tröstliches.

Sie wandte sich McGuire zu. »Irgendwas Neues von der Obduktion?«

McGuire zuckte mit den Achseln. »So was kann manchmal ganz schön dauern.«

»Offensichtlich.«

Wegen Pearls unverhohlener Enttäuschung kam sich McGuire plötzlich seltsam unfähig vor. Er blickte auf das Käse-Gurken-Sandwich in seiner Hand und suchte nach einer Möglichkeit, das Thema zu wechseln. »Wessen Idee war das hier eigentlich?«

Pearl deutete mit dem Kopf auf die Menschengruppe, die Connie umringte. »Die Initiative ging von unserem Pastor aus.«

McGuire suchte die Gruppe nach einem geeigneten Kandidaten ab. »Der kleine Dicke im schwarzen Anzug?«

»Die schlanke Frau im blauen Rock.« Pearl musterte McGuire. »Gut zu wissen, dass Sie keinen Stereotypen aufsitzen.«

McGuire wollte gerade etwas erwidern, als in dem stillen Pub plötzlich Gelächter losbrach. »Wer ist das?«

»Billy Crouch.«

McGuire schaute zu dem alten Mann an der Bar hinüber, der ein paar Fischer mit einer lustigen Geschichte unterhielt. »Scheint ein richtiges Original zu sein.«

»Das wäre er noch mehr, wenn ihn seine Frau nicht gewaltig an der Kandare hätte.« Pearls Blick wanderte zu einer Gruppe älterer Frauen, die Rubys Sandwiches probierten. »Dort drüben, die Frau mit der silberblauen Tönung, das ist Sadie. Sie hat im Ortskrankenhaus als Hebamme gearbeitet und ist seit kurzem im Ruhestand. Jetzt packt sie überall an, wo in den örtlichen Vereinen Not am Mann ist, angefangen vom Women's Institute bis zum Strickkreis. Sie ist die inoffizielle Stadtschreierin. Wenn Sie also etwas geheim halten wollen, erzählen Sie es Sadie lieber nicht.« Sobald sie das gesagt hatte, musste Pearl an Mary Hill im Altersheim denken. Es war nämlich Billys Frau gewesen, die Rubys Großmutter von Vinnies Tod erzählt hatte. Bevor sie fortfahren konnte, sagte jemand hinter ihr: »Pearl?«

Als sie sich umdrehte, sah sie, dass der Mann, der vor ihr stand, nicht sie ansah, sondern McGuire. »Marty ...« Pearl setzte ein Lächeln auf, aber Martys Blick blieb an McGuire hängen. »Ihr habt euch ja bereits kennengelernt«, begann sie verlegen. »Inspektor ...«

»McGuire«, sagte Marty schroff. »Ich weiß.«

Darauf trat peinliches Schweigen ein, bis McGuire sagte: »Wenn Sie mich entschuldigen würden, ich hole mir mal was zu trinken.«

Marty schaute ihm misstrauisch nach, als er sich in Richtung Bar entfernte. »Belästigt er dich, Pearl?«

»Ob er mich belästigt ...?«

»Ja, wird er aufdringlich ...?«

»Natürlich nicht.«

Jetzt erst wandte sich Marty Pearl zu. »Du hast gesagt, er hat dich die halbe Nacht lang verhört ...«

»Am Abend von Vinnies Tod«, stellte Pearl klar.

»Und an dem Abend im Conti?«

»Das ist schließlich sein Job.«

»Ah, sein Job. Und was habt ihr dann neulich am Strand gemacht?«

Pearl blieb der Mund offen stehen. »Du spionierst mir nach ...?«

»Nein«, sagte Marty verlegen. »Ich war mit dem Kajak unterwegs, und als ich an Land gekommen bin, habe ich dich mit ihm gesehen – aber das hast du natürlich nicht mitgekriegt.« Er sah sie vorwurfsvoll an, und Pearl fiel es schwer, seinem Blick standzuhalten. Stattdessen ertappte sie sich dabei, wie sie zu McGuire an der Bar hinüberschaute. Er lächelte ihr zu, bevor er sich umdrehte, um etwas zu bestellen. »Für zwei Fremde scheint ihr euch recht gut zu verstehen«, bemerkte Marty, der den kurzen Blickwechsel mitbekommen hatte.

»Hör zu«, setzte Pearl schließlich zu einer Erklärung an. »Für die Ermittlungen ist Canterbury zuständig, weil wir hier in Whitstable keine Kriminalpolizei haben …«

»Nur dass er nicht aus Canterbury ist.«

»Was?« Pearl runzelte die Stirn.

»Einer meiner Kunden ist ein ehemaliger Kriminaler. Bei ihm habe ich mich nach deinem Freund erkundigt, und dabei hat sich herausgestellt, dass er aus London ist. Hierher versetzt. Und das kann eigentlich nur eines heißen.«

Martys geringschätziges Grinsen diente nur dazu, Pearl noch mehr zu reizen. »Was redest du da?«

»Überleg doch mal«, sagte Marty leise. »Warum wird wohl ein Kriminaler aus der Großstadt zu uns in die Provinz versetzt?« Er rückte näher. »Weil er Mist gebaut hat, deshalb. Einen Fall verbockt. Deshalb ist er hier. Und ich hätte gute Lust, ihm zu sagen, dass er hier nichts zu suchen hat.«

Marty wollte sich gerade entfernen, als Pearl ihm die Hand auf den Arm legte. Marty blieb abrupt stehen und schaute auf Pearls Hand hinab. Darauf nahm sie sie weg und sagte: »Heute Abend ist er meinetwegen da.«

»Deinetwegen …?« Marty runzelte die Stirn.

»Ich habe ihn gebeten herzukommen.«

Über Martys Gesicht huschte ein Ausdruck der Verwirrung, bevor er zu McGuire schaute, der gerade an der Bar bezahlte.

Diese Gelegenheit ergriff Pearl, um Marty zu fragen: »Worüber hast du eigentlich mit Vinnie am Tag vor seinem Tod gesprochen?«

Marty sah wieder Pearl an, antwortete aber nicht.

»Du bist gesehen worden, als du unten am Hafen mit ihm gesprochen hast.«

»Na und?«

»Immerhin hast du es verschwiegen.«

»Was heißt verschwiegen. Warum hätte ich es erzählen sollen?« Marty fuhr sich mit der Hand durchs Haar, bevor er mit dem Kopf auf McGuire deutete. »Hat er dich dazu angestiftet?«

»Natürlich nicht. Ich stelle dir nur eine einfache Frage.«

Marty sah Pearl kurz in die Augen, dann zuckte er mit den Achseln. »Na schön, wenn du's unbedingt wissen willst.« Er machte eine Pause, bevor er zu einer Erklärung ansetzte. »Ich habe mit Vinnie über Muscheln gesprochen. Oder genauer, über Austernschalen. Ich hab welche für meine Schaufensterdekoration gebraucht.«

Während Pearl noch darüber nachdachte, kam McGuire mit zwei Weingläsern zurück. Eines davon bot er Pearl an, die kurz zögerte, bevor sie danach griff. McGuire wandte sich Marty zu. »Entschuldigung. Hätten Sie auch was gewollt?«

Marty sagte nichts, sondern schaute lediglich finster zwischen Pearl und McGuire hin und her, bevor er sich umdrehte und wegging.

»Hoffentlich habe ich Sie bei nichts Wichtigem unterbrochen.« McGuire nahm einen Schluck von seinem Glas, während Pearl ihn musterte und darüber nachdachte, was Marty ihr gerade erzählt hatte.

»Ich glaube … ich sollte wirklich erst mal mit Connie reden.« Sie wollte gerade losgehen, als McGuire mit dem Kopf in Richtung Fenster deutete. »Sieht ganz so aus, als wollte sie etwas sagen.«

Connie hatte sich von der Gruppe entfernt und stand jetzt in der Mitte des Lokals. Ein Raunen ging durch den Raum und brachte sogar Billy Crouch vor der Pointe seiner Anekdote zum Verstummen. Connie hielt kurz inne und räusperte sich, bevor sie zögernd zu sprechen begann. »Ich will mich kurzfassen. Eigentlich möchte ich mich nur bei euch allen bedanken, dass ihr heute Abend ... so zahlreich gekommen seid.« Nervös an einem Taschentuch nestelnd, fuhr sie fort: »Alle waren so nett und aufmerksam zu mir, eure Karten und Anrufe und ...« Sie verstummte kurz. »Beileidschreiben.« Sie holte tief Luft. »In Zeiten wie diesen ist es gut, sich in einer Gemeinschaft aufgehoben zu fühlen, und ich fasse es als Zeichen eurer Wertschätzung für Vinnie auf, dass sich so viele bei mir gemeldet und wegen des Termins der Beerdigung angefragt haben.« Sie hielt inne und schaute kurz zu McGuire. »Aber diese Frage ... kann ich immer noch nicht beantworten, weil die Ermittlungen zu Vinnies Tod noch nicht abgeschlossen sind.« Sie wandte sich wieder den Trauergästen zu, die alle auf sie schauten. Aber sie sprach nicht weiter, so als fehlten ihr die Worte, wie eine Schauspielerin, die auf der Bühne ihren Text vergessen hat. Instinktiv wollte Pearl nach vorn kommen und sie trösten, aber Connie fing sich wieder, als erwachte sie aus einer Art Trance. »Ich möchte nur, dass ihr wisst, wie dankbar ich euch für euren Beistand bin.« Sie hielt wieder inne, und diesmal schien es, als starrte sie ins Nichts. »Ich weiß wirklich nicht, was ich ohne euch getan hätte.«

Während ihre letzten Worte noch im Raum zu stehen schienen, sah Pearl, dass Connie den Blick auf die Tür gerichtet hatte, wo Frank Matheson wie ein weiterer Schauspieler stand, der hinter den Kulissen auf sein Stichwort wartete. Connie blickte auf ihre Hände hinab und versuchte, ihre Gedanken zu sammeln. »Jeder von euch weiß, dass Vinnie ein guter Mensch war – fleißig, freundlich und ...« Sie verstummte und rang um das nächste Wort. »Ehrlich.« Sie griff nach einem Glas Wein und hob es in die Höhe, so dass ein Strahl der untergehenden Sonne es zum Leuchten brachte.

»Auf dich, Vinnie.«

Wie auf ein geheimes Kommando folgte jeder im Raum ihrem Beispiel, doch bevor der erste Tropfen eines Getränks jemandes Lippen berührt hatte, ertönte ein langsames Klatschen. Köpfe drehten sich in Richtung des Geräusches und sahen, dass Tina Rowe gerade hereingekommen war. Ein Raunen, wie eine angezündete Lunte, ging durch das Lokal, und Tina, von Connies erhobener Hand aufgehalten, blieb abrupt stehen. Connie wich Tinas Blick nicht aus, als sie voller Ablehnung sagte: »Du bist hier nicht erwünscht.«

»Ach ja?«, entgegnete Tina in unschuldigem Ton, um sich dann an alle Anwesenden zu richten. »Und warum wundert mich das nicht?« Sie fing Pearls warnenden Blick zwar auf, schenkte ihm aber keine Beachtung und richtete sich an die versammelten Trauergäste. »Egal, was ihr von mir denkt, ich bin immer noch Vinnies Frau, beziehungsweise inzwischen seine Witwe. Folglich habe ich sehr wohl das Recht, hier zu sein.«

Pearl war klar, dass Tina auf eine Reaktion der Trauergäste wartete, aber die meisten schauten bloß weg – ob verlegen oder schuldbewusst, konnte Pearl nicht sagen. Tina griff nach einem Glas Wein, aber als sie es an ihre Lippen führte, entwand es ihr jemand. Connie war an Tinas Seite getreten und machte sich ihre Verblüffung zunutze. »Mit dir nehme ich es immer noch auf, und glaub mir, ich werde gewinnen«, warnte sie ihre Kontrahentin. Im Raum wurde es mucksmäuschenstill, dann setzte leises Gemurmel ein. Doch McGuire hatte genug gesehen und trat vor, um sich zwischen die zwei Frauen zu stellen.

»Haben Sie das gerade gehört?«, sagte Tina und blickte zu ihm hoch. »Sie hat mir gedroht.«

»Ganz genau«, setzte Connie nach. »Ich werde tun, was

Vinnie schon vor langem hätte tun sollen. Ich werde …« Sie machte einen Schritt nach vorn, aber damit hatte McGuire gerechnet und trennte die zwei Frauen.

Tina protestierte weiter. »Wollen Sie ihr das etwa durchgehen lassen?«

An dieser Stelle mischte sich Pearl in die Auseinandersetzung ein. »Lass das, Tina. Du machst alles nur noch schlimmer.«

»Dann ist also alles meine Schuld, wie?« Tina sah Connie an, richtete ihre nächste Frage aber an McGuire. »Verhaften Sie sie jetzt oder nicht?«

Darauf trat eine Pause ein, bis McGuire nach kurzem Überlegen den Kopf schüttelte und sagte: »Nein, aber ich werde Sie nach Hause bringen lassen.« Damit packte er Tina am Arm und nutzte ihre anfängliche Überraschung, um sie rasch wegzuführen. Die Anwesenden wichen wie eine Welle vor den beiden zurück und machten ihnen den Weg zum Ausgang frei. Einmal dort, drehte sich McGuire zu Pearl um, sagte aber nichts.

Erst als sich die Tür hinter ihm geschlossen hatte, wurde es wieder laut im Raum. Frauen eilten auf Connie zu, um sie zu trösten, unter ihnen auch Sadie Crouch, die Connie betulich zu einem Stuhl führte, damit sie sich setzen konnte. »Kaum zu glauben, woher diese Person die Dreistigkeit nimmt, hier aufzutauchen.«

»Wer hat ihr wohl von der Feier erzählt?«, fragte darauf die Pastorin, und Pearl war sicher, Sadie erröten zu sehen.

Pearl blickte wieder McGuire nach, aber die Tür blieb geschlossen. Als sie erneut aufging, war es Charlie, der hereinkam. »Was ist denn hier los?«, fragte er und deutete mit dem Daumen hinter sich.

»Frag lieber nicht«, antwortete Pearl, bevor sie merkte, dass er allein war. »Wo ist Tizzy?«

»Draußen. Sie musste noch kurz telefonieren.«

Als in diesem Moment Ruby aus der Küche kam und Charlie sah, leuchtete ihr Gesicht auf. Sie legte umständlich ihre Schürze ab, strich sich ein paar blonde Strähnen aus dem blassen Gesicht und kam rasch auf sie zu. »Ich hab gar nicht gewusst, dass du auch kommst, Charlie.«

»Ich wollte nur kurz vorbeischauen, bevor ich nach Hause fahre.« Charlie sah Ruby lächelnd an und bekam nicht mit, dass hinter ihm die Eingangstür des Pubs aufging. Tizzy blickte sich kurz um, bevor sie Pearl entdeckte. Sie kam rasch auf sie zu, blieb dann aber rücksichtsvoll stehen, als sie sah, dass Charlie mit Ruby redete. Charlie schien jedoch zu spüren, dass sie da war. Er drehte sich sofort um und legte seinen Arm um Tizzys Taille. »Ich glaube nicht, dass du Ruby schon kennengelernt hast. Sie arbeitet bei Mum im Restaurant.«

Tizzy setzte ein freundliches Lächeln auf. »Hallo, Ruby.«

In dem verlegenen Schweigen, das darauf eintrat, schien es, als wäre Ruby angesichts Tizzys souveränen Auftretens am liebsten im Boden versunken. Was in Pearls Augen die Sache für Ruby noch schlimmer machte, war, dass Charlie so nah bei seiner Freundin stand, als übte ihre Anwesenheit eine physische Anziehungskraft auf ihn aus. Mit flackernden Lidern, als erwachte sie gerade aus einem Traum, erholte sich Ruby endlich von ihrem Schock und sagte lächelnd: »Hi … aber ich muss jetzt wieder in die Küche zurück. Dort wartet noch der Abwasch auf mich.«

Damit entfernte sie sich rasch in Richtung Bar, und Pearl konnte sich des Eindrucks nicht erwehren, dass ihre Bedienung mehr für Charlie empfand, als ihr bisher bewusst geworden war. Während sie noch darüber nachdachte und Ruby nachsah, verstellte ihr jemand den Blick. »Miss Nolan?«

Vor ihr stand Richard Cross. Er hatte Stift und Notizblock gezückt. »Dürfte ich fragen, was hier gerade los war?«

Kurz wusste Pearl nicht, was der junge Journalist meinte, doch er fügte rasch hinzu: »Die zwei Frauen. Wenn ich recht informiert bin, war eine von ihnen mit dem toten Fischer verheiratet.«

»Nicht mehr«, erklärte Pearl bestimmt. Sie wollte sich entfernen, aber Cross versperrte ihr den Weg. »Das war ja ein richtiger Zickenkrieg. Alle haben es mitbekommen, und das sorgt bestimmt für Gerede. Fänden Sie es da nicht besser, die Sache von vornherein richtig darzustellen?«

»Das ist weder der richtige Ort noch der geeignete Zeitpunkt«, antwortete Pearl, ohne seinem Blick auszuweichen.

»Könnten wir dann morgen in Ihrem Restaurant reden?« Cross lächelte gewinnend, aber es war Charlie, der antwortete: »Hast du nicht gehört, was sie gesagt hat?«

Cross schaute zwischen Charlie und Pearl hin und her und schloss aus ihren Mienen, dass er vorerst nicht zum Zug käme. Als er resigniert den Rückzug antrat, fragte Tizzy: »Wer war das denn?«

»Ein junger Journalist von der Lokalzeitung«, erklärte ihr Charlie. »Er war vorhin schon im Restaurant und hat Mum genervt.«

»Er hat nur seinen Job gemacht«, sagte Pearl. »Oder es zumindest versucht.« Sie sah, dass Cross zu ihr schaute, bevor er endgültig nach draußen ging. »Aber jetzt zu dir. Wie war deine Probe?« Pearl hatte ihre Frage an Tizzy gerichtet, aber wieder war es Charlie, der antwortete.

»Richtig klasse. Die Akustik in der Coastguard Station ist super. Warte nur, bis du das Konzert …« Er verstummte mitten im Satz, als er Tizzys konsterniertes Gesicht sah. »Was ist?«

»Meine Jacke. Ich habe sie liegen gelassen.«

»Dann fahren wir schnell zurück und holen sie …«

»Nein«, entschied Tizzy. »Wo wir schon mal hier sind … Ich rufe den Hausmeister an und bitte ihn, sie bis morgen für mich aufzubewahren.«

»Wirklich?«

»Ja.«

Als Tizzy sich lächelnd entfernte, kam Dolly ins Blickfeld, die mit Juan an der Bar stand.

»Wer ist das bei Oma?«, fragte Charlie.

»Ihr Flamencolehrer«, antwortete Pearl. Charlie sah sie mit hochgezogenen Augenbrauen an, aber sie fuhr achselzuckend fort: »Eigentlich macht er einen recht netten Eindruck, und ich glaube, sie ist richtig hingerissen von ihm.«

Charlie fiel auf, dass Juan seine Großmutter fasziniert ansah. »Scheint auf Gegenseitigkeit zu beruhen.« Er stellte sein leeres Glas ab und grinste. »Ich sage ihnen mal hallo und schau ihn mir ein bisschen genauer an.«

Als Charlie sich entfernte, blickte Pearl in Richtung Tür, wo Tizzy immer noch telefonierte. Ihre Miene wirkte angespannt, aber als sie Pearl sah, lächelte sie ihr kurz zu, bevor sie das Gespräch beendete. Als sie das Handy einsteckte, ging Pearl auf sie zu. »Und?«

»Alles klar«, sagte Tizzy. »Ich kann sie morgen bei ihm abholen.« Sie deutete mit dem Kopf auf Connie, die immer noch von Kondolierenden umgeben war.

»Ist das die Frau des Toten?«

»Seine Lebensgefährtin«, sagte Pearl. »Obwohl seine Ehe längst am Ende war, hat er sich nie scheiden lassen.«

Tizzy blickte auf Vinnies Foto, das auf dem Tisch neben der Tür stand, und flüsterte, mehr zu sich selbst: »*Che peccato.* Wirklich schade.«

»Ja«, stimmte Pearl ihr zu, und als sie dabei einen Blick auf Vinnies lächelndes Gesicht warf, wünschte sie sich mehr als alles andere, dass er hier wäre, um seine Geschichte zu erzählen.

Keine Stunde später strömten die Trauergäste aus dem Neptune auf den Strand hinaus. Unter ihnen waren auch Dolly und Pearl.

»Alle kommen noch auf einen kleinen Umtrunk bei mir vorbei«, kündigte Dolly an. »Hast du auch Lust?«

Pearl beobachtete, wie Juan ein Stück weiter Tizzy seine Jacke anbot. Dolly folgte ihrem Blick. »Nur damit du's weißt: Zwischen uns ist nichts. Alles strikt auf Flamenco beschränkt. Aber er hat ein tolles Rhythmusgefühl.«

»Und behaarte Pfoten.«

Dolly fing Pearls Blick auf und konnte sich ein Grinsen nicht verkneifen. »Du siehst wirklich sehr viel, aber oft schaust du nicht dahinter. Deshalb bekommst du meistens nur die Hälfte mit.«

»Findest du?«, entgegnete Pearl.

Dolly sah sie fragend an. »Willst du wirklich nicht mitkommen?«

Pearl überlegte, ob sie der Einladung nicht doch folgen sollte, aber irgendetwas hielt sie davon ab. Sie redete sich ein, dass es nichts damit zu tun hatte, dass sie sich dabei vielleicht wie der Anstandswauwau zwischen zwei Generationen von Paaren fühlen könnte, sondern dass sie wissen wollte, wie McGuire mit Tina zurechtkam. »Heute Abend nicht«, entschied sie sich schließlich.

Dolly fasste Pearl an den Schultern und küsste sie, bevor sie ihr Tuch fester um ihre Schultern schlang und etwas wacklig über den Kiesstrand davonstakste. Pearl schaute ihr nach und wollte sich gerade auf den Heimweg machen, als sie auf Patsy aufmerksam wurde, der sich am Strand umblickte, als hielte er nach jemandem Ausschau. Pearl bemerkte die rosafarbene Quaste an dem Handy in seiner Hand. »Ist irgendwas?«

»Ruby hat ihr Handy vergessen.«

Pearl lächelte. »Wahrscheinlich kommt sie nicht allzu weit, bis sie es merkt.«

Doch Patsy schüttelte den Kopf. »Nein, sie ist schon eine ganze Weile weg. Sie hat in der Küche einen Anruf gekriegt und gemeint, sie müsste sofort los, eine Freundin treffen. Könntest du ihr das morgen geben?«

Pearl nahm das Handy an sich.

»Ich werde es ihr gleich vorbeibringen, Patsy.«

Wenig später ging Pearl unter der alten Eisenbahnbrücke an der Oxford Street durch und bog in die Belmont Road. Neben dem Eingang des örtlichen Labour Clubs kündigte ein Plakat »A Night with the Backroom Boys« an, und Pearl erkannte die Stimme Nigel Hobbins', eines einheimischen Musikers, der einen modernen Folksong über das Nahen des Frühlings sang, der dem Krieg ein Ende machte. Das half ihr, über den Streit bei der Trauerfeier nachzudenken. Connies kleine Ansprache war aus tiefstem Herzen gekommen, hatte aber dennoch einige unbeantwortete Fragen aufgeworfen. Wie konnte sie von Vinnies Ehrlichkeit sprechen, wenn sie ihn doch verdächtigte, fremdgegangen zu sein, und warum hatte es des Erscheinens von Matheson bedurft, um sie zu beruhigen? Könnte er die Rolle ihres Beschützers übernommen haben, oder hatte Connie, Vinnies finanzieller Schwierigkeiten und Phantastereien vielleicht schon lange überdrüssig, sogar ein Auge auf Matheson geworfen? Mit Sicherheit war die Wahrheit hinter all jenem verborgen gewesen, was Pearl an diesem Abend beobachtet hatte, aber vielleicht hatte sie es, wie ihre Mutter angedeutet hatte, wie üblich nicht durchschaut. Auch Martys Eifersucht auf McGuire war eine schockierende Facette gewesen, weshalb sich Pearl fast zwangsläufig fragte, ob er sie, wenn er ihr am Strand unbemerkt nachspioniert hatte, nicht auch bei anderen Gelegenheiten heimlich beobachtet hatte. Trotz des warmen Abends lief ihr ein Schauder über den Rücken, als sie ihre Gedanken zu sammeln versuchte.

Mit Tinas Erscheinen waren lang schwelende Animositäten aufgeflammt, aber es war nicht auszuschließen, dass der Streit der zwei Frauen lediglich ein Ablenkungsmanöver gewesen war. Connie hatte Pearl ganz offen von einer Lebensversicherung erzählt, die Vinnie schon vor langem abgeschlossen hatte und für die er trotz aller finanziellen Schwierigkeiten regelmäßig seine Beitragszahlungen geleistet hatte. Wenn die Versicherungssumme nun sehr hoch war? Reichte sie als Grund für einen Mord?

Pearl war klar, dass das etwas war, worüber sie mit McGuire sprechen sollte, obwohl sie vermutete, dass er in diesem Moment mit Tina in der Bar des Walpole Bay Hotel feststeckte und ihr einen Drink nach dem anderen spendierte, während sie ihm ihre Version der Geschichte erzählte. Tina war eine wahre Meisterin darin, das unschuldige Opfer zu spielen, dachte Pearl, und dennoch hatte sie Stroud dazu bewegt, Vinnie Geld zu leihen. Nutzte sie diese Situation jetzt vielleicht zu ihren Gunsten aus? Sollte dem so sein, konnte Pearl kein plausibles Motiv dahinter erkennen. Aber egal, wie lang sie über die Sache auch nachdachte, landete sie immer wieder bei Matheson. Wenn es jemanden gab, der Vinnies Tod gewollt haben könnte, war Matheson der Einzige, der Pearl in den Sinn kam. Zugegeben, sie mochte den Mann nicht, aber nicht ohne Grund. Matheson war ehrgeizig und sehr von sich überzeugt, und Pearl – das war der entscheidende Punkt – traute ihm durchaus zu, dass er sich wegen Vinnies Ausstieg aus seiner Firma gerächt haben könnte. Vielleicht hatte er beschlossen, seinem ehemaligen Angestellten einen Denkzettel zu verpassen. Wenn er vielleicht auch nicht persönlich eines Mordes fähig war, war er es gewöhnt, andere dafür zu bezahlen, die Drecksarbeit für ihn zu erledigen. Im Pub waren an diesem Abend einige Männer gewesen, die dem Meer ihren Lebensunterhalt abrangen und sich von Mathesons Angebot, Vinnie eine Lektion zu erteilen, in Versuchung hätten führen lassen können.

Plötzlich kam Pearl ein Gedanke: War vielleicht Billy Crouch einer von ihnen? Billy könnte sogar geglaubt haben, Vinnie einen Gefallen zu tun. Aber wenn die Sache dann aus dem Ruder gelaufen war? Pearl sog heftig die Nachtluft ein. Ihr blieb nur zu hoffen, dass McGuires Obduktionsbefund endlich für Klarheit sorgen würde, nicht nur um ihres eigenen Seelenfriedens willen, sondern auch um einen Mann zur Ruhe kommen zu lassen, der von jetzt an nur noch in ihrer Erinnerung weiterleben würde.

Die Musik aus dem Labour Club hinter ihr wurde zunehmend leiser, als sie über den Rasen auf den Eingang von Windsor House zuging. Der Aufzug des Wohnblocks kam gehorsam an, und Pearl betrat die Kabine, um zu Rubys Wohnung hinaufzufahren. Als die Lifttür aufging, schlug ihr aus dem Flur schwacher Kohlgeruch entgegen, nicht unbedingt unangenehm, sondern eher eine Erinnerung daran, dass Pearl seit dem Mittagessen nichts mehr gegessen hatte als ein paar von Rubys dreieckigen Sandwiches. Durch die Milchglasscheibe der Wohnungstür drang ein schwacher Lichtschein, als Pearl klingelte, aber obwohl sie den Glockenton in der Wohnung in aller Deutlichkeit hören konnte, kam keine Reaktion. Nachdem sie es noch einmal versucht hatte, klopfte Pearl nach einigem Zögern an die Glasscheibe der Tür. Schließlich klappte sie den Briefkastenschlitz hoch und spähte nach drinnen.

Jetzt drang ein anderer Geruch in Pearls Nase – nicht Kohl, sondern das schwefelige Aroma gekochter Eier. Sie konnte eine alte Garderobe in der Diele sehen, die Wand dahinter war mit einem wilden Blütenmuster tapeziert. Zur Wohnzimmertür führte ein rot gemusterter Läufer. Pearl klingelte ein letztes Mal, aber wieder rührte sich nichts.

Als sie bereits zum Lift zurückgehen wollte, fiel Pearl ein, dass sie Rubys Handy noch hatte. Da sie wusste, wie sehr das Mädchen davon abhängig war, beschloss sie, es durch den Briefkastenschlitz zu schieben. Doch als sie sich wieder zur Wohnungstür umdrehte, sah sie hinter der Milchglasscheibe einen allmählich größer werdenden Schatten erscheinen. Die Tür ging auf, und Ruby stand da. Sie hielt sich schmerzverkrümmt an der Klinke fest und rang mit schweißnasser Stirn nach Atem. Dann machte sie zwei unbeholfene Schritte auf Pearl zu und stieß ein gepresstes »Hilf mir …« hervor, bevor sie bewusstlos in Pearls Arme sank.

KAPITEL VIERZEHN ⭐

Das Wartezimmer im Krankenhaus war brechend voll, stickig und von der Sorte Neonlicht erhellt, die allem, worauf es fiel, eine gespenstische Blässe verlieh. Es bleichte auch die Farben der ländlichen Studie »Schwäne auf dem Stour«, die schief an der Wand hing, und weil Pearl nichts Besseres zu tun hatte, rückte sie das Bild gerade und stellte dabei fest, dass die silberne Plakette an seinem Rahmen eines lange verstorbenen Fremden gedachte. Auf einem niedrigen Tisch lagen eselsohrige Zeitschriften, und neben einer Box mit Papiertüchern stand ein Korb mit Trockenblumen. Es war nicht zu übersehen, dass in diesem Raum zahllosen Menschen schlechte Nachrichten überbracht worden waren, und als die Tür aufging, hoffte Pearl, ihr möchte es nicht genauso ergehen.

In der Erwartung, jemanden von der Belegschaft des Krankenhauses zu sehen, stand sie auf, um sich jedoch McGuire gegenüberzufinden. Schweißtriefend versuchte er mühsam, seinen Hemdkragen aufzuknöpfen, als er auf den freien Platz neben ihr sank. »Warum muss es an solchen Orten immer so verflucht heiß sein?«

Pearl hatte sich von seiner Anwesenheit etwas Trost erhofft, aber McGuires schlechte Laune bewirkte das genaue Gegenteil. »Haben Sie irgendetwas in Erfahrung bringen können?«, fragte sie.

McGuire schüttelte den Kopf. »Die Schwestern mussten sich gerade um einen Notfall kümmern.«

Dankbar über einen Vorwand, sich von Tina Rowe in ihrem Hotel in Margate verabschieden zu können, war McGuire auf

Pearls Anruf hin sofort ins Krankenhaus gekommen. Er war jedoch nicht darauf gefasst gewesen, welche Wirkung die Notaufnahme auf ihn haben könnte. Der Lärm im vollen Empfangsbereich des Krankenhauses und der Geruch nach Desinfektionsmitteln hatten ihn direkt in das Londoner St. Thomas' Hospital zurückversetzt – in die Nacht vor zwei Jahren, in der er mitgeteilt bekommen hatte, dass keine Hoffnung mehr bestand. Daraufhin war er vom Krankenhaus über die Brücke zum Westminster Embankment gegangen und hatte sich dort an der Themse eine Bank gesucht, auf der er die Nachricht von Donnas Tod in seine Seele hatte eindringen lassen, wie Schlick, der sich nach dem raschen Einströmen der Flut auf dem Boden absetzt. Als er jetzt Pearl ansah, fühlte er sich plötzlich sehr verletzlich und suchte deshalb Schutz in betont vorschriftsmäßigem Vorgehen. »Sind die Eltern benachrichtigt worden?«

»Sie hat keine Eltern mehr«, antwortete Pearl. »Nur eine alte Großmutter. Aber sie hat Alzheimer und ist in einem Seniorenheim untergebracht.«

Noch während McGuire das zu verarbeiten versuchte, kam ein erschöpfter junger Assistenzarzt herein. Er hatte die Hemdsärmel bis zu den Ellbogen hochgekrempelt. »Sind Sie wegen Ruby Hill hier?«

Als Pearl hastig nickte, beantwortete der junge Arzt die Frage, die unausgesprochen im Raum stand. »Ihr Zustand hat sich stabilisiert.«

Pearl atmete erleichtert aus. »Kann ich schon zu ihr?«

»Noch nicht. Wir würden sie zur Beobachtung gern noch über Nacht hier behalten.«

»Was ist passiert?«, fragte McGuire.

Der Arzt zögerte, bevor er zu einer Erklärung ansetzte. »Es war eine Reaktion auf etwas, das sie gegessen hat.«

»Eine Allergie?«, hakte McGuire nach.

232

»Ein Pilzgift«, antwortete der Arzt. »Clitocybe Dealbata oder Feldtrichterling. Sieht aus wie ein essbarer Pilz, ist aber in Wirklichkeit hochgiftig. Zum Glück hat sie nicht zu viel davon gegessen. Größere Dosen können extreme Bauchschmerzen und Übelkeit hervorrufen.« Er sah Pearl an. »Sie haben sie gerade noch rechtzeitig gefunden. Es gibt ein Gegengift, aber wir mussten es nicht einsetzen. Das Schlimmste hat sie inzwischen überstanden.«

Zutiefst erleichtert, ließ sich Pearl auf einen Stuhl niedersinken.

»Könnte ich mit ihr reden?«, fragte McGuire.

»Heute Abend noch nicht. Sie schläft jetzt und braucht Ruhe. Warten wir lieber ab, wie es ihr morgen früh geht.« Der Arzt lächelte müde und verschwand durch die Tür, durch die er gekommen war. In der Stille, die darauf eintrat, blickte Pearl auf das Gemälde an der Wand und auf die Box mit Papiertaschentüchern, die unbenutzt auf dem Tisch lag. McGuire wusste genau, was sie dachte.

»Kommen Sie«, sagte er behutsam. »Ich fahre Sie nach Hause.«

Da auf der Rückfahrt nach Whitstable auf den Straßen von Blean kaum Verkehr herrschte, legte McGuire auf der kurvenreichen Strecke ein ordentliches Tempo vor. Pearl schaute von dem Handy in ihrer Hand zu seinen kräftigen Händen am Lenkrad.

»Und was haben Sie herausgefunden?«, fragte er.

Pearl las laut von ihrem Handydisplay ab. »Dealbata. Zuerst 1799 als *Agaricus Dealbatus* beschrieben, vom lateinischen Verb *dealbare*, ›bleichen‹ oder ›weißwaschen‹. Wegen der bei einer Vergiftung auftretenden Symptome heißt er auch ›Schwitzpilz‹. Er ist ein kleiner weißer oder beigefarbener Pilz mit weißen Lamellen. Eine von vielen giftigen Spezies.«

233

Als sie nicht weitersprach, schaute McGuire zu ihr herüber. »Was ist?«

»Ruby geht oft Pilze sammeln. Sie hat mir mal erzählt, dass sie das schon von klein auf macht. Meistens waren sie und ihre Mutter in den Victory Woods nicht weit von hier.«

»Vielleicht hat sie dort die Pilze gesammelt, mit denen sie sich vergiftet hat«, dachte McGuire laut nach, als er an einer roten Ampel hielt.

»Möglicherweise«, sagte Pearl nachdenklich. »Aber warum sollte sie mit ihrer Erfahrung einen solchen Fehler machen?«

McGuire schaute auf die Straße vor ihnen und sah die Ampel auf Grün springen. »Das werden wir gleich sehen«, erklärte er kurz entschlossen und bog am Fuß des Borstal Hill scharf nach rechts.

Wenig später hatte McGuire das Windsor House erreicht, und Pearl und er standen vor Rubys Wohnungstür. Der Inspektor durchsuchte seine Geldbörse. »Dafür brauchen Sie einen Durchsuchungsbeschluss«, rief ihm Pearl in Erinnerung. Doch McGuire achtete nicht auf sie, sondern nahm eine Kreditkarte aus seiner Geldbörse und schob sie in den schmalen Spalt zwischen Tür und Rahmen. Kurz darauf ging die Wohnungstür unter seiner Hand lautlos auf. Einmal drinnen, blätterte McGuire rasch durch die Wurfsendungen auf der Ablage der Garderobe, bevor er durch die Diele ging, in der immer noch dieser leichte Eiergeruch hing, der stärker wurde, als sie die Küche betraten. Als Pearl sich umblickte, fiel ihr sofort auf, dass Ruby den Einrichtungsstil ihrer Großmutter etwas aufzupeppen versucht hatte. An der Wand hing ein Poster von One Direction, und auf dem Fensterbrett stand ein weißer Keramikwürfel mit einer Orchidee darin. Auf Mary Hills alter Anrichte waren jedoch immer noch eine Teekanne inklusive Wärmer sowie ein Geschirrtuch, das für eine Spielhalle am Strand von Margate warb.

»Wonach suchen wir eigentlich?«, fragte Pearl, die ein schlechtes Gewissen dabei hatte, in Rubys Privatsphäre einzudringen.

»Das weiß ich selbst noch nicht«, antwortete McGuire, der gerade das Abtropfgestell inspizierte, in dem ein einzelner Teller stand. »Ich möchte nur sichergehen, dass alles ins Bild passt.« Pearl ging zum Abfalleimer und stellte fest, dass eine frische Tüte eingespannt war. Dann öffnete sie den Kühlschrank und schaute zu McGuire zurück. »Nach Eiern hat es schon vorhin gerochen, als ich das erste Mal hier war. Im Kühlschrank sind noch drei, aber Schalen sind nirgendwo zu sehen. Sie muss also die Abfälle nach dem Kochen sofort in den Müllschlucker am Ende des Flurs geworfen haben. Können Sie den durchsuchen?«

»Wonach?«, brummte McGuire. »Nach Eierschalen?«

»Nach Pilzen ... giftigen ... oder womit sie sich eben sonst vergiftet hat.« Plötzlich verstummte Pearl und sah den Inspektor an. »Wie viele Teller sind im Abtropfgestell?«

»Einer«, antwortete McGuire und nahm ihn zusammen mit dem Messer und der Gabel, die daneben lagen, heraus. »Warum?«

Pearl dachte kurz nach. »Patsy hat mir erzählt, dass Ruby einen Anruf bekommen hat, als sie in der Küche des Pubs war. Das war der Grund, weshalb sie gegangen ist. Sie wollte sich mit jemandem treffen.« Ihr fiel etwas ein, und sie griff rasch in ihre Tasche. »Ihr Handy.« Sie nahm es heraus und rief das Anrufverzeichnis auf. »Der letzte Anruf ist von mir. Gestern Nachmittag.«

McGuire zuckte mit den Achseln. »Dann hat sich der Wirt des Pubs eben getäuscht. Oder sie hat den Anruf des Freundes gelöscht. Vielleicht hat sie nur einen Vorwand gebraucht, um zu gehen.«

Als Pearl das Handy auf die Arbeitsplatte legte, fiel ihr Blick plötzlich auf etwas anderes. Sie griff nach einem kleinen Notizbuch mit einem geblümten Einband und begann darin zu blättern.

McGuire kam zu ihr. »Was steht da drin?«

»Lauter Rezepte«, sagte Pearl und verstummte, als ihr bewusst wurde, was das bedeutete. »Sie hat sich alles aufgeschrieben. Alle Gerichte, die ich im Restaurant auf der Karte habe, und wie sie zubereitet werden.« McGuire beobachtete, wie Pearl, sichtlich gerührt von Rubys Eifer, in dem Büchlein blätterte. »Sie haben sie richtig ins Herz geschlossen, hm?«

Pearl nickte nachdenklich. »Sie ist ganz allein.«

Pearl sah McGuire an, aber er erwiderte nichts. Ihm wurde bewusst, dass das auch auf ihn zutraf. Er nahm Pearl das Buch aus der Hand und legte es behutsam auf die Arbeitsplatte zurück. Dann sagte er lächelnd: »Sie hat doch Sie.«

Es war drei Uhr morgens, als McGuires Wagen endlich von der Nelson Road in die Island Wall bog. Am Himmel zeigte sich der erste schwache Lichtstreifen, als er vor dem Seaspray Cottage hielt. Müde und erschöpft wie sie waren, hatten beide während der Rückfahrt geschwiegen. Jetzt stieg McGuire als Erster aus, um Pearl die Beifahrertür zu öffnen. Beim Aussteigen rutschte Pearl die Handtasche vom Schoß. Sie konnte sie zwar noch auffangen, aber ihr Schlüsselbund war bereits auf den Gehsteig gefallen. Pearl wollte ihn aufheben, aber der Inspektor kam ihr zuvor und reichte ihn ihr. Als sich dabei ganz kurz ihre Finger berührten und er ihr in die Augen sah, war es, und sei es nur aus einem Gefühl des Verlusts oder der Sehnsucht heraus, als klänge die Berührung in ihr nach wie die Folgen eines leichten Stromschlags. Es war Pearl, die als Erste die Hand zurückzog. Sie machte einen Schritt auf die Haustür zu, blieb dann aber noch einmal stehen und drehte sich um. In diesem Moment wurde ihr bewusst, dass die Ereignisse des Abends den Weg zwischen ihnen geebnet zu haben schienen. Entgegen all ihrer Bedenken hörte sich Pearl die einzige Frage stellen, die in diesem Moment in ihrem Kopf war. »Möchten Sie noch mit reinkommen?«

McGuire wich ihrem Blick nicht aus. Er war sich bewusst, dass sich das Tageslicht wie ein Feuer am Himmel ausbreitete. Wieder musste er an Donna denken, wie sie aus seinem Leben gerissen worden war, und an seine vielen einsamen Nächte seit ihrem Tod. Unschlüssig, was er darauf erwidern sollte, öffnete er den Mund, um etwas zu sagen, aber in diesem Moment, wie auf ein Stichwort hin, flog vom Strand ein Schwarm Stare auf und schwirrte, sich unablässig teilend und neu formierend, wie ein Pfeil in den Morgenhimmel empor. Dieses kleine Schauspiel verschaffte McGuire genügend Zeit zum Nachdenken. Langsam wandte er sich schließlich wieder Pearl zu. »Sie sollten sich lieber erst mal schlafen legen.«

Pearl beobachtete McGuire, wie er in sein Auto stieg und den Motor startete. Er fuhr langsam los und bog, ohne sich ein einziges Mal umzublicken, um die Ecke. Pearl schaute auf den Schlüsselbund in ihrer Hand hinab, dann drehte sie sich um und schloss die Tür des Cottage auf. Als sie sich dabei auf die Unterlippe biss, tat sie das nicht wegen McGuires Ablehnung, sondern wegen der Stille und Verlassenheit ihres Zuhauses – zwei Dinge, die sie normalerweise genoss.

Und dann wurde sie auf das blinkende Lämpchen ihres Anrufbeantworters aufmerksam. Im ersten Moment dachte sie, es könnte das Krankenhaus sein, das wegen Ruby anrief, doch als sie auf die Abspieltaste drückte, ertönte eine bekannte Stimme.

»Es besteht kein Grund zur Besorgnis«, begann Juan. »Ihrer Mutter geht es gut, aber ...« Er machte eine Pause, bevor er schließlich fortfuhr. »Sie bräuchte morgen früh Ihre Hilfe.«

KAPITEL FÜNFZEHN ✦

»Mir ist natürlich klar, dass du wegen dieser Geschichte mit Ruby etwas unter Druck bist, aber ich möchte meine Gäste niemandem außer dir anvertrauen.«

Auf mehrere Chenillepolster gestützt, lag Dolly mit ihrem getigerten Kater Mojo, den sie auf ihrem Schoß festhielt, auf der Liege im Wintergarten. Obwohl die Tür zum Garten offen stand, war es im Raum von der frühmorgendlichen Sonne unangenehm warm. Pearl sah, dass die Augen des Katers auf die Lavendelsträucher im Garten geheftet waren, als plante er bereits seine Flucht. »Es geht dabei nicht nur ums Saubermachen«, fuhr Dolly fort. »Vor allem kommt es mir auf eine angemessene Begrüßung an. Es ist ganz wichtig, dass die Gäste ein freundliches Gesicht zu sehen bekommen. Jemanden, dem sie vertrauen können.«

Pearl verkniff sich jede Bemerkung. »Schon gut«, gab sie klein bei, obwohl sie beim besten Willen nicht verstehen konnte, warum ihre Mutter keine Agentur mit der Betreuung ihrer Gäste beauftragte, wie das die meisten Vermieter von Ferienwohnungen im Ort taten. »Ich kümmere mich um alles, bis du wieder einsatzbereit bist.«

Daraufhin entspannte sich Dolly sichtlich. »Gut. Die Soulets fahren um drei, und die Breits kommen um fünf. Das ist der einzige Mieterwechsel, um den du dich kümmern musst, denn du wirst sehen: Nach ein paar Stunden Ruhe und einer Erbsenpackung bin ich wieder topfit.«

»Erbsen?«, fragte Juan. Er war gerade mit einer Tasse Tee und zwei Garibaldi-Keksen auf der Untertasse aus der Küche gekommen und zog verständnislos die Augenbrauen hoch.

»Tiefkühlerbsen«, erklärte ihm Dolly. »Für meinen Rücken. Die Kälte ist gut gegen die Verspannungen.«

»Bist du da sicher?« Juan sah sie stirnrunzelnd an. »Wäre Wärme nicht besser?«

»Oder ein Besuch beim Chiropraktiker?«, fügte Pearl hinzu.

Dolly schüttelte den Kopf. »Erbsen.«

Pearl tauschte einen Blick mit Juan, bevor er mit einem leisen Seufzer zur Tür ging und seinen Strohhut aufsetzte. Er blickte sich nach den zwei Frauen um und sagte: »Bin gleich wieder da. Mit Erbsen.«

Dolly wartete, bis die Eingangstür zufiel, bevor sie wehmütig lächelte. »Er ist wirklich ganz reizend.«

»Wahrscheinlich fürchtet er, dass du ihn verklagst.«

»Das ist mir nicht beim Flamenco-Tanzen passiert«, korrigierte Dolly ihre Tochter. »Wenn du es unbedingt wissen willst, es ist passiert, als ich ihm meine *asanas* vorgeführt habe.« Auf Pearls Blick hin fügte Dolly rasch hinzu: »Meine Yogastellungen. Bis dahin hatte ich noch nie Probleme, in den Pflug zu kommen …« Sie verstummte abrupt. Pearl sagte nichts, aber ihr Schweigen sprach Bände. »Ich weiß, was du jetzt denkst. Aber wäre es dir etwa lieber, wenn ich Sadie Crouchs Kaffeekränzchen beitreten würde? Oder als Dauerurlauberin die Sehenswürdigkeiten Europas unsicher mache?« Plötzlich zuckte sie zusammen, und Pearl kam ihr zu Hilfe. »Ich rufe den Arzt …«

»Das wirst du nicht tun! Er würde mich doch nur mit Schmerzmitteln vollpumpen. Ich muss irgendwo Arnika rumliegen haben. Schau mal in meiner Arzneischatulle nach.«

Pearl ließ sich lieber erst gar nicht auf eine Diskussion zu diesem Thema ein und holte stattdessen das verspiegelte Kästchen, das auf einem Bord neben dem Fenster stand. Pearl kannte diese Schatulle nur zu gut. Sie hatte sie ihre ganze Kindheit hindurch begleitet und enthielt alle möglichen Pillen, Wässerchen und ätherischen Öle. Dolly, die grundsätzlich nichts von konventionellen Medikamenten hielt, stützte sich lieber auf ihr Dilettantenwissen über alternative Medizin – im eigenen Garten angebaute Kräuter und altbewährte Hausmittel, die von einer Großmutter stammten, der viele heilende Kräfte, wenn nicht sogar übernatürliche Fähigkeiten zuschrieben. Pearl reichte das Kästchen ihrer Mutter, die ihre Brille aufsetzte und in den zahlreichen Plastikpäckchen in der Schatulle zu kramen begann.

»Haben sie im Krankenhaus gesagt, wann Ruby wieder nach Hause kann?«

Pearl schüttelte den Kopf. »Ich habe heute Morgen angerufen, aber sie wollten mich nicht mit ihr reden lassen. Der zuständige Arzt muss sie sich noch mal ansehen, aber ich werde später hinfahren und sie besuchen. Ich bin sicher, es wird ihr gleich wieder besser gehen, sobald sie nach Hause kommt und sich ein bisschen ausruhen kann.«

»In dieser trostlosen kleinen Wohnung?« Dolly schien in diesem Punkt anderer Meinung zu sein. »Lass sie lieber ein paar leichte Aufgaben im Restaurant übernehmen. Wenn du bei ihr bist, fühlt sie sich bestimmt wesentlich wohler.« Dolly sah ihre Tochter, die skeptisch die Stirn in Falten zog, über den Rand ihrer Lesebrille an. »Das ist dir doch hoffentlich klar?«

»Was soll mir klar sein?«

»Dass sie große Stücke auf dich hält. Es ist doch nicht zu übersehen – wie sehr sie dich bewundert.«

In Pearl weckte das widersprüchliche Gefühle. Sie mochte Ruby und war gern dazu bereit, sie unter ihre Fittiche zu nehmen, aber auf keinen Fall wollte sie das Mädchen einen Platz in ihrem leeren Nest füllen lassen. Sie kam an Dollys Seite, um ihr bei der Suche nach ihren Kügelchen zu helfen. »Hier. Arnika. Möchtest du es mit Wasser einnehmen?«

»Natürlich nicht«, antwortete Dolly gereizt. »Das ist ein homöopathisches Mittel. Wenn du mir nur einen Teelöffel bringen würdest.«

Als sich Pearl darauf entfernte, sah Dolly, dass ihre Tochter in den letzten heißen Sommertagen Sonne abbekommen hatte. Ihre Arme und Beine waren genauso stark gebräunt, wie es die von Tommy immer gewesen waren, und ihr langes Haar fiel ihren Rücken hinunter wie schon zu ihren Teenagerzeiten. Die verstrichenen zwei Jahrzehnte brachten Dolly kurz ins Nachdenken. »Du hättest mit ihm gehen können«, sagte sie behutsam.

»Mit Juan?«, fragte Pearl und drehte sich auf die zusammenhangslose Bemerkung ihrer Mutter hin um. Aber Dolly schüttelte den Kopf. »Fragst du dich nicht hin und wieder, wie dein Leben verlaufen wäre, wenn du das getan hättest? Wenn du deinem Herz gefolgt wärst?«

Pearl kannte den Blick in den Augen ihrer Mutter. Es war der Blick, der Fragen wie diese immer begleitete. Fragen nach der Vergangenheit.

Pearl hatte keine Lust, weiter auf dieses Thema einzugehen. »Bin ich doch«, antwortete sie schließlich. »Mein Herz ist hier.«

Sie hielt ihrer Mutter den Löffel hin. Diese zögerte kurz, bevor sie ihn nahm, und diese Gelegenheit nutzte Mojo zur Flucht. Er sprang von Dollys Schoß zur Wintergartentür und verschwand unter den Lavendelsträuchern im Garten.

»Undankbares kleines …«

In diesem Moment ging hinter ihnen die Tür auf, und Juan kam herein. Er musste erst wieder zu Atem kommen, bevor er eine Plastiktüte hochhielt und Dolly wie eine Trophäe überreichte.

»Erbsen!« Er strahlte vor Freude über den erfolgreichen Abschluss seiner Mission. Dolly schmolz dahin vor Dankbarkeit – und Pearl schlüpfte aus dem Zimmer.

Zwei Stunden später stand Pearl vor dem weißen Art-déco-Eingang des Kent and Canterbury Hospital. Als sie einen von Menschen wimmelnden Flur entlangging, der mit seinen stylishen Bistros, in denen es Panini und Skinny Latte gab, eher an ein Einkaufszentrum erinnerte, blieb sie vor einem der kleinen Läden stehen, und als sie sich anstellte, um dort überteuertes Obst zu kaufen, machte sie sich insgeheim Vorhaltungen, dies nicht bei Cornucopia getan zu haben. Sie musste an Marty und seinen verletzten Stolz denken, als er sie ein zweites Mal mit McGuire gesehen hatte. Vielleicht war seine Bemerkung im Neptune nur eine Folge dieser Kränkung gewesen, aber dennoch war nicht auszuschließen, dass er mit dem Grund für McGuires Versetzung an die Nordostküste Kents richtig lag. Nach Verlassen des Krankenhausshops ging Pearl einen weiteren Krankenhausflur entlang, bis sie merkte, dass sie sich verlaufen hatte. Angesichts des verwirrenden Labyrinths von Korridoren schien es ihr, als sei sie wie bei ihren Ermittlungen mit einer Vielzahl falscher Abzweigungen konfrontiert. Fest entschlossen, sich McGuire aus dem Kopf zu schlagen, ging sie weiter und folgte einer Spur, die sie schließlich zur Schwingtür der richtigen Station führte. Als sie sie aufstieß, fiel ihr Blick zu ihrer Bestürzung auf Rubys leeres Bett.

Das Bettzeug war abgezogen, der Nachttisch leergeräumt. Nichts deutete darauf hin, dass Ruby einmal hier gewesen war, ein Gedanke, der ihr einen kalten Schauder durchs Herz jagte, denn er erinnerte sie an einen Moment, in dem sie ein anderes Krankenzimmer betreten und das leere Bett ihres Vaters vorgefunden hatte und Dolly, das Gesicht in den Händen vergraben, auf einem Stuhl gesessen und ihr stockend klargemacht hatte, dass Tommy nicht mehr unter ihnen war. Mit zweiundvierzig Jahren hatte ihn ein Herzinfarkt dahingerafft, ein Schock, nicht weniger abrupt und unerwartet, als Vinnies im kalten Meer verankerte Leiche zu finden. Es lief ihr kalt den Rücken hinunter. Dann spürte sie, dass jemand hinter ihr stand.

Ruby hatte dieselben Sachen an wie am Abend zuvor. Ihr blondes Haar war aus der Stirn frisiert, ihre Haut noch blasser als sonst, fast durchscheinend, wie Alabaster. Sie lächelte Pearl an. »Sie sehen ja aus, als hätten Sie gerade einen Geist gesehen.« Statt einer Antwort streckte Pearl die Arme aus und zog das nach Krankenhausseife riechende Mädchen an sich. »Bist du auch wirklich wieder okay?« Sie machte einen Schritt zurück, um Ruby von oben bis unten in Augenschein zu nehmen.

Ruby grinste. »Klar. Sie haben mich schon vor ein paar Stunden entlassen, aber dann hat es doch noch etwas gedauert, bis sie den ganzen Schreibkram erledigt haben.« Sie hielt einen braunen Umschlag hoch. »Ein Brief an meinen Hausarzt, falls ich noch mal krank werde.«

Pearl erwiderte Rubys Lächeln und nahm ihre kleine, kalte Hand in ihre. »Komm, lass uns hier verschwinden.«

Als die zwei Frauen auf dem Krankenhausparkplatz in Pearls Auto stiegen, sagte Ruby: »Tut mir leid, wenn Sie sich meinetwegen Sorgen gemacht haben. Eigentlich wollte ich Sie heute Morgen schon anrufen, aber ich konnte mein Handy nirgendwo finden.«

»Du hast es im Pub liegengelassen.«

Ruby sah abrupt auf.

»Ich wollte es dir gestern Abend noch vorbeibringen«, fuhr Pearl fort. »Nur deshalb habe ich dich gefunden.«

Ruby wandte den Blick ab, als dächte sie über etwas nach. »Dann … ist mein Handy also jetzt zu Hause?«

Pearl zögerte. Das rote Warnlicht am alten St.-Dunstan's-Bahnübergang hatte plötzlich zu blinken begonnen, und sie hielt an, bevor sich die Schranke schloss. Gleichzeitig beschloss sie, Ruby nicht zu erzählen, dass sie mit McGuire ein zweites

Mal in ihrer Wohnung gewesen war. »Ich habe es auf den Küchentisch gelegt.«

Das nahm Ruby lächelnd zur Kenntnis. Dann rauschte ein Zug vorbei, und die Schranke ging wieder hoch. Pearl fuhr los und nahm die Straße nach Blean, aber als sie an der Abzweigung zum Universitätscampus vorbeikam, fragte sie sich, ob Charlie vielleicht ganz in der Nähe war, in der Bibliothek, und Kaffee trank, vielleicht mit Tizzy.

Wie um sich von diesem Gedanken abzulenken, fragte sie Ruby: »Wie ist das eigentlich passiert?«

Ruby zuckte mit den Achseln. »Ich habe versehentlich ein paar giftige Pilze gegessen, aber keine Angst, das passiert mir kein zweites Mal.« Sie setzte ein verhaltenes Lächeln auf.

»Ich habe aber nirgendwo Pilze gesehen.«

Ruby sah Pearl fragend an.

»Gestern Abend in deiner Wohnung«, fuhr Pearl fort. »Es waren weder welche im Kühlschrank noch welche im Müll …«

»Ich habe alle aufgegessen«, fiel Ruby ihr rasch ins Wort. »Ich habe mir ein Omelett gemacht, als ich nach Hause gekommen bin. Danach habe ich abgewaschen und den Müll rausgebracht und … als ich mich dann schlafen legen wollte, ist mir plötzlich übel geworden.«

Pearl hielt den Blick auf die Straße gerichtet. »Wolltest du dich nicht mit jemandem treffen?«

Ruby runzelte die Stirn. »Mit jemandem treffen?«

»Patsy meinte, du hättest einen Anruf von einem Freund bekommen …«

»Da muss er sich getäuscht haben.« Ruby schaute aus dem Seitenfenster, und Pearl sah, dass ihre Hände zu zittern begonnen hatten.

»Ruby, ich versuche doch nur herauszufinden, wie es dazu gekommen ist, mehr nicht.«

»Wie so ein Schnüffler von der Polizei, hm?« Rubys Tonfall

war plötzlich schockierend schroff und abweisend. »Hat Sie der Inspektor gebeten, mich auszuhorchen? Ist das der Grund, warum Sie mich abgeholt haben?«

Pearl schaute rasch zu ihr hinüber. »Nein, natürlich nicht. Schau ...« Sie griff nach Rubys zitternder Hand, aber es war, als versuchte sie, einen verängstigten Vogel festzuhalten.

»Ich will aussteigen«, stieß Ruby hervor und schaute aus dem Seitenfenster.

»Was ...?«

»Halten Sie sofort an!«

Pearl bremste und fuhr an den Straßenrand. Es dauerte eine Weile, bis beide Frauen sich wieder gefangen hatten. »Was hast du denn auf einmal? Was habe ich denn gesagt, dass du dich so aufregst?«

Ruby schüttelte den Kopf. »Ich will nur aussteigen und meine Oma besuchen, bevor sie die ganze Geschichte von jemand anderem erzählt bekommt.«

»Wieso denn das?«

Pearl konnte sehen, dass Ruby durch das Autofenster in Richtung Fairfax House starrte, das nur wenige Hundert Meter entfernt war.

»Sie wird es bestimmt erfahren«, sagte Ruby. »Sie wissen doch, wie es in Whitstable ist. Sobald man nur einem Menschen davon erzählt, weiß es in kürzester Zeit die ganze Stadt, und als Nächstes kommt Sadie Crouch Oma besuchen, um ihr den ganzen Tratsch zu erzählen, und dann macht sich Oma nur unnötig Sorgen um mich. Haben Sie denn nicht gemerkt, dass Oma die Vergangenheit und alles, was jetzt passiert, immer mehr durcheinanderbringt?« Ihr Atem begann schneller zu gehen. »Ich will einfach nicht, dass sie erfährt, dass ich im Krankenhaus war, okay? Das erinnert sie bloß an Mum.«

Rubys Besorgnis schien in Paranoia umzuschlagen. Deshalb widersprach Pearl ihr nicht weiter. »Okay, wenn du meinst.«

Darauf wurde Rubys Atmung wieder ruhiger. Sie öffnete die Autotür und stieg aus, um zum Fairfax House zu laufen. Sobald sie durch das Tor war, ging sie auf dem gekiesten Weg zum Eingang, unter dessen mächtigem Säulenvorbau ihre zierliche Gestalt noch zerbrechlicher wirkte. Als sie die Tür des Altersheims öffnete, drehte sie sich endlich um, und über ihre Lippen schien der Anflug eines Lächelns zu huschen, bevor sie im Innern des Gebäudes verschwand. Pearl war jedoch nicht sicher, ob dieses Lächeln ein Ausdruck der Dankbarkeit war oder der Erleichterung, ihren weiteren Fragen entkommen zu sein.

KAPITEL SECHZEHN ⭐

Nachdem sie sich um eine Aushilfe im Restaurant gekümmert hatte, brach Pearl zu Dolly's Attic auf, um dort alles für die neuen Gäste vorzubereiten. Sie hatte angenommen, einhalb Stunden müssten dafür vollauf genügen, doch als sie die Tür öffnete, wurde sie rasch eines Besseren belehrt. Die Soulets hatten Dollys kleine Wohnung in einem Zustand hinterlassen, als hätte dort eine Horde Barbaren gehaust. Neben allen möglichen Zeitschriften waren Picknickteller und Pappbecher über den Fußboden verstreut. In der Spüle türmte sich schmutziges Geschirr, und einige Kissen waren, so hoffte Pearl, nur mit Schokolade verschmiert. Pearls wachsende Panik angesichts des unmöglich einzuhaltenden Termins begann sich wieder zu legen, als ein Anruf von Dollys Gästen einging. Ein Herr Breit, angespannt, aber sachlich, teilte ihr mit, die Familie sei am Flughafen aufgehalten worden, nicht im pünktlichen österreichischen Linz, sondern im schlampigen Stanstead in Essex. Das änderte nichts daran, dass Pearl vor einer echten Herausforderung stand. In der Mansardenwohnung war es drückend heiß, und es roch nach Windeln. Zuerst musste sie sich also um den Müll kümmern. Sie zog die volle Tüte aus dem Abfalleimer und war auf halbem Weg die Treppe hinunter, als es klingelte. Eine vertraute Gestalt stand an der Eingangstür.

»Tizzy …«

»Wie viel Zeit haben wir noch, bis die neuen Gäste kommen?«

Zuerst stand Pearl nur mit offenem Mund da, dann warf sie einen raschen Blick auf die Uhr. »Nicht mal mehr eine Stunde …«

»Keine Sorge«, sagte Tizzy lächelnd. »Zu zweit kriegen wir das schon hin.« Damit nahm sie Pearl die Mülltüte aus der Hand, warf sie in die Tonne und ging an Pearl vorbei rasch die Treppe hinauf.

Als Pearl wenige Augenblicke später hinter ihr das Wohnzimmer betrat, bekam sie gerade noch mit, wie Tizzy ihre Jeansjacke auszog. Darunter trug sie ein weites weißes Hemd, in dem Pearl sofort eines von Charlies wiedererkannte. »Ich hatte heute Vormittag eine Probe«, erklärte sie. »Deshalb habe ich kurz bei Dolly vorbeigeschaut, und sie hat mir erzählt, was passiert ist.« Tizzy hielt kurz inne, als sie das Chaos in Dollys Ferienwohnung bemerkte. »Du brauchst eindeutig Hilfe. Was hältst du davon? Ich mache die Küche, du das Wohnzimmer, und zum Schluss nehmen wir uns gemeinsam das Schlafzimmer vor.«

Pearl fiel ein Stein vom Herzen. »Da sage ich nicht nein.«

In der nächsten Stunde machte sich Tizzy mit flinken, geübten Handgriffen in Dollys kleiner Kochnische ans Werk, während Pearl die Wohnung mit dem alten, lauten Staubsauger bearbeitete. Wegen des Lärms war an eine Unterhaltung nicht zu denken, aber als Pearl den Staubsauger ausmachte, hörte sie Tizzy im Schlafzimmer vor sich hin summen. Als die Melodie abrupt verstummte, ging Pearl ins Schlafzimmer, wo Tizzy mit dem Rücken zur Tür stand und eine Treibholzcollage an der Wand betrachtete. Als sie spürte, dass Pearl hinter ihr war, drehte sie sich um und sah sie lächelnd an, bevor sie sich wieder der Collage zuwandte. »Wirklich schön.«

Pearl stellte sich neben sie: »Das hat meine Mutter letztes Jahr gemacht.«

»Ach, dann hat Charlie sein Faible für Kunst wohl von Dolly?«

Pearl zögerte. Über Carl wollte sie sich lieber nicht weiter äußern. »Schon möglich.« Dann ließ sie den Blick über die zahlreichen Kunstgegenstände im Zimmer wandern. »Als er noch klein war, haben sie immer zusammen gemalt. Jedes Mal wenn ich vom Restaurant nach Hause kam, saßen sie gerade wieder über einem neuen Meisterwerk.« »Und jetzt studiert er die Werke anderer«, sagte Tizzy. Sie wandte sich Pearl zu. »Aber selbst malt er nicht mehr. Warum?« Pearl fühlte sich etwas unwohl unter Tizzys forschendem Blick. »Das solltest du vielleicht ihn fragen.« »Habe ich schon. Er findet, er hat zu wenig Talent.« »Das stimmt nicht …« »Oder er muss niemandem mehr etwas beweisen.« Pearl sah Tizzy an. »Wie meinst du das?« »Künstler sind normalerweise innerlich zerrissene Menschen, findest du nicht? Sie versuchen, sich über alles Mögliche klarzuwerden. Aber irgendwie ist Charlie mit sich im Reinen. Eins mit sich und der Welt. Vielleicht hat er einfach nichts zu sagen.« Tizzy hielt inne. »Noch nicht jedenfalls.«

Pearl sah das Mädchen lächelnd an, bevor sie das geputzte Zimmer in Augenschein nahm und nach einem frischen Bettbezug griff. »Ich weiß nicht, wie ich das ohne dich geschafft hätte.«

»Ach was«, antwortete Tizzy strahlend. »Das ist doch das Mindeste, was ich tun konnte. Vor allem nach deinem wundervollen Geschenk.«

Pearl sah sie an.

»Die Seidenweste«, fuhr Tizzy fort. »Die von dem Foto. Ich habe sie sofort erkannt, als ich dein Geschenk ausgepackt habe.«

Pearl zuckte leicht verlegen mit den Achseln. »Aber fühl dich bitte nicht verpflichtet, sie zu tragen.«

»Werde ich aber. Sie sieht klasse aus und passt auch wie angegossen.« Sie streckte die Hände aus und griff nach den zwei Zipfeln des Bettüberzugs in Pearls Händen. »Weißt du was? Mir macht das hier sogar richtig Spaß. Es erinnert mich an die Zeit, als ich eine Saison lang in Claviere, in den Alpen, als Hausmädchen gearbeitet habe. In den Skihütten dort.«

»In Italien?«

Tizzy nickte. »Es heißt, dass dort Hannibal die Alpen überquert hat. Mit Elefanten. Kannst du dir so was vorstellen?« Sie schüttelte den Kopf. »Inzwischen ist es ein beliebter Ferienort. Die Arbeit war zwar anstrengend, aber das Skifahren hat Spaß gemacht.« Sie lächelte.

Die beiden Frauen, die sich auf den Seiten des Doppelbetts gegenüberstanden, stopften eine leichte Sommerdecke in den Überzug, schüttelten sie auf und ließen sie wie eine weiße Wolke auf die sauberen Laken niederschweben.

»Wie geht es eigentlich deiner Bedienung? Rosie, oder so ähnlich? Dolly hat gesagt, sie ist krank geworden.«

»Sie heißt Ruby«, sagte Pearl. »Und inzwischen geht es ihr wieder gut.«

»Na, Gott sei Dank.« Tizzy lächelte wieder, und ihre schlanken Hände strichen den Lochstickerei-Bezug so lange glatt, bis sie endlich zufrieden war. »So, das wär's.«

»Wirklich erstaunlich«, bemerkte Pearl.

Tizzy schickte sich zum Gehen an, aber Pearl hielt sie zurück: »Tizzy?« Sie blickte sich in der Wohnung um. »Ohne deine Hilfe hätte ich das heute wirklich nicht geschafft.« Sie hielt kurz inne, bevor sie hinzufügte: »Ganz, ganz herzlichen Dank.« Als sie darauf auf Charlies Freundin zuging und sie umarmte, stieg der Duft eines bezaubernden jugendlichen Parfüms in ihre Nase.

Es war bereits kurz nach sieben, als die Breits endlich eintrafen. Erleichtert, die lange Anreise hinter sich und ein Dach über dem Kopf zu haben, schienen sie alles in allem sehr zufrieden mit ihrer Unterkunft, auch wenn es einige Diskussionen gab, ob die Sommerdecken, trotz der drückenden Hitze, auch wirklich warm genug wären. Pearl meldete Dolly, die neuen Gäste seien gut untergebracht, und als sie eine Stunde später am Strand entlang nach Hause ging, wurde ihr bewusst, dass sie das Blessing of the Waters versäumt hatte, einen weiteren alten Brauch während des Oyster Festivals, bei dem eine von Geistlichen und Chorsängern angeführte Prozession um das Wohlwollen des Meeres betete und ihm für seine Gaben dankte. Die Teilnehmer der Zeremonie hatten sich jedoch längst zerstreut, und inzwischen war der Strand fast menschenleer.

Pearls Handy klingelte. Die Stimme am anderen Ende hörte sich unsicher und ein wenig schuldbewusst an. »Pearl?«

»Wie geht's dir, Ruby?«

»Danke, gut. Aber es tut mir so leid«, fügte sie rasch hinzu. »Wegen dieser ganzen Geschichte.«

Pearl setzte sich auf den umgedrehten Rumpf ihres Bootes und hörte zu.

»Mir wurde einfach alles zu viel«, fuhr Ruby fort.

»Aber das macht doch nichts. Du hast es in letzter Zeit ja auch nicht leicht gehabt …«

»Das ist aber keine Entschuldigung.« Ruby machte eine kurze Pause. »Ich bin Ihnen sehr dankbar, Pearl. Für alles, was Sie für mich getan haben. Dass Sie mir den Job gegeben und mich neulich zu Oma gefahren haben.«

»Wie geht es ihr eigentlich?«

»Wie immer. Aber jetzt, wo ich sie besucht habe, habe ich ein besseres Gefühl.« Eine Weile war nur das hypnotische Rauschen der Wellen zu hören, die sich am Strand brachen, bis Ruby fortfuhr: »Kann ich morgen wieder zur Arbeit kommen?«

»Wenn du dich wieder fit genug fühlst, selbstverständlich.«

»Danke, Pearl.«

Nachdem sie das Gespräch beendet hatten, machte Pearl ihr Handy aus und schaute aufs Meer hinaus. Die Sonne war bereits untergegangen, und bis auf die bunten Badetücher, die ein paar Schwimmer zurückgelassen hatten, war der Strand verlassen. Pearl stand auf und beschloss, ihre Gedanken mit der Abendflut aufs Meer hinaus mitzunehmen.

Auf einer Anzeigetafel vor dem Segelclub waren Windgeschwindigkeit und Wetterverhältnisse angegeben, aber Pearl zog sie nicht zu Rate, sondern verließ sich auf ihr Seglergefühl. Sie war den ganzen Tag über so beschäftigt gewesen, dass sie nicht an McGuire gedacht hatte, aber jetzt überlegte sie, ob sie ihn anrufen sollte. Vielleicht lag ihm inzwischen endlich der Obduktionsbefund vor. Ihr war jedoch klar, dass er die Untersuchungsergebnisse für sich behalten und sich nicht in die Karten schauen lassen würde.

Nachdem sie das Boot ins Wasser gezogen hatte, ruderte sie aufs Meer hinaus und dachte über das Gespräch mit Dolly nach. Vor zwanzig Jahren hatte sie die Chance für einen Neuanfang bekommen, eine Chance, die sie nicht genutzt hatte, weil sie es vorgezogen hatte, in Whitstable zu bleiben, an dem Küstenabschnitt, an dem sie so sehr hing. Ihr Gefühl hatte ihr gesagt, den Polizeidienst zu quittieren und ganz in ihrer Rolle als Charlies Mutter aufzugehen. Aber manchmal dachte sie auch über das Parallelleben nach, das Leben, das sie vielleicht geführt hätte, wenn sie einen anderen Weg eingeschlagen hätte. Es ließ sich nicht leugnen, zum Teil hingen ihre Vorbehalte gegen McGuire und vielleicht auch die Faszination, die er auf sie ausübte, damit zusammen, dass er dem Beruf nachging, den auch sie gern gehabt hätte. Dazu kam, dass sie am vergangenen Abend eine gewisse innere Verbundenheit mit ihm gespürt hatte, ausgelöst möglicherweise von ihrer momentanen Verletzlichkeit, von der mit Erleichterung gepaarten Hilflosigkeit angesichts der Nachricht, dass sich Rubys Zustand stabilisiert hatte. Sie versuchte sich darüber klarzuwerden, was im Wartezimmer des Krankenhauses in ihr abgelaufen war: ihre anfängliche Befürchtung, jemand könnte Ruby nach dem Leben getrachtet haben, bis ihr der junge Assistenzarzt versichert hatte, dass das Mädchen versehentlich ein paar giftige Pilze gegessen hatte. Ein unverfängliches Versehen. Erklärlich. Angesichts dieser Überlegungen zog Pearl sogar die Möglichkeit in Betracht, dass ihr Gefühl sie auch bei allem anderem getäuscht hatte, Vinnies Tod eingeschlossen.

Eine Sternschnuppe schoss über den dunkler werdenden Himmel, und Pearl fasste an den Kragen ihrer Jacke, ein Zeichen des Gedenkens an einen nicht verwirklichten Traum, eine zerschlagene Hoffnung, das ihr Vater ihr beigebracht hatte. Vielleicht würden ihre Träume genauso wenig in Erfüllung gehen wie die Vinnies, aber das Leben ginge trotzdem weiter, wie die höhere Gesetzmäßigkeit, die die Bahn der Sterne am Nachthimmel über ihr bestimmte.

Plötzlich kam ein kühler Wind auf und peitschte die Wellenkämme. Inzwischen waren auch die Lichter des Windparks zu sehen, die sich rot und weiß gegen den Abendhimmel abzeichneten. Nach und nach mischten sich draußen auf dem Meer auch andere unter sie: die Positionslichter mehrerer Fischkutter und ein Kreuzfahrtschiff, das langsam hinter dem Horizont verschwand. Die Wellen, die gegen den Rumpf von Pearls Ruderboot klatschten, riefen ihr in Erinnerung, dass sie auf dem Meer trieb. Es wurde Zeit, an Land zurückzukehren, doch dann bemerkte sie ein rotes Positionslicht, das, allmählich heller werdend, auf sie zukam. Die Arme auf die Ruder gestützt, beobachtete sie, wie ein Boot direkt auf sie zuzusteuern schien. Ihr wurde jedoch rasch klar, dass das nur Einbildung sein konnte. Denn als das grüne Steuerbordlicht sichtbar wurde, merkte Pearl, dass ihr das Boot das Heck zugewandt hatte und in Richtung Street fuhr. Sie griff nach ihrem Fernglas und sah, dass es ein Festrumpfschlauchboot war, das direkt vom Red Sands Fort kam und in etwa hundert Meter Entfernung an ihr vorbeirauschte.

Im schwächer werdenden Licht konnte Pearl drei Gestalten darin ausmachen, die in Richtung Küste blickten. Sie ließ das Fernglas sinken. Schon auf den ersten Blick hatte sie erkannt, dass es sich dabei um Leo Berthold und Robert Harcourt handelte, die von Billy Crouch nach Whitstable gebracht wurden.

KAPITEL SIEBZEHN

Durch das Fenster eines kleinen Cafés am Beach Walk sah Pearl, dass an den meisten Tischen Familien saßen. Erst als sich ein paar Arbeiter von der Theke entfernten, entdeckte sie die Person, die sie suchte. Einen jungen Mann, der allein über seinen Laptop gebeugt saß. Pearl betrat das Lokal und setzte sich Richard Cross gegenüber. Ohne den Blick vom Bildschirm abzuwenden, griff Cross nach seiner Kaffeetasse, und erst als er sie an seine Lippen führte, bemerkte er Pearl.

»Miss Nolan ...«

»Pearl«, korrigierte sie ihn. »Wir müssen reden.«

Cross schaute auf seinen Laptop. »Jetzt?«

»Ja, jetzt«, sagte Pearl bestimmt.

Sie stand rasch auf, und Cross klappte seinen Laptop zu, trank seinen Kaffee aus und folgte ihr zur Tür.

Einmal draußen, schlängelten sie sich zwischen den zahlreichen Touristen hindurch, die zum Hotel Continental unterwegs waren. Erst als sie den Strand erreicht hatten, wandte sich Pearl dem jungen Journalisten zu. »Ich hätte eine interessante Meldung für Sie.« Das Gesicht des jungen Manns leuchtete auf. »Exklusiv.«

»Ist doch wunderbar ...«

»Als Gegenleistung für ein paar Infos.«

Pearls Einschränkung ließ Cross' Lächeln verfliegen. Sie zog einen Zettel aus ihrer Tasche und reichte ihn ihm. Seine Miene wurde zunehmend verständnisloser, als er ihn überflog. »Aber was ... das verstehe ich nicht. Wer ist Beryl Stone?«

»Eine Sekretärin im Rathaus.« Pearl reichte ihm einen verschlossenen Umschlag. »Das Geld darin müsste reichen, um sie in Canterbury zum Essen auszuführen. Und sehen Sie zu, dass Sie auch auf jede dieser Fragen eine Antwort erhalten.«

»Aber ich …«

»Kein Aber, Richard. Ihnen wird schon was einfallen. Jeder Journalist, der etwas auf sich hält, ist um gute Kontakte zum Stadtrat bemüht. Und dieser wird Ihnen wertvolle Dienste leisten. Außerdem«, fügte sie hinzu, »ist Beryl richtig reizend.«

»Wirklich?« Cross' Miene hellte sich auf.

»Ängstlich, aber fleißig. Eigentlich könnte sie direkt einem Beatrix-Potter-Buch entsprungen sein.« Über Cross' Miene legte sich ein skeptischer Zug. »Sie ist mindestens sechzig und geht demnächst in Rente. Sie arbeitet schon viel zu lange für einen gewissen Peter Radcliffe.«

»Den Stadtrat.«

Pearl nickte. »Beryl könnte also etwas Abwechslung in ihrem trostlosen Alltag vertragen.« Sie lächelte. »Und die werden Sie sein, Richard.« Sie deutete mit dem Kopf auf den Zettel in seiner Hand. »Und jetzt, an die Arbeit.«

Pearl schickte sich zum Gehen an, doch Cross hielt sie zurück. »Moment. Also gut, ich werde … sehen, was ich tun kann, aber …« Als Pearl sich zu ihm umdrehte, gestand er hilflos: »Ich muss dringend einen Artikel über das Blessing of the Waters fertigbekommen.«

»Zuerst kommt Beryl«, erklärte Pearl. »Sonst gibt es keine Exklusivmeldung.«

Der junge Mann machte kurz einen Mund wie ein Goldfisch, dann nickte er. »Okay.«

Ein paar Stunden später kämpfte sich Pearl in ihrem Wagen durch den Verkehr in Borstal Hill. Als sie die von Blean kommende Landstraße entlangfuhr, verschwanden die hinter dem wuchtigen Westgate aufragenden Türme der Kathedrale von Canterbury fast im Dunst der Sommerhitze. Sie stellte den Wagen auf dem Pound-Lane-Parkplatz ab und stürzte sich in das Getümmel aus Touristen und Passanten in der St. Peter's Street. Sie fragte sich, wo McGuire wohl sein mochte. Arbeitete er an seinem Schreibtisch in der Polizeistation, oder war er gerade irgendwo mittagessen?

Canterburys St. Peter's Street, in der sich die Shops der üblichen englischen Ladenketten aneinanderreihten, unterschied sich kaum von den Fußgängerzonen anderer Städte mit historischem Kern. Auf dem River Stour jobbten zahlreiche Studenten der heimischen Universität als Fremdenführer. Sie ruderten die Touristen von der Brücke zu der kleinen Insel mit den Franciscan Gardens, wo sich die im 13. Jahrhundert erbaute Greyfriars Chapel über einen kleinen Wasserlauf spannte. Von dort ging es weiter zu einer Schmiede aus der Zeit Cromwells und zu verschiedenen Dominikaner-Prioreien. Den Schlusspunkt einer solchen Besichtigungstour bildete Solly's Orchard mit der historischen Abbots Mill.

Die meisten Besucher steuerten jedoch schnurstracks auf die Kathedrale zu. Der alte Marktplatz davor trug schon seit langem nicht mehr seinen ursprünglichen Namen »Bullstake«, der an brutalere Zeiten erinnerte, in denen die Rinder vor der Schlachtung angebunden und von Hunden drangsaliert wurden, damit ihr Fleisch zarter wurde. Inzwischen war Butter Market die harmlosere Bezeichnung für einen Platz, auf dem es ein Touristeninformationszentrum und mehrere amerikanische Coffeeshops gab, von denen sich einer direkt neben dem Eingang der Kathedrale befand und mit dieser um die Aufmerksamkeit der Touristen buhlte.

Diese unverhohlene großstädtische Konsumorientiertheit stand in deutlichem Gegensatz zum kleinstädtischen Whitstable, wo sich dem Vorrücken jeglicher Supermarkt- oder Fastfood-Ketten eine Phalanx unabhängiger heimischer Geschäfte geschlossen entgegenstellte. Etwas abseits vom eigentlichen

Stadtkern Canterburys, in Seitenstraßen wie der Palace Street, der Sun Street und der Burgate, gab es zahlreiche Ramschläden, Creperien und Tattoostudios, die nicht so recht zu den Hauseingängen aus dem 17. Jahrhundert passten, die einen Besuch Elizabeths I. vorzuweisen hatten. In diesen Straßen war einmal eine andere Art von »Pilgern« unterwegs gewesen, und unwillkürlich musste Pearl bei diesem Gedanken an ein paar Zeilen Chaucers denken, die sie in der Schule gelernt hatte – allerdings nicht aus den *Canterbury Tales*, sondern aus *Troilus und Criseyde*:

Ich bin mein eigener Herr, ich stehe nicht schlecht da,
Gott sei Dank, meinem Stand gemäß.
Relativ jung bin ich auch, auf saftiger Weide und nicht angebunden.
Keiner kommt mir mit Eifersucht oder Krach.
Mich soll nie ein Ehemann schachmatt setzen!

Irgendwie war es eigenartig, aber vielleicht auch passend, dass Pearl diese eine Strophe, der Schwur einer jungen Frau, sich ihre Unabhängigkeit zu bewahren, als einzige in Erinnerung geblieben war. Aber nach allem, was sie am Abend zuvor gesehen hatte, war Pearl mehr denn je fest davon überzeugt, dass es richtig war, die Ermittlungen fortzuführen – ohne McGuire.

Das kleine Juweliergeschäft, das sie suchte, war nicht weit vom Crooked House entfernt, einem bekannten Wahrzeichen der Stadt in der Palace Street, dessen Eingang gefährlich schief war. Als Teenager war Pearl eines kalten Februartags mit ihrem Vater hierhergekommen, um sich ein Geschenk für ihren sechzehnten Geburtstag auszusuchen. Sie hatte sich einen Ring in den Kopf gesetzt, sich aber schließlich für ein bestimmtes Schmuckstück aus dem Angebot von Halbedelsteinen auf der schwarzen Samtauslage des Juweliers zu entscheiden war ihr genauso schwergefallen, wie am Nachthimmel einen einzelnen Stern auszuwählen. Deshalb war es der Frau des Juweliers zugefallen, eine Empfehlung zu machen und einen Amethyst, den Geburtsstein eines Wassermanns, vorzuschlagen. Schließlich hatte sich Pearl aber für das kleine Silbermedaillon entschieden, das ihr Lieblingsschmuckstück geworden war. Mehr als zwanzig Jahre später waren der alte Juwelier und seine Frau schon lange nicht mehr am Leben, aber eine ihrer Töchter hatte das Geschäft übernommen, um es, auf absolute Seriosität bedacht, im selben nüchtern geschäftsmäßigen Stil weiterzuführen wie ihre Eltern. Sie sah Pearl hinter dem Ladentisch hervor an und rang sich ein denkbar kurzes Lächeln ab, während Pearl etwas aus ihrer Tasche kramte. »Ich habe hier etwas«, begann sie, »und würde gern wissen, ob Sie mir mehr darüber sagen können.«

Pearl gab der Frau den Schmuckgegenstand, worauf diese nach einer Lupe griff und ihn untersuchte. Nach längerem Schweigen sagte die Juwelierin schließlich: »Der Stein ist ein Türkis von hoher Qualität.« Sie holte zwei Fläschchen unter dem Ladentisch hervor, tupfte etwas Flüssigkeit aus ihnen auf das Metall und beobachtete die Reaktion. »Silber«, konstatierte sie schließlich. »Allerdings nicht gekennzeichnet.« Sie gab Pearl das Schmuckstück zurück. »Eine außergewöhnlich schöne Arbeit.«

»Haben Sie eine Idee, von wo sie stammen könnte?«

Die Juwelierin zuckte mit den Achseln. »Höchstwahrscheinlich Navajo. In Kalifornien findet man sehr viel Türkisschmuck, aber heutzutage hat sich der Markt dank des Internets enorm vergrößert. Für so ein schönes Stück muss man mittlerweile bestimmt einige Hundert Pfund hinlegen.«

»Sie meinen doch sicher für ein Paar.«

»Dieses spezielle Schmuckstück nennt man ›Manschette‹. Es wird als Einzelstück getragen.«

Ein Glockenton ließ die Ladeninhaberin aufblicken, und ein junges Paar kam herein. Die neue Kundschaft steuerte direkt auf eine Auslage mit Verlobungsringen zu. Pearl blickte auf den Türkisohrring in ihrer Handfläche und schlüpfte unbemerkt aus dem Laden.

Auf der Rückfahrt nach Whitstable wurde Pearl von mehreren provisorischen Ampeln aufgehalten. Nicht weit von der Stelle, an der Ruby vor nicht einmal vierundzwanzig Stunden aussteigen wollte, wurden Straßenausbesserungsarbeiten durchgeführt. Im Nachhinein erschien Pearl Rubys Reaktion umso ungewöhnlicher, als sie so gar nicht ihrer sonstigen Art entsprach. Oberflächlich betrachtet, war Ruby ein nettes, unkompliziertes und umgängliches junges Mädchen, das immer einen gutgelaunten und ausgeglichenen Eindruck machte. Angesichts ihrer schwierigen Kindheit und der zusätzlichen Belastung durch ihre alte Großmutter wurde Pearl jedoch klar, dass dies vielleicht nur eine Maske war, um tiefersitzende, düsterere Emotionen zu verbergen. Während sie noch darüber nachdachte, schaltete die Ampel auf Grün, und Pearl fuhr weiter, allerdings nicht nach Whitstable, sondern zum noblen Fairfax House.

Zu Pearls Erleichterung ging es Rubys Großmutter deutlich besser als bei ihrem letzten Besuch. Die alte Frau saß in demselben Sessel am Fenster, aber der Sonnenschein tauchte sowohl sie als auch ihre Umgebung in ein freundlicheres Licht. Mary Hills silbergraues Haar war ordentlich nach hinten frisiert und wurde von einer von Rubys rosafarbenen Strasshaarklammern zusammengehalten. Das Sonnenlicht, das sich in ihr brach, tanzte munter über die Wand, als Mary Hill lächelnd zu ihrer Besucherin aufblickte. »Pearl …«

»Weil ich gerade in der Nähe war, dachte ich, schaue ich mal vorbei – einfach mal sehen, wie es dir geht.«

Mary Hill nahm ein weißes Taschentuch aus dem Ärmel ihrer

weißen Strickjacke und betupfte sich damit behutsam die Nase. »Gut geht es mir«, sagte sie strahlend und tätschelte den Platz neben ihr. »Komm, setz dich.«

Mary lächelte noch immer, als Pearl sich neben sie setzte. »Ich kann wirklich von Glück reden, dass ich so viel Besuch bekomme. Eben war Sadie hier. Sie kommt regelmäßig vorbei.«

»Ja, das habe ich gehört«, sagte Pearl lächelnd.

Mary beugte sich zu ihr und sagte leise: »Ich weiß, dass einige finden, sie ist ein neugieriges altes Tratschmaul, aber eigentlich ist sie eine gute Seele.«

»Und eine Stütze der Gesellschaft.«

Mary grinste. »Sonst hat sie ja auch nicht mehr viel zu tun.«

»Weil sie in Rente ist?«

Mary nickte. »Sie dachte eigentlich, sie könnte jetzt mehr Zeit mit Billy verbringen, aber sie klagt mir immer wieder ihr Leid, dass er nie zu Hause ist. Ständig unterwegs, beim Fischen und Ködersammeln und …«

»Arbeitet er nicht auch für Matheson?«

»Billy wird sich nie zur Ruhe setzen«, fuhr Mary fort. »Nicht, solange ihn Matheson noch braucht. Es gibt solche und solche; die einen geben die Richtung an, die anderen folgen ihnen. Und auf wen was zutrifft, wissen wir doch, oder?«

Sie bedachte ihre Besucherin mit einem fröhlichen Lächeln, das Pearl erwiderte, bevor sie an Mary vorbei auf die Fotografien an der Wand schaute. Die alte Frau folgte Pearls Blick, und nach kurzem Schweigen fragte sie: »Du hast meine Tochter nicht gekannt, oder?«

»Nein«, antwortete Pearl, deren Blick immer noch auf ein zeitloses Bild geheftet war. »Ich finde es schade, dass ich sie nicht kennengelernt habe, aber wir sind nicht in dieselbe Schule gegangen.« Nach einem kurzen Moment der Stille fragte sie: »Was war sie für ein Mensch?«

Mary Hill lächelte. »Still und ein bisschen schüchtern. Andere Mädchen, sie schnattern und klatschen und reden ständig belangloses Zeug, immer munter drauflos wie ein plätschernder Bach, aber meine Kathy … Sie war wie ein klarer, stiller See. Ich konnte nie sagen, wie tief sie wirklich war.« Mary Hill verstummte, und ihre Miene verhärtete sich. Ihre Lippen schienen einen tonlosen Satz zu murmeln.

»Mary?«

Schließlich fand die alte Frau die Worte, nach denen sie gesucht hatte. »Wie eine Schlingpflanze, die eine Rose erstickt.«

»Wie?«, fragte Pearl verständnislos.

»Das ist, was Davy für sie war.« Rubys Großmutter sah wieder Pearl an.

»Rubys Vater, meinst du?«

Mary nickte bedächtig. »Das war an sich auch Kathy klar. Deshalb hat sie auch von ihm loszukommen versucht, aber es hat nie lang gedauert, bis sie wieder zu ihm zurückgekehrt und unter seinen Einfluss geraten ist. Er war eine schwarze Seele, und es war allein er, der sie in das alles reingeritten hat. Bevor er aufgetaucht ist, hatte sie nie etwas mit Drogen am Hut. Aber das ist es, was ihr schließlich zum Verhängnis geworden ist.«

»Ich weiß«, sagte Pearl leise.

»Aber du weißt nicht alles«, fuhr Mary fort. »Die gerichtliche Untersuchung ist zwar zu dem Ergebnis gelangt, dass es Selbstmord war, aber das stimmt nicht. Ich kannte doch mein Mädchen. Sie kam bestens ohne ihn zurecht, aber dann kam er im Sommer zurück, und das ganze Theater ging wieder von vorne los. Wie nicht anders zu erwarten, hat er sie schon bald wieder sitzengelassen, und das hat ihr so zugesetzt, dass sie wieder damit angefangen hat.«

»Eine Überdosis.«

»Aber nicht mit Absicht.« Mary sah Pearl eindringlich an. »Es lag einfach daran, dass sie so lang keine Drogen mehr genommen hatte. Ihr Körper war nicht mehr daran gewöhnt.«

Als Pearl den Blick wieder auf das Gesicht des jungen Mädchens auf dem Foto an der Wand richtete, wurde ihr schmerzlich bewusst, welcher Verlust Kathy Hills vergeudetes Leben für ihre Mutter, für Ruby und für alle anderen war, die sie hätten lieben können, wenn sie am Leben geblieben wäre. Doch trotz dieser Tragödie stand außer Zweifel, dass sie in Mary Hills Erinnerung weiterlebte. Vielleicht, dachte Pearl, war sie sogar der letzte Mensch, der das tat.

»Und wie geht es deinem Freund?«

Pearl fiel auf, dass Mary sie nun mit einem unpassenden Lächeln auf den Lippen ansah. »Der, mit dem ich dich am Strand gesehen habe. Er sieht gut aus, Pearl. Ihr beide gebt ein schönes Paar ab.«

Pearl merkte, dass nicht nur für Mary wieder einmal die Grenzen zwischen Vergangenheit und Gegenwart verschwammen, sondern auch für sie selbst. Zwanzig Jahre waren vergangen, seit Pearl mit Charlies Vater am Strand gesessen hatte, aber die Erinnerungen an die von Marys Frage heraufbeschworenen Ereignisse dieses lange zurückliegenden Sommers waren immer noch so schön und so schmerzlich wie eh und je.

»Findest du?«, fragte Pearl.

Mary entging die Wehmut in Pearls Antwort nicht. »Aber natürlich. Und Dolly mag ihn auch. Hat sie mir jedenfalls selbst erzählt, und Mütter täuschen sich nie.«

»Ja«, pflichtete Pearl ihr bei. »Sie mag ihn.«

»Wo ist dann das Problem?«

Pearl schwieg eine Weile. Es war so lang her, dass sie ihre Geschichte jemandem erzählt hatte, aber sie wusste, dass Mary sie für sich behalten würde. »Carl ist Australier«, begann sie schließlich. »Er ist auf der Durchreise und will nur so lange an der Bar des Bear and Key arbeiten, bis er genügend Geld beisammen hat, um nach Fernost aufzubrechen. Er ist Künstler, er will sich nicht binden.«

»Dann geh doch einfach mit ihm.« Mary sah Pearl stirnrunzelnd an. »Du bist jung. Du kannst machen, was du willst …«

Pearl schüttelte den Kopf. »Ich habe einen Job und will eine Zusatzausbildung machen. Ich kann nicht weg. Jedenfalls im Moment nicht.«

Mary wandte den Kopf ab, als hätte sie Mühe, das zu begreifen. »Dann, würde ich sagen, hast du ein Problem«, erklärte sie nach einer Weile und zog nachdenklich die Stirn in Falten, als versuchte sie sich an etwas sehr Wichtiges zu erinnern. »Weißt du, meine alte Mutter hat immer gesagt: ›Wenn du etwas liebst, dann lass es frei. Wenn es zurückkommt, gehört es dir‹ …«

»Und wenn nicht«, sagte Pearl, »hat es dir nie gehört.«

Mary Hill lächelte. Dann begann sie mit geschlossenen Augen eine leise Melodie zu summen, nicht traurig, eher froh, und wirkte auf Pearl wie jemand, der trotz großer Schmerzen lächelt. In diesem Moment ging auf ihrem Handy eine SMS ein. Sie nahm das Telefon aus der Tasche und schaute auf das Display, konnte die kurze Nachricht aber nicht richtig lesen. Sie kramte ihre verhasste Brille heraus, setzte sie auf und sah fünf kurze Wörter auf dem Display.

»Ich habe, was Sie wollen.«

Zehn Minuten später ging Pearl auf dem Parkplatz des Fairfax House zu ihrem Auto und telefonierte dabei mit Richard Cross.

»Sind Sie ganz sicher?«

»Absolut.« Cross wartete, aber Pearl stellte keine weiteren Fragen. Stattdessen überlegte sie, was McGuire von den neuen Beweisen halten würde, die Cross gerade gefunden hatte.

»Und wann bekomme ich jetzt meine Meldung?«, fragte er unvermittelt.

Pearl schaute auf das Handy in ihrer Hand und stieg in ihr Auto. Sie antwortete erst, als sie am Steuer saß. »Sie haben sie bereits, Richard. Das ist Ihre ›Exklusivmeldung‹.«

»Was?«, stieß Cross verständnislos hervor, als Pearl den Motor startete. »Warten Sie«, setzte er hastig nach. »Miss Nolan? Pearl!« Aber das Handy wurde rasch ausgeschaltet und auf den Beifahrersitz geworfen, als Pearl losfuhr.

Bevor sie zu Hause ankam, versuchte Pearl dreimal, McGuire zu erreichen. Ärgerlicherweise teilte ihr jedoch jedes Mal nur seine Stimme vom Band mit, Inspektor McGuire werde so bald wie möglich zurückrufen. Trotz ihrer Entdeckung fühlte sie sich um ihren Erfolg betrogen, als sie in der Island Wall eintraf – bis sie McGuires Auto vor ihrem Häuschen stehen sah. Der Inspektor selbst war am Strand und schaute aufs Meer hinaus, drehte sich aber sofort um, als ob er ihre Anwesenheit gespürt hätte. Kurz wirkte er verunsichert, doch dann ließ ein kurzes Lächeln seine Anspannung verfliegen. Pearl fragte sich, wie er es so schnell hierhergeschafft hatte.

Wenige Augenblicke später folgte er ihr ins Wohnzimmer des Seaspray Cottage, wo Pearl als Erstes ein Fenster öffnete und einen kühlenden Luftzug in die weißen Musselinvorhänge fahren ließ. Als sie sich wieder zu McGuire umdrehte, reichte sie ihm einen Ohrring mit einem Türkis.

»Was ist das?«

Pearl lächelte. »Der Grund, weshalb Connie Vinnie verdächtigt hat, eine Affäre zu haben. Sie hat ihn vor ein paar Wochen auf seinem Boot gefunden.« Sie wartete auf McGuires Reaktion, aber er sah sie nur an. Er schien nicht überzeugt. Pearl nahm den Ohrring wieder an sich. »Ich konnte es mir auch nicht vorstellen«, erklärte sie achselzuckend. »Ich war mir sicher, dass es eine andere Erklärung dafür geben muss. Vinnie war einfach nicht der Typ für so was.« Sie hielt kurz inne. »Aber Connie vielleicht schon.«

»Was wollen Sie damit sagen?«

»Dass Connie vielleicht etwas mit Matheson hat und das vielleicht schon seit einiger Zeit.« Sie hielt McGuires Blick stand. »Sie war untröstlich über Vinnies Tod, aber auch wütend. Zu trösten schien sie allerdings, dass Vinnie eine Lebensversicherung abgeschlossen und auch regelmäßig in sie einbezahlt hatte.«

»Und?«

»Vor ein paar Tagen habe ich sie zufällig aus einer Anwaltskanzlei kommen sehen. Sie war wegen des Gelds dort.«

»Wissen Sie das sicher?«

»Nein, aber … überlegen Sie doch mal. Sie muss den Anwalt wegen des Testaments aufgesucht haben, weil …«

McGuire hatte sich abgewandt, aber Pearl ließ nicht locker. »Egal, was Sie glauben, langsam beginnt sich ein deutlicheres Bild abzuzeichnen.«

Plötzlich drangen von draußen Stimmen herein, und Pearl schaute zum Fenster. Ein Federball flog im Wind vorbei und landete in Pearls Garten. Als ein kleiner Junge über die Gartenmauer kletterte, um ihn zu holen, drehte sich McGuire endlich zu Pearl um. »Ich habe mit dem Anwalt gesprochen, bei dem sie war. Der Anwalt, von dem Sie mir zu erzählen versäumt haben.« Er sah Pearl vorwurfsvoll an, aber sie lächelte.

»Habe ich also recht? Sie war wegen des Testaments bei ihm.«

McGuire nickte. »Ein Testament, aus dem ihr allerdings kein Vorteil erwächst.«

Pearl runzelte die Stirn. »Wieso?« Die Kinderstimmen im Freien entfernten sich, als McGuire zu einer Erklärung ansetzte. »Vor zwanzig Jahren hat Vinnie ein Testament aufgesetzt, in dem er alles seiner Frau vermacht hat.«

»Tina?«

McGuire nickte. »Und aus irgendeinem Grund hat er es nicht für nötig befunden, es zu ändern.«

Er sah, dass Pearl Mühe hatte, das zu verarbeiten.

»Warum?«, fragte sie. »Warum hat er es nicht geändert, wo

er doch für seine neue Lebensgefährtin und zwei Kinder zu sorgen hatte?«

McGuire zuckte mit den Achseln. »Vielleicht dachte er, der Tod wäre noch in weiter Ferne. Er schmiedete Zukunftspläne – ein kerngesunder Mann ohne gesundheitliche Probleme ...«

»Und ohne Geld«, fügte Pearl rasch hinzu.

Darüber dachte McGuire kurz nach. »Wenn er sowieso nichts zu hinterlassen hatte, warum dann das Testament ändern?«

Pearl sah ihn an. »Aber die Lebensversicherung ... Dabei könnte es sich um einen beträchtlichen Betrag handeln.«

»So ist es.«

»Und hier kommt Matheson ins Spiel«, erklärte Pearl ohne Umschweife. »Bei ihm dreht sich alles um Geld. An dem Tag, als ich Connie aus der Kanzlei habe kommen sehen, ist sie kurz darauf in sein Auto gestiegen ...«

»Noch etwas, was Sie mir zu sagen versäumt haben«, unterbrach McGuire sie. »Aber ich habe Matheson vernommen, und er hat mir erzählt ...«

»Was hat er Ihnen erzählt?«, fiel Pearl ihm ins Wort.

McGuire zögerte kurz. »Dass ihm Connie von ihren Problemen mit dem Testament erzählt hat und dass er ihr angeboten hat, ihr das Geld für einen Anwalt vorzustrecken ...«

»Und wozu hat ihr der geraten?«

»Tina Rowes Ansprüche vor Gericht anzufechten.«

Pearl wandte sich ab und schaute zum Fenster, wo eine Wespe immer wieder wütend gegen die Scheibe flog. »Kann sie das denn überhaupt?«

»Als die Mutter von Vinnies Kindern, ja. Aber es wird einige Zeit dauern.«

Das ließ sich Pearl durch den Kopf gehen. »Das ist es also, was sie neulich, an dem Abend im Neptune, gemeint hat. Dass sie es mit Tina aufnehmen wird.« Pearl beobachtete, wie die Wespe die Fensterscheibe hinaufkrabbelte, nur um kurz darauf erneut hinunterzufallen. Sie wandte sich McGuire entschlossen wieder zu. »Das ändert trotzdem nichts an dem, was ich heute herausgefunden habe. Ich habe jemanden Nachforschungen für mich anstellen lassen. Berthold mag vielleicht für die Renovierung des Canterbury Hotel Werbung machen, aber der wahre Grund, weshalb er hier ist, ist das.« Sie holte einen großen weißen Umschlag aus ihrer Handtasche und reichte ihn McGuire. »Sehen Sie sich das mal an«, forderte sie ihn triumphierend auf. »Für den Ausbau des Red Sands Fort wurde ein Bauantrag gestellt. Weil die alte Festungsanlage acht Meilen vor der Küste liegt, kann Berthold sicher einige Bestimmungen umgehen …«

»Weiß ich«, sagte McGuire schroff. Diese zwei Wörter machten alle Erwartungen Pearls zunichte. Der Inspektor setzte zu einer Erklärung an. »Erinnern Sie sich noch, dass Sie mir damals am Strand von den Forts erzählt haben? Daraufhin habe ich mit ein paar Leuten der Organisation geredet, die sich für ihre Erhaltung einsetzt. Allem Anschein nach haben auch sie ihre Spione.«

Es bereitete ihm keine Freude, Pearls Hoffnungen zu zerstören, aber Pearl erwiderte das zaghafte Lächeln, das er aufsetzte, nicht, sondern entgegnete nur bitter: »So viel also zum gegenseitigen Austausch von Informationen.«

»Ich bin nicht dazu verpflichtet, irgendetwas mit Ihnen auszutauschen, Pearl. Ich bin Polizeibeamter.«

»Meinetwegen«, gestand ihm Pearl ungehalten zu. »Aber erzählen Sie mir bitte nicht, dieser Punkt wäre nicht wichtig. Es erklärt nämlich die Beziehung zwischen Berthold und Harcourt, nicht zu reden von …«

»Councillor Radcliffe?« McGuire zuckte mit den Achseln. »Sie haben natürlich recht. Vielleicht ist das der Grund, weshalb es in ihrem Haus ein Fernrohr gibt, warum Berthold ausgerechnet dort mit seiner Frau und seinem Sohn die Ferien verbringt und nicht in einem exotischen Luxusressort in irgendeiner entlegenen Weltgegend, aber …« Er zögerte kurz, bevor er fortfuhr: »Bei nichts von all dem lässt sich ein Zusammenhang mit Vinnie Rowes Tod erkennen.«

In dem Schweigen, das darauf eintrat, wurde Pearl wieder auf die Wespe aufmerksam, die weiterhin hartnäckig gegen die Fensterscheibe flog. Plötzlich kam ihr ein Gedanke.

»Und was ist mit Ruby? Hätten Sie mir das alles früher gesagt, hätte ich meine Aufmerksamkeit stärker auf …« Sie brach mitten im Satz ab.

»Auf was richten können?«

Pearl blieb eine Weile in ihren Gedanken versunken. »Erst gestern hat Ruby zu mir gesagt, dass ihre Großmutter auf keinen Fall noch einmal mit so etwas belastet werden dürfte. Das hat mir fast zwangsläufig vor Augen gerufen, wie sich die Geschichte wiederholt.« Sie blickte auf die Familienfotos, über die sie erst vor wenigen Tagen mit Tizzy gesprochen hatte. »Rubys Mutter ist an einer Überdosis gestorben. Aber alle dachten, es wäre Selbstmord gewesen. Aus Kummer über die Trennung von ihrem Freund. Sie sind in einem Wohnwagen durchs Land gezogen, ein typisches Hippiepärchen, auch noch nach Rubys Geburt.« Sie hielt inne. »Sie selbst haben mir gesagt, Drogen seien ein Teil unserer Kultur. Neulich am Strand. Und damit haben Sie natürlich vollkommen recht. Davy, Rubys Vater, hat Drogen genommen.« Sie sah McGuire an. »Und wenn er nun auch gedealt hat? Wenn er es war, der Shane Rowe mit Stoff versorgt hat?«

»Pearl …«

»Lassen Sie mich erst ausreden. Rubys Mutter Kathy hatte sich von Davy getrennt, trotzdem kam Davy in dem Sommer damals nach Whitstable zurück. Vielleicht lag es an ihrer Scham, an ihren Schuldgefühlen, dass Davy für Shanes Tod verantwortlich war, weshalb Kathy rückfällig geworden ist …«

McGuire schüttelte den Kopf. »Das sind doch alles nur Spekulationen …«

»Ich komme gerade aus dem Altersheim, wo ich Mary Hill besucht habe. Sie redet von nichts anderem. Sie ist in der Vergangenheit mit ihrer Tochter gefangen …«

»Die gute Frau hat Alzheimer …«

»Aber phasenweise ist sie bei klarem Verstand.«

»Sie sollten sich mal reden hören. Nichts von all dem läuft auf irgendetwas Beweiskräftiges hinaus. Es gibt keinen konkreten Zusammenhang mit Vinnie Rowes – oder Strouds – Tod.«

»Aber es muss einen geben«, beharrte Pearl. »Er ist nur irgendwo hinter diesen ganzen Vorfällen verborgen. Wir müssen bloß das verbindende Element zwischen ihnen finden.«

In diesem Moment sah Pearl McGuire rasch zur Tür schauen. Wie die Wespe, die immer noch gegen die Fensterscheibe flog, sann auch er auf Flucht. Während sie noch überlegte, ob sie ihm vielleicht auf die Nerven ging, kam ihr plötzlich ein anderer Gedanke, und sie musterte ihn argwöhnisch. »Ich habe Sie angerufen«, sagte sie. »Mehrere Male. Auf der Rückfahrt hierher.« McGuire drehte sich zu ihr um, und sie sah ihn fragend an. »Aber Sie waren bereits hier am Strand, als ich angekommen bin.« Plötzlich kam es ihr. »Sie … haben meine Nachrichten noch gar nicht abgehört, habe ich recht? Warum haben Sie dann hier auf mich gewartet?«

McGuire blickte auf das Sakko in seiner Hand und zog ein Schreiben aus seiner Innentasche, das er ihr schuldbewusst reichte.

»Der Obduktionsbefund?«

Er nickte langsam.

»Und was ist dabei herausgekommen?« Pearl machte sich daran, das Dokument zu überfliegen, aber McGuire kam ihr zuvor.

»Zahlreiche Prellungen«, begann er. »Kopfverletzungen, wie

sie dazu passen würden, wenn er …« Pearl sah ihn fragend an, aber er fuhr erst nach einigem Zögern fort. »Wenn er von einem schweren Anker über Bord gezogen wurde.«

»Nein.« Pearl zeigte sich unbeeindruckt. »Diese Verletzungen könnten ihm auch auf anderem Weg beigebracht worden sein. Das wissen Sie ganz genau, aber … wenn Sie nur nach Beweisen suchen, die zu einem Unfall passen, dann machen Sie ruhig weiter so und ignorieren alles andere.«

»Fakten, Pearl«, sagte McGuire unvermittelt. »Das ist nicht irgendein Gericht, das Sie rein nach Gefühl zusammenkochen können. Hier geht es um Leben und Tod, und Sie wissen genauso gut wie ich, dass man sich dabei an bestimmte Regeln zu halten hat …«

»Und Sie halten sich an sie?«, fragte sie eindringlich.

McGuire hielt ihrem Blick nicht stand und schaute weg. Pearl rang um Atem, als ihr bewusst wurde, was das alles zu bedeuten hatte. »Sie … Sie werden die Sache nicht weiterverfolgen, habe ich recht? Deshalb haben Sie heute Abend hier auf mich gewartet. Um mir zu sagen, dass Sie den Fall zu den Akten legen werden?« McGuire wandte sich ihr wieder zu, und sie wusste, was sein Blick zu bedeuten hatte. Es war derselbe Blick, mit dem sie Marty so viele Male bedacht hatte, der Blick, der alle weiteren Anläufe unterband.

»Es war nicht meine Entscheidung.« McGuire hielt ihrem Blick nur ganz kurz stand, bevor er ihr den Obduktionsbefund aus der Hand nahm und sich zum Gehen wandte.

»Augenblick noch!« Pearl folgte ihm rasch. »Würden Sie sich mit einer solchen Lösung zufriedengeben, wenn es um den Tod eines Menschen ginge, den Sie gekannt haben?« Sie blickte entschlossen zu ihm hoch, und McGuire konnte nur an eine andere Gelegenheit denken, an eine andere Entscheidung, einen anderen Fall, der zu den Akten gelegt worden war – und an Donna. Er wünschte sich, dass es sich anders verhielte, dass es eine andere Möglichkeit gäbe: eine Art Entschädigung, eine Wiedergutmachung vergangenen Unrechts. Schließlich gab er ihr seine Antwort.

»Das liegt nicht mehr in meiner Hand.«

Diesmal wandte er sich endgültig zum Gehen, doch als die Tür hinter ihm zufiel, folgte ihm Pearl rasch nach draußen.

»McGuire?«

Er war fast bei seinem Auto, als sie ihn einholte. »Sie haben recht«, gab sie zu. »Vielleicht habe ich wirklich nicht genügend Beweise, aber ich weiß, dass sie existieren, irgendwo. Und es ist nicht nur das. Ich war es, die Vinnies Leiche gefunden hat, und mein Gefühl sagt mir, dass das alles nicht stimmt.«

McGuire wandte den Blick ab.

»Na schön, ich hätte offener mit Ihnen sein sollen«, fuhr Pearl fort. »Aber ... von jetzt an könnten wir doch zusammenarbeiten. Nur noch eine Weile. Bitte.«

Als er sie schließlich wieder ansah, blickte sie flehentlich zu ihm hoch.

»Das geht nicht, Pearl. Ich werde nicht mehr hier sein. Ich habe um meine Versetzung gebeten, und meinem Antrag wurde stattgegeben. Deshalb bin ich heute Abend hergekommen. Um mich von Ihnen zu verabschieden.«

Pearl brauchte eine Weile, um zu verarbeiten, was sie gerade gehört hatte.

»Sie haben sich versetzen lassen ...?«

»Zurück nach London.«

»Aber ... das verstehe ich nicht ...«

»Da gibt es auch nichts zu verstehen. Ich bin hier, weil ...« Er verstummte abrupt, obwohl er ihr alles erklären wollte, sogar das mit Donna. Aber er wusste, dass er nie die richtigen Worte finden würde. »Ich ... muss einfach eine Weile weg von hier.«

Pearl hatte plötzlich das Gefühl, als würde ihr der Boden unter den Füßen weggezogen, und als sie ihn weiter ansah, war

McGuires einziger Gedanke, wie leicht es wäre, sie zu küssen – und keineswegs zum Abschied. Aber stattdessen drehte er sich um und stieg in sein Auto. Im nächsten Moment hatte er den Motor angelassen. Pearl stand da und lauschte dem Geräusch seines Wagens, das sich langsam in der Ferne verlor, dann ging sie in ihr Häuschen zurück. Nachdem sie die Haustür hinter sich geschlossen hatte, ging sie zum Fenster und stellte fest, dass die Wespe nicht mehr da war. Irgendwie hatte sie es geschafft, ins Freie zu kommen. Pearl nahm ihre Brille vom Couchtisch, und zum ersten Mal musste sie sich eingestehen, dass sie sich gründlich getäuscht hatte – in allem, McGuire eingeschlossen. Sie konnte einfach keinen klaren Gedanken mehr fassen.

KAPITEL ACHTZEHN

»Der Inspektor wirft also das Handtuch?«

Charlie saß mit Pearl am Küchentisch und spielte mit seinem Kaffeelöffel, während er auf ihre Antwort wartete.

»Er meint, es gibt nichts mehr, dem er nachgehen könnte.« Darüber dachte Charlie eine Weile nach. »Na, wenigstens scheint jetzt Klarheit zu herrschen. Dass es ein Unfall war, meine ich. Das macht es für alle leichter, einen Schlussstrich unter die Sache zu ziehen.«

Pearl entnahm Charlies Blick, dass er das auch auf sie bezog. Sie nahm einen Schluck Kaffee und musterte ihren Sohn kurz. Sein Haar war frisch geschnitten, wesentlich kürzer als sonst, und unwillkürlich fragte sie sich, ob es Tizzys Idee gewesen war.

»Aber du kommst nachher schon zum Konzert?«, fragte er unvermittelt.

»Selbstverständlich. Ich weiß nur nicht, ob es auch Oma schafft. Sie liegt immer noch, wegen ihres Rückens.«

»Warum geht sie eigentlich nicht zum Arzt?«, fragte Charlie leicht genervt.

»Du kennst sie doch. Weil sie stur und verbohrt ist und felsenfest davon überzeugt, dass alle, die in ihren Augen zum Establishment gehören, Teil einer gigantischen Verschwörung sind.«

»Na ja … aber Ärzte?«

»So ist sie, seit sie *Einer flog über das Kuckucksnest* gelesen hat.«

»*Einer flog über das* was?«

»Das ist ein Roman«, erklärte ihm Pearl. »Ein alter«, wurde ihr bei dieser Gelegenheit bewusst.

»Na gut«, sagte Charlie. »Vielleicht kann sie ja ihr spanischer Freund später zum Strand runtertragen. Denn ich hatte eigentlich gehofft, dass wir dort hinterher noch grillen können.«

»Prima Idee«, sagte Pearl lächelnd. »Aber angeblich soll das Wetter umschlagen.«

»Wird es aber nicht«, erklärte Charlie voller Optimismus. »Solange wir positiv denken, bleibt es auch gut.«

Pearl wurde klar, dass das genau die Sorte von *Pollyanna*-Bemerkung war, die auch Dolly gemacht haben könnte. Sie entdeckte so viel von ihrer Mutter und in letzter Zeit auch wesentlich mehr vom äußeren Erscheinungsbild seines Vaters in Charlie – fast so, als kämpften die Gene seiner Eltern um die Vorherrschaft in ihm. Ihr wurde klar, dass Charlie eines Tages mehr Antworten bezüglich seines abwesenden Elternteils verlangen würde, doch vorerst schien ihm zu genügen, was er über Carl wusste. Entweder das, oder er gestand sich nicht mehr Neugier zu. »Ich habe nämlich nach ihrem Auftritt eine kleine Überraschung für Tizzy geplant«, fuhr er fort. »Etwas, was ich ihr schenken will.«

Kurz überlegte Pearl, ob er sie mit einem Ring überraschen wollte. Er schien ihre Gedanken zu lesen.

»Keine Angst, ich werde ihr keinen Antrag machen oder so was. Nur ein Geschenk. Etwas, woran ich schon eine ganze Weile arbeite und das ich jetzt endlich fertigbekommen habe.«

»Und was hast du endlich fertigbekommen?«

Charlie rührte eine Spur zu hektisch in seinem Kaffee, gerade so, als wollte er seine Verlegenheit überspielen. »Sie liegt mir ständig in den Ohren, dass ich wieder was Künstlerisches machen soll, deshalb habe ich eine Collage angefangen. Ich wollte sie vor dem Konzert heute Abend bei dir abstellen und ihr dann beim Grillen überreichen, wenn das für dich okay ist.«

»Aber sicher«, sagte Pearl lächelnd.

»Nichts Großartiges«, fuhr Charlie fort. »Einfach eine Zusammenstellung von ... hauptsächlich Fotos. Alle von diesem Sommer. Eine kleine Erinnerung an diese schöne Zeit.«

Als er darauf nach seiner Tasse griff und sie austrank, wanderten Pearls Gedanken zu einem Skizzenblock, der in einer Schublade in ihrem Büro lag. Er enthielt Zeichnungen und Aquarelle, die vor fast zwanzig Jahren entstanden waren. Auch eine Erinnerung an eine schöne Zeit.

»Ist das nicht zu sentimental oder kitschig?«, fragte Charlie, plötzlich unsicher geworden.

»Nein«, erwiderte Pearl. »Überhaupt nicht.«

Charlie bedachte sie mit einem kurzen Lächeln, und Pearl merkte, dass er gehen wollte. Aber sie stellte ihm noch eine Frage. »Charlie, findest du die Entscheidungen, die ich für dich getroffen habe, eigentlich richtig?«

Er sah sie verständnislos an. »Was soll denn das für eine Frage sein?«

»Ich weiß auch nicht«, antwortete Pearl wahrheitsgemäß. »Ich muss in letzter Zeit nur immer wieder daran denken, wie alles ... vielleicht ganz anders gekommen wäre – für uns alle –, wenn ich andere Entscheidungen getroffen hätte.«

»Das trifft doch auf jeden zu«, sagte Charlie. Er neigte sich ihr zu. »Aber du und Oma, ihr habt alles für mich getan.« Er wich ihrem Blick nicht aus. »Mir hat absolut nichts gefehlt.« Er lächelte, aber Pearls Gedanken kehrten zu Carl zurück, denn ihr war sehr wohl bewusst, dass das Einzige, was Charlie gefehlt hatte, ein Vater war. Er drückte ihr einen Kuss auf die Wange und sagte: »Jetzt muss ich aber wirklich los. Wir sehen uns dann am Hafen, ja?«

Pearl rang sich ein Lächeln ab. »Sag Tizzy, dass ich mich schon freue.«

Im nächsten Moment war Charlie weg, und Pearl stellte mit einem raschen Blick auf die Uhr fest, dass sie sich beeilen musste, wenn sie sich zu ihrem nächsten Termin nicht verspäten wollte.

Das Walpole Bay Hotel in Cliftonville bei Margate, das vor dem Ersten Weltkrieg erbaut worden war, hatte nach mehr als achtzig Jahren den Besitzer gewechselt, und die neuen Betreiber hatten es sich zum Ziel gesetzt, seine ursprüngliche edwardianische Pracht wiederherzustellen. Ungeachtet aller finanziellen Probleme hatte es sich dank des enormen Engagements seiner neuen Besitzer, der Familie Bishop, halten können und verfügte sogar über ein eigenes »Living History Museum«, das eine wunderschöne Sammlung ausgefallener Erinnerungsstücke beherbergte, deren Höhepunkt der antike Gittertürenlift im Foyer war. Daneben waren eine Vielzahl von Fossilien ausgestellt, die einen Eindruck davon vermittelten, welche Schätze Thanets achtzig Millionen Jahre alte Kreideschichten bargen. Mit dem Aufzug konnte man zu den fünf Etagen des Hotels hinauffahren und den Ballsaal mit seinem Ahornschwingboden oder die Originalräume der Geschirrspülerinnen mit ihren alten Rufanlagen und Kupferheizkesseln besichtigen. Neben Hoteluniformen aus den verschiedenen Epochen gab es auch Flapperkleider aus den 20er Jahren, in denen alle fünf Stockwerke rund um die Uhr mit einem Speiseaufzug beliefert worden waren.

Für Pearl war es nach wie vor etwas Besonderes, ins Walpole zu kommen, fast so, als käme sie nach Hause. Hier fühlte sie sich umsorgt und umhegt, gerade so, als wäre sie selbst Teil des Living Museum. Wann immer sie die Zeit dazu fand, fuhr sie hierher, um auf der blumenbewachsenen Veranda zu sitzen, »einen Tee zu nehmen« und sich von historischen Porzellanetageren krustenlose weiße Sandwichdreiecke auszusuchen. An diesem Tag ging sie jedoch an der marmornen Eingangstreppe des Hotels vorbei, um den stilvollen Art-déco-Lift zum Strand hinunter zu nehmen.

Die Offenheit und Weite der Küste von Margate standen in auffälligem Gegensatz zu der von Whitstable, die von zahlreichen hölzernen Wellenbrechern durchsetzt war. Hier, an der östlichen Promenade in Walpole Bay, war die einzige Einschränkung des Meers ein riesiges Salzwasserbecken, das 1900 für Badegäste erbaut worden war und sich mit jedem Gezeitenwechsel leerte und neu füllte. Das Becken fing nicht nur das Meerwasser ein, sondern auch allerlei Meeresgetier, das sich in den Zwischenräumen seiner Umgrenzung verfing. Von Zeit zu Zeit wurde die Anlage zu Wartungszwecken vollständig abgelassen, und diese Gelegenheit nutzten dann Strandwärter und Meeresbiologen, um ihren Inhalt zu untersuchen. Sogar hier gab es Austern. Vor Witterungsextremen und natürlichen Räubern geschützt, nisteten sie sich hier zusammen mit allen möglichen Schwammarten ein und wurden besonders groß. Blutrote Pferdeaktinien säumten die Wände des Beckens, Samtkrabben suchten vor den strengen Wintern in den schlammgefüllten Ritzen Zuflucht. Bei Ebbe waren Pollacke und Lippfische zu sehen, die zwischen Purpurrosen auf dem Meeresboden herumflitzten und auf das Einsetzen der Flut warteten, um ihrem Gefängnis zu entrinnen. Einige hatten Glück, einige blieben, und einige gingen irgendwann zugrunde, aber dank des Beckens war es möglich, das Meer und seine vielfältigen Bewohner, wenn auch nur für kurze Zeit, aus nächster Nähe zu beobachten. Es war ein Mikrokosmos, der ein größeres Ganzes im Kleinen abbildete, und in diesem Sinn wies es eine gewisse Ähnlichkeit mit Whitstable auf. Pearl begriff plötzlich, dass Carl sich dafür entschieden hatte, ein kleiner Fisch in einem großen Ozean zu sein, während sie wie die Geschöpfe war, die bei Ebbe hier eingeschlossen waren, unfähig, ihrem Gefängnis zu entkommen, unfähig, etwas von der großen, weiten Welt hinter diesen Mauern zu erkunden.

Vom Strand blies ein kühler Wind herauf, und als Pearl ihm den Rücken zukehrte, sah sie vom Hotel her eine Gestalt auf sich zukommen. Tina Rowe trug einen leichten kamelhaarfarbenen Mantel und, sehr untypisch für sie, flache Schuhe. Es war nicht nur ihre Größe, die irgendwie reduziert erschien. Tina trug fast kein Make-up, und statt ihres üblichen nassforschen Auftretens hatte sie ein zaghaftes Lächeln aufgesetzt. »Ich war nicht sicher, ob du überhaupt kommen würdest«, sagte sie. »Ich hätte es dir nicht verdenken können, wenn du mich nicht noch mal hättest sehen wollen. Ehrlich gestanden … du bist der einzige Mensch in ganz Whitstable, der überhaupt bereit ist, auch nur ein Wort mit mir zu wechseln.«

»Wie geht's dir so?«, fragte Pearl.

»Jedenfalls war ich die meiste Zeit nüchtern. Inzwischen habe ich schon mehrere Tage keinen Alkohol mehr angerührt. Meine Freundin im Hotel meint, ich sollte zu den Anonymen Alkoholikern gehen. Wenn ich mein Leben wieder einigermaßen in den Griff kriege, will sie mir sogar helfen, einen Job zu finden.«

»Als was?«

Tina zuckte mit den Achseln. »Als Bedienung vielleicht. Oder als Zimmermädchen? Ich kann nicht wählerisch sein, Pearl, aber irgendwas muss ich finden.« Sie verstummte, und als sie ihre nächste Frage stellte, bekam ihre Stimme einen härteren Klang. »Du hast doch … von dem Testament gehört, oder?«

Als Pearl nickte, schaute Tina weg. »Das Geld wird doch sicher Connie bekommen. Sie hat schließlich Vinnies Kinder.«

Pearl merkte, dass die Frage rein rhetorischer Natur war. Tina blickte währenddessen weiter an den hohen Kreidefelsen hinauf. »Weißt du, ich muss ständig an die Zeiten denken, als ich mit Vinnie hierhergekommen bin. Wir waren noch halbe Kinder, und manchmal, an sonnigen Tagen, haben wir die Schule geschwänzt und sind dort oben auf den Felsen spazieren gegangen.« Wegen der Helligkeit hatte Tina die Augen zusammengekniffen, als sie nach oben schaute. »Dann haben wir immer zum alten Walpole hinübergeschaut und gesagt: ›Eines Tages werden wir uns dort ein Zimmer nehmen.‹ Und weißt du was? Das haben wir auch. Als wir geheiratet haben, haben wir dort die Hochzeitsnacht verbracht.«

»Das habe ich nicht gewusst«, sagte Pearl.

Tina nickte. »Und wir sind jedes Jahr wieder hergekommen. Als Shane noch klein war, haben wir ihn mitgenommen und sind mit ihm in den Freizeitpark in Margate gegangen.«

»Ins Dreamland?«

Tina nickte. »Ich habe immer zu Vinnie gesagt: ›Lass uns nächsten Sommer doch mal woanders hinfahren. Ins Ausland. Aufs Festland.‹« Sie wandte sich wieder Pearl zu. »Aber das konnten wir uns nicht leisten. Außerdem hat Vinnie das hier vollauf genügt. So war er eben. Glücklich und zufrieden im Dreamland.« Sie holte tief Luft. »Ich war diejenige, die etwas von der Welt sehen wollte. Und das habe ich dann auch getan. Nachdem unser Shane ...« Sie verstummte eine Weile. »Ich musste einfach weg von hier.« Sie schob die Hände tief in die Taschen ihres Mantels und lächelte zaghaft. »Ich war im ganzen Mittelmeerraum unterwegs, weißt du. Hab all die Orte gesehen, von denen ich immer geträumt hatte. Aber trotzdem, jeder neue Tag war nur ... ein weiterer langweiliger Tag im Paradies.« Sie verstummte kurz. »Aber jetzt laufe ich nicht mehr weg, Pearl. Ich wüsste auch gar nicht, wo ich hingehen sollte. Deshalb werde ich hierbleiben. Und ich werde aufhören, ständig an die Vergangenheit zu denken.«

Pearl konnte zwar Tinas Entschlossenheit spüren, wusste aber auch, wie schwer es für sie würde.

»Es war dieser Inspektor, der das gesagt hat«, fügte Tina unvermittelt hinzu.

»Was hat er gesagt?« fragte Pearl und blickte abrupt auf.

»Damals, an dem Abend, als er mich aus dem Neptune zurückgebracht hat, habe ich ihm erzählt, ich würde trinken, weil ich mich einsam fühle. Und er hat gesagt ... ich wäre wegen dem einsam, was damals passiert ist.« Nach einer Weile fuhr sie fort. »Weil ich meinen Shane verloren habe.« Sie sah Pearl an. »Er hat gesagt ... manchmal braucht man ein bisschen Platz in seinem Herz, um es heilen zu lassen. Und vielleicht war Trinken meine Methode ... die Leute nicht zu nah an mich rankommen zu lassen.«

Nach kurzem Überlegen fand Pearl, dass McGuire recht hatte, und sie fragte sich, ob er vielleicht gemerkt hatte, dass auch Pearl ihre eigene Methode hatte, niemanden an sich heranzulassen.

Ein plötzlicher Windstoß fegte über sie hinweg, und obwohl es warm war, zog Tina ihren Mantel enger um ihren Körper, als suchte sie Trost. Sie schaute wieder zu den Kreidefelsen.

»Kommst du mit mir zurück?«

»Das geht nicht«, sagte Pearl. »Heute ist der letzte Tag des Oyster Festivals, und ich habe zu viel zu tun.«

Mit einem Stirnrunzeln nahm Tina Rowe zur Kenntnis, dass das Leben ohne sie weitergegangen war. Dann entfernte sie sich einen Schritt, blieb aber noch einmal stehen. »Es ist doch noch nicht zu spät für mich, Pearl, oder?«

Pearl sah sie lächelnd an. »Nein, Tina. Das ist es für keine von uns.« Als Tina darauf zum Hotel zurückging, klammerte sich Pearl fest an diesen Gedanken.

Eine Stunde später war Pearl zurück in der Harbour Street und jonglierte gerade mit einem Strauß Sonnenblumen und einer Tüte mit Einkäufen, als sie jemanden aus Dollys Haus kommen sah. Die Frau hastete auf der Harbour Street davon. Ihre violette Haartönung war unverkennbar.

»Sadie?«

Auf Pearls Ruf hin drehte sich Sadie Crouch um. Ihr Gesicht verzog sich vorwurfsvoll, als sie sah, wer nach ihr gerufen hatte. Sie deutete mit dem Daumen hinter sich auf Dollys Haustür. »Ich hab nur mal kurz bei deiner Mutter vorbeigeschaut. Sie hat gesagt, du warst in Margate.« Das Lächeln auf Pearls Lippen erstarrte. Sadie hatte eine unnachahmliche Art, ihr unterschwellig vorzuwerfen, dass sie sich auf Dollys Kosten amüsierte. »Jetzt bin ich ja wieder zurück.«

»Und später geht's dann ins Konzert?«

Bevor Pearl etwas darauf erwidern konnte, fügte Sadie rasch hinzu: »Ich dachte, unter diesen Umständen sollte vielleicht mal jemand bei deiner Mutter vorbeischauen und sehen, wie es ihr geht.«

»Das wollte ich gerade tun.«

Sadie sah den Schlüssel in Pearls Hand. »Gut«, sagte sie und schaute zu Dollys Haustür. »Seit ich bei ihr war, geht es ihr schon wieder deutlich besser. Ich weiß besser als die meisten, wie gut Kranken ein bisschen Gesellschaft tut.« Sie setzte ein verkniffenes Lächeln auf und wandte sich zum Gehen.

»Sie ist nicht krank«, konterte Pearl. »Es ist nur ein altes Rückenleiden.«

Sadie Crouch drehte sich um. »Wenn du mal so alt wie Dolly bist, wirst du feststellen ...«

»Werde ich was feststellen?«, fiel ihr Pearl herausfordernd ins Wort. »Sadie, es ist wirklich bloß ...« Sie verzichtete auf eine weitere Erklärung, denn sie wollte Sadie lieber nicht unter die Nase reiben, dass Dollys Rückenprobleme auf einen »Saturday Night Fever«-Discomove zurückgingen, den sie 1974 auf der Tanzfläche des alten Bear and Key hingelegt hatte. »Was Erbliches«, sagte sie deshalb nur.

Sadie zeigte sich unbeeindruckt. »Ich muss jetzt nach Hause.«

»Zu Billy?«, fragte Pearl mit einem Anflug von Sarkasmus.
»Würde mich nicht wundern, wenn er neuerdings auch etwas Ruhe brauchen könnte.«

»Was soll das denn heißen?« Sadie sprang sofort darauf an.

»Na, die ganze Zeit für Matheson zu arbeiten.«

Sadie schüttelte den Kopf. »Nur Teilzeit, von neun bis zwei ...«

»Und keine Überstunden?«

»Das macht Billy nie. Außer er sammelt Köder.«

»Ach so«, sagte Pearl mit einem wissenden Lächeln, als sich Sadie bereits eilig durch das Menschengedränge entfernte.

Pearls Mutter saß auf der Liege im Wintergarten. »Gut, dass du kommst«, stöhnte sie. »Ich hatte gerade ...«

»Besuch von Sadie. Ich weiß«, sprach Pearl den Satz für Dolly zu Ende.

»Und wie gut sie es immer meint, diese scheinheilige Schlange«, schimpfte Dolly. »Ich dachte, es wäre Juan, sonst hätte ich sie gar nicht reingelassen. Er muss jeden Moment aus dem Mobilitätszentrum zurückkommen.«

»Dem was?«

»Na ja, weil ich natürlich nicht zum Konzert kommen kann ... aber Charlies Grillparty möchte ich mir auf keinen Fall entgehen lassen. Wenn ich einfach die Promenade runterfahren könnte ...«

»In einem Rollstuhl?«

»Natürlich nicht.« Dolly warf Pearl einen Prospekt zu. »Schau dir mal diesen kleinen Flitzer auf Seite vier an. Bringt es fast auf zwanzig Stundenkilometer.«

Als Pearl darauf auf eine Auswahl von Miet-Elektromobilen hinabblickte, wurde ihr ganz mulmig bei dem Gedanken an ein Dollymobil, das auf der Promenade Londoner Touristen umbügelte.

Dolly las die Gedanken ihrer Tochter. »Keine Angst. Man ist automatisch versichert.«

»Na, Gott sei Dank«, erwiderte Pearl und füllte Weintrauben in eine Obstschale.

»Hast du das von Marty gehört?«, fragte Dolly, die sie dabei beobachtete.

»Sag bloß, er hat den Preis für die schönste Schaufensterdekoration gewonnen.«

Dolly schüttelte den Kopf. »Natürlich nicht. Das Ergebnis wird doch erst morgen bekanntgegeben.« Sie machte eine theatralische Pause. »Aber er scheint jemandes Herz erobert zu haben.« Als Pearl sich zu ihr umdrehte, fuhr Dolly fort: »Sadie glaubt, dass er sich mit der neuen Floristin zusammengetan hat. Der großen Rothaarigen.«

»Nicki Dwyer?«

»Genau. Er soll an dem Abend im Neptune mit ihr ins Gespräch gekommen sein. Eins hat zum anderen geführt und ...«

»Ist doch schön für die beiden«, sagte Pearl rasch. Weitere Einzelheiten wollte sie lieber nicht hören.

Dolly dachte kurz nach. »Ja. Sie müssten eigentlich gut zusammenpassen. Ähnliche Interessen ...«

»Welche zum Beispiel?«, fragte Pearl.

»Gartenbau, Geld verdienen ...«

»Vielleicht sogar Kajakfahren«, fügte Pearl hinzu.

Dolly bedachte ihre Tochter mit einem wissenden Blick. »Hast du in letzter Zeit mal mit ihm gesprochen?«

»Mit Marty?«

»Nein, mit dem Schnüffler.«

Pearl stutzte. »Warum sollte ich?«

»Na, um dich zu verabschieden natürlich.« Dolly beobachtete Pearl aufmerksam. »Aber darin bist du nicht besonders gut, hm?«

Pearl sagte nichts, sondern schaute nur auf die Blumen, die in ihren Händen welk wurden. Sie hatte sie gerade von der hübschen Verkäuferin in Martys Laden gekauft und sich gefragt, wo er sein könnte. Jetzt wusste sie es vielleicht. Marty hatte endlich ein anderes Opfer gefunden. »Ich bringe die Blumen mal für deine Gäste nach oben ...«

»Warte noch!«

Als Pearl sich umdrehte, sah sie ihre Mutter Weintrauben aus der Obstschale in ihrem Schoß zupfen. »Er war wirklich nicht so übel.«

»Marty?«, fragte Pearl.

»Der Schnüffler«, sagte Dolly und legte eine vielsagende Pause ein, bevor sie eine Weintraube hochwarf und mit dem Mund auffing. Ohne etwas zu sagen, verließ Pearl das Zimmer. Aber sobald sie die Tür hinter sich geschlossen hatte, musste sie sich eingestehen, dass ihre Mutter fast immer recht hatte.

Um sechs Uhr abends blickte McGuire zum Bildschirm eines Wettbüros hoch, auf dem das Starterfeld der spätabendlichen Sommerrennen in Kempton Park zu sehen war. Im Rennen um halb neun hatte es ihm, zu seiner eigenen Überraschung, ein Pferd namens »New Horizons« angetan. »Zu seiner eigenen Überraschung« deshalb, weil sich McGuire sonst immer über die aktuelle Form der Teilnehmer und den Zustand des Geläufs informierte und die einzelnen Pferde miteinander verglich. In diesem Fall war jedoch seine Aufmerksamkeit aus unerklärlichen Gründen immer wieder auf die irische Stute gelenkt worden, obwohl sie außer einer Außenseiterchance wenig zu bieten hatte. Als er sich im Wettbüro umschaute, wünschte er sich, es wäre noch voller Rauch. Doch seit Inkrafttreten des Verbots ließen sich die Augen nicht mehr davor verschließen, dass an Orten wie diesem entweder extrem traurige oder extrem hibbelige Männer verkehrten. Außer der Kassiererin, deren Job es war, das Geld entgegenzunehmen, hatte er in diesen vier Wänden nie eine Frau gesehen. Sie war Anfang vierzig und hatte eine Figur, die, nahm McGuire an, vom lebenslangen Hinter-einem-Schalter-Sitzen immer mehr in die Breite ging. Sie war weder freundlich noch unfreundlich, sondern blieb, wie die Schweiz, unerschütterlich neutral. Allem Anschein nach war sie, wie die Wetter, nur wegen des Geldes da, obwohl McGuire, was Letztere anging, inzwischen eines Besseren belehrt worden war. Für einen Spieler war Geld nur zweitrangig. Es gab jede Menge Gründe, sich in eine Welt zurückzuziehen, die so stark vom Zufall abhängig war. Einige zog die Gelegenheit an, die Gewinnchancen eines schweren Lebens zu ihren Gunsten zu wenden, andere wurden süchtig nach dem Kitzel eines unbekannten Ausgangs. Da waren diejenigen, die Zuflucht unter ihresgleichen suchten, während wieder andere darin den einzigen Ausweg aus einer desolaten Existenz sahen. Für McGuire war das Wetten eine Flucht vor der Vergangenheit, und das war auch der Grund, weshalb ihm die zwei Wörter, die ihm aus dem Starterfeld des Rennens entgegenstarrten, zu diesem Zeitpunkt so verlockend erschienen. »New Horizons«. Diese simplen zwei Wörter schienen McGuire die Möglichkeit zu beinhalten, in seinem Leben einen Schritt nach vorn zu machen, falls sich die Versetzung nicht als ein Rückschritt entpuppte – zurück zu alten Horizonten.

Er traf eine Entscheidung, füllte hastig seinen Wettschein aus und reichte ihn zusammen mit einem 50-Pfund-Schein der Kassiererin. Obwohl sie sonst nie eine Miene verzog, reagierte sie verblüfft, als sie McGuires Wahl sah. Doch er stand dazu. Trotz all seiner früheren Verluste hatte er nie die Hoffnung aufgegeben, dass sich das Blatt eines Tages für ihn wenden könnte. Wie die Gezeiten musste auch das Glück irgendwann umschlagen. McGuire nahm den Beleg, den ihm die Kassiererin gab, und beschloss, auf die Wache zurückzukehren. In ein paar

Stunden konnte er Feierabend machen und in das rauchfreie Wettbüro zurückkehren, um sich das Rennen anzusehen.

Punkt halb acht traf Pearl am Whitstable Harbour ein, wo gerade der Austern-Esswettbewerb zu Ende gegangen war. Der erhöhte Tisch, an dem die Teilnehmer ihre Portion Pazifische Felsenaustern hinuntergeschlungen hatten, wurde gerade abgeräumt, und die Zuschauer waren zu der großen nach Süden ausgerichteten Plattform in Dead Man's Corner weitergezogen, die jetzt ihrer neuen Funktion als Bühne nachkam. Im Publikum, das gespannt auf den Beginn des Konzerts wartete, war jedes Alter vertreten. In den vorderen Reihen drängte sich jedoch vor allem die jüngere Generation, hauptsächlich mit Bierdosen in der Hand, alles einheimische herumprotzende Jugendliche, von denen Pearl die meisten vom Sehen kannte. Die Atmosphäre war von freudiger Erwartung geprägt. Junge Mädchen standen kichernd und tuschelnd in dichtgedrängten Gruppen beisammen, während die Jungs scherzhaft miteinander rauften und sich mit Pferdeküssen traktierten. Bei solchen Festival-Events übernahmen normalerweise die einheimischen Kids das Kommando und machten ihre Territorialrechte geltend. So war es schon, solange Pearl zurückdenken konnte, obwohl die Großstädter, die das Städtchen inzwischen in den Sommermonaten überschwemmten, in Pearls Jugend Whitstable noch nicht in dem Maß für sich entdeckt hatten.

An so einem Abend war Shane Rowe nach einem Gig bei einem Open-Air-Konzert am Castle gestorben. Pearl wusste, dass McGuire recht hatte. Niemand konnte mit Sicherheit sagen, wer schuld am Tod des jungen Mannes gewesen war, aber möglicherweise hatte auch niemand etwas daraus gelernt. Bestimmt waren auch jetzt, in diesem Moment, sowohl einheimische als auch auswärtige Kids im Publikum, die zum ersten Mal Drogen probierten oder regelmäßig welche nahmen. Wie McGuire mit berufsbedingter Autorität festgestellt hatte, waren Drogen heutzutage ein fester Bestandteil der Jugendkultur. Das Alarmierende daran war für Pearl, dass sich allem Anschein nach unmöglich mit hundertprozentiger Sicherheit feststellen ließ, ob jemand welche nahm, bis er ihnen zum Opfer fiel. In Shanes Fall hatte es keine Hinweise auf seinen Drogenkonsum gegeben, und sein Tod war wie ein verhängnisvoller einmaliger Ausrutscher erschienen. Da Teenager von Natur aus starken Stimmungsschwankungen unterworfen waren und abwechselnd redselig und wortkarg, verschlossen und überdreht wirkten, ließ sich nie sagen, ob der Grund dafür Drogenkonsum war. Das emotionale Auf und Ab gehörte genauso zum Jungsein wie eine gewisse Neugier und Experimentierfreude und der Wunsch nach Abkürzungen zu Selbstbewusstsein und Coolness.

Als sich Pearl durch die Menge schlängelte, war ihr bewusst, dass jeder von den Teenagern, die sich um die Bühne drängten, an diesem Abend etwas genommen haben könnte. Sie musste an ihre eigenen Jugenderfahrungen denken, als sie sich unten am Strand ein paar Joints reingezogen hatten, obwohl das Zeug, das sie geraucht hatten, eher wie Henna ausgesehen und gerochen hatte und lediglich Schwindelgefühle bei ihr ausgelöst hatte, wie sie sie auch von zu viel Rotwein bekommen hatte. Die Jugend suchte immer nach ihrem eigenen Blick auf die Welt, und Pearl war froh, dass Charlies einziger »schlechter Einfluss« ein Junge gewesen war, der Bobby Brazil hieß und auf seinem Mountainbike die Harbour Street rauf und runter Wheelies gemacht hatte. Bobby hatte Mädchen und erschrockene Rentner geärgert und war in den Bonfire Nights wegen seines ausgiebigen Einsatzes von pyrotechnischen Krachern möglichst gemieden worden. Aber keine Jugend dauert ewig, und inzwischen machte Bobby eine Lehre als Gerüstbauer und war stolzer Vater eines süßen Babys.

Inmitten all der jungen Gesichter fragte sich Pearl, ob wohl

Marty mit Nicki Dwyer hier war. Sie war nicht sicher, was sie angesichts dieser neuen Paarung empfand: Einerseits fühlte sie sich zurückgewiesen, aber zugleich wusste sie, dass das absurd war, weil sie Marty nicht zum Vorwurf machen konnte, dass er gemerkt hatte, dass er schon genug Zeit damit vergeudet hatte, ihr den Hof zu machen. Marty hatte sie so lang umworben, bis er irgendwann die Nase voll hatte. Vielleicht war es McGuires Auftauchen gewesen, das schließlich den Ausschlag gegeben hatte, oder vielleicht auch etwas an der Art, wie sie sich ihm gegenüber an dem Tag verhalten hatte, an dem Marty sie zusammen am Strand gesehen hatte. Unwillkürlich fragte sich Pearl, wie viele andere Male Marty sie heimlich beobachtet haben könnte, vielleicht sogar an dem Abend, als sie zu Vinnies Boot hinausgerudert war. Könnte Marty am Strand oder in seinem Kajak unterwegs gewesen sein und sie aus der Ferne beobachtet haben? Wenn dem so war, würde Pearl es nie erfahren, und sie würde nicht einmal Gewissheit erlangen, ob es bei dem letzten Gespräch, bei dem er im Hafen mit Vinnie beobachtet worden war, tatsächlich um Austernschalen gegangen war. Marty sah sich jetzt anderweitig um – etwas, das Pearl schwerfiel, weil sie sich immer wieder dabei ertappte, dass sie sich fragte, wo McGuire gerade war und was er tat. Würde sie, wenn sie ihm an diesem Abend beim Konzert begegnete, die Gelegenheit nutzen, um sich richtig von ihm zu verabschieden? Sie war sich nicht sicher, doch als sie in der Menge nach ihm Ausschau hielt, wurde ihr klar, dass Dolly recht hatte: Sie war nicht gut im Abschiednehmen. Plötzlich spürte sie eine warme Hand auf ihrer Schulter, und als sie sich umdrehte, stand nicht McGuire vor ihr, sondern Charlie.

»Ich habe die Collage zu Hause vorbeigebracht und ein paar Bier in den Kühlschrank gestellt«, sagte er grinsend.

»Gut, dann bringe ich später zusammen mit dem Essen alles an den Strand«, antwortete Pearl. »Wie geht's Tizzy?«

»Sie bereitet sich auf den Auftritt vor. Hinter der Gabionenmauer steht ein altes Partyzelt, das man mit viel Phantasie als Backstage Area bezeichnen könnte. Ich habe sie zu überreden versucht, auf einen Drink mitzukommen, weil ich dachte, das wäre vielleicht gut gegen ihr Lampenfieber, aber sie behauptet, sie habe keins.« Er schaute in den blauen Himmel hinauf, an dem nur ein paar vereinzelte weiße Wolken zogen. »Sieht so aus, als würde das Wetter halten. Wird Oma es zum Grillen schaffen?«

»Es gibt wahrscheinlich nichts, was sie davon abhalten könnte«, bemerkte Pearl grinsend. In diesem Moment ging über der Bühne eine Reihe von Scheinwerfern an, und Pearl spürte, wie gespannte Erwartung aufkam. »Wirklich schade, dass ihre Eltern nicht kommen konnten, um das zu sehen.«

Bevor sich Charlie dazu äußern konnte, kam ein DJ auf die Bühne. Ein Suchscheinwerfer streifte über das Publikum, und in der Menge brandete lauter Jubel auf. Charlie wollte etwas sagen, wurde aber von dem Lärm übertönt. Schließlich rief er: »Ich gehe hinter die Bühne. Willst du mitkommen?«

Pearl schüttelte den Kopf. »Ich sehe es mir von hier an. Bis nachher.«

Als Charlie sich entfernte, sah Pearl ihm nach, und wenige Augenblicke später war er unter den Kids verschwunden, die sich aufgeregt vor der Bühne drängten. Die Soundanlage war ohrenbetäubend laut, weshalb Pearl weiter nach hinten ging und sich einen Platz mit besserer Sicht auf die Bühne suchte. Dabei sah sie, dass Matheson gerade den Balkon des Crab and Winkle verließ und eine Begleiterin vor sich herschob. Pearl reckte den Kopf, um über die Menge hinwegschauen zu können, bekam die Frau aber nicht richtig zu sehen. Trotzdem glaubte sie zu wissen, um wen es sich dabei handelte. Sie ging auf das Restaurant zu und behielt die ganze Zeit die Tür im Auge, die auf den Hafen hinausführte. Den Kai säumten Imbissstände und Getränkeverkäufer, in deren Schutz Pearl sich dem Lokal näherte. Plötzlich ging die Tür auf, aber heraus kam eine Gruppe junger Londoner, von denen einer eine Flasche Sekt hochhielt. Bevor die Tür wieder ganz hinter ihnen zugegangen war, wurde sie erneut aufgestoßen. Jetzt sah Pearl Connie in der Öffnung erscheinen und hinter ihr Matheson. Die zwei gingen nicht in Richtung von Mathesons Büro, sondern zum Parkplatz. Kurz bevor die beiden Mathesons Wagen erreichten, leuchteten dessen abgeblendete Scheinwerfer auf. Matheson hielt Connie die hintere Beifahrertür auf, ging um das Auto herum und stieg auf der anderen Seite hinten ein. Als der Wagen langsam losfuhr, überraschte es Pearl nicht, am Steuer niemand anderen als Billy Crouch sitzen zu sehen.

Über den Strand wummerte laute Tanzmusik, als Pearl über das eben Gesehene nachdachte. Sie schaute zum Hafen zurück, wo vor weniger als einer Woche Vinnies Boot am Kai vertäut gewesen war. Inzwischen war es verschwunden, und auf dem neugestalteten öffentlichen Gelände wimmelte es von Menschen, die das Ende des diesjährigen Oyster Festivals feierten. Die Zeit war unaufhaltsam vorangeschritten.

Am Ende der nächsten Nummer johlte die Menge wieder los, und als der DJ das Mikrofon übernahm, fieberten erwartungsvolle Gesichter dem nächsten Auftritt entgegen. Während der DJ seine Sprüche abließ, stand plötzlich im Lichtkegel eines einzigen Spotlights Tizzy auf der Bühne. Neben ihr nahmen ein Drummer und ein Gitarrist ihre Plätze ein. Tizzy lächelte und stellte sich als Firenze vor. Als ihr Blick darauf über die Menge wanderte, hob Pearl, ohne groß zu überlegen, den Arm, da sie das Gefühl hatte, dass Tizzy nach ihr Ausschau hielt. Als sich ihre Blicke schließlich trafen, sah Pearl, dass Tizzy die fliederfarbene Seidenweste trug, die sie ihr geschenkt hatte. Pearl hatte sie fast zwanzig Jahre nicht mehr angehabt, doch jetzt wurde ihr von der schönen jungen Frau auf der Bühne neues

Leben eingehaucht. Tizzy griff lächelnd nach dem Mikrofon, strich sich das lange Haar aus dem Gesicht und wartete mit geschlossenen Augen auf den Einsatz des Drummers. Der Gitarrist schlug ein paar langsame Akkorde an, und Tizzy nickte im Takt mit dem Kopf, bevor sie zu singen begann. Ihre Stimme, kräftig und packend, schien fast zu kippen, wenn sie die hohen Noten ausreizte. Es war ein Song über Verlust und Trauer, dem sich niemand entziehen konnte und der sogar die lautesten Teenager im Publikum zum Verstummen brachte. In einem Instrumentalteil drückte Tizzy das Mikrofon an ihre Brust und wiegte sich mit geschlossenen Augen im Takt der Musik. Dann schwebte in einem scheinbar zeitlosen Moment ein einziger Ton vollkommen klar durch die Abendluft, bis sie schließlich die Augen öffnete und heftiger Applaus von Dead Man's Corner aufbrandete. Pearl erkannte das Lächeln, das Tizzy immer Charlie vorbehielt, und obwohl er noch auf der Seite der Bühne stand, bemerkte Pearl den Blick, den er Tizzy zuwarf. Es war ein Blick voller Stolz und Bewunderung für die reizende junge Frau, die es mit solcher Selbstverständlichkeit geschafft hatte, das Publikum zu verzaubern. Auch Pearl begann mit allen anderen begeistert zu klatschen, bis der Drummer ein rascheres Tempo vorgab. Tizzy feuerte das Publikum an, zu der heitereren Reggae-Nummer mitzuklatschen. Gefolgt von dem Spotlight, überquerte Tizzy die Bühne, die sie genauso wie das Publikum, das in den Refrain mit einstimmte, mit absoluter Selbstverständlichkeit zu beherrschen schien. Charlie klatschte am Bühnenrand begeistert mit, und Teile des Publikums begannen zu tanzen. Im Instrumentalteil legten die Kids mit ihren Moves los. Auch Pearl klatschte mit und ging voll in der Musik auf. Doch dann fiel ihr Blick auf eine Person, die vollkommen reglos in der Menge stand.

Zuerst dachte Pearl, Rubys Blicke wären auf Tizzy gerichtet, doch dann merkte sie, dass ihre junge Bedienung die ganze Zeit

Charlie anstarrte. Pearl rief nach ihr, aber im selben Moment begann Tizzy wieder zu singen, und Pearls Stimme ging in der Musik unter. Sie versuchte, sich zwischen den tanzenden Teenagern hindurchzuschieben, doch dann endete die Musik abrupt, und die Menge johlte mit hocherhobenen Armen begeistert los und forderte eine Zugabe, so dass Pearl nicht mehr weiterkam. Erst als der Applaus abebbte, konnte Pearl sehen, dass Ruby sich in die andere Richtung entfernte. Der Junge, der neben ihr gestanden hatte, blieb noch eine Weile dort, bevor er sich mit der Hand durch das zerzauste blonde Haar strich und ihr folgte. Als Pearl sein Gesicht zu sehen bekam, merkte sie, dass es Alex Berthold war.

In diesem Moment nahm der DJ wieder seinen Platz auf der Bühne ein, und Pearl wurde von den Zuschauern, die von der Bühne zur Bar strömten, der Weg versperrt. Als die meisten an ihr vorbei waren, waren Ruby und Alex verschwunden. Pearl blickte hinter sich zu den Schlangen, die sich vor der Bar bildeten, dann wieder nach vorn in Richtung East Quay. Aber auch auf der Hauptdurchgangsstraße, die an der alten Bowlingbahn vorbeiführte, war nichts von dem Pärchen zu sehen. Pearl ging von Dead Man's Corner nach Westen, bis sie auf eine Gruppe wankender Jugendlicher traf. Sie wollte sie gerade fragen, ob sie jemanden hatten vorbeikommen sehen, als die Gruppe rasch davonzog, so dass Pearl sehen konnte, dass das Tor, durch das man auf direktestem Weg zum East Quay kam, offen stand.

Ohne sich um das Schild – KEIN ZUTRITT – zu kümmern, ging Pearl rasch hindurch und am alten Kieswerk mit dem hohen Aluminiumturm vorbei, neben dem die Masten der Fischerboote im Hafen winzig erschienen. Das Kieswerk war während der Ferienzeit geschlossen, aber das Knirschen der Kiesel unter Pearls Sohlen war deutlich zu hören, als die Musik und das Gelächter hinter ihr allmählich leiser wurden. Unbemerkt von den Konzertbesuchern, die sich um die Bar drängten, hatte

Pearl bald den East Quay erreicht und blieb hinter der Kneipe gleichen Namens stehen.

Neben einem alten Schuppen, der unter den Einheimischen als Barrel Store bekannt war, stand ein verlassenes altes Wohnmobil, das noch zu der Trostlosigkeit des Areals beitrug. Als Pearl unvermutet Stimmen hörte, drückte sie sich mit dem Rücken an die Wand des Schuppens, hinter dessen Ecke sie einen Mann und eine Frau reden hörte. Da sie nicht verstehen konnte, was sie sprachen, schob sie sich an der Wand entlang auf die Stimmen zu, bis sie merkte, dass im Außenspiegel des Wohnmobils Alex und Ruby zu sehen waren.

»Jetzt sag doch endlich, was du hast«, redete der Junge in flehentlichem Ton auf das Mädchen ein.

Ohne etwas zu erwidern, verschwand Ruby plötzlich aus dem Blickfeld des Rückspiegels, und Alex setzte erneut an: »Jetzt reg dich erst mal ab, bevor du ...«

»Nein«, fuhr ihn Ruby an. »Kapierst du denn nicht, dass das nicht reicht? Ich will mehr.« Sie kam wieder in Pearls Blickfeld und sah Alex herausfordernd an.

Pearl erkannte Ruby kaum wieder, wie sie, zitternd vor Zorn, auf Alex einredete. »Du hast mir versprochen ...«

»Ich weiß. Aber du bist doch nie zufrieden ...«

»Aber was soll ich denn machen, wenn du weggehst?«

Pearl ging Rubys Verzweiflung richtig unter die Haut.

»Wie oft soll ich es dir denn noch sagen?« Alex rang mühsam um Beherrschung. »Ich gehe nicht weg.«

»Sagst du«, stieß Ruby bitter hervor. »Aber sie werden dich mitnehmen. Du musst auf die Uni ...«

»Aber ich komme zurück.«

»Wann?«

Alex wusste nicht, was er darauf sagen sollte, und blieb schweigend vor ihr stehen. Ruby blickte auf ihre zitternden Hände hinab, bis sie schließlich mit finsterem Gesicht aufschaute.

»Ich werde also wieder mal allein sein. Mit nichts als meinen Erinnerungen.« Sie wandte sich zum Gehen, aber Alex packte sie am Arm und hielt sie zurück. »Wer redet denn von Erinnerungen ... Können wir die Vergangenheit nicht einfach Vergangenheit sein lassen und aus dem Jetzt das Beste machen?« Er hob die Hände behutsam an die Seiten von Rubys Gesicht und fügte flüsternd hinzu: »Bitte.«

Als er sie an sich zog, um sie zu küssen, schloss Pearl die Augen. Zum Teil lag es an der Intimität des Moments, aber der Hauptgrund war, dass der Kuss für das Aufeinandertreffen zweier Welten – Vergangenheit und Gegenwart – zu stehen schien. Jedenfalls glaubte Pearl in diesem Augenblick, noch einmal den warmen Wind auf ihrem Gesicht zu spüren – und einen zärtlichen Kuss, den sie nie vergessen würde. Als sie schließlich die Augen wieder aufschlug, war im Rückspiegel des Wohnmobils niemand mehr zu sehen, und die Stimmen waren verstummt.

Als Pearl vorsichtig um die Ecke lugte, waren nur die Wellen zu sehen, die sich am Strand brachen – keine Spur von Alex oder Ruby. Das Klingeln ihres Handys beendete den stimmungsvollen Moment endgültig. Sie zog es rasch aus der Tasche.

»Wo bist du?«

Beim Klang von Charlies Stimme fühlte sich Pearl, als erwachte sie aus einem Traum. »Ganz in der Nähe«, sagte sie leise. »Sag bitte Tizzy, sie war großartig ...«

»Das sagst du ihr am besten selbst«, fiel Charlie ihr ins Wort. »Sie steht gleich neben mir.«

Nach einem kurzen Moment kam Tizzys Stimme aus dem Telefon.

»Du warst wunderbar, Tizzy«, sagte Pearl. »Du hättest die ganze Nacht singen können.«

»Danke«, antwortete Tizzy. »Möchtest du hinter die Bühne kommen? Es ist ziemlich voll, aber du könntest mit uns was trinken.«

Pearl sah auf die Uhr und dachte über den Vorschlag nach. Dabei wurde ihr bewusst, dass es nur noch zwei Stunden bis Sonnenuntergang waren. »Ich gehe jetzt lieber nach Hause und hole, was wir zum Grillen brauchen. Sag Charlie, wir treffen uns an der üblichen Stelle. Und er soll genügend Brennholz mitbringen. Dann können wir uns in Ruhe unterhalten. Vielleicht hast du ja auch Lust, noch mal zu singen.«

Tizzy lachte. »Mal sehen.«

Pearl wartete, ob noch etwas kam, aber Tizzy hatte das Gespräch bereits beendet, und das Handy lag stumm in Pearls Hand. Sie ging los, blieb aber wieder stehen, als sie sich selbst im Rückspiegel des Wohnmobils sah. Bei dem Gedanken an Alex und Ruby verflog ihr Lächeln. Sie drehte sich um und machte sich rasch auf den Heimweg.

Als Pearl im Seaspray Cottage eintraf, war es dort unnatürlich ruhig. Durch das Rauschen der Wellen am Strand schien die Stille noch intensiver. Bei Ebbe war es immer lauter, weil dann die Stimmen besser über das Watt trugen. Die Luft fühlte sich komprimierter und stickiger an, aber auch wie von der hereinkommenden Flut gereinigt. Pearls Ohren rauschten noch leicht von der lauten Musik des Konzerts, aber ihre Gedanken kreisten nicht um Tizzys Auftritt, sondern um das, was sie sonst noch alles erlebt hatte. Die große Überraschung des Abends war nicht gewesen, Connie an Mathesons Seite zu sehen, sondern die enge Beziehung zwischen Ruby und Alex. Pearl musste an eine frühere Gelegenheit denken, bei der sie sicher gewesen war, Ruby auf den Tankerton Slopes die Kitesurfer beobachten gesehen zu haben. Das Mädchen hatte zwar geleugnet, jemals dort gewesen zu sein, weshalb Pearl Zweifel an ihrem Sehvermögen gekommen waren, aber inzwischen war ihr klar, dass sie damals doch Ruby gesehen hatte. Ruby hatte sie belogen, was Pearl nicht richtig verstehen konnte, es sei denn, dem jungen

Mädchen war es peinlich gewesen, zuzugeben, dass sie einen Jungen anziehend fand. Allerdings war Alex nicht einfach irgendein Junge. Er war Leo Bertholds Sohn, und er hatte Ruby schon mit seinem Lächeln bezirzt, als Pearl ihn im Restaurant zum ersten Mal gesehen hatte. Alex schien seine Gefühle gut unter Kontrolle zu haben, aber sie glaubte, bei ihm auch eine eigenartige Distanz zu seinen Eltern zu spüren, zumal er, wie seine Mutter Pearl anvertraut hatte, die meiste Zeit am Strand verbrachte. Inzwischen war jedoch nicht mehr auszuschließen, dass Alex im Laufe des Sommers Vinnie hin und wieder draußen auf dem Meer gesehen hatte, und Pearl machte sich Vorhaltungen, den Jungen nicht danach gefragt zu haben, als sich ihr die Möglichkeit dazu geboten hatte. Vielleicht ergab sich noch einmal eine Gelegenheit, aber andererseits, wozu? Der Fall war zu den Akten gelegt worden, und McGuire kehrte nach London zurück. Nicht nur, was den Auftrag anging, den Stroud ihr erteilt hatte, hatte sie versagt, es war ihr auch nicht gelungen, irgendwelche konkreten Beweise dafür zu finden, dass Vinnies Tod etwas anderes gewesen war als ein Unfall. Dolly hatte ein Machtwort gesprochen und ihr dringend geraten, die Sache auf sich beruhen zu lassen. Und Pearl wusste, dass ihre Mutter fast immer recht hatte.

Nachdem sie eine Kühlbox mit Charlies Bier gefüllt hatte, bereitete sie rasch die Sachen für das Barbecue vor. Als sie mit dem immer noch extrem scharfen alten Messer ihres Vaters ein paar Wolfsbarsche filetierte und sich dabei seine für immer in ihr Gedächtnis eingebrannten Anweisungen vor Augen hielt, kehrten ihren Gedanken immer wieder zu dem zurück, was sie an diesem Abend beobachtet hatte. Ihr wurde klar, dass die scheinbar so unschuldige kleine Ruby sie nicht nur belogen hatte, sondern dass es ihr nicht einmal aufgefallen war. Sie konnte Ruby zwar nach ihrer Beziehung zu Alex fragen, aber würde sie ihr die Wahrheit sagen? »Mach das Beste aus dem, was jetzt ist«, hatte Alex zu Ruby gesagt. Vielleicht hatte der Junge recht, dachte Pearl, als sie auf die Fischfilets blickte, die immer noch ihre ganze Aufmerksamkeit erforderten.

Pearl legte den Fisch in einer Marinade aus Sherry-Essig, Rosmarin, Thymian und frischem Ingwer ein und vergaß auch nicht, etwas Meerfenchel beizugeben. Trotzdem ging ihr nicht aus dem Kopf, dass Ruby ihr so geschickt etwas vorgemacht hatte, und vor allem ließen sie die Forderungen, die das Mädchen an Alex gestellt hatte, nicht mehr los. »Und was soll aus mir werden, wenn du weggehst?« Diese Frage schien Pearl genauso zu beschäftigen wie die Unausweichlichkeit von Alex' Fahnenflucht. »Ich gehe nicht weg«, hatte er gesagt: dieselben Worte, die Carl damals zu Pearl gesagt hatte – bis zu dem Abend, an dem er Abschied von ihr nahm. Pearl spürte, dass ihre eigenen Erfahrungen ihr Urteilsvermögen trübten – die Erinnerungen, an denen sie viel zu lange festgehalten hatte. Vielleicht wurde es wirklich Zeit, die Vergangenheit hinter sich zu lassen, wie Alex Ruby geraten hatte. Trotzdem schien Pearl irgendetwas faul an der ganzen Sache. War sie wirklich nur Zeuge des bittersüßen Endes einer Sommerromanze geworden, oder steckte mehr hinter dem allem?

Als Pearl auf der Suche nach dem Korkenzieher die Schublade öffnete, in der sie ihn normalerweise aufbewahrte, fand sie nur Cocktailspieße und Halloweenservietten. Das Chaos in Pearls Privatküche schien fast ein Akt der Rebellion gegen die penible Ordnung, die sie im Restaurant hielt. Als sie die Servietten aus der Schublade nahm, fiel ein Zettel auf den Boden, und Pearl sah, dass es Tizzys Rezept für das *cacciucco livornese* war. Es schien eine Ewigkeit her zu sein, dass sie das Gericht in Charlies Wohnung zum ersten Mal gegessen hatte, ein weiteres Highlight dieses ereignisreichen Sommers. Bei dem Gedanken daran musste sie an Charlies Collage denken, die in braunes Packpapier eingeschlagen und lose verschnürt am Sofa im

Wohnzimmer lehnte. Kurz fragte sie sich, ob sie das Bild zusammen mit all den anderen Sachen, die sie mitnehmen musste, zum Strand tragen könnte, aber als sie die Collage hochhob, stellte sie fest, dass sie erstaunlich leicht war.

Neugierig geworden, löste sie die Verschnürung und entfernte das Packpapier, um sich das Bild anzusehen. Ein etwas improvisierter Holzrahmen umschloss eine Collage aus Kino- und Theaterkarten, getrocknetem Tang und Maisblättern und allen möglichen Fotos. Es war eine rührende Ansammlung von Erinnerungsstücken, ähnlich dem Living Museum im Walpole Bay Hotel. Pearl dachte an das Gespräch, das sie an diesem Morgen mit Charlie geführt hatte, und gestattete sich zum ersten Mal seit langem den Gedanken, dass sie als alleinerziehende Mutter ihre Sache vielleicht gar nicht so schlecht gemacht hatte. Es war ein schöner Moment, der vor allem die schmerzliche Wahrheit überwog, dass Charlie erwachsen wurde und sich mehr und mehr von ihr löste. Die Bilder der Collage brachten das deutlich zum Ausdruck. Sie zeigten einen glücklichen Charlie zusammen mit dem Mädchen, das er liebte, in allen möglichen Umgebungen: die Landzunge der Street, die wie eine goldener Pfeil die steigende Flut teilte; eine Reihe von Strandhütten an den Tankerton Slopes; die am West Beach im Meer untergehende Sonne; lauter Bilder von Whitstable, die bleiben würden, selbst wenn die Menschen in ihnen immer wieder andere waren: Pearl mit Carl, Ruby mit Alex, Charlie mit Tizzy. Nach einer Weile merkte Pearl, dass sie die Fotos nur noch verschwommen wahrnahm. Da sie im schwindenden Licht keine Details mehr erkennen konnte, griff sie nach dem Etui in ihrer Handtasche und nahm ihre Brille heraus. Endlich fand sie sich damit ab, dass sie sie von jetzt an brauchen würde.

Sobald sie die Brille aufgesetzt hatte, konnte sie plötzlich alles auf Charlies Collage gestochen scharf sehen: Tizzy am Strand, eingefangen in einem ganz besonderen Moment, wie auch

Pearl einmal in den Zeichnungen und Aquarellen festgehalten worden war, die Charlies Vater vor zwanzig Jahren gemacht hatte. Doch auf diesen Bildern saß ein anderes Mädchen auf der hölzernen Buhne und reckte ihr Gesicht in die Sonne. Tizzy lächelte in die Kamera, schön, gelöst und von einem Hauch von Geheimnis umgeben, wie eine junge Mona Lisa. Doch mit einem Mal verflog Pearls Lächeln, und jedes andere Bild der Collage trat in den Hintergrund. Dafür drängte sich ein kleines, eher unbedeutendes Detail plötzlich nach vorn und wurde, wie von einem Zoomobjektiv erfasst, immer größer, bis Pearl nichts anderes mehr sah als ein silbernes Dreieck mit einem Tupfer Türkis in der Mitte: der Ohrring, den Tizzy trug.

KAPITEL NEUNZEHN

Es ging auf acht Uhr abends zu, als McGuire mit seinen Berichten fertig wurde. Ihm war diese »Kästchenabhakerei« zuwider, aber Welch legte großen Wert darauf. McGuire glaubte, sich als Belohnung ein kaltes Bier verdient zu haben, bevor er sich auf den Weg ins Wettbüro machte, um sich dort das Abendrennen anzusehen. In einer kleinen Bar in Westgate hatten sie seine mexikanische Lieblingsmarke. Weil sie dort auch ein paar Tische und Stühle im Freien hatten, brauchte er sich nicht dem lauten Inneren mit den künstlichen Kakteen und Sombreros auszusetzen, mit denen das Lokal dekoriert war. Er ertappte sich dabei, dass er sich nach dem Strand vor dem Neptune sehnte, wo er zu einem Oyster Stout die Sonne im Meer hatte untergehen sehen. Als er die Augen schloss, sah er wieder einmal Pearl vor sich sitzen, wie sie ihn in Dinge einweihte, die ihm fremd waren: das Red Sands Fort, die Schmuggler, die Lappalien des Kleinstadtlebens.

Eine Lappalie. Als solche betrachtete er den Sommer, den er in Kent verbracht hatte, akzentuiert von seinen zahlreichen Auseinandersetzungen mit Pearl. Sie war störrisch, kritisch und von seinen Methoden wenig angetan gewesen, und doch schienen ihre Beherztheit und die forsche, fast dreiste und anmaßende Art, mit der sie die Ermittlungen an sich zu reißen versucht hatte, paradoxerweise das einzig Relevante an der ganzen Sache gewesen zu sein. Die Frau war ihm nach wie vor ein Rätsel, genauso wie der ganze Fall – ein Fall, der mittlerweile zu den Akten gelegt worden war. Und obwohl irgendetwas an der Sache faul war, wusste McGuire, dass er in dieser Angelegenheit nichts mehr unternehmen konnte. Deshalb tröstete er sich mit der Hoffnung auf ein erfolgreiches Abschneiden von New Horizons und zog den Wettschein aus seiner Tasche. Mit einer Quote von 33 zu 1 gewänne er über tausendfünfhundert Pfund, wenn das Pferd als Erstes über die Ziellinie ging. Dieses Geld könnte er für den Umzug nach London gut gebrauchen.

McGuire schlüpfte in sein Sakko und wollte gerade sein Büro verlassen, als sein Handy klingelte. Sein erster Gedanke war, dass es vermutlich Welch war, weshalb er das Handy in der Tasche ließ. Nach dem sechsten Klingeln würde sich die Mailbox einschalten, aber dann gewann seine Neugier die Oberhand. Beim fünften Läuten nahm er das Handy heraus und schaute auf die Anruferkennung.

»Ich brauche Ihre Hilfe.«

Die Worte kamen hastig, die Stimme klang gepresst. McGuire schaute auf die Uhr an der Wand und sah, dass New Horizons in weniger als einer halben Stunde an den Start gehen würde. Sein Tagespensum war erledigt, und er fühlte sich zu nichts verpflichtet. Trotzdem antwortete er: »Wieso? Was ist passiert, Pearl?«

Eine Stunde später war vor dem Hotel Continental einiges los. Von einer Gruppe angetrunkener Mädchen an der Bar stieg plötzlich, wie Möwenkreischen, schrilles Gelächter auf. Die Hotelterrassen waren voll mit Gästen, die, einen Drink in der Hand, auf die steigende Flut hinausblickten. Am vor kurzem noch klaren Himmel zogen inzwischen Wolken auf, und es lag eine gewisse Schwere in der Luft. Eine einsame Regenwolke attackierte die sinkende Sonne. Aus einem offenen Fenster hämmerte der Bass einer Tanznummer, wie das pochende Herz Pearls, die zum Fuß der Slopes hinabging, wo sie eine Gestalt am Wasserrand stehen sah. Als Tizzy Pearls Schritte auf dem Kies hinter sich hörte, drehte sie sich rasch um und lächelte ihr entgegen. »Charlie ist Holz sammeln gegangen, aber er müsste jeden Moment zurück sein.« Sie warf etwas Seegras auf einen Haufen an der Buhne und blickte zum Himmel hoch. »Glaubst du, es wird noch regnen?«

Als Tizzy sich wieder Pearl zuwandte, sah sie, dass Charlies Mutter ihr die Hand entgegenstreckte. Auf ihrer Handfläche lag der Ohrring mit dem Türkis. Im Hintergrund war immer noch die Musik zu hören, die von der East Quay Bar durch die warme Abendluft drang, als Pearl sich ein Herz fasste und sagte: »Den hast du auf einem der Fotos getragen, die Charlie von dir gemacht hat. Du musst ihn verloren haben.«

Tizzy kam näher, um sich den Ohrring anzusehen. »Ja«, antwortete sie stirnrunzelnd. »Aber ... wo hast du ...« Sie verstummte abrupt, als Pearls Hand sich fest um den Ohrring schloss. »Er wurde auf Vinnies Boot gefunden.«

Tizzys Miene verdüsterte sich. »Auf dem Boot des Fischers?« Sie begann, langsam den Kopf zu schütteln, und kniff verständnislos die Augen zusammen. »Wie soll er dort hingekommen sein?«

Pearl wich ihrem Blick nicht aus. »Vielleicht hast du ihn am Kai verloren. Dort hat das Boot oft gelegen. Er könnte von dort heruntergefallen sein.«

»Ja«, sagte Tizzy rasch. »Das wäre eine Möglichkeit ...«

»Aber so war es nicht«, sagte Pearl.

Tizzy blickte auf.

»Erinnerst du dich noch, wie du mir mal erzählt hast, wie Menschen sich selbst verraten? Mit einem Blick, einer kleinen Geschichte ...« Sie öffnete langsam wieder die Hand und blickte auf den Ohrring in ihrer Handfläche hinab. »... die Spuren, die wir hinterlassen?« Sie sah wieder Tizzy an. »Du hattest recht. Das Rezept, das du mir gegeben hast ... Ich habe es immer wieder gelesen, nicht wegen der Zutaten oder der Zubereitung, sondern weil die Wörter auf dem Zettel so viel mehr zu sagen schienen.«

Tizzy wandte sich ab. »Das verstehe ich nicht …«

»Du hast uns damals vom Unfall deines Vaters erzählt. An dem Abend, als wir uns kennengelernt haben.«

In der Ferne waren gerade die Lichter des Windparks angegangen. Tizzy schaute zu ihnen hinaus, blieb aber still und reglos stehen, mit glasigen Augen, wie eine schöne Wachsfigur.

»Das hättest du nicht tun müssen«, fuhr Pearl leise fort. »Aber du hast es getan.« Sie hielt inne und trat näher an Tizzy heran. »Der Mann auf dem Boot war allerdings gar nicht dein Vater. Er hieß Paolo Ragnelli. Ich habe mich bei den Behörden in Livorno erkundigt. Er war dein Stiefvater. Und der Unfall, von dem du uns erzählt hast, endete tödlich.«

Endlich blinzelte Tizzy, und ihr schienen Tränen in die Augen zu treten, aber als sie zu sprechen begann, tat sie das ohne jede Emotion. »Du hast recht«, gab sie zu. »Paolo war mein Stiefvater, aber … es war wirklich ein Unfall, Pearl.« Als sie dabei Pearl wieder ansah, verzogen sich ihre schönen Züge missbilligend. »Ich habe ihm immer wieder zugeredet, mit dem Trinken aufzuhören. Auf dem Boot damals, draußen auf dem Meer. Aber er wollte nicht hören, Pearl. Es war seine Schuld.« Die Worte schienen in der reglosen Abendluft zu hängen. »Hast du von den Behörden auch erfahren, wie alt ich war, als ihn meine Mutter geheiratet hat?«

Pearl schüttelte den Kopf.

»Ich war zwölf Jahre alt und dachte wirklich, er würde mich mögen. Wieso hätte ich auch etwas anderes annehmen sollen? Er hatte immer so viel Zeit für mich.« Sie verstummte und wandte den Blick ab, um sich zu fassen. »Es dauerte nicht lange, bis mir klarwurde, warum.«

Als sie wieder Pearl ansah, war ihr Blick wie ein Schlag ins Gesicht. Sie ging schnell ein Stück weiter und setzte sich auf die Holzbuhne. »Meiner Mutter konnte ich von den Dingen, die er zu mir sagte, nichts erzählen. Er sagte, wenn ich das täte, würde sie mir sowieso nicht glauben, weil die Wahrheit noch viel schlimmer sei.« Sie hielt inne und legte ihre Handflächen an ihr Gesicht, als wollte sie es waschen.»Nach seinem Tod dachte ich, alles würde wieder so werden, wie es gewesen war, bevor er in unserem Leben aufgetaucht war. Er hinterließ uns Geld, und ich schlug meiner Mutter vor, einfach woandershin zu ziehen – um über das, was passiert war, hinwegzukommen. Aber sie wollte nicht. Sie hat nur die ganze Zeit geweint und getrauert. Genauso wie nach dem Tod meines Vaters. Aber das hatte er nicht verdient.« Sie sah wieder Pearl an.

»Deshalb hast du es ihr irgendwann erzählt.«

Tizzy nickte.»Natürlich. Ich fand, dass sie erfahren sollte, was für ein Mensch er wirklich gewesen war. Aber selbst im Grab noch behielt Paolo recht. Sie hat mir nicht geglaubt.« Als Tizzy verstummte, ging Pearl näher auf sie zu.»Und was ist dann passiert?«

Das Mädchen schüttelte den Kopf und stand auf.»Sie hat mich weggeschickt. Sie meinte, das wäre gut für mich …«

»Hierher?«

Tizzy breitete in einer ausladenden Geste die Arme aus.»In einen *gran palazzo* in Sardinien. Eine Hauswirtschaftsschule.« Sie lächelte bitter.»Ein ganzes Jahr lang war ich weg von Livorno und habe die Kunst der *cucina italiana* gelernt.« Pearl spürte, wie sich etwas in ihre Handfläche bohrte, und merkte, wie fest sie die Hand um den Ohrring geschlossen hatte.

»Plötzlich hatte ich eine neue Rolle«, fuhr Tizzy fort.»Und sie gefiel mir. Das Kochen hat mir Spaß gemacht. Und ich war gut darin … wenn auch nicht so gut wie du, Pearl.« Das bittere Lächeln auf ihren Lippen verflog rasch.»Ich half in der Küche einer Villa aus und lernte einen Jungen kennen.« Sie blickte rasch auf.»Ich war nicht in ihn verliebt. Wir waren einfach … zwei gelangweilte Teenager, die sich gegenseitig aneinander hochzuziehen versuchten. Aber im Winter bin ich ihm nach Claviere gefolgt.«

»In diesen Wintersportort«, sagte Pearl. »Wo du als Zimmermädchen gearbeitet hast.«

»Genau.« Tizzy sammelte ihre Gedanken. »Es gab dort einen Club, in den wir manchmal gegangen sind. Dort war immer schwer was los. Alle waren gut drauf. Aber es dauerte nicht lange, bis ich merkte, warum.« Sie wandte den Blick ab. »Das erste Mal, als ich Kokain geschnupft habe, habe ich mich gefühlt, als würde ich von innen heraus leuchten, als wäre ich irgendwie geläutert, wieder so rein wie … Schnee unter dem Sternenhimmel. Ich konnte alles so deutlich sehen – wer ich war und was ich wollte. Es gab keine Vergangenheit, nur diesen Moment in der Gegenwart, und mir wurde klar, wie es sein könnte. Dort oben in den Bergen. Diese unglaubliche Euphorie.« Ihr Lächeln verflog allmählich, und sie verstummte.

»Und dann?«, hakte Pearl nach.

Tizzy sah sie an. »Es ging nicht lange so. Die Mutter des Jungen fand etwas Kokain in seiner Hosentasche, worauf ihn seine Eltern nach Hause holten. Der Club wurde geschlossen …«

»Und du?«

»Meine Mutter hat nichts von der ganzen Sache mitbekommen. Sie war stolz auf mich – dass ich ein Jahr von zu Hause weg gewesen war. Jetzt wäre ich so weit, ein Studium zu beginnen, meinte sie. Deshalb schrieb ich mich an der Uni ein. In England blicken sie doch auf eine große Theatertradition zurück, oder nicht?«, erklärte sie mit einem Lächeln, das etwas unpassend wirkte. Auf der Promenade sausten in diesem Moment ein paar Kinder auf Skateboards vorbei. Ihr Gelächter erinnerte Pearl daran, dass anderswo das Leben weiterging. Als die Kids aus ihrem Blickfeld verschwanden, fuhr Tizzy fort: »Ich war zwar nie süchtig, aber mir war klar, dass ich etwas finden musste, das den Platz des Kokains einnehmen würde.«

Pearl schloss die Augen und dachte an Charlie. Tizzy schien ihre Gedanken zu lesen. »An dem Abend im Gulbenkian, als wir uns kennengelernt haben, war Charlie so nett, so witzig, so ... normal.« Pearl wandte sich ab, aber Tizzy fuhr rasch fort: »Wir trafen uns regelmäßig, aber an Ostern musste er seine Arbeit fertigbekommen. Er bat mich, mit ihm nach Brügge zu fahren.« Pearl wandte sich wieder Tizzy zu. »Das war eine wunderschöne Zeit, Pearl. Aber am letzten Tag, wir waren bereits auf der Rückreise und wollten den Nachmittag noch in Groningen verbringen, da hat mich ... gerade als wir abfahren wollten ...« Sie brach mitten im Satz ab.

Doch Pearl sprach ihn für sie zu Ende. »Da hat dich deine Vergangenheit eingeholt.«

Tizzy drehte sich rasch um, und Pearl fuhr fort: »Du bist dem Jungen begegnet, mit dem du in Italien zusammen warst.« Sie machte eine Pause. »Alex Berthold.«

Tizzy sah sie erstaunt an. »Woher weißt du ...«

»Von seiner Mutter, von Sarah. Sie hat mir von einem Familienurlaub in Holland und Belgien erzählt. Und von den Sommerferien, die sie regelmäßig in Sardinien verbracht haben.«

Tizzy wandte den Blick ab, während sie das zu verarbeiten versuchte.

»Und dann? Was hast du Charlie gesagt?«

»Nichts«, antwortete Tizzy. »Ich ... war nicht mal sicher, ob ich ihn tatsächlich gesehen hatte. Charlie und ich kamen gerade aus dem Museum, und als ich mich noch einmal umblickte, war er nicht mehr da. Deshalb redete ich mir ein, ich hätte mir alles nur eingebildet.« Sie machte eine Pause. »Am nächsten Morgen, vor unserer Heimreise, stand Charlie als Erster auf, und ich blieb noch in unserem Zimmer, um zu packen. Und als ich zum Frühstück nach unten kam, wartete Charlie am Tisch auf mich, aber ... er war nicht allein.«

»Alex?«

Tizzy begann, schneller zu sprechen, als sie Pearl wieder ansah. »Er muss herausgefunden haben, wo wir abgestiegen waren. Vielleicht ist er uns auch vom Museum gefolgt. Ich wusste nicht, was er wollte oder was er mit Charlie gesprochen haben könnte.« Sie runzelte die Stirn. »Ich habe kein Wort gesagt, Pearl. Erst als ich Charlie grinsen sah, wusste ich, dass ihm Alex nichts von uns erzählt hatte.«

Pearl sah Tizzy prüfend an. »Aber du hast Charlie auch nicht eingeweiht?«

»Dazu bin ich gar nicht erst gekommen«, rechtfertigte sich Tizzy. »Alex sah, wie ich reagierte, und nahm die Sache einfach in die Hand. Er ließ sich mir von Charlie vorstellen und tat so, als sähen wir uns zum ersten Mal.« Sie sah Pearl fast flehentlich an. »Ich bin sicher, wenn du Charlie jetzt fragen würdest, könnte er sich wahrscheinlich gar nicht mehr daran erinnern. Eine kurze Begegnung von zwei Fremden in einem Hotel. Alex hatte ihn nur gefragt, ob er sich kurz unseren Stadtplan borgen könnte, das war alles. Und dann war er auch schon weg.« Sie hielt inne, um ihre Gedanken zu sammeln. »Ich hoffte damals nur, ihn nie wiederzusehen. Aber er wusste, dass ich hier war, denn Charlie hatte ihm anscheinend erzählt, dass wir in Canterbury studieren.« Sie fuhr erst nach einer längeren Pause wieder fort. »Dort hat er mich dann aufgespürt. An der Uni. Ich wollte nichts mit ihm zu tun haben, Ehrenwort, und ich versuchte, ihm klarzumachen … Aber er meinte, es wäre Schicksal. Sein Vater hätte geschäftlich hier zu tun, und das hätte ihn auf eine Idee gebracht.« Sie fuhr sich mit dem Handrücken über ihre trockenen Lippen.

»Und weiter?«, drängte Pearl sie.

»Er … nahm den Spiegel von der Wand meines Zimmers und schüttete ein Häufchen weißes Pulver darauf.«

Pearl wandte den Blick ab, doch Tizzy fuhr fort: »Plötzlich war es, als wäre ich wieder in Claviere. Alex holte eine Rasierklinge aus der Tasche und begann … das Koks damit aufzuteilen. Er erzählte mir …« Sie machte einen Schritt auf die Wellen zu, die sich am Strand brachen. »Er hätte einen Freund in Amsterdam, der von Seebrügge Koks nach England schaffen könnte.« Tizzy drehte sich um und schaute aufs Meer hinaus. »Und Alex meinte, er wüsste die ideale Stelle, wo man es hier an Land bringen könnte.«

Pearl folgte Tizzys Blick. »Das Red Sands Fort.«

Tizzy nickte langsam. »Von seinem Vater wusste Alex alles darüber – dass kein Mensch mehr dort hinauskommt, aber dass es noch eine Plattform gibt, an der man problemlos anlegen kann. Alles, was er tun musste, war, dort hinauszufahren, die Säcke abzuholen und sie an Land zu bringen.«

Pearl zog nachdenklich die Stirn in Falten. »Ich verstehe nur nicht, warum jemand wie Alex so etwas tun sollte. Ich meine, er hat doch alles.«

»Aber nicht genug«, fügte Tizzy rasch hinzu. »Er wird nie wie sein Vater werden, und das weiß er auch. Er hat seine Eltern bereits enttäuscht, aber jetzt glaubt er, auf seine Art erfolgreich zu werden. Obwohl er nicht viel hätte investieren müssen, hätte er bestimmt mehr als eine Viertelmillion Pfund Gewinn gemacht. Er hätte den Stoff nicht mal mit irgendwelchen schädlichen Substanzen strecken müssen …«

»Aber er hat dich dafür gebraucht.«

Tizzy nickte. »Ich sollte ihm helfen, den Stoff zu verkaufen. An der Uni. Und hier in Whitstable.« Sie hielt inne. »Du hast ja selbst gesehen, Pearl, wie viel Menschen zum Oyster Festival gekommen sind.«

Pearl wandte sich ab und dachte eine Weile nach, während aus dem Continental weiter Musik zu ihnen herüberdriftete. Sie drehte sich wieder zu Tizzy. »Aber du hättest nicht dabei mitmachen müssen.«

Tizzy nickte. »Ich habe versucht, ihn abzuwimmeln. Ich

habe ihm von Charlie und mir erzählt und dass ich die Vergangenheit hinter mir lassen wollte. Ich wollte ihn überzeugen, es ebenfalls zu versuchen, aber er wollte nicht auf mich hören. Er sagte, er würde es auf alle Fälle durchziehen, wenn nicht mit mir, dann eben ohne mich. Dann zog er zwei lange weiße Lines auf dem Spiegel. Er hielt ihn mir hin und sagte: ›Dann mach doch. Geh einfach, wenn du unbedingt meinst.‹« Tizzy senkte den Blick. Es war ihr nicht möglich, Pearl in die Augen zu sehen.

»Aber das konntest du nicht«, sagte Pearl leise.

Niedergeschlagen drehte sich Tizzy weg. Pearl machte einen Schritt auf sie zu. Sie wollte das Mädchen trösten, war sich dabei aber sehr deutlich bewusst, dass sie erst die Hälfte der Geschichte zu hören bekommen hatte. »Und Ruby?«, fragte sie deshalb. »Ich habe sie mal abends am Strand gesehen. Sie war mit Alex dort, aber ich war mir damals nicht ganz sicher.«

Tizzy drehte sich wieder um. »Oben bei der Strandhütte«, sagte sie. »Der Stoff war gerade eingetroffen, und Alex hat die erste Lieferung an Land gebracht. Er wollte sie gleich aufteilen. Es wurde schon dunkel, und wir waren fast fertig, als wir plötzlich merkten … dass uns deine Bedienung dabei gesehen hatte.« Sie sah Pearl an. »Sie war abends immer am Strand, um nach Alex Ausschau zu halten. Sie ist keineswegs so unschuldig, wie du glaubst. Sie wusste genau, was sie da gesehen hatte …«

»Weil ihre Mutter drogensüchtig war.«

Tizzy zuckte zusammen. »Das habe ich nicht gewusst.« Aber sie sprach nicht weiter, sondern versuchte erst, diese Information zu verarbeiten.

»Ihr musstet also etwas unternehmen.«

Tizzy nickte schuldbewusst. »Alex wusste, dass sie auf ihn stand. Deshalb flirtete er mit ihr und ließ sie eine Line schnupfen. Danach hatte er sie in der Tasche.« Pearl wandte sich ab, als Tizzy sie ansah. Mit einem Mal sah sie Rubys Nervosität, im

Restaurant und im Seniorenstift, ihr blasses Gesicht und ihre zierliche Figur in einem anderen Licht. Hinter all dem hatten Drogen gesteckt, so einfach war das.

»Um sie ruhigzustellen, gab er ihr jedes Mal ein bisschen mehr, aber bald war fast alles an die Dealer hier verteilt. Den Rest wollte er bis nach dem Festival behalten, aber dann fand er heraus, dass sein Vater mit ein paar Leuten zum Fort rausfahren wollte, weil er irgendwas mit der alten Festung vorhatte. Deshalb meinte er, wir müssten was unternehmen.« Sie sah Pearl an. »Wir fuhren mit dem Jetski raus, aber er hatte sich mit den Gezeiten verschätzt. Die See war ziemlich rau, und bis wir die Plattform erreicht hatten, war der Wasserstand schon so niedrig, dass wir nicht mehr an die Leiter rankamen.«

Pearl schaute aufs offene Meer hinter der Street hinaus und fügte die einzelnen Teile in Gedanken zu einem Gesamtbild zusammen. »Und dabei hat euch Vinnie gesehen.«

Tizzy nickte. »Er kam angefahren und rettete uns, nahm uns an Bord seines Fischerboots und machte uns wegen unseres Leichtsinns Vorhaltungen. Als er wissen wollte, was wir überhaupt dort draußen gewollt hätten, erzählte wir ihm, dass wir gehört hätten, auf dem Red Sands Fort wäre mal ein Radiosender gewesen, und deshalb hätten wir uns das Ganze mal aus der Nähe ansehen wollen. Gleichzeitig baten wir ihn, niemandem etwas davon zu erzählen, weil Alex' Vater sonst furchtbar sauer wäre und ihm den Jetski wegnehmen würde. Dein Freund war wirklich sehr nett. Er versprach uns, niemandem etwas von unserem Ausflug zu erzählen, solange wir nicht noch mal da rausfahren würden. Als er uns an Land abgesetzt hat, habe ich mich sogar bei ihm bedankt.«

Pearl blickte auf den Ohrring hinab, der immer noch in ihrer Hand lag. »Aber den hier hast du auf Vinnies Boot verloren?«

Tizzy begann, rascher zu atmen, und strich mit der Hand durch ihr langes Haar. »Ich dachte, er wäre ins Meer gefallen.

Und natürlich hoffte ich, der Fischer würde das Ganze vergessen. Ich sagte Alex, wir hätten Glück gehabt und wären gerade noch mal davongekommen und sollten das Ganze deshalb lieber bleiben lassen. Und er sagte, das täte er.«

»Hat er aber nicht.«

Tizzy nickte niedergeschlagen. »Er fuhr allein noch mal raus. Diesmal schaffte er es auf die Plattform, aber als er mit dem letzten Päckchen an Land zurückfahren wollte ... sah er, dass der Fischer wieder da war, und er drohte ihm, die Küstenwache zu verständigen, wenn er nicht an Bord käme.« Sie machte eine Pause. »Darauf rief mich Alex furchtbar aufgeregt an und sagte, er würde in Schwierigkeiten stecken. Er sagte, ich sollte sofort zu dem Fischerboot rausfahren und mich dort mit ihm treffen.«

Tizzys Miene verdüsterte sich, als sie aufs Meer hinausblickte. »Das war am Abend vor dem Beginn des Festivals. Halb Whitstable schien am Hafen zu sein. Ich fuhr mit einem Jetski raus, kletterte an Bord des Boots und sah ...« Sie brach mitten im Satz ab und schlug die Hände vors Gesicht.

»Was?«, drang Pearl in sie. »Was hast du gesehen?«

Tizzy ließ die Hände sinken und blinzelte heftig, als erwachte sie aus einem Traum. »Dein ... Freund war bewusstlos, und das Boot trieb auf dem Meer. Alex hatte den Fischer niedergeschlagen, als er an Land zurückfahren wollte.«

Pearl schloss die Augen, aber Tizzy fuhr mit gepresster Stimme fort: »Ich sagte ihm, wir sollten die Küstenwache verständigen und Hilfe holen, aber davon wollte Alex nichts wissen. Er war total in Panik und redete ständig von seinem Vater. Er war komplett durchgedreht, und ich hatte die Nase voll von allem. Doch gerade als ich einen Funkspruch absetzen wollte, packte er mich und zog mich weg. In diesem Moment sah ich den Fischer ... Er rappelte sich hoch ... hinter Alex. Er war nicht tot, sondern kämpfte sich mühsam auf die Beine.« Sie hielt kurz inne und sah Pearl an. »Er kam auf Alex zu und wollte ihn

312

von mir wegziehen, aber Alex schlug nach ihm – es war mehr ein Reflex –, und der Fischer fiel rücklings aufs Deck. Dabei schlug er mit dem Kopf gegen die Steuerbordklampe, und ich war nicht sicher, ob er diesmal noch mal hochkommen würde.«

»War er tot?«

Tizzy sagte nichts, sondern hielt nur die Hand vors Gesicht. Pearl ging auf sie zu und zog ihre Hand weg. »Los, sag schon. Hat Alex Vinnie umgebracht?«

Tizzy wich Pearls forschendem Blick nicht aus und schüttelte langsam den Kopf. »Nein … Ich bin neben dem Fischer niedergekniet und habe seinen Puls gefühlt. Er war noch am Leben. Aber Alex fing zu weinen an und flehte mich an, etwas zu tun …«

»Und dann hast du den Anker auf Deck liegen sehen und hast ihn dazu benutzt, einen Unfall vorzutäuschen.«

Schockiert über Pearls Unterstellung, machte Tizzy einen Schritt von ihr weg.

»Nein! Glaub mir, der Anker lag noch auf Deck, als wir auf unsere Jetskis gestiegen sind. Ich habe dir doch gesagt, das Boot trieb auf dem Meer.« Sie strich sich das Haar aus der Stirn und schaute zum Strand, als wäre die Erklärung für alles Weitere dort zu finden. »Wir kamen kurz vor Einbruch der Dunkelheit an Land zurück, und es war niemand in der Nähe, als wir die Jetskis an den Strand zogen. Wir wollten gerade zu der Strandhütte hochgehen, als plötzlich, wie aus dem Nichts, jemand zu sprechen anfing.« Sie drehte sich zu Pearl um. »Das war, als ich ihn gesehen habe. Ein dicker Mann, der auf der Veranda der Strandhütte saß und sich mit dem Hut Luft zufächelte.« Sie hielt inne. »Es war wie in einem Traum, und ich versuchte, ihn einfach zu ignorieren und so zu tun, als wäre er gar nicht da. Aber dann fing er wieder an und stellte eine Frage und wollte wissen, wann Vinnie an Land käme.« Sie machte eine Pause und rang nach Atem. »Es war der reinste Alptraum, ich konnte es kaum glauben, aber … der Mann deutete zu dem Fernrohr oben auf den Slopes und sagte, er hätte uns von Vinnies Boot klettern sehen.« Die Musik im Continental verstummte, und nach längerem Schweigen fuhr Tizzy fort:»Ich … hatte keine Ahnung, was Alex tun würde, aber er wandte sich einfach dem Mann zu und sagte lächelnd, dass Vinnie noch eine Weile draußen bleiben würde.«

Wellen brachen sich am Strand. Es war keine Musik mehr zu hören und auch keine anderen Stimmen als die von Tizzy, als sie fortfuhr:»Alex fragte den Mann, ob er uns mit den Jetskis helfen könnte. Aber der dicke Mann lachte nur und schüttelte den Kopf. Er meinte, das ginge leider nicht, weil er massive Herzprobleme hätte. Er geriet schon gewaltig ins Schnaufen, als er bloß von der Treppe aufstand. Als er seinen Hut aufsetzte, stürzte sich Alex plötzlich auf ihn und schob ihn in die Hütte. Ich ließ den Jetski stehen und rannte die Stufen hinauf. Der Mann hatte bereits heftige Atemnot und rief: ›Lass mich sofort los.‹ Aber er war sehr schwach, und … Alex musste eigentlich gar nichts tun. Auf dem Boden lag ein Tablettenröhrchen, und der Mann versuchte, danach zu greifen. Wir standen bloß da und sahen zu, wie es von ihm wegrollte … und in eine Ritze zwischen den Bodendielen fiel.« Tizzy verstummte.»Ich weiß, wir hätten Hilfe holen sollen, aber es war schon zu spät. Der Mann fiel plötzlich vornüber und hörte auf, nach Luft zu schnappen.«

Vom Meer wehte ein warmer Wind herein, aber Pearl schauderte, als sie die bittere Wahrheit wie eine eiskalte Klinge in ihr Herz dringen spürte.»Wer hat die Eisenstange an der Tür angebracht?«

»Alex«, sagte Tizzy.»Er … meinte, es könnte Tage dauern, bis der Mann entdeckt würde. Aber schon am nächsten Morgen erzählte mir Charlie, du hättest die Leiche gefunden.« Sie sah Pearl an.»Ich konnte es kaum glauben. Ausgerechnet du? Alex sagte, ich sollte dich einladen, um herauszufinden, wie viel du wusstest. Er meinte, wir könnten nur hoffen, dass die Polizei keine Beweise fand und kein Verfahren eröffnen konnte ...«

»Aber Ruby hat euch erkannt«, unterbrach Pearl sie. »Später, im Neptune, erinnerte sie sich, dass sie dich am Strandhäuschen gesehen hatte. Ich habe ihre Reaktion mitbekommen, als sie dich mit Charlie gesehen hat, aber ich habe ihre Reaktion falsch gedeutet. Sie hat sich einfach gewundert, dich mit Charlie zu sehen, weil du das letzte Mal mit Alex zusammen gewesen warst.«

»Das stimmt«, gab Tizzy zu. »An diesem Abend im Pub tat ich so, als wollte ich wegen meiner Jacke mit dem Hausmeister telefonieren, aber in Wirklichkeit rief ich Alex an, um ihn zu warnen, dass wir Ärger bekommen könnten.«

»Und daraufhin hat er Ruby auf ihrem Handy angerufen?«

Tizzy nickte langsam. »Sie war völlig aus dem Häuschen und meinte, dass du und Charlie wie eine Familie für sie wärt und dass sie nicht wollte, dass die Sache noch weitere Kreise zöge.«

Pearl wandte sich ab, und in Tizzys Stimme schlich sich wachsende Verzweiflung, als sie fortfuhr: »Du musst mir glauben, ich wusste nicht, was Alex vorhatte.«

»Er hat für sie gekocht«, spann Pearl die Geschichte weiter und sah Tizzy in die Augen, bis sie schließlich zugab:

»Ja, er verwendete Pilze, die er im Wald gesammelt hatte. Sie hatte sie ihm gezeigt, als sie am Tag zuvor zusammen spazieren waren, und Alex hatte ein paar davon aufbewahrt. Er wollte ihr nur einen ordentlichen Schreck einjagen, damit sie den Mund hielt.«

»Was ja auch bestens funktioniert hat«, bemerkte Pearl sarkastisch.

Mit einem zaghaften Nicken gestand Tizzy ihre Schuld ein. »Was wir getan haben, war nicht richtig, aber ich habe dir alles erzählt. Verstehst du jetzt, wie alles war?« Sie sah Pearl flehentlich an. »Ich habe niemandem etwas getan. Es war nur eine Verkettung … unglücklicher Umstände.«

»Eine Verkettung unglücklicher Umstände?«, wiederholte Pearl Tizzys letzte Worte. »Zwei Menschen sind tot …«

»Und ich wünsche mir nichts mehr, als alles ungeschehen machen zu können«, stieß Tizzy verzweifelt hervor. »Aber das geht nicht mehr. Dafür ist es zu spät.«

Zu spät. Diese zwei Wörter schienen durch Pearls Kopf zu hallen, als würde McGuire sie wiederholen. Aber konnte es für die Wahrheit jemals zu spät sein? Tizzy kam auf sie zu.

»Wir können alles wieder hinbekommen, Pearl. Wir beide, du und ich.«

Pearl sah sie verständnislos an.

»Vergiss einfach, dass ich dir das alles erzählt habe, Pearl. Wenn schon nicht meinetwegen, dann wegen Charlie.«

»Wegen Charlie? Was hat er damit zu tun?«

»Sehr viel«, antwortete Tizzy leise. »Du liebst ihn. Und ich auch. Deshalb verstehen wir uns doch so gut … und deshalb braucht Charlie auch nie etwas davon zu erfahren.«

Pearl spürte, wie Tizzy sie einzuwickeln begann, und schloss die Augen. Alles, was sie jetzt noch hörte, war das beständige, einlullende Rauschen der Wellen, die sich ebenso gewiss am Strand brachen, wie sie am Vorabend des Oyster Festivals über Vinnies Leiche hinweggerollt waren. Ließ sich die Wahrheit wirklich ignorieren, wie der Sand am Strand von der steigenden Flut bedeckt, und sei es nur um Charlies willen? Pearl dachte an Vinnie und hielt sich vor Augen, dass sie es gewesen war, die ihn gefunden hatte, als er unter seinem Boot auf dem Meeresgrund gelegen hatte, tief unten bei den heimischen Austern, die er das ganze Jahr lang gehegt hatte. Sie war diejenige gewesen, die ihn heimgebracht hatte.

Eine Feuerwerksrakete schoss pfeifend in den Nachthimmel, und eine Explosion aus Licht breitete sich über die Leinwand des Firmaments, um genauso schnell zu verglühen, wie Pearl den ersten Regentropfen auf ihr Gesicht fallen spürte. Das Geräusch von Schritten, die sich auf dem Strand näherten, riss sie aus ihren Gedanken, und sie erwartete, Charlie vor sich zu sehen, als sie sich umdrehte. Aber es war Alex, der vor ihr stehen blieb. Mit einem unschuldigen Lächeln holte er sein Handy aus der Tasche. Er schaute zwischen den zwei Frauen hin und her, bevor er sagte: »Ich … habe gerade eine SMS bekommen.«

Pearl blieb stumm, und Alex wandte sich Tizzy zu.

»Eine SMS?« Sie sah ihn stirnrunzelnd an.

Alex reichte ihr sein Handy. Tizzy warf einen kurzen Blick auf das Display, bevor sie es ihm zurückgab. »Das ist nicht meine Nummer …«

»Du … hast doch gesagt, du hättest Charlies Handy genommen?«

Kurz machte Tizzy ein erstauntes Gesicht, dann drehte sie sich zu Pearl. Alex sah sie argwöhnisch an. »Was … ist hier eigentlich los?«

»Sie weiß Bescheid«, sagte Tizzy. »Ich habe Pearl alles erzählt.«

Als Alex ungläubig die Stirn in Falten zog, wiederholte Tizzy nur ein Wort, um seine letzten Zweifel auszuräumen.

»Alles.«

Sie suchte den Blick des Jungen, aber Alex schüttelte langsam den Kopf und wandte sich Pearl zu. »Ich weiß nicht, was sie Ihnen erzählt hat, aber es ist bestimmt alles gelogen.«

»Alex!«, stieß Tizzy aufgebracht hervor, aber Alex schenkte ihr keine Beachtung. »Lassen Sie sich nichts von ihr vormachen«, fuhr er fort. »Sie wissen doch, sie ist Schauspielerin.« Er machte eine Pause, und dann: »Sie hat es getan.«

»Sie hat den Unfall vorgetäuscht?«, fragte Pearl.

Alex sah Tizzy an, dann wieder Pearl. »Ja«, erklärte er mit Nachdruck. »Sie meinte, wir könnten ihn nicht einfach auf

Deck liegen lassen. Deshalb hat sie die Ankerleine um sein Bein geschlungen ...«

»Das stimmt doch überhaupt nicht«, protestierte Tizzy. »Er hat noch gelebt, als wir an Land gefahren sind. Er war zwar bewusstlos, aber noch am Leben.«

»Erzähl doch keinen Unsinn!«, fuhr Alex sie an.

In diesem Moment brach sich am Strand eine Welle. Tizzy verzog das Gesicht. »Warum sagst du so etwas?«, fragte sie. »Pearl ist nicht auf den Kopf gefallen. Kapierst du denn nicht? Diese SMS hat sie dir geschickt ... damit du herkommst.« Tizzy sah Pearl an, und in diesem Moment wurde ihr alles klar. »Sie ist von selbst darauf gekommen.«

Alex wandte sich wieder Pearl zu, die jetzt sah, dass seine Hände heftig zitterten. Sein Atem ging schneller, und aus seinem gehetzten Blick sprach Panik, dieselbe Panik, die ihn am Abend von Vinnies Tod überkommen haben musste, wurde Pearl bewusst. Der Junge machte einen Schritt auf sie zu und blieb so dicht vor ihr stehen, dass sie seinen warmen Atem auf ihrem Gesicht spüren konnte.

»Stimmt das?«, stieß er hervor. »Warum haben Sie mir diese SMS geschickt?«

Pearl sah unverwandt in die blauen Augen des Jungen und fasste sich. »Weil ich Gewissheit haben wollte«, erwiderte sie ruhig. »Und jetzt habe ich sie.«

Bevor Alex antworten konnte, holte Pearl ihr Handy heraus und las die SMS, die eben darauf eingegangen war. Als sie daraufhin zu den Slopes hinaufschaute, fuhren dort gerade zwei Polizeiautos auf den breiten grasbewachsenen Randstreifen, Türen flogen auf, und vier Polizisten sprangen heraus. Möwen flogen kreischend auf und verschwanden in den aufziehenden Gewitterwolken. Alex blickte sich um wie ein gehetztes Tier, als zwei Polizisten in Uniform rasch die Böschung herunterkamen. »Was soll das?«

McGuire, der aus dem zweiten Auto gestiegen war, blickte mit einem erleichterten Seufzer zu Pearl hinab. Er steckte sein Handy ein und entfernte sich ein paar Schritte von seinem Auto, so dass die Person sichtbar wurde, die mit einem weiteren Polizisten auf dem Rücksitz saß.

Unten am Strand wartete Pearl auf Alex' Reaktion. Sie sah, wie der Junge die Augen zusammenkniff, als er den Mann erkannte, der vom Rücksitz des Polizeiautos zu ihm herunterschaute.

»Dein Vater hat gerade seine Aussage zu Protokoll gegeben«, sagte Pearl. »Ein Geständnis.«

»Nein«, protestierte Alex sofort.

»Er ist am fraglichen Abend noch mal zum Boot des Fischers hinausgefahren«, fuhr Pearl fort. »Und er hat Vinnie, der immer noch bewusstlos war, ins Meer geworfen. Er hat den Unfall vorgetäuscht. Um dich zu schützen.«

Alex schüttelte immer noch den Kopf, aber die Tränen, die ihm in die Augen traten, bestätigten, dass er sich mit einer entsetzlichen Erkenntnis konfrontiert sah.

»Er war zu Hause, als du an diesem Abend heimgekommen bist«, fuhr Pearl fort. »Deine Mutter war in der Kirche, in der Abendandacht, aber du hast dermaßen verstört und durcheinander gewirkt, dass dein Vater geahnt hat, dass etwas Schlimmes vorgefallen sein musste. Vielleicht dachte er auch, du hättest Drogen genommen. Ist es zum Streit zwischen euch gekommen?«

Alex wandte kurz den Blick ab, dann nickte er langsam. »Es war nicht seine Schuld. Er wollte mir helfen. Er … hat gesagt, alles würde gut.« Er sah wieder Pearl an, die weiterhin schwieg.

Darauf trat Tizzy vor und fragte ihn fassungslos: »Du hast ihm alles erzählt? Bist du verrückt geworden?«

»Er ist … mein Vater«, stammelte Alex.

Der Junge blickte sich um, als suchte er nach weiteren Antworten, aber weder Pearl noch Tizzy konnten ihm welche geben. Auf dem Kies des Strands ertönten rasche, schwere Schritte, und die Polizisten traten in Aktion. Sie legten den zwei jungen Leuten Handschellen an und lasen ihnen ihre Rechte vor. Als McGuire unvermutet seine Hand auf Pearls Schulter legte, fühlte es sich tröstlich warm an, und sie beantwortete seinen Blick mit einem dankbaren Nicken.

Als Pearl noch einmal die Böschung der Slopes hinaufschaute, traf sich ihr Blick ganz kurz mit dem Leo Bertholds. Doch Alex' Vater wandte sich sofort ab und starrte unverwandt durch die Windschutzscheibe des Polizeiautos, so ungerührt und entschlossen, wie er auf dem alten Familienfoto aus der Villa Leoni einer gänzlich anderen Zukunft entgegengeblickt hatte.

KAPITEL ZWANZIG ✫

Am Reeve's Beach, östlich der Oyster Stores, war der Wind so schneidend, dass Pearl die Luft wegblieb. Die Sonne hatte sich in letzter Zeit hartnäckig hinter einer dichten Wolkendecke versteckt, so dass kaum zu erkennen war, wo das Meer endete und der Himmel begann. Doch jetzt lag das Wasser der Mündung da wie eine vollkommen flache Quecksilberschicht, durchzogen von einem blassrosa- und amethystfarbenen Schillern, das Pearl wieder einmal eindrucksvoll vor Augen führte, dass dieser Himmel Turners Beschreibung als »der bezauberndste ganz Europas« selbst bei schlechtem Wetter gerecht wurde.

Seit dem letzten Abend des Oyster Festivals war das Wetter unbeständig geblieben. Tage und Nächte verstrichen, und die unablässigen Veränderungen von Licht und Wetter schienen einen ähnlichen Wandel in Pearls Sicht der Dinge widerzuspiegeln. Damit einher ging ein schmerzliches Verlustgefühl. Wieder war ein Sommer zu Ende gegangen, und das Leben präsentierte sich erneut so, wie es wirklich war. Verschwunden waren die bunten Boote auf dem Wasser, die Jetskis und die Segel der Windsurfer, und geblieben war nur das ein wenig unheimliche Gespenst der hochmastigen *Greta*, die am verschwimmenden Horizont die alten Festungsanlagen umkreiste.

Plötzlich löschte der Schatten einer Regenwolke den fahlen Glanz des Sonnenlichts auf dem Wasser, und Pearl hörte das leise Knirschen von Kies, als jemand an der Buhne entlang auf sie zukam. McGuire setzte sich neben sie, sagte aber nichts. Es blieb an Pearl, das Schweigen zu brechen.

»Heute wird es noch ein Unwetter geben.«

Pearl sagte das mit großer Bestimmtheit. Was einige andere

Dinge anging, war sie sich jedoch nicht annähernd so sicher. Sie wusste, der anstehende Prozess mit seinen Protokollen und Gutachten würde die endgültige Wahrheit über den Tod eines Fischers zutage fördern, doch wirklich sicher schien nur eins: Alles Geld Leo Bertholds würde ihn – oder seinen Sohn – nicht vor dem Zugriff des Gesetzes schützen.

Als könnte er Pearls Gedanken lesen, sagte McGuire: »Er könnte sein Geständnis immer noch widerrufen.«

Pearl schüttelte den Kopf. »Aber nicht, ohne Alex zu belasten. Er kann seinen Kopf nicht mehr aus der Schlinge ziehen.«

Sie sah McGuire an, musste aber plötzlich an Sarah Berthold denken, die die zwei wichtigsten Männer in ihrem Leben verloren hatte, und an Tizzys Mutter, die auf eine Nachricht von den Fortschritten ihrer Tochter beim Studium gewartet hatte, um stattdessen am Telefon mitgeteilt zu bekommen, dass sie verhaftet worden war.

»Wir haben zwar die Wahrheit ans Licht gebracht«, fuhr Pearl fort. »Aber ich wünsche mir so sehr, diese Geschichte wäre anders ausgegangen.«

McGuire wusste, dass Pearl dabei an Charlie dachte. »Wie geht es ihm?«, fragte er.

Die Frage hing unbehaglich zwischen ihnen, und Pearl hätte sie gern zuversichtlicher beantwortet. »Kann ich nicht wirklich sagen«, erwiderte sie wahrheitsgemäß. »Was das College angeht, hat er sich zu einer Entscheidung durchgerungen. Er sagt, weiterstudieren will er nicht, aber die Wohnung behält er.« Sie verfiel eine Weile in Schweigen. »Er hat vor, sich ein Jahr freizunehmen, und möchte sich an einer Kunstschule bewerben. Er möchte Grafikdesign studieren.« Dabei musste sie an die Visitenkarte denken, die Charlie für sie entworfen hatte. Es schien eine Ewigkeit her zu sein. »Vielleicht hätte er das von Anfang an tun sollen.«

Kaum hatte sie das ausgesprochen, musste Pearl an die Vor-

322

stellung von Parallelwelten denken, und sie fragte sich, wie Charlies Leben verlaufen wäre, wenn er sich nicht an der Universität eingeschrieben hätte, wenn er nicht eines Abends eine Theateraufführung besucht und dabei ein Mädchen namens Tizzy kennengelernt hätte.

»Er wollte sie schon zweimal im Gefängnis besuchen«, gab sie zu. »Aber sie hat sich beide Male geweigert, ihn zu sehen.« Sie sah McGuire fragend an.

»Dafür sollten Sie ihr wahrscheinlich dankbar sein«, sagte er, da er ihre Enttäuschung spüren konnte, als sie zu den Forts aufs Meer hinausblickte. »Wir sind auf Überleben gepolt. Charlie ist jung. Er wird darüber hinwegkommen.«

»Das sagt meine Mutter auch immer.« Sie wandte sich McGuire zu. »Die Jugend ist anpassungsfähig.«

»Da hat sie vollkommen recht«, versicherte er ihr.

Ja, dachte Pearl. Dolly hatte fast immer recht. »Trotzdem«, fuhr sie fort. »Seine erste Liebe vergisst man nie.«

McGuire senkte den Blick, als ihm bewusst wurde, wie zutreffend das war.

»Und was gibt es bei Ihnen Neues?«, fuhr Pearl etwas zuversichtlicher fort. »Ist Ihre Versetzung endgültig durch?«

McGuire nickte, und in diesem Moment hatte Pearl das Gefühl, einen Schlag in den Magen zu bekommen, wie damals, vor vielen Jahren, genau an dieser Stelle, am selben Strandabschnitt. Sie hatte geglaubt, dass jetzt ihr Leben beginnen würde, aber in Wirklichkeit hatten sie und Charlies Vater voneinander Abschied genommen. Sie war damals über die Trennung hinweggekommen, und sie würde auch jetzt darüber hinwegkommen.

»Aber ich habe darauf verzichtet«, sagte McGuire unvermutet. Er sah wieder Pearl an und fand sich in ihrem Blick gefangen.

»Wie das?«

McGuire spürte, dass er diese Gelegenheit dazu nutzen konnte, um ihr Verschiedenes zu erklären: dass eine Rückkehr nach London wenig mehr versprach als schmerzhafte Erinnerungen, von denen ihm der viel zu kurze Sommer, den er in einer kleinen, idyllischen Küstenstadt verbracht hatte, willkommene Abwechslung geboten hatte. Er hätte fragen können, weshalb ein Bier, das sich Oyster Stout nannte und in einem langsam im Strand versinkenden Pub ausgeschenkt wurde, immer so seltsam berauschend zu wirken schien, wenn er in Pearls hellgraue Augen schaute – wie er das auch jetzt gerade tat. Aber stattdessen zuckte er bloß mit den Achseln. »Vielleicht habe ich diesem Ort hier nicht wirklich eine Chance gegeben. Sie wissen ja, was man über neue Horizonte sagt.«

Kaum hatte er das gesagt, fiel McGuire plötzlich ein alter Wettschein in seiner Geldbörse ein. Ihm war am Abend des Rennens etwas dazwischengekommen, und obwohl er einerseits einen Erfolg hatte verbuchen können, hatte er auch eine Niederlage einstecken müssen, weil seine 33:1-Chance am zweiten Hindernis gestürzt war.

Pearl schaute in Richtung Street. »Habe ich Ihnen eigentlich schon erzählt, dass sich jetzt Billy Crouch um Vinnies Austernbänke kümmert?«

McGuire schüttelte den Kopf.

»Er hat mit Connie bereits alles vertraglich geregelt«, fuhr Pearl fort. »Matheson ist auch daran beteiligt. Das Verhältnis der beiden war rein geschäftlicher Natur.« Sie machte eine Pause. »Was das angeht, habe ich mich also auch getäuscht.«

»Aber im entscheidenden Punkt hat Ihr Riecher Sie nicht getrogen«, versuchte McGuire sie aufzurichten. »Als Sie mich an diesem Abend angerufen und gebeten haben, eine Anfrage an die Behörden in Livorno zu richten, haben Sie gesagt, Sie könnten sich vorstellen, dass der Mörder Leo Berthold ist, der die Dummheit seines Sohnes vertuschen wollte.« Er sah sie fragend an. »Woher wussten Sie das?«

Pearl erwiderte seinen Blick und zuckte mit den Achseln. »Das wusste ich doch gar nicht. Zumindest war ich nicht sicher. Aber alles, was Sie mir am Strand erzählt haben … über Jugendliche und Drogen … Es ging mir nicht mehr aus dem Kopf. Mir fiel wieder ein, dass mir Sarah Berthold von Alex' gesundheitlichen Problemen erzählt hatte. Sie hat ihn für meinen Geschmack ein bisschen zu scharf im Auge behalten, so, als hätte sie ständig Angst, dass er irgendeine Dummheit macht. Das musste einen Grund haben. Und nach dem Konzert bekam ich dann mit, dass er etwas mit Ruby hatte. Allerdings war mir nicht in vollem Umfang klar, worüber sie genau gesprochen hatten, als ich sie am Strand belauschte. Ich konnte sie nur im Rückspiegel eines alten Wohnmobils sehen und bekam deshalb nur bruchstückhaft mit, worum es dabei eigentlich ging. Trotzdem wurde mir immer deutlicher bewusst, dass mir infolge meiner eingeschränkten Perspektive die wahre Tragweite dessen, was ich aus diesem Gespräch erfahren hatte, noch verborgen blieb, weil ich ja nur Teile des Gesamtbilds sehen konnte. Ruby fühlte sich zwar durchaus von Alex angezogen, aber er versorgte sie auch mit Drogen. Und vor allem darum ging es ihr, als sie ihn am Strand fragte, wie es mit ihr weitergehen sollte, wenn er wegginge.«

»Dass Ruby mir die ganze Zeit etwas vorgemacht hat, brachte mich natürlich zum Nachdenken«, fuhr Pearl fort. »So fiel mir etwa wieder ein, dass Sarah Berthold uns erzählt hatte, dass sie am Abend von Vinnies Tod in der Abendandacht war. Sie hatte bei der Einladung in ihrem Haus kurz erwähnt, dass sie in der Kirche ›For Those in Peril On the Sea‹ gesungen hatten. Ihr Mann Leo hat die Unterhaltung über dieses Thema allerdings sofort abgewürgt. Er war der Einzige, der nicht über den Vorfall sprechen wollte, und so wurde mir klar, dass er, falls er am Abend von Vinnies Tod zu Hause war, auf jeden Fall die Gelegenheit gehabt hätte, die Tat zu begehen – aber hatte er auch ein Motiv? Seine Frau erzählte mir, mit welcher Unbedingtheit er sich für seine Investitionen einsetzte. Das ist, was ihn antreibt, sagte sie. Daraufhin begann ich mich natürlich zu fragen, welche wichtigere Investition es für einen Vater geben könnte als seinen eigenen Sohn.« Nach kurzem Schweigen fuhr Pearl fort. »Sobald ich wusste, dass der Ohrring Tizzy gehörte, war mir klar, dass sie auf Vinnies Boot gewesen sein musste. Und als ich von Ihnen bestätigt bekam, dass sie über den Unfall ihres Stiefvaters nicht die Wahrheit gesagt hatte, stellte sich mir natürlich zwangsläufig die Frage, warum sie das getan hatte. Um mehr Aufmerksamkeit zu bekommen? Wohl kaum. Nein, da musste mehr dahinterstecken. Was das war, fand ich allerdings erst heraus, als sie es mir am Strand selbst erzählt hat.«

»Sie könnte gelogen haben.«

»Diesen Eindruck hatte ich aber nicht. Sie hat irrigerweise geglaubt, Drogen könnten ihr helfen, ihrer Vergangenheit zu entrinnen. Ganz ähnlich wie Ruby.« Sie hielt einen Moment inne. »Und dann, an dem Abend im Neptune, als Ruby so heftig reagiert hat, gewann ich den Eindruck, dass es zwischen Tizzy und Alex irgendeine Verbindung geben musste. Mir fiel ein, dass die Bertholds an Ostern in Belgien und Holland Urlaub gemacht hatten, zur selben Zeit, als Tizzy mit Charlie in Brügge war. Plötzlich hatte ich alle Zutaten beisammen. Jetzt ging es nur noch darum, sie richtig zusammenzustellen.«

»Hinweise«, korrigierte McGuire sie.

»Zutaten«, sagte Pearl lächelnd. Sie ertappte sich dabei, dass sie McGuire etwas zu lang in die Augen schaute, und warf deshalb einen Blick auf ihre Uhr. »Aber jetzt muss ich leider los.«

Sie stand rasch auf, und McGuire folgte ihr. »Wohin?«

»Zu einem Konzert im Dredgerman's Court. Meine Mutter würde mir nie verzeihen, wenn ich zu spät käme.«

Als Pearl davoneilte, hängte sich McGuire an ihre Fersen und zwängte sich zwischen den Passanten hindurch, die sich vor den Ständen im Keam's Yard drängten. Die Geschäfte der Stadt wurden jetzt nicht mehr von Touristen auf Souvenir-, sondern von Einheimischen auf Schnäppchensuche bevölkert.

»Warten Sie«, rief ihr McGuire hinterher. »Sie haben mir noch nichts über Ruby erzählt.«

Als sie eine Reihe von Imbissbuden erreichte, blieb Pearl abrupt stehen, aber sie drehte sich nicht zu McGuire um. »Inzwischen geht es ihr wieder einigermaßen. Heute Abend ist sie übrigens mit einem Journalisten unterwegs, mit Richard Cross.«

Pearl hatte McGuire immer noch den Rücken zugekehrt, als sie fragte: »Habe ich Ihnen eigentlich erzählt, dass er nach der Exklusivmeldung, die er über das Red-Sands-Projekt geschrieben hat, befördert worden ist?«

Als sie sich endlich umdrehte, sah McGuire, dass sie einen Pappteller in der Hand hielt. Sie drückte einen Zitronenschnitz über den zwei Austern aus, die darauf lagen, und bot sie McGuire an, aber der schüttelte den Kopf.

»Ach, kommen Sie. Sagen Sie bloß, Sie haben immer noch keine probiert.«

»Ich bin allergisch«, sagte McGuire.

»Gegen Austern?«

Pearl machte ein Gesicht, und McGuire zuckte mit den Achseln. »Gegen Meeresfrüchte.«

Darüber dachte Pearl kurz nach. »Wirklich?«

McGuire wollte gerade zu einer Erklärung ansetzen, als Pearl fortfuhr: »Was ich damit sagen will … In der Regel ist man nicht grundsätzlich gegen Meeresfrüchte allergisch, sondern nur gegen bestimmte Arten.«

»Pearl …«

»Nein, lassen Sie mich erst ausreden. Viele Leute sind nur gegen eine bestimmte Art Meeresfrüchte allergisch.«

McGuire sah sie stirnrunzelnd an, aber Pearl fuhr unerbittlich fort: »Manche reagieren allergisch auf Krustentiere wie

Hummer und Krabben, während sie Austern und Weichtiere problemlos vertragen.« Sie blickte auf ihren Teller hinab. »Haben Sie überhaupt schon mal ... eine Auster probiert?«

McGuire schaute nicht mehr auf den Pappteller, sondern in Pearls Augen. Er nahm ihr den Teller aus der Hand und stellte ihn, ohne den Blick von ihr abzuwenden, auf die Theke des Imbissstands. »Damit würde ich lieber bis zu einem Monat mit einem R warten.«

Pearl lächelte wissend. »Sie als Einheimischer?« Als sie dabei zu ihm aufblickte und seine gesunde Bräune bemerkte, dachte sie, dass sie und McGuire vielleicht doch vom gleichen Schlag waren. McGuires Blick fiel auf das silberne Medaillon im Ausschnitt ihrer Bluse. Einer Spielernatur wie ihm war natürlich klar, dass in dem Medaillon mit hoher Wahrscheinlichkeit ein Foto von Charlie war. Trotzdem hätte er in diesem Moment gewettet, dass in Pearls Herz auch noch Platz für jemand anders war.

McGuire beugte sich langsam vor, und nach kurzem Zögern küsste er Pearl auf die Wange. Dabei kam er ihren Lippen so nahe, dass er ihren süßen Atem auf den seinen spüren konnte. Es war ein Abschiedskuss, aber als sie sich voneinander lösten, vermittelte Pearls Lächeln McGuire zum ersten Mal seit langem das Gefühl, dass sein Glück sich endlich wenden könnte.

»War das McGuire?«, fragte Charlie, als Pearl am Eingang des Dredgerman's Court auf ihn zueilte. Der Ermittler stieg gerade die Treppe vom Strand zum Parkplatz am Keam's Yard hinauf, und Charlie sah, dass seine Mutter ihm nachschaute. »Hast du ihn nicht eingeladen?«, fragte er. Pearl schüttelte den Kopf. Sie wandte sich wieder ihrem Sohn zu und hakte sich in dem Bewusstsein bei ihm unter, dass manche Familien von schmerzhaften Ereignissen auseinandergerissen wurden, während andere gestärkt daraus hervorgingen. Sie wusste, die Geschehnisse dieses Sommers würden immer präsent bleiben, aber zugleich hoffte sie, dass sie irgendwann verblassten. Wie eine Narbe, die sich über einer Verletzung bildet, würde auch ihre Familie mit der Zeit wieder heilen. Wie aus einem Sandkorn in einer Auster würde vielleicht sogar eine Perle daraus entstehen.

Pearl drehte sich mit Charlie zum rhythmischen Klacken von Dollys Flamencoabsätzen um, die über die hölzernen Dielen des Dredgerman's Court stampften, und mit einem Lächeln antwortete sie:»Nächstes Mal.«

ENDE

DANKSAGUNG

Ich möchte meinem Mann Kas danken, dass er mich dazu gedrängt hat, *Pearl Nolan und der tote Fischer* zu schreiben, und meiner ganzen Familie, dass sie mir mit ihrer Liebe und beständigen Ermutigung zur Seite gestanden hat.

Tief verpflichtet fühle ich mich außerdem meinen kompetenten Agenten Michelle Kass und Alex Holley für ihre unermüdliche Unterstützung sowie Mark Salisbury, Police Chief Superintendent i. R., für seine wertvollen Informationen über innerpolizeiliche Abläufe – die nicht nur lehrreich, sondern auch inspirierend waren.

Nicht zuletzt gilt mein Dank Krystyna Green für die Veröffentlichung bei Constable & Robinson.

Lissa Evans

Miss Vee oder wie man die Welt buchstabiert

Roman.
272 Seiten. Hardcover.
Auch als E-Book erhältlich.
www.list-verlag.de

Es ist immer wichtig, einen guten Plan zu haben

London, 1940: Der kleine Klugscheißer Noel wird evakuiert und landet bei der unorthodoxen Vee, die von einer selbst angerichteten Krise in die nächste schlittert. Auf sich allein gestellt ist Vee eine Katastrophe, zusammen mit Noel ist sie ein Team. Gemeinsam schlagen sie sich durch. Eine ungewöhnliche Freundschaftsgeschichte mit leicht schrägen Charakteren.

»Lustig, voller Anteilnahme und elegant erzählt.
Ein Must-Read«
Daily Mail

»Herrlich, wahrhaftig, berührend und lustig ...
Lissa Evans hat sich ihren ganz eigenen Platz
in der Literatur erobert«
Nick Hornby

Camilla Läckberg

Die Schneelöwin

Roman.
Hardcover.
Auch als E-Book erhältlich.
www.list-verlag.de

»Die erfolgreichste Schriftstellerin Schwedens.«
Brigitte

Ein junges Mädchen läuft verletzt auf die Landstraße, wenig später stirbt sie im Krankenhaus. Ihr Körper zeigt Zeichen schwerster Misshandlungen. Kommissar Patrik Hedström bittet seine Frau, die Schriftstellerin Erica Falck, ihm bei der Suche nach dem Täter zu helfen. Erica interviewt gerade eine Frau im Gefängnis, die vor vielen Jahren ihren Mann getötet hat. Ihr Motiv: Er hatte die gemeinsame, ungewöhnlich wilde Tochter im Keller angekettet. Hedström erhofft sich Hinweise auf Menschen, die Kinder quälen. Doch je länger Erica mit der Verurteilten spricht, umso mehr glaubt sie etwas Wichtiges übersehen zu haben.

List

Kim Wright

Die Canterbury Schwestern

Roman.
Taschenbuch.
Auch als E-Book erhältlich.
www.ullstein-buchverlage.de

Neun Frauen, fünf Tage, ein gemeinsamer Weg

Che kann es nicht fassen: Sie ist mit acht anderen Frauen auf dem Weg von London nach Canterbury.

Es war der letzte Wunsch ihrer Mutter, dass Che dort ihre Asche verstreut. Aber eigentlich hat sie gar keine Lust auf einen als Pilgerreise getarnten Selbstfindungstrip. Und was interessieren sie die Lebensgeschichten der anderen Frauen, die traditionell auf dem Weg nach Canterbury erzählt werden? Doch zu Ches Überraschung berühren die unterschiedlichen Geschichten ihrer Mitreisenden sie tief. Und obwohl Che unterwegs ist, hat sie das Gefühl, angekommen zu sein.

Ein großer, berührender Frauenroman über die Bedeutung von Freundschaft, späte Trauer und die Frage, was Wanderschuhe und das Leben gemeinsam haben ...

ullstein

Åsa Hellberg

Sommerreise

Roman.
Taschenbuch.
Auch als E-Book erhältlich.
www.list-taschenbuch.de

Das Glück wartet gleich hinter der nächsten Kurve

Sara ist Anfang fünfzig und frisch geschieden. Als ihr Exmann dann auch noch verlangt, dass sie sich um den Verkauf seines Motorrads kümmert, hat sie genug. Kurzerhand entführt sie das wertvolle Liebhaberstück. Ihrer besten Freundin Jessica liegt eigentlich nichts ferner als eine Reise auf dem Motorrad. Aber sie lässt sich überreden. Kurz darauf verlassen die beiden Freundinnen Stockholm und düsen in Richtung Süden. Und damit beginnt das eigentliche Abenteuer erst, bei dem die beiden Freundinnen die Liebe und das Leben endlich zu genießen lernen.

List

Annette Wieners

Fuchskind

Kriminalroman.
Taschenbuch.
Auch als E-Book erhältlich.
www.list-taschenbuch.de

Ein neuer Fall für Friedhofsgärtnerin und
Exkommissarin Gesine Cordes

An einem Herbsttag hört Friedhofsgärtnerin Gesine
Cordes hinter einem Grab plötzlich Babygeschrei. Sie
gerät in Panik, denn sie fühlt sich an den Tag erinnert,
an dem ihr Sohn zehn Jahre zuvor durch Giftpflanzen
ums Leben kam. Doch der Säugling, den sie auf dem
Friedhof entdeckt, ist unversehrt. Von den Eltern aber
weit und breit keine Spur. Als wäre das nicht genug,
wird auch noch eine Frauenleiche gefunden. Und Gesi-
nes Exmann steht plötzlich vor ihr. Hat er etwas mit der
Toten zu tun? Gesine kommt der Wahrheit näher, als
ihr lieb ist ...

List